거짓의 두 왕국,
북한은 남한에게 무엇인가?

거짓의 두 왕국,

북한은 남한에게 무엇인가?

정자환 · 지음

한평생을 김일성의 진실에 닿으려는 노력으로 소진하신
고 이명영(李命英) 교수님께 이 책을 바칩니다.

책
머
리
에

남한에게 북한은 무엇인가? 일본, 프랑스, 스웨덴과 남한이 갖는
'북한'이라는 나라에 대한 의미는 각각 어떻게 다를까? 흔히 중국이나
일본을 한국에게 가깝고도 먼 나라라고 하는데, 북한도 그냥 남한의
가깝고도 먼 나라에 불과할까? 한국어밖에 못 하는 사람이 중국이나
일본에 가면 언어소통이 안 되어 불편하지만, 북한에 가면 무슨 말이
든 다 의사표시 할 수 있고 알아들을 수 있다. 북한을 외국이라 치면
전 세계에서 유일하게 한국어가 통하는 외국이요, 북한을 내국이라 치
면 전 세계에서 유일하게 갈 수 없는 내국이기도 하다.

나는 2004년 2월 28일 가톨릭대학교 성심캠퍼스 사회학과를 퇴직
했다. 본래 사회학과 출신도 아니요, 문학류의 글 한 줄도 써 본 적이
없던 나는 사회학치고는 변두리 과목인 문학사회학으로 끼니를 때웠
고 막판에는 홍수처럼 몰려 들어오던 여성학을 새로 배워 시간을 때우

기도 했었다. 그렇게 해서 나이 들어 퇴출당한 나는, '자! 이제는 무엇을 할 것인가'를 생각해 보지 않을 수 없었다. 그런데 별안간 내 머리 위에 쏟아져 떨어진 자유시간, 그 달콤한 초콜릿 맛이 왜 나를 북한으로 이끌었는지 모르겠다.

아니 그것은 남한에서 무엇인가를 생각하기 시작하고 자유시간을 갖게 된 자유인에게는 으레 통과해야 하는 첫 관문 수문장의 통과의례가 아닐까? 처음에는 남한의 민주화 과정을 복습하고 싶었다. 그러자니 '중정(중앙정보부)'이니 '보안사(국군보안사령부)'니 하는 억압기구들과 맞닥뜨리지 않을 수 없었다. 억압기구로 말하자면 북한이나 소련을 따라잡을 나라는 없을 것이다. 그래서 내가 북한으로 가게 되었나?

아니 이럴 게 아니라 오히려 거꾸로 내가 왜 재직 시절 동안 한 번도 북한에 관심을 갖지 못했었는가를 따져 보는 게 옳은 순서일 것 같다. 첫째, 북한학이 없었다.(나는 좀 늦둥이다.) 둘째, 북한학이 위험했다. 잡혀가기 싫었다. 1988년 해금이 있고 나서도 김근태가 이근안을 잡아넣고 나서야 사람들은 세상이 바뀌었음을 믿기 시작했다. 이제 다시는 더 누가 '호헌(護憲)'하겠다고 나서지 않겠지.

그러고 보니 이미 남산의 서슬이 시퍼렇던 시절, 김일성의 위조사(僞造史) 폭로에 일생을 바친 지사와 학자들이 즐비했던가 하면, 목숨 걸고 죽다죽다 살아 넘어온 탈북자들의 명작 탈북기들이 골방 먼지 속에서 뒹굴고 있었다. 미안하고 부끄러운 마음에 몇십 년 묵은 이 명작들을 몰래몰래 슬금슬금 읽었다. 개가 여학생을 잡아먹는 그림, 40대의 꼬부랑 할머니, 밤 한 톨을 주워 먹었다고 뒤통수를 맞아 쓰러져 죽은 이야기, 도롱농 개구리 뱀을 잡아먹고 수용소에서 겨우 탈출했던 이야기들, 풀 한 포기 뜯어 입에 넣었다고 혀가 잘린 영감태기, 형이 동생 잡아먹은 얘기……. 10년 전에 어린이 블랙 만화책인 줄 알고 골방 속에 처넣었던 강철환·안혁·이영국·안명철·황만유 등의 만화 같은 그림책들이 모두 그대로 사실대로 믿어야 할 명작들임을 다시 알고 나서 얼마나 놀랐던지.

나와 북한과의 조우는 그렇게 해서 시작되었다. 아니 재개되었다.

아니다. 그렇지 않다. 다시 남한에게 북한은 무엇인가? 북한은 남한의 블랙홀이다. 남한에서 일어나는 모든 일은 북한과의 관련 속에서 결말지어지며 그 역도 역시 마찬가지이다. 소위 '대쌍관계동학(對雙關係動學: 쌍으로 엮여서 서로 끊임없이 영향을 주고받는 관계라는 뜻으로, 남북관계를 일컫는 말)'에서 남북한은 뒷등이 맞붙은 샴쌍둥이이다. 북한에 대한 이해 없이는 남한은 이해되지 않으며 그 역도 마찬가지이다. 이런 샴쌍둥이의 같은 등에 기대고 나는 그동안 얼마나 내 등에 붙은 다른 내 쌍동 형제를 없는 것으로 치고 살아왔던가. 내 몸의 일부일 수밖에 없는 내 쌍동 형제의 다른 몸뚱이를 나는 없는 것으로 치부하고 생활도 학문도 사고도 해 왔던 것이다. 그것도 다른 학문도 아닌 사회과학이라는 학문을. 북한을 조금이라도 이해한다고 해서 남한이 저절로 이해되는 건 아니지만, 북한을 이해하지 않고서는 남한에 대한 이해는 절름발이 반쪽 이해에 불과하다는 생각이 나로 하여금 정신적으로 북한에 다녀오게 했을 것이다.

그런데 그 정신적으로 가 본 북한이 이건 해괴하기가 갈수록 태산이었다. 내가 등을 대고 있던 샴쌍둥이가 이렇게 해괴했다면 그간 내 쪽의 삶 역시 다른 국가에서 보기에 같은 해괴함으로 보이지는 않았을 까?

우리 남한 사람들은 모두 나름대로 자신의 북한관(北韓觀)을 가지고 있다. 무관심에 가까운 '북한 내다 버리기'이다. 모두들 자신들이 북한을 어느 정도는 알고 있다고 생각한다. 이런 안일한 생각이 북한의 비정상성을 유지시키고 있다. 북한에 대해서 무슨 얘기를 하든지 "그걸 누가 몰라?" 하고 반문한다. 그러고도 막상 어느 한 실례를 들이대면 "그게 정말일까?" 또 반문한다.

그런가 하면 북한을 고향으로 갖고 있는 분들의 후예들도 많다. 통일이 되거든 아버지 고향에 가서 이러이러한 것을 확인해 보렴. 넌 서울 사람이 아니라 북청 사람이야. 내가 다녔던 초등학교에 가 보아라. 누구누구의 후손을 찾아보아라. 내가 그 그늘 밑에 뛰놀았던 구장(區長) 집 타작마당 팽나무가 지금도 있을까?

내가 나름대로 이 책을 쓴 목적에는 세 가지 정도가 작용했다. 첫 번째는 1997~1998년간의 북한 주민들의 기아와 아사(餓死) 문제를 더 늦기 전에 기록으로 남겨야 한다는 생각이었다. 물론 현재 여러 책들속에 기록으로 흩어져 있다. 이들의 정수를 모아 한군데 체계를 세워 보존함으로써 인류 역사에 더 이상 있어서는 안 될 이 천재(天災) 아닌 인재(人災)를 한반도 역사만이 아니라 인류 역사 기록에 남겨야 한다는 생각이 작용했을 것 같다.

분단국가는 한국 말고도 다른 대여섯 나라가 더 있었고, 독재국가도 북한 말고도 다른 나라들도 있었다. 그러나 야만도 원시도 아니요, 산업화를 못 한 국가도 아니요, 한때 전쟁 복구 속도나 공업화 속도에 있어 사회주의 국가들 중에서도 가장 빨랐던 급진 산업국가에서, 수령한 명 죽었다고 손 놓고 인민들을 무참히 굶겨 죽였다는 것은 인류 역사에서 전무후무한 기록이 될 것이다. 북한조차도 앞으로는 다시 또한 번 이런 참상을 연출할 것 같지는 않다. 인민들이 여행증 없이도 뇌물 주어 가며 장사해 먹는 방법과 두만강과 압록강을 몰래 건너다니며 무역해 먹는 생존법을 알아냈기 때문이다. 북한 주민은 이제 더 이상 배급을 믿지 않는다. 자신들의 짧은 두 다리와 비닐종이에 싸서 삼킨 화폐 뭉치를 믿는다.

만약에 인류 역사에 분단박물관 혹은 통일박물관이 생긴다면 여기한반도 말고 어디에 생길 수가 있단 말이냐? 그때 이 아사의 기록은 지어낸 거짓 기록이 아니라 참된 주민의 역사기록으로서, 그 박물관의핵심을 차지하기 위해 여기 집대성되어 있어야 한다. 이 아사의 기록은 북한 정치범 수용소나 노동훈련소 그리고 170미터 높이의 주체탑이나 김일성 동상과 함께 분단박물관의 앞마당에 전시되어 전 인류에경각심을 울려야 한다. 사람이 굶어 죽는다는 게 어떤 과정으로 죽는지. "아! 나는 배가 고프다. 지금부터 죽는다." 하고 죽는 것이 아니라, 영양부족에서 오는 질병이나 신체 일부가 먼저 파괴되기 시작하여마치 그로 인해 죽는 것으로 보일 수도 있게 죽는지. 북한의 1997년, 1998년은 이런 인류의 자연사사(自然死史) 박물관의 현장이었기 때문이다.

인간이란 무엇인가, 정치체제란 무엇인가, 인간은 왜 어떻게 굶어죽는가, 냉전이란 게 어떠했는가에 있어서 북한은 나름으로 보편에 닿아 있다. 굶어 죽은 영혼들을 어떻게 위령해야 할지. 그런데 북한도 두 개인 것 같다. 죽을 한 번도 먹어 보지 못한 집안도 많다고 한다. 하기 야 뉴스에 나오는 북한 각료들의 얼굴은 죽을 먹어 본 얼굴은 아니다.

두 번째 목적은 김일성의 역사 변조에 대한 역사적 사실들을 어떤 식으로든 요절을 내야 한다는 강박관념이었다. 남북한 두 국가의 국가 형성 초기 과정에서 김일성은 역사 변조와 그에 따른 경쟁자 숙청을 당연시했다. 건국 초기 어디에서나 있는 권력투쟁 과정이었다고 변호 할 수도 있겠지만, 김일성의 경우는 건국 초기의 권력경쟁을 위해서라 기보다는 집권 중 후계구도를 위한 근대사 변조가 더 컸다.

고질적인 혈통주의의 무식 무지 반역사의식 속에서 김일성은 마치 선조가 항미운동의 지도자였으면 당연히 후손도 혈통 속에 핏줄 속에 피 속에 지도자의 자질을 가진 것으로 착각하고는, 선조를 변조시켜 놓으면 아들·손자들의 권력 독점 정당성이 저절로 따라오는 것으로 착각한, 시대에 뒤떨어진 지도자였다. 착각이라기보다는 한 번 거짓말 이 열 번 거짓말이 되고, 열 번 거짓말이 백 번 거짓말로 일관될 수밖 에 없는, 이성과 논리를 초극한 독재자의 자기 함정이겠지만, 그 거짓 의 뿌리는 남북한뿐만 아니라 동북아와 현대 세계에 걸쳐 가지와 잎을 뻗쳐 냈고 이후 한반도가 발하는 어떤 정보도 세계는 믿지 않게 되었 다. 아니 믿지 않는 정도가 아니라 남북한 민중들의 생애들을 모두 왜 곡시켜 놓았다. 육백만 명을 죽이고 다시 육백만 명을 부상 입히고 그 리고 또 일천만 명의 이산가족을 만든 것도 바로 이 거짓말을 일관되 게 지키려는 연장선상에서 생긴 일이요, 김현희의 라디오폭탄 한 개로 사우디에서 돌아오는 노동자들을 포함한 115명의 승객과 승무원을 안다만 바다에 수장시킨 것도 바로 이 거짓말의 위력이요, 아웅산에 모였던 남한 엘리트 각료들 16명을 죽인 것도 바로 이 거짓말에 의탁하는 거짓말 종교가 아니었다면 생길 수 없는 역사물들이다.

그런데 대쌍관계에 있는 두 그룹은 한쪽이 거짓말을 하면 다른 한쪽도 거짓말로 대응하지 않고는 맞서 살 수가 없다. 그래서 남북한은 모두 인류사에 유례없는 거짓말 국가가 되었다. 북한 출신 남한 정치학자 이명영(전 성균관대 교수, 1928~2000)은 평생을 김일성의 역사 변조와 김일성 자신의 생애 변조 사실들을 연구 고증하여 세상에 밝혀 놓은 김일성의 맞수이다. 북한에서 김일성의 얼굴을 보고 내려온 사람들 이외에는 남한 출신 젊은 학자들은 어느 한 사람도 이 '김일성 가짜설'을 믿지 않았다. 애초에 '김일성 가짜설'이란 라벨조차 잘못 붙여진 이름이어서 82년간이나 건장하게 잘 살았던 사람이 유령도 귀신도 아니요, 어떻게 가짜일 수가 있느냐면서 코웃음 쳤다.

김일성 자신이 역사 변조를 많이 했고 동명이인의 다른 선배 김일성들의 생애들을 빌려다 자기 생애에 가짜 이식을 했을 뿐, 많은 사람들이 만져 보고 말해 보고 복종해 본 그 김일성의 육체가 가짜일 리는 없었다. 이명영은 김일성의 역사 변조 사실과 생애 변조 사실들을 김일성의 모든 책들의 사진합성 변조 과정까지 고증해서 일일이 사진전문가의 감정까지 거쳐 전 세계의 김일성 연구가들에게 배포했지만, 전세계 학자들도 아무도 믿지 않았다. 남한에서의 북한에 대한 언급은 모두 반공학이요, 북한에서의 남한에 대한 언급은 모두 혁명학이었기 때문이다.

말하자면 광복 이후 현재까지의 한반도 역사를 김일성과 이명영 간의 한판 승부의 역사라고 본다면 1990년대까지는 김일성이 승리한 역사였고, 2000년 이후부터는 이명영이 승자가 되는 역사였다고 할 수 있다. 그것도 2000년도에 작고한 이명영이 별안간 무슨 승기를 잡아서 승리한 것이 아니라, 북한 스스로가 이때 무너졌기 때문이다. 아니 국제 사회주의권 자체가 1990년대에 스스로 무너졌고 북한 또한 속 빈 해괴한 국가였음이 탄로 나자 이명영이 그동안 김일성에 대해서 주장해 온 거짓말 역사들이 사실이 아니고서야 북한의 멸망은 설명될 수가 없어졌기 때문이기도 하다.

6 · 25를 계급혁명전쟁으로 보아 북침을 주장했던 수정주의자 브루스 커밍스는 1994년 6월 옐친 대통령이 방러한 김영삼 대통령에게 전해 준 216점의 한국전쟁 관련 소련 비밀문서 공개로, 커밍스 자신이 "내가 스탈린의 6 · 25 개입 문제를 너무 가볍게 보았던 것 같다."라고 사과함으로써, 자신의 모든 입론 자체를 부정하는 파탄에 이르렀고, 와다 하루키도 "북한이 절대로 외국인을 납치할 나라가 아니다."라고 일본인 납치 가능성을 일언지하에 부정했다가, 김정일 자신이 정직하고 통 큰 남자인 척하기 위해 일본인 납치 사실을 모두 인정하는 바람에, 하루키 자신이 학문적으로 파산선고를 받게 되었다. 모두가 이명영의 김일성 정체 석명(釋明) 호소를 귓등으로 흘렸던, 아니 애써 귀 막았던 죄과와 일치한다.

필자는 2004년 퇴직 후에야 이명영의 책들을 읽게 되었고 그 이후 이명영의 족적을 따라서 김일성을 찾아 헤맸지만 둘 다 모두 세상을 떠난 다음이었다. 세상이 다 알고 있는 사실들을 마치 외계에서 뚝 떨

_ 거짓의 두 왕국, 북한은 남한에게 무엇인가?

어져 내려온 사람처럼 새삼스럽게 뒤늦은 탐험에 나선 필자를, 그래도 이명영의 아들 이지수 교수(명지대 북한학)가 짜증 한번 내지 않고 인도해 준 덕에 이 책이 나오게 되었고, 이 기회를 빌려 고마움을 표시해 놓지 않는다면 내가 배덕자가 되리라.

영어에 'last but not least'란 말이 있다. 나의 세 번째 목적이 그렇다. 가장 작은 목적이어서 끝에 언급하는 게 아니라, 오히려 가장 큰 목적이어서 끝으로 미루었다는 뜻이다.

남한에서는 어떤 돌발사건이 터질 때마다 시민들은 "이제 또 특수부대 출신 요원(HID)들이나 재향군인회가 머리띠 두르고 시청 앞에 나오겠군." 하든가 "이제 참여연대나 민노당원들이 촛불 들고 시청 앞 광장에 나오겠군." 한다. 내가 이 책의 초고를 친구들에게 읽혀 봤더니 "얘, 네가 조 아무개와 뭐가 다를 게 있니?" 하든가 "얘, 북한을 비난하면 비난했지 뭐하러 남한 비난도 꼭 곁들여야 하니?" 한다.

나는 그냥 내 마음 가는 대로 쓰고 싶은 대로 쓴 것에 불과한데, 친지들이 보기에는 내가 특별한 좌우의 취향을 정하고 쓴 것으로 보인다는 뜻이다. 그것도 정반대의 두 취향 모두로 각기 보인다는 뜻이다. 그뿐만이 아니다. 우리는 흔히 아주 친한 친구들끼리 모여 앉아 한마음이 되어 쑥덕공론을 하다가도 특히 대선 전후해서는 친했던 친구가 갑자기 완강한 적이 되는 수가 있다. "우리 중에 노무현 찍은 사람은 한 명도 없을 거 아니니?" 아주 확신에 찬 선언이다. 이때 노무현 찍은 사람은 얼굴이 빨개져서 자수할 수밖에 없다. 다른 모든 이슈에서는 한마음 한뜻인데, 왜 선거철만 되면 서로가 적이 될까? 참 난처한 노릇이 아닐 수 없다.

　그까짓 일시적 난처함이 문제가 아니다. 같은 우리 속에 이렇게 먼 거리가 있는 한, 남북통일은커녕 남남통일조차 우리는 바라볼 수가 없다. 남남이 통일되지 않는데, 어찌 감히 남북통일까지야 바라볼 수나 있단 말인가? 좋다, 남북통일 안 하면 된다. 그렇다고 남남통일도 영원히 안 할 것인가? 이건 그냥 다원사회의 톨러런스(Tolerance ; 인내, 인정, 관용) 문제가 아니다. 모든 사람의 부드러운 얼굴 뒤에 칼을 감추고 다니는 꼴이다. 한국 사람은 모두가 거짓말쟁이이다. 북한 사람을 따라서.

　그렇다고 내가 뭐 양측의 눈치를 보기 위해서 딱 중간 지점을 골라 서려고 애썼다는 얘기는 절대 아니다. 위에서 말한 대로 나는 내 마음 가는 대로 순서 잡아 썼을 뿐이다. 그런데 그 글의 앞부분만 읽은 사람들은 나를 '우파'라고 야단치고, 뒷부분만 읽은 사람들은 날 보고 '좌파'라고 야단친다. 한마디로 한국인의 좌우 거리가 너무나 엄청난 만리장성이 개재해 있다는 뜻이 되기도 하다. 여기에 내가 감히 그 융합을 시도해 본다는 건방진 말은 않겠다. 하지만 언젠가는 이 둘 사이의 만리장성 같은 거리가 좀 더 가까워지지 않고는 국론통일도 남북통일도 꿈조차 꾸어볼 수조차 없다는 말에는 누구나 동의하지 않을 수 없을 것이다.

　20세기가 한반도에 부과했던 일시적 냉전의 처리 과정이 이 거리를 인위적으로 만들었고, 또한 그 역할을 무식할 정도로 충실히 과잉 충성한 김일성의 거짓의 뿌리가 이 모든 먼 거리를 만든 것이 아닐까? 바로 그 먼 거리 때문에 희생당한 남북한의 모든 영령들에게 참배 가고 싶다. 이명영과 최종길의 묘소에 참배 가야겠다. 최종길의 묘소 옆에는 마침 전태일과 조영래의 묘소도 불과 10여 미터 거리에 나란히 있다. 가는 길에 함께 들러도 좋지 않을까?

아니, 잠깐. 이렇게 '참배'라는 안개 같은 말로 얼버무릴 일이 아니다. 좌에서도 뺨 맞고 우에서도 뺨 맞고 지금 두 뺨을 움켜쥐고 서 있는 나의 현재 위치는 대체 어느 지점이란 말이냐? 내 마음 가는 대로, 붓 가는 대로, 쓰고 싶은 대로 썼다는 말도 일견 양심적인 것 같지만 얼마나 무책임하고 부정확한 해명이냐? 그냥 탈이념으로 가기로 했다는 말이냐? 아무리 탈이념이라도 입장과 위치는 있다.

남한의 좌우파들은 각기 한 가지씩의 무임승차 병력(病歷)을 갖고 있다. 우파는 지난 40여 년간의 민주화 과정을 공짜로 접수하려 하고, 좌파는 그 군사독재만이 할 수 있었던 급격한 경제발전을, 각기 그 열매만 먹고 그 피땀 어린 생산 과정은 생략하려 한다. 각기 박정희 없는 대만, 홍콩, 싱가포르도 같은 시기에 잘 발전했으며, 전태일·최종길 등이 피를 흘리지 않았더라도 국가 부강이 결국 민주화를 가져왔으리라는 추론 때문이다. 민주화와 경제발전은 한 개만 하면 나머지 하나는 자연적으로 따라오는 두 요소였을까? 반드시 그렇지는 않다고 한다. 정치사회적 정신적 발전 없는 물질적 발전을 살찐 돼지의 사회라 하지 않는가?

그런데 최근 들어 양질의 시민들과 양질의 지식인들은 이 두 가지 차용증서에 둘 다 사인한다. 둘 다에 고마워한다. 우리는 이 두 가지 열매를 모두 다 따 먹고 이렇게 잘 자랐노라고 인정한다. 그런데 이 두 가지 남한 열매에 북한은 관련이 없을까? 박정희가 김일성의 경쟁 압력 없이도, 그리고 민청학련(전국민주청년학생총연맹)의 유신철폐 압력 없이도, 그 무서운 급속한 경제발전을 이루어 냈을까? 아니, 박정희 자신도 민청학련이라는 젊은이들이 북한과 관련 없는 것을 뻔히 알면서도, 그러나 북한과 꼭 억지 연계시켜야 된다는 강박관념에서, 인혁당(인민혁명당) 재건위를 만들어 언도 후 18시간 만에 사형시키지 않고도, 그 빠른 산업화를 이루어 낼 수 있었을까?

아니 인류 역사에 가장 빠르고 정의로운, 그러나 가장 험악한, 민주화를 이루어 냈다는 남한 시민들이야말로 북한이라는 저 샴쌍둥이 장애물을 등에 달지 않고도, 그 혹독한 군사정권을 뚫고 민주화를 이루어 낼 수 있었을까? 북한이 우리에게 모범교사는 아닐지언정 반면교사 노릇은 톡톡히 했다는 것을 북한 공부는 내게 철저히 가르쳐 주었다.

그럼 북한 공부를 하기 전의 나는 양질의 시민이 아니었나? 그건 독자의 상상에 맡기고 싶다. 다만 나 개인에게는 북한 공부가 남한 공부의 빠뜨릴 수 없는 요건 중의 하나였다는 것만을 강조하고 싶을 뿐이다.

이 책 원고를 쓰기 시작한 시점이 17대 대선 무렵이었는데 이 원고를 끝내는 지금은 그 대선으로 당선된 이명박 정부가 임기 절반을 넘긴 4년차에 들어가는 시점이 되었다. 꼭 절반 시점이 되는 2010년에는 천안함 침몰사건과 연평도 포격사건이 연달아 터졌고, 이명박 대통령의 '비핵개방 3000'의 대북정책은 '북한 스스로 비핵개방 할 것 같지는 않다'와 '흡수통일을 논할 때가 아니며 6자회담을 통한 외교평화통일정책 추구'로 바뀌었다. 북한이 지난 3년을 오히려 '핵 강화와 폐쇄 강화 및 경제 추락'으로 역행했기 때문이다. 그렇다고 햇볕정책은 본질적으로 속임수일 수밖에 없다. 한 국가 안의 두 체제 두 정부란 통일이라 할 수 없고 세계화나 보편가치에도 어긋나기 때문이다.

어떤 이는 이렇게 불가능한 두 체제 통합이야말로 막다른 골목에 달한 현 세계체제 문제를 타개해 줄 새로운 가치체계나 정치체제의 신기원을 창출해 낼지도 모른다는 신비적 과학을 기대하기도 하지만, 보상심리의 소망일 뿐, 어쨌든 남한의 대북정책은 누구에게나 한마디로 외줄 타기임에는 틀림없다. 남한은 북한 핵무기의 인질이기 때문이다. 우리가 일본이나 미국처럼 북한을 우스꽝스런 '피그미족'쯤으로 보아 넘길 수 없는 이유이기도 하다.

한마디로 이 책은 이러한 사색들로 안내할 자료집이기도 하다.

2012년 1월
정자환

3. 이 방 안에 들어오는 이는 누구나_173

4. 거짓의 뿌리_195

5. 기괴한 남한, 위대한 남한 _299

6. 2011년 현대 북한, 미래 북한 _399

프롤로그

먼 훗날 오늘의 북한은 한반도의 어떤 과거로 남을까? 중국이나 베트남 같은 개혁개방을 해서 사회주의체제를 유지하며 자본주의 세계체제에 끼어든 국가로 남을까, 아니면 폐쇄와 독재세습을 벗어나지 못하고 역사에 역진해서 사멸한, 기괴했던 국가로 남을까? 2011년, 아직 판단은 이르지만, 그러나 그 기괴했던 국가도 성립 초기 한때는 역사에 동참하는 신선하고 급진적인 혁명건국을 이루어 낸 적은 있었나? 2007년 10월 김정일은 평양에서 노무현에게 "그 개혁개방이란 말 좀 쓰지 말아 달라."라고 요청했다. 남측 대통령은 판문점에 돌아와 "상대방의 입장을 역지사지해서 앞으로는 개혁개방이란 단어에 신중해야 되겠다."라고 국민에게 보고했다. 개혁개방이 뭐기에 한쪽에서는 찬사로 선물한 것이, 받는 쪽에서는 가장 꺼리는 가시로 들렸을까? 김정일이 중국 방문 때마다 "천지개벽했군요!"라고 격찬한 것도 바로 중국의 개혁개방이 부러워 격찬한 것이 아니었나? 그 또한 자기는 절대로 할 생각이 없는 걸 거짓 찬양한 걸까?

이 글은 이런 문제에 대한 사색을 하기 위한 자료 모음이다. 광복과 건국 후 60여 년 동안 남북 두 국가에서는 각기 무슨 일이 있었던 것인가? 한 민족 한 국가였던 두 사회는 다시 한 문화 한 사회가 될 수 있을 것인가? 된다면 어떤 형태로? 어떤 방향으로? 세계 속에서의 관계는? 인류 보편적 역사 방향과의 관계는 무엇인가?

국가가 시키는 대로 노동과 충성만 제공하면 지배자가 먹을 것과 입을 것과 잘 곳을 제공하는 나라, 북한의 최초의 꿈은 그것이었고, 또 어느 정도 이루어지기까지 했었다. 그런데 1980년대 중반부터 한 달 배급이 보름치로 줄어들었고 1993년부터는 완전히 끊기기 시작했다. 알아서 먹고 알아서 입든가 자든가 하라는 것이었다. 1994년에 김일성이 죽었고, 1995년에 대홍수가 났으며, 세습지도자인 김정일은 효도의 삼년상을 가장하여 백성의 배고픔을 강 건너 불구경하듯 했다. 상중에는 엄숙해야 하는 게 효도니까. 지구상에 태양이 없어졌는데 일반 인민들이야 좀 굶기로서니, 배 좀 고프기로서니 인류를 선도해 나갈 사회주의 정치를 망쳐놓는단 말인가?

배고픈 인민들은 들로 산으로 들풀과 산나물과 소나무 느릅나무 속껍질, 벼 뿌리 등을 캐러 흩어졌다. 들나물들은 싹도 자라기 전에 뿌리까지 캐다 먹어 집 가까운 곳에서는 구할 수가 없었다. 쌀과 옥수수로 채우던 뱃속을 갑자기 풀과 나무껍질로 채웠더니 풀만 많이 먹으면 설사가 계속되었고, 나무 속껍질만 많이 먹으면 변비에 걸려 식구들끼리 항문을 서로 파 주어야 했다. 피 나고 아픈 것이 무서워 파내지 못한 사람은 그대로 목숨을 놓을 때야 스스로 배변이 되었다. 굶는다고 금방 죽는 것도 아니요, 슬슬 전염병부터 걸리고 살살 죽어 가는 동안 도둑에 강도에 살인에 식인까지 가서야 마침내 죽음의 세계가 닥쳐오는 것이, 어디나 언제나 짐승 중의 일부인 사람사회의 아사 과정이기도 하다.

그게 1997년, 1998년의 일이다. 아침마다 일어나 보면 마을의 집집마다 한두 명씩은 방 안에 죽어 있거나, 대문 앞에 죽어 있거나, 장마당, 역전, 쓰레기더미 위에 죽은 시체가 널려 있었다. 관을 만들 목재가 없어서 국가는 철로 된 관을 짜서 도시경(도시건설사업본부)에 놓아두고 누구든 사용했다가 도로 갖다 놓게 하였다. 개인 매장은 사치요, 나중에는 마치 전쟁 때의 대학살처럼 큰 구덩이를 파고 집단 매장을 실시했다. 가족들의 아사는 대략 같은 시기여서 가족장을 치를 기운이 없었으므로, 국가는 각 마을마다 그 마을에서 생겨난 시체는 그 마을에서 공동으로 처리하도록 지시했더니 마을마다 자기 구역에서 생겨난 시체를 밤새 다른 구역으로 옮겨 놓는, 도둑 아닌 투기(投棄) 경쟁을 하기도 했다. 장례도 아닌 '처리'가 쉽지 않았기 때문이다.

원시인이거나 야만인이거나 식인종이어서도 아니고 전후 일단 1950년대 말까지는 매년 30%의 경제성장을 할 정도로 빠른 산업화를 이룬 북한이 어쩌다 이렇게 떼죽음의 나라가 되었을까? 북한 당국의 발표로도 50만 명이요, 남한 통계나 유엔 통계로도 10% 사망이면 200만 명, 15% 사망이면 300만 명까지 추산되는 이 역사적 비극은 대체 어떻게 해서 생겨났을까? 그리고 그걸 보면서 남한은 무얼 어떻게 했고 세계는 어떻게 했나? 일단 산업화를 이루었던 나라에서의 이런 대량 아사는 인류사의 희귀한 사례로서 연구될 것이다. 아니 연구되고 있다. 어떻게 하면 이런 사태가 생겨날 수 있었을까?

이 아사는 살아남은 북한 주민들만 본 게 아니라 남한과 인류 전체가 가만히 지켜보는 가운데서 생겨난 인류 체험이기도 하다. 북한의 지배층은 말할 것도 없지만. 이 시대 세계는, 남한은, 한반도는 이 기억을 결코 잊어서는 안 될 것이다. 이들의 희생은 인류에게 기억되어야 한다. 물론 일차적으로는 북한의 세습독재와 폐쇄정책과 억압정치, 혈통정치 때문이지만, 남한과 세계가 함께 몰아간, 만들어 간 이 시대 분단정책의 결과이기도 하기 때문이다. 더구나 이들은 굶어 죽어 가면서 모두들 '통일'이 안 되어서 자기들이 굶어 죽는다는 생각을 갖고 죽었다. 죽은 자는 말이 없지만 〈좋은 벗들〉이란 불교재단에서 이들 주검의 경험을 안고 중국 땅으로 넘어온 탈북자들의 북한에서의 체험기들을 아주 적시인 1999년과 2000년에 출판해 두었는데, 이들 300여 개의 살아 있는 사례들이 모두 기아방지의 방안으로는 '통일'이라는 엉뚱한 처방을 내놓고 있는 점 또한 희한한 일치이기도 하다.

아무리 김정일이 선군(先軍)정치를 내세워 북한 주민들을 천재적으로 세뇌했다고 하더라도 그렇게 완벽하게 세뇌당하는 국민은 또 웬 변고인고? 모든 탈북자는 통일이 안 되어 북한에 쌀이 없고 대량아사가 생겨난다는 믿음을 갖고 있다. 통일은 왜 쌀인가? 하기는 1997년과 1998년 무렵 남한과 세계가 북한에 쌀을 보내 주지 않은 것은 아니다. 보내 줬는데 그걸로 미사일 만들고 간부들 먹이는 데 썼지, 인민들은 횡령된 남한 쌀이 장마당에 나온 다음에야 비싼 값에 사 먹었을 뿐이었다. 그리고는 이명박 정부 들어와 상호주의가 나왔고 주민에게 쌀이

전해지는 투명성이 보장되지 않는 한 쌀을 보낼 수 없다고 하자 역도 (逆徒) 소리가 나왔다. 천안함 침공 분쟁이 시작되었고 1번이라는 '번' 자를 북이 썼느냐 남이 썼느냐는 논란까지 생겼었다.

그리고 전 주한미국대사이자 전 미CIA 요원이기도 했던 도날드 그 레그는 2010년 9월 4일자 「한겨레신문」 기자와의 인터뷰에서 "북한은 그런 강력한 어뢰를 만들 능력도 기술도 없고 그리고 당시 북한이 6자 회담 참여와 북미 및 남북회담을 제의해 놓은 상태에서 그런 엉뚱한 짓을 저지를 이유가 전혀 없었다."라고 천안함 사태는 기뢰폭발이나 암초나 어망에 의한 단순사고였다는 러시아 측 설명에 동조했다. 북의 도발도 남의 자작극도 아니요, 단순사고였다는 해석이다. 러시아와 중 국이 남한의 국제합동조사단 발표에 동참하지 않는 이유이기도 했다.

또 그리고 1950년 6월 25일 시작된 한국전쟁은 왜 그리 미련하리만 치 참혹해야만 했던가? 전투하다 죽은 군인 숫자보다 정치적 예비학 살로 죽은 민간인 피학살자 수가 더 많다는 것은 동족 간의 전쟁이었 다는 의미와 더불어 이 전쟁을 전쟁이 아닌, 자기 속의 반동분자 대청 소의 수단으로 써 먹었다는 것을 의미한다. 어차피 남북은 광복 후부 터 1950년까지 5년 동안에 38선을 느슨하게 감시하는 척하면서 남북 의 체제를 택할 기회를 충분히 국민들에게 준 셈이었다. 그럼에도 불 구하고 한 번 선택한 바를 후회하는 국민이 있으면 이 기회에 다시 선 택하기 전에 미리 예상하여 선별해 낸 다음 한 구덩이에 넣고 석유 뿌 리고 불을 질렀던 것이다. 물론 속여서 골라냈다. 그렇게 할 수밖에 없 었던 것은 그가 살아 있는 채로 세상이 바뀌면 바로 그가 나를 죽일 것 이 거의 확실했기 때문이다. 서로는 서로에게, "흥! 세상 바뀌면 네가 내게 이렇게 하렴." 하면서 고문하고 죽이고 했는데 세상이 정말로 두 번씩이나 바뀌었던 것이다. 각기 석 달씩에 불과했지만.

2차대전을 끝내자 세계는 사회주의 진영을 인정하지 않을 수 없었고, 사회주의체제는 자본자유주의체제와는 섞일 수 없었으므로 어딘가에 두 체제의 치열한 공방전선을 만들지 않을 수 없었고, 그게 한반도의 38선이었는데, 남북은 또한 어떤 연유에서인지 그 미련한 자살 공방전을 미소나 세계가 만족하리만치 치열하고 비열하게 치러 내 인류사에 아로새겼던 것이다. 미리 죽이기, 예비 검속, 열 명 가운데 무고자 아홉 명을 죽이는 건 필요악이니 한 명의 의심분자도 놓치지 말지어다. 그게 뒷날 내 목숨을 부지하는 보장법이었다. 날 죽일 놈들을 미리 죽여 놓자. 호랑이 새끼는 기르면 반드시 후과가 온다. 모든 인간은 날 죽일 자와 내 편들어 그들을 죽일 자, 두 편으로만 갈라진다. 그 중간은 없다. 공손한 무관심, 선의의 무관심, 상보공존의 시민의식은 거짓이다. 믿지 말라. 내가 그를 먼저 죽이지 않으면 그가 나를 죽인다. 그게 분단사회를 이 세상에 만들어 낸 목적이었고 남북한은 그 목적을 전쟁을 통해 잘 이행해 냈다. 동족끼리여서 더 잔인했다.

맞다. 왜 그렇게 잔혹했던가? 먼저 거짓말을 떡 먹듯이 시치미 떼고 시작한 것은 물론 북한 측이었다. 두 달 전부터 치밀하게 38선 근처에 군대를 몰아다가 대기시켜 놓고는 "몇 월 며칠 새벽 몇 시 미제의 주구에 의한 이승만 도당의 북침에 대응하여 하는 수 없이 남한해방전에 나설 수밖에 없었다."라는 말이 전쟁의 첫 거짓말이었다. 북한 주민들은 아직도 모두 그렇게 믿고 있다. 아니 지금도 1953년 7월 27일 휴전일을 북한의 전승절(戰勝節)로 기린다. 그 작은 북한이 그 큰 대국 미국을 물리친 날이라면서.

김일성이 거짓말 아닌 말을 한 적이 몇 번이나 있을까? 거짓말은 남한도 마찬가지이다. 자기는 국회도 모르게 한강을 넘어 여수에서 검은 안경을 쓰고 쪽배로 부산으로 향하고 있으면서 계속 서울은 안전하니 시민들은 꼼짝 말고 자리를 지키라고 하면서 한강 다리를 끊었다. 지리산 빨치산들이 거창·산청 등에 출몰하여 밤에만 내려오고 낮이면 산에 숨어 잡을 수 없자, 그 빨치산들에게 밤에 밥을 준 주민들을 쏘아 죽이고는 빨치산을 죽였노라고 훈장을 탄다든가, 국회진상조사단이 내려오자 김종원 소령을 시켜 조사단 자체를 위협사격하고 공비가 쏘았다고 보고하게 하는 것 등의 수법은 남북이 거짓말 경쟁에서 한 치도 틀리지 않는 쌍둥이라 할 만하다.

김일성은 인류 역사상에서 거짓말을 가장 잘 활용한 정치가로 기록될 것이다. 바로 그 능란한 역사 위조 기술로 해서 거짓 왕조를 1세기나 유지하고 있으니 말이다. 북한에서는 어떤 역사책이나 문학작품도 당의 검열을 통과하지 않은 출판은 없다. 아니 처음부터 당의 지시에 의한 제작이 아니고는 시작이 안 된다. 그런 만큼 모든 출판물은 당의 생각이고 그 당이란 즉 수령 한 사람을 말함이다. 그러니까 도대체가 당의 권위, 즉 수령의 권위를 보강하고 정권을 공고히 하기 위한 제작이 아니면 생겨날 수가 없다.

이를 다시 말하면 모든 출판도 창작도 선전물도 정권 유지를 위해서라면 어떤 거짓말을 만들어 내도 그게 바로 진실이고 역사가 되는 것이다. 현재를 장악하는 자가 과거도 장악하고 미래도 장악한다. '장악'이란 창조해 내고 제작해 낸다는 뜻이다. 현재도 과거도 미래도 멋대로 만들어 낸다.

북한의 역사책들이 수백 권이 있고 그 수백 권이 모두 거짓말이지만, 여기서는 각기의 숙청사와 연계되어 조작된 가장 위대한 거짓말의 압권들인 세 권의 역사책만 언급하겠다. 책에서만 거짓말을 하는 게 아니라 그 거짓말을 하기 위해서는 그 거짓말을 거짓말이라고 알 수 있을 만한 사람부터 제거하고 나서 그 거짓 역사책을 쓰게 한다. 그러니까 거짓말이 말에 그치는 것이 아니라, 몇 정치가들의 목숨과 존재를 이 세상에서 싹 사라지게 한 다음, 그 거짓말을 쓰게 하기 때문에 역사책이야말로 거짓 역사만이 아니라 숱한 사람 목숨을 앗아간 거짓 책이다.

누구든 김일성의 경쟁자가 될 만하거나 김일성보다 교육을 더 받았거나 김일성보다 항일투쟁 전공(戰功)이 더 찬란한 사람은 인민들에게 알려지기 전에 얼른 없애 버려야 한다. 없애 버릴 때마다 그가 사라져야 할 죄목이 만들어져야 하고, 증거가 만들어져야 하고, 그를 아는 모든 일파들이 부수상에서 노동자 친척 인민까지 모두 함께 처치되어야 한다. 직계가족은 물론 친척까지도 그 사실을 아는 한 보복이라는 후과를 가져올 위험이 있기 때문이다.

김일성보다 잘난 사람은 살아 있으면 안 된다. 거짓을 냄새 맡을 수 있는 날카로운 감성을 가진 예술가도 살아 있으면 안 된다. 만주의 중국 중학교 2년 중퇴인 김일성의 학벌보다 더 높은 학력을 가진 자도 살아 있으면 안 된다. 혹자는 "북한의 간부 중에 김일성대학 졸업자도 많다."라고 하지만 김일성대학은 농촌 봉사하고 건설 노동하고 부패 배우고 졸업장 팔아먹는 곳일 뿐, 학문 없는 대학이긴 마찬가지이다. 전부 국졸이거나 한글을 겨우 깨친 자가 가장 적당하지, 양심을 가졌거나 세상 돌아가는 것을 알고 싶어 하거나 인간성 알아보는 후각이나 촉각이 발달된 사람들은 모두 금물이다. 저승으로 가라. 다른 나라에 가서 살든지. 여기는 머슴과 소작인만 있는 게 좋다. 종교나 하나님을 가진 자는 모두 사라져라. 너희는 나를 하나님으로 섬기지 못하리니.

최창익은 김두봉·무정·박일우 등과 함께 연안파(식민지시기 중국 연안에서 항일무장투쟁한 사람들)의 거두였다. 조선독립동맹과 조선의용군의 간부로서 중국에서 항일전투를 지도했던 공산주의자였으며, 국내에 있을 때도 한국 초기 공산주의 운동가로서 8년간 감옥살이 끝에 출옥 후 중국으로 건너가 항일공산주의운동을 했다. 광복 후 북한으로 돌아가 내각부수상과 당정치위원으로서 백남운 등과 함께 김일성대학에서 강의하면서 『조선민족해방투쟁사』라는 책을 임시교재로 써서 사용했는데, 그중 가장 중요한 공산주의운동 부분인 5~7장을 썼다.

최창익은 만주빨치산운동이 중국에서의 연안파들의 공산주의운동보다 얼마나 컸는지 작았는지 알 수 없는 상태(아니면 알았는데도 거짓말해 주었는지도)에서 그래도 김일성의 만주파를 의식해서 마치 만주파가 연안파나 국내파나 소련2세파 등 공산주의운동의 중심이 되었던 것처럼 쓰면서도, 그러나 연안파의 운동도 있었음을 균형 맞춰 쓰느라고 노력했다. 그러나 한 번 양보가 백 번 양보로 이어지고, 백 번째 양보는 죽음에 이르는 단초를 제공한다는 것을 뒤늦게야 알게 되었다. 국내파가 1953년 전쟁이 끝나자마자 숙청되고 이어 1956년에는 연안파와 소련파가 숙청되자 드디어 1958년에는 '이나영'의 이름으로 바로 이 최창익의 글을 비난하는 것으로부터 시작한 똑같은 제명의 『조선민족해방투쟁사』가 새로 나왔던 것이다.

이나영은 이 책 첫머리에서 최창익 등이 쓴 앞서의 『조선민족해방투쟁사』는 만주파만 유일하게 정도를 걸은 공산주의운동이었을 뿐, 다른 파는 종파분자들의 해악행위로서 위대한 공산주의에 해가 되는 하찮은 종파행위였음에도, 마치 연안파나 소련파도 있었던 것처럼 썼던 것을 강하게 비난했다.(이나영, 1958, 『조선민족해방투쟁사』, 조선노동당출판사, 3쪽) 1956년에 최창익 등이 숙청당한 직후에 다시 쓴 책(1958년)이기 때문에 마음 놓고 타 지역 운동들을 지워 버리고 만주파의 운동만이 유일한 정통한 공산주의운동이었다고 위조한 것이다. 그러니까 이나영의 이 책부터 북한의 만주파, 국내파, 연안파, 소련파 등 4개 파의 연합정권은 사라지고 오로지 김일성 하나만의 독단적인 만주파, 즉 갑산파 정권으로 변한 것이다. 연합정권이 사라졌다는 것은 나머지 3개 파에 속했던 공산주의 정치가들이 모두 제거되었다는 뜻이기도 하다.

두 번째로 더 큰 위조는 1968년 백봉이 쓴 『민족의 태양 김일성 장군』이라는 책이다. 1967년까지는 북한의 모든 역사책에서도 남한의 근대사에서처럼, 1866년 대동강에 들어왔던 미국 상선 셔먼호(號)를 물리친 것은 평양 시민들의 화선(火船)기술을 지도했던 제대장교 박춘권(朴春權)이었다고 기록되어 있었다. 그런데 갑자기 백봉의 이 『민족의 태양 김일성 장군』이라는 책에서 '박춘권'이라는 이름을 완전히 지우고 김일성의 증조부라는 김응우(金膺禹)가 바로 이 지도를 한 화선기술의 개발자요, 역사적 인물로 등장한다. 김일성이 태어났던 만경대가 바로 대동강변이고 박춘권과 동시대인으로 김일성 조상 중 증조부 김응우가 시기에 들어맞았기 때문에 김응우가 갑자기 등장한 것이다. 김응우가 박춘권과 동시대인지 나아가 1866년에 그 나이쯤에 맞는지도 확인할 수 없었겠지만, 조부 김보현을 대신 넣기에는 너무 어렸을 테고 그렇다고 고조부의 이름까지는 몰랐을 수도 있다.

어쨌든 백봉 책 이후 북한의 모든 공식 역사책들, 즉 모두 33권이나 되는『조선전사』라든가『백과사전』,『정치사전』등이 모두 이에 따라 김응우로 박춘권을 대체하고 있다. 가장 나중에 쓰인 김일성 회고록에서야 김응우가 주로 했고 박춘권도 단역을 맡았었노라는, 배 주고 속 빌어먹는 염치를 챙기기도 하는 우스운 짓을 하고 있다. 이뿐만 아니라 김일성과는 상관도 없었고, 오성륜 등 다른 3인의 발기로 만들어진 '조국광복회'도 마치 김일성이 조직하고 발기문 등 10대 강령을 만들었던 것처럼 만들어, 조선 국내에까지 조직을 확대하고 바로 보천보(普天堡) 공격도 이 광복회의 조직을 이용한 전투였던 것으로 위조했다.

조선광복회가 당시 항일연군 정치위원이었던 오성륜에 의해 조직되었고, 보천보 공격 때 국내 조직을 활용했던 것도 맞지만 그 보천보의 공격 지도자는 북한의 3대 김일성(1, 2, 3대 세 김일성에 대한 설명은 이 책 214쪽에 자세히 후술된다.)이 아니라 동북항일연군 제1군 제6사장(師長) 김일성이라는 1대 김일성이었고, 바로 그 1대 김일성의 대면 지시로 보천보 지리를 지도로 그려 주어 공격이든 약탈이든 성공케 한 광복회원이 바로 박달과 박금철, 이제순 등이었는데, 박달은 바로 그 사건으로 해서 혜산사건에 연루되어 사형 직전 광복으로 서대문감옥에서 출옥했으나 고문후유증으로 앉은뱅이가 되었고, 박금철은 김일성 치하에서 높은 벼슬을 1967년까지 꽤 오랫동안 하면서 다른 파들의 숙청에 김일성 손발 노릇을 하다가, 다 이용당한 후에는 그 또한 제거되는 게 바로 김일성의 이적치적(以敵治敵)의 숙청 수법이기도 하다.

이제순은 사형되었고 그 동생 이효순 역시 김일성 밑에서 당정치국 비서국 비서와 대남사업총국장으로 남파간첩을 관리하다가 박금철과 함께 숙청되었다. 말하자면 이 세 사람이 3대 김일성인 북한 김수령이 사칭한 1대 김일성의 얼굴을 아는 유일한 사람들로서, 아무리 입을 다물고 있다 하더라도 3대인 북한 김일성은 안심치가 않았을 것이다. 오해를 막기 위해 한마디 덧붙이겠는데 북김, 즉 3대 김일성(金聖柱)도 1대 김일성(金成柱)이 사장(師長)으로 있던 제6사(師)의 대원이었긴 했다. 1대가 이끌었던 보천보 약탈 때 3대도 함께 갔었을 수도 있고 빠졌을 수도 있지만, 아무튼 박달과 박금철 등이 심부름했던 김일성의 얼굴은 1대였던 것만큼은 확실하다.

아무튼 박달 등은 1945년 서대문감옥에서 나와 북한의 김일성이 평양공설운동장에서 환영식을 받았다는 소식을 듣고 평양에 가서 김일성을 보고는 실망했다는 기록은 박갑동의 책 등 여러 곳에서 발견된다.(박갑동, 1997, 『북조선 악마의 제국』, 서울출판사) 박달은 일찍 죽었지만 박금철은 이 경력 하나만 가지고도 김일성에게는 눈엣가시였을 텐데도 오히려 타 정파들을 숙청하는 데 앞장 서 이용만 당하다가 드디어 용도가 끝나자 자신도 같은 피숙청으로 끝난 것이 김일성의 용병술의 교활함과 비열함이다. 아무튼 백봉의 『민족의 태양 김일성 장군』은 1967년 박금철, 이제순 등이 숙청된 직후인 1968년에 나왔는데 역사 위조의 절정을 이루는 희대의 걸작이라 하겠다.

1대와 3대는 본명까지도 그 음이 우연히 일치하는 김성주였는데 북김은 '성(聖)주'였고 1대는 '성(成)주'였는데도, 북김은 자신의 '성(聖)주'란 본명까지도 '성(成)주'로 고치면서까지 1∼2대 김일성을 모두 없애, 자기 혼자 그 전투 공적들을 차지함으로써 두 선배 김일성들을 두 번 죽였다. 두 김일성은 역사에서 사라졌다. 그들이야말로 복권되어야 한다. 복적되어야 한다. '성(聖)주'의 동생들은 철주·영주 등으로 '주'자 돌림이었고, '성(成)주'의 동생은 성보(成甫) 등으로 '성'자 돌림이었음이 현재 살아 있는 북김의 동생 김영주로 드러난다.

김성보 역시 사촌 형 김일성(金成柱)에게 독립운동자금을 지원한 죄로 일제에 체포되어 감옥살이 한 기록이 남아 있어 이 두 이름이 전혀 다른 두 집안의 돌림 항렬 이름인 것이 증명되어 있다. 성주(聖柱)가 아니고 성주(成柱)라고 해서 '주(柱)'자 돌림의 맏형이 될 수 없다는 법은 없지만, 북김이 평남 칠골의 창덕초교나 만주의 육문중학교 다닐 때 동급생이던 짝꿍들이 북김이 '성주(聖柱)'였다고 모두 증언하고 있다. 남한에 내려와 사는 김 주석의 짝꿍들이 많다.

세 김일성을 한 사람으로 빚어 만들어 낸 여파는 이것 말고도 또 있다. 북김은 세 김일성의 전공(戰功)들을 모두 자기 혼자만의 공적으로 위조하느라 1∼2대 두 김일성의 행적을 모두 자기 것으로 할 수 있었지만, 이 두 김일성이 가졌던 처(妻)들조차 자기 것으로 할 수는 없었다. 북김의 첫 처는 세상이 다 알다시피 김정숙이고 그 아들 김정일은 장자우선주의를 주장하여 '곁가지 천대하기'에 여념이 없었는데, 브루스 커밍스라는 미국의 북한학자는 신중치 못하게도 북김의 첫 처는 김혜순이었노라고 책에 쓰고 있다.(North Korea:Another Country, 2004, 남성욱 역, 『김정일 코드』, 2005, 39쪽) 2대 김일성의 처 김혜순이 부상당한 채 일경에 붙잡혀 남편의 신분을 털어 놓았고 바로 그 일경의 집에서 식모살이까지 했는데, 북김이 이 세 명의 김일성을 모두 자기 하나라고 했으므로 커밍스는 당연히 김혜순도 북김의 첫 아내였다고 생각할 수밖에 없었던 것이다. 말하자면 김정일의 큰엄마가 되는데, 조강지처의 첫 장자임을 강조(곁가지 비하론)하는 김정일이 커밍스를 데려다 혼내줄 일이다.

아무튼 북 김일성의 정체는 이렇게 천 조각 만 조각 남의 것을 떼어다 붙여 만든 조각보이고 그 조상들 역시 역사적인 인물들을 있는 대로 끌어다 쓴 허위 가계보인데도, 이제 그 조작들을 따져서 뭘 하겠냐고 남과 북의 학자들은 무관심하다.

이상의 김일성 숙청사와 김일성 근대사 위조사를 짝지어 파헤친 것은 모두 이명영 교수의 필생의 작업이었다. 황장엽과 김학철 등은 이명영 생전에 그와 교류가 있었다. 이들 둘은 그들 나름대로 김일성 비리, 테러성, 무지성을 파헤치는 데는 남다른 공헌들을 했지만 이명영 같은 김일성 역사 위조 파헤치기에는 동참한 흔적이 없다. 현실적으로 수만 명, 수십만 명을 '숙청'이란 이름의 총칼로 목숨을 빼앗고 탄광이나 산골 벌목장이나 정치범 수용소로 보내 노동사(勞動死-굶기고 혹사시켜 죽이기)시킨 것이 더 중요하지 그까짓 역사쯤이야 책 속에서 글로 좀 위조한 것쯤이야 산 생명 죽이기에 비할 바가 아니라는 생각이었을 것이다.

황장엽은 지금도 북김의 보천보 전투를 믿고 있다. 다만 그 보천보라는 동네가 인구 2,000명도 안 되는 시골의 한산한 면소재지에 불과한 촌락을 침소봉대하여 거대한 전투였던 양 사적지로 만든 점에 대한

과장죄만 적용해서 비난할 뿐이다. 다시 말해 이명영의 김일성 역사 위조설은 김일성 가짜설로 잘못 와전되어 코웃음을 받고 말았다. 산 사람이 어떻게 가짜일 수가 있느냐는 것이다. 모두가 김일성을 보았고 만져 봤고 82년이나 살아 있었는데 어떻게 김일성이 가짜냐는 것이다. 유령도 귀신도 짐승도 아니요, 분명히 사람의 탈을 쓴 정치가였고 수천만의 인민들의 운명을 손에 쥐고 흔들어 댄 역사적 생물인데 어찌 감히 가짜설을 낼 수가 있느냐는 반박이다. 그렇다. 김일성은 정말 살아 있었던 사람이다. 수천만 명을 수십 년 동안 전혀 딴 생각을 못하게 하고 굶어 죽거나 배 터져 죽게 만들었으며, 사상개조 즉 인간개조란 이름으로 노동사시킨 생사람이다.

황장엽은 김일성의 정치비서 겸 김일성대학 철학교수로서 주체사상을 만들어 바친 사상가이고 1997년에 김정일을 피해 남한으로 망명했다. 망명 후 그의 친척 수백 명인지 수십 명인지가 기차 한 칸을 차지하고 붙들려 가 수용소행이 되거나 처형당했다는데, 그중 어떤 한 황씨는 자신은 "생전에 황장엽이란 친척이 있다는 것도 몰랐고 수백 촌 수십 촌 먼 친척인가 본데 평소에 황장엽의 덕을 본 적도 없는 날 이렇게 포함시키면 억울하다."라고 호소했더니 보위부원의 대답이 "그러나 너도 같은 본(本) 황씨인 것만은 틀림없고 같은 피가 섞인 것도 틀림없지 않느냐."라고 하면서 못 들은 체하더란다. 북한은 이렇게까지 혈통에 핏줄에 정직하고 순수한 나라이다. 정확한 피의 분석—몇백 분의 일이 섞인 수백 촌이라도(부계로만) 정치범 때는 연좌된다. 김정일은 피에 정직해서 곁가지(김성애의 아들들)를 버리고 맏아들 승계론만 찾아 왕조를 세습하더니 자기의 후계에서는 맏아들도 둘째아들도 버리고 막내아들을 후계로 삼는 듯하다. 엄정한 혈통주의도 때로는 편의대로 간다.

김학철은 1932년 윤봉길의 상해 홍구공원 테러사건에 큰 충격을 받고 1934년에 보성고등학교를 졸업한 후 1935년 상해임시정부를 찾아 망명했다. 상해에서 의열단에 가입하여 1936년에 조선민족혁명당에 입당해 김원봉의 부하가 되었다. 1941년 하북성 호가장(胡家莊) 전투에서 일본군과 교전 중 부상해서 포로가 되었다. 1945년 일본 나가사키형무소 수감 3년 반 만에 왼쪽 다리를 절단하고 광복을 맞아 출옥하여 서울로 왔다. 1946년까지 서울에서 창작 활동을 하다 11월 좌익 탄압으로 부득이 월북해서 북한에서 노동신문 기자와 인민군신문 주필을 하면서 작품을 발표했다.

1948년에는 금강산에 있는 외금강휴양소 소장으로 있을 때 김일성이 어린 김정일을 데리고 수차 찾아온 적이 있다. 이때 김학철은 김일성의 인격에 대단히 실망했다. 김학철 주위에 교회가 있어 그 목사가 반동적 설교를 하되, 법에 걸리지 않을 만큼만 골라서 하기 때문에 뭐라 탓할 수도 없다고 했더니 김일성의 해답이 "믿을 만한 민청원 몇을 시켜 컴컴한 골목에서 즉살나게 패주라요. 버릇이 뚝 떨어지게." 였다. 김학철은 『최후의 분대장』이란 소설에서 이 이야기를 하면서 "공산주의자란 미운 놈을 컴컴한 골목에서 패 주는 따위의 너절한 짓은 않는다."라고 쓰고 있다.(김호웅·김해양 편저, 2007, 『김학철평전』, 실천문학사, 326쪽)

『20세기의 신화』의 한 인물은 이렇게 말한다. "아무래도 이력을 속일 수밖에 딴 도리가 없을 것 같아. 김일성의 직계가 아닌 사람이 항일 무장투쟁을 했다는 경력을 갖고 북조선 천지에서 살아 나간다는 것은 구들장을 지고 바다를 헤엄쳐 건너가겠다는 거나 마찬가지야. 차라리

'일본 놈의 앞잡이 노릇을 했습니다.' 하는 게 나아. 사랑하는 조국을 위해 총을 들고 싸운 게 전과가 될 줄을 누가 알았겠습니까? 그 죄 아닌 죄로 박해를 받을 줄을 누가 꿈엔들 생각했겠습니까? 김일성의 두 손에는 조선공산주의자들의 피가 묻어 있단 말이요."(위의 책 339~340쪽) 그러나 황장엽도 김학철도 보천보에 대해서는 "하찮은 보천보를 공산주의의 예루살렘으로 만들어 놓았다."라고 불평할 뿐 1~2대 김일성을 모두 합쳐 사칭한 3대 북김에 대해서는 몰랐거나 무시했거나 용서했다.

남한의 젊은 북한학 전공자들은 물론 이명영, 허동찬 등의 김일성 역사 위조설에는 전혀 동의하지 않는다. 말하자면 김일성이 위조해 낸 역사 사실의 글들을 모두 그대로 받아들이는 편이다. 우선은 본인의 입으로 본인이 했다고 하는 사실들은 받아들여 보는 입장으로 연구를 시작해야 할 것이 아니겠는가 하는 태도다. 그것밖에는 글로 된 자료가 없으므로. 물론 증조부 김응우가 대동강 셔먼호 화선침몰의 주인공이라든가 김일성이 13세에 ㅌㄷ, 즉 '타도제국주의동맹'을 조직했다든가 하는 것까지는 믿지 않는다.(물론 '가랑잎으로 압록강을 건너시고' 도 안 믿는다.) 그러나 믿지 않는다고 언급하지는 않으면서도 기타 김일성이 그럴싸한 나이에 그럴싸한 다른 인물들의 공적을 훔쳐다가 또는 전혀 새롭게 날조하여 써먹은 공적들에 대해서는 '내재적 접근법'이니 당시 만주의 기후조건이나 보급사정 등이 20대 장군 이외에는 30대 이상 장군이란 있을 수가 없는 악조건이었음을 들어, 젊은 김일성인 북김의 만주빨치산 보천보 장군설이 더 설득력이 있지, 이 외의 북김보다 약

7~8세가 위였던 다른 두 김일성들이 오히려 일본 경찰 자료의 오류요, 영악한 북김 등이 일부러 위장 자료를 퍼뜨린 것에 속아서 만들어 낸 잘못된 자료들이라는 결론들이다.

예를 들어 이종석은 부대 소속이나 이름은 비록 중국군인 '동북항일연군'이나 '동북인민혁명군'이었다 하더라도 부대원 대부분이 조선 사람 빨치산들이었던 만큼 북김이 그 군대를 '조선인민군'이라 후칭(後稱)한들 뭐 그리 거짓말이겠느냐는 태도이고(이종석, 1989, 「북한 지도집단과 항일무장투쟁」; 김남식 외, 「해방 전후사의 인식」 5, 한길사), 북김이 바로 이 조선인민해방군을 이끌고 1945년 8월 9일 북조선을 침공해서 일본군의 항복을 받아 조선 해방을 이끌어냈다는 정도의 거짓말쯤이야 정치인으로서는 할 수 있는 거짓말이 아니었겠느냐는 입장이다.

박명림의 경우는 이명영, 허동찬 등의 주장에 대해서는 일언반구의 언급도 없이 이종석의 이런 만주 기후 악조건설 등만은 인용하고 있는 것을 보면, 설사 김일성의 역사 위조가 약간 있었다 한들 그게 역사 해석이나 오늘의 북한 정치사정, 경제사정 진단에 무슨 영향을 주겠느냐는 입장임이 확실하다. 있는 줄 알면서 언급 않는 것도 큰 언급이며 또 그 반대쪽의 언급을 인용하고 있다는 것 역시 더 큰 언급이기 때문이다. 박명림은 북한의 정치 경제들의 통계치 등을 들어 북한은 곧 망할 것이라는 이명영식의 진단을 하고 있는데 그 통계적, 역사적 내용은 다음과 같다.

말하자면 이명영 등은 북한의 역사 위조사와 북한 숙청사의 일치성을 들어 북한 역사를 해석한다면, 박명림은 역사 위조 문제에 대해서는 전혀 관심을 두지 않는 채로 북한의 폐쇄정책, 세습정책, 유일사상,

주체사상이라는 고립정책에만 원인을 두고 있다. 그런데 사실 이런 폐쇄정책, 고립정책을 왜 강행, 고집할 수밖에 없었겠느냐는 진단에 있어, 이명영은 북한이 개혁개방을 절대 할 수 없는 이유로, 김일성의 일관되고 점차 부풀어 간 역사 거짓말의 확대일로에 원인을 두고 있는 반면, 박명림은 김정일의 역사 역진(逆進)적인 정치 억압과 폐쇄 고립정책에서만 원인을 찾는 셈이라고 할 수 있다.

한마디로 이명영은 김일성이 아들에게밖에는 정권을 넘겨줄 수 없었던 이유로서 다른 집단체제로 갔더라도 자신의 거짓말이 새어 나갈까 봐 가족세습으로 갈 수밖에 없었다고 진단한 반면, 박명림은 김일성의 무능과 교만이 가족정치라는 인류 보편사에 역행하는 우를 범한 것이, 개혁개방을 못 하게 한 원인이었다고 보는 셈이다.

어쨌든 박명림은 「근대화, 민주주의 문제와 현대 북한체제 : 기원, 전개, 전망」(2002, 아세아연구 통권 109호)이라는 논문에서 수많은 북한의 통계치들을 들어 북한이 망해 가는 역사를 분석하고 있다. 박명림이 인용하는 북한 통계치는 두 가지이다. 하나는 북한이 이미 전쟁 직후 평양시내에 미군이 완전폭격을 해서 살아남은 건물이 한 개도 남아 있지 않은 상태에서 김일성이 인민들을 어떻게 총동원해서 그리고 인민들이 정말로 토지개혁과 빠른 건설에 감복해서 자발적으로 총동원되어 복구건설에 기적적인 힘을 발휘했고, 1950년대 말에 이미 현재 평양의 외형이 갖추어져 한 20년 잘 구가해 오다가 부자세습 후에 유일사상체제로 전환한 후 어떻게 경색되어 현재의 평양이 1950년대 말의 평양만도 못한 상태에 이르게 되었는가를, 믿지 못할 북한 통계지만 통계숫자를 들어 증명한 것이다.

박명림에 의하면 1950년대 말, 이때야말로 북한은 서방 공산주의자들의 찬양을 받기도 했다는 것이다. 그가 제시하는 통계치는 이렇다. 광복 직후인 1946년 경제성장을 100으로 기준할 때 전쟁 직후인 1953년에는 70이었고, 1956년엔 153, 1959년엔 305, 1960년에 328이 될 정도로 특히 공업총생산은 연평균 성장률 30%를 구가하는 급성장이었다는 것이다. 북한은 이때 이미 한국의 1960년대 박정희 경제개발 5개년 계획이나 중국의 등소평 1978년 경제개발과 같은 경제개발을 끝냈다는 것이다.

그러나 또 하나의 통계치는 바로 이것 때문에 북한이 이제는 중국과 같은 개혁개방이나 1960년대 남한과 같은 산업화는 할 수 없다는 것이다. 산업화라는 게 농업인구를 공업인구로, 농촌인구를 도시인구로 바꾸는 작업에 다름 아닌데, 북한은 이미 1950~1960년대에 이 작업을 끝냈다는 것이다. 1978년도에 첫 산업화를 시작한 중국은 초기 산업화 권위주의라는 공통점 외에도 남한과 같이 거의 무제한의 농촌 유휴인력을 노동력 동원을 위한 산업화 저수지로 사용할 수 있었다는 점에서도 남한과 동일했다는 것이다. 그러나 현재의 북한은 전혀 그렇지 않다. 지금의 북한이 개혁개방을 한다면 그것은 중국 같은 초기 산업화가 아니라 재산업화일 수밖에 없다는 것이다. 게다가 이 사이 북한은 황제주의 시저리즘(caesarism)의 군사국가를 세워서 수령제와 경제붕괴 및 체제 실패를 동시에 불러왔다는 것이다. 그렇게 해서 북한은 오늘과 같은 유례없는 민중 고통과 민주주의 부재의 죽은 사회를 만들었다.

그러나 이 두 그룹의 처방은 똑같다. 민주주의와 통일 문제는 분리

__ 거짓의 두 왕국, 북한은 남한에게 무엇인가?

되기 어려우며 분단주의의 반대는 통일주의가 아니라 보편주의라는 민주주의인데, 독일의 통일도 흡수통일이 아니라 동독의 민주적이고 평화로운 민주적 이행이었다는 것이다. 남한 민중이 스스로 권위주의를 뚫고 세계에 드문 민주주의를 만들어 냈듯이, 북한도 스스로 인류 보편인 민주주의를 어떤 경로를 통해서건 만들어 내지 않으면 통일은 불가능하고 불필요하다는 게 모든 북한 전문가들의 일치된 처방이다.

이제 북한에서 자본주의적 기업의 싹틈은 대세이다. 1997~1998년의 고난의 행군을 거치면서 착하고 능력 없는 사람들은 모두 "친애하는 지도자님 더 충성을 하지 못하고 먼저 저 세상으로 가서 죄송합니다. 용서하십시오."라면서 굶어 죽었고, 자기들 표현대로 '여우와 승냥이들' 만 남아 새 조선을 일구어 나가는 중이다. 사회주의체제 속에서 자본주의로 살아가자면 여우와 승냥이 게임이 아니고는 살아남을 수 없으리란 것을 북한 주민들은 이제는 잘 알고 있다. 국가에서 주는 배급만 가지고 먹다 굶다 하다가 배급이 끊기자 모두들 집에 남아 있던 장롱이나 쌀뒤주, 찬장 등 살림살이를 한 가지씩 들고 나가 쌀이나 옥수수를 바꿔다 끼니를 이었고, 이들 살림살이를 양식과 바꾸기 위해서도 열흘에 한 번씩 있던 오일장, 십일장은 매일장으로 바뀌지 않을 수 없었으며, 평양에는 아예 종합시장이라는 상설건물이 생겨나게 되었다. 이것이 북한 자본주의 맹아(萌芽)의 시작이었다.

비사 그룹뻬(비사회주의 그룹)가 아무리 쳐 내려오고 김정일 식 모기장을 아무리 철통처럼 쳐 대도 굶어 죽는 사람들의 새빨개진 눈초리와 멱살에는 아무리 무서운 보위원들도 손을 쓰지 못했다. 차라리 장사꾼들에게 세금 대신 뇌물을 챙기는 편이 현명했다. 굶지 않으려니 집집마다 남한의 1950~1960년대 유행했던 가내공업이 생기지 않을 수 없었고, 이를 수거하는 중간 업자가 생겨나지 않을 수 없었으며, 이를 총관장하는 기업가가 생겨나지 않을 수 없었다. 김정일은 하는 수 없이 2002년 7월 1일 경제조치를 하지 않을 수 없었고, 이후 장마당은 양성화의 면허증을 얻었고 배급가를 현실화시켜 장마당 가격을 쫓아가다 보니 악성 인플레가 생겨나지 않을 수 없었으며, 드디어 2009년 화폐개혁을 단행하지 않을 수 없었다.

어쨌든 북한이라는 사회주의국가가 인민에게 배급을 포기했고, 백성은 저마다 장마당에서 제각각 벌어먹어야 하는 자본주의 임시변통이 변통을 지나 대세로 자리 잡아 가고 있다. 그렇다고 중국이나 베트남 같은 위로부터의 개혁개방은 아니요, 동구(東歐) 같은 민주화도 아니어서 북한은 아래로부터의 강제적인 경제한정의 개혁이 되었지만 중국이나 베트남이 말하는 선경제 후정치라는 후민주화 패턴도 따라가게 될지는 미지수이다.

그러나 김정일이 쥐었던 경제통제, 즉 계획경제나 집단농장의 고삐가 서서히 풀려 가고 있기는 중국의 능동적 개혁개방이나 북한의 수동적 시장화나 마찬가지이다. 그러다 보니 역사는 앞으로 갔다가 뒤로 갔다가 전진 후퇴를 반복하는 사이 개인들은 영웅이 되었다가 중죄인 사형수가 되었다가 반복하는 악순환을 반복하겠지만, 어쨌든 대세는 잡혔다. 민주주의는 피를 먹고 자란다고 한다. 남한의 1960~1987년 사이 민주주의도 많은 피를 먹고 자랐다면 이제 사회주의 북한의 자본주의 역시 피를 먹고 자라고 있다. 얼마나 더 많은 피를 먹어야 자본주의가 자라날지, 또 그 자본주의가 꼭 민주주의와 연결될 자본주의일지 아직 짐작하기 힘들지만, 어쨌든 사회주의 북한은 지금 사회주의를 버텨 줄 배급제도를 포기하면서 인민들에 의한 자발적 자본주의로 가고 있는 것만은 분명한 것 같다.

01

시즙(屍汁)

실험정치

인류 최초의 정치실험이 시작되었다. 마르크스(Marx, Karl Heinrich)가 설계하고 스탈린이 집행한 실험, 거기다가 북한은 과거 사까지 바꿔서 문명 속의 야만의 섬을 만드는 절대 밀봉정치의 실험이었다. 이 실험에서는 전 국민을 아래위 둘로 갈라 위쪽 반은 내쫓거나 죽이거나 가둬 두고, 나머지 밑쪽 반만을 가지고 절대평등을 실현해야 하는 계급만능의 실험이었다. 1946년 2월에 세워져 1948년 9월에 개국한 이 나라는, 이 도망자들이 쫓겨 가 정반대의 이념으로 세워 놓은 한반도 남쪽 반을 탈환하기 위해 1950년 6월 전 세계 냉전을 열전으로 바꾸었다.

6·25라는 한국전이 터진 것이다. 이 전쟁은 세계 양대이념의 대리전이어서 세계 사람들이 함께 죽어 줘야 할 숫자를 한국 민족만이 대신 죽어 줘야 하는 전쟁이었고, 따라서 모든 인간은 적 아니면 아군이

었고, 적을 먼저 죽이지 않으면 바로 그 적에게 내가 꼭 죽고야 마는 필살의 전쟁이었다. 세계대전을 국지에 국한해서 치르다 보니 넓이 대신 그만큼 열도(熱度)만 더해 갔다. 남북한을 아울러 두 번씩이나 나라 주인을 바꿔 보는 실험이어서, 모든 개인은 자기가 남에 속하는지 북에 속하는지를 큰 소리로 밝히지 않으면 안 되었고, 따라서 땅을 빼앗기고 퇴각할 때는, 남의 땅이 된 내 옛 땅에서 적을 대환영하여 맞이할 가능성이 있는 내 국민들을 미리 몰살시키고 떠나야만 하는 실험이기도 했다.

그래서 남도 북도 피란 떠나기 전에 자기 국민들을 제 손으로 몰살시키고 떠났다. 애증 때문에 몰살시킨 게 아니라, 위정자 자신들의 목숨을 부지하기 위해, 잠재적 적들인 내 국민을 모두 몰살시키지 않으면 안 되었다. 양쪽 다 '자기 군대가 승승장구하고 있으니 국민들은 안심하고 그 땅을 지키라.'라고 거짓말하면서 멀리멀리 빨리빨리 떠나갔다.

원산

한준명 목사는 1950년 44세로 원산 송도원교회 전도 사였다. 기독교의 세계성과 지식인층의 이성성은 처음부터 공산 정권의 위험물질이었다. 북한은 6·25 전쟁을 일으켜 사흘 만에 서울에 입성하고 낙동강까지 승승장구하고 있을 때인 7월 초에도 이미 북한에 남아 있는 종교인이나 의사, 변호사 등 지식층들을 잡아들여 형무소에 가두었다. 광복 이후 5년 동안에 이미 많이 월남했거나 반동으로 몰려 사라졌지만, 그나마 전쟁 동안에 적이 들어올 경우 환영해 나설 가능성을 우려해서 모두 가둔 것이다. 우려대로 9·15 인천상륙과 9·28 서울수복이 있자 북한 정권은 잡아 두었던 이들 위험분자들을 퇴각 전에 처치하지 않으면 안 되었다.

콩나물시루 같은 감방에서 100일 동안 유폐되어 있던 반동들은 10월 9일 새벽 2시 형무소 마당으로 집합하라는 명령을 듣고 석방인가 사형인가 하는 설렘으로 배고픈 몸을 움직였다. 한 명 한 명씩 손을 뒤로 묶어 허리를 다시 묶은 다음 네 명씩 굴비를 엮듯 엮은 후 트럭에 차곡차곡 짐짝처럼 실어서는 원산시(옛 함남, 현 북한 강원도) 신풍리 원산형무소 앞산 언덕 위로 올려 보내는 것이었다. 4열종대로 형무소 앞산을 오른 죄수들은 약 1킬로미터쯤 오르다 방공호 안에 들어서게 되는데 칠흑 같은 방공호 속이라 앞뒤를 분간할 수 없고, 다만 촛불을 든 안내자의 명령에 따라 안으로 안으로 들어가기만 했다.

드디어 총을 든 남자가 술 냄새를 풍기며 네 명씩 묶인 죄수들을 받아 이미 몇 켜로 쌓인 시체더미 위에 켜켜이 쌓이도록 꾸러미 채 스스로들 올라앉게 한 다음, 한 명 한 명씩 뒷덜미를 잡고 뒷머리에 정통으로 총을 쏘아 죽였다. 한 목사 앞에는 이미 네 켜까지 쌓여 있는 시체더미가 열 줄쯤 장작더미같이 쌓여 있었고, 한 목사가 속한 그룹은 이 마지막 줄의 다섯 번째 켜로 올라앉아 머리를 숙이라는 명령을 받았는데, 한 목사는 형무소 고문 때 다리를 다쳐 제대로 올라앉지를 못하고 자꾸 미끄러져 내려가 엉거주춤 올라 엎디는 수밖에 없었다. 촛불 속에서 자신들의 운명을 보게 된 죄수들은 "어허허허" 하며 단말마의 짐승소리를 냈고, 한 목사는 마음속으로 '주여 제가 저들을 증오하지 않게 해 주소서!' 라는 기도가 절로 나왔다.

한 목사는 왼쪽에서 두 번째였는데 그의 바른쪽은 의사였고 왼쪽은 젊은 남자였다. 맨 왼쪽의 젊은 남자 머리의 뒤통수를 잡고 총을 쏘니 그의 뇌수(腦髓)와 피가 튀면서 한 목사의 얼굴을 덮었고, 다음으로 집행자가 한 목사의 뒤통수를 틀어 쥘 즈음 촛불 든 남자가 "저기 저 대가리 쏴라." 하면서 총잡이한테 알려 주자, 총잡이는 "어디?" 하면서 한 목사의 뒷덜미를 놓고 덜 죽어 꿈틀거리던 다른 젊은이를 다시 확인 사살하느라 한 목사의 목을 밟고 서서 꿈틀거리던 '대가리'를 쏘는 것이었다.

경황 중에서도 한 목사는 총잡이가 다시 내 차례로 올 것을 예상하면서도 계속 마음속으로 기도만 하며 뒷덜미가 들려지기를 기다렸다. 경황 중에도 총잡이가 나를 아직 안 쏘았다는 것을 잊어 주기를 기대하며 꼼짝 않고 숨을 죽이고 죽은 체하고 있었는데, 과연 총잡이는 한 목사를 이미 죽인 사람으로 계산하고 한 목사 옆의 의사의 뒤통수를 쥐고 총을 쏘는 것이었다. 또 한 번 뇌수와 피가 튀어 한 목사의 얼굴을 덮었고 목사는 목이 총잡이의 발에 밟혀 숨이 막혔지만 꾹 참은 덕에 총잡이는 목사를 지나쳐 다음 총살로 넘어가는 것이었다. 죽은 체만 하면 살 길이 열리는 순간이었다. 경황 중에도 눈과 코에 흘러 들어오는 뇌수와 피를 닦을 생각도 없이 300명 총살이 다 끝나고 살인자들이 모두 철수할 때만 기다렸다. 방공호는 T자형으로 되어 있어 한 골에 100명씩 25줄 4명 엮음으로 끝나자 처형자들은 T자의 한쪽 골이 끝날 때마다 커다란 문짝 같은 것으로 그 한 골을 못을 쳐서 막더니, 마지막 칸까지 다 채운 다음 방공호 입구로 나가자 발파를 맡은 영감쟁이가 들어와 다이너마이트를 설치하는 소리가 들렸다.

"영감, 나 나가거든 발파하라우. 나까지 넣고 터뜨리지 말고."

"염려 마시라요."

아직 덜 죽은 자들의 신음소리와 이미 죽은 자들의 뱃구레(내장) 터지는 소리들이 엉켜서 방공호이자 집단 무덤 속은 아무것도 보이지는 않지만 소리만으로도 그야말로 지옥 그 자체였다. 어디서 들어왔는지

벌써 쥐들의 해골 긁는 소리가 한층 더 괴기스럽고 어느새 구더기들이 들끓어 산 사람에게까지 기어오른다. 숨이 끊어지자마자 얼굴과 배와 팔다리가 물동이만 하게 부어올랐다가 터지는 소리와, 이미 터진 시체들의 시즙(屍汁) 등으로 바닥은 끈적끈적한 피바다를 이루었다. 드디어 300명 시체 속에 한 목사 한 사람만이 산 사람이 되어 정신을 수습하고 있는데, 어떤 작은 손 하나가 한 목사의 이마를 더듬는 것이 아닌가? 크고 거친 어른 손이 아니라 중학생 정도의 고운 손이라는 걸 느낌으로도 알 수 있을 정도였다. 귀신인가 했지만, "누구냐?" 하고 작은 소리로 외쳤다.

"평강군 목전면 분산리에 사는 권혁기올시다. 평강고급중학교 2학년 학생입니다."

"총을 안 맞았냐?"

"맞았지만 빗나가서 스쳤시오."

"수갑은 어떻게 풀었냐?"

"트럭에 실려 올 때 도망치다 잡혔는데 급해서 제대로 묶지를 못했시오."

"내 손을 좀 풀어 줄 수 있겠어?"

"풀어 드리고말고요."

손을 어찌나 굳게 묶었든지 섬세한 중학생의 손으로 푸는데도 칠흑 같은 어둠 속에서 한 시간 이상이 걸렸다.

"내 손도 좀 풀어 주시오."

우리 둘 말고도 살아 있는 사람은 원산방송국 여자 아나운서 한 명과 50세는 됨직한 남자 한 명 등 모두 네 사람이었다. 밤인지 낮인지

시간조차 전혀 구분할 수 없는 지옥 속에서 어디선가 한 줄기 가는 햇빛이 별안간 쏟아져 들어오자 우리 네 명은 무슨 큰 범죄라도 짓다가 들킨 것처럼, 아니 죽었어야 할 사람이 살아 있음에 죄스러워서, 각자 다시 죽은 사람이 되어 제자리로 돌아가 죽은 척하고 엎드렸다.

다른 기척이 없자 우리 네 명은 다시 모여 햇빛의 출처를 찾기 시작했다. 빛은 방공호의 가장 꼭대기의 작은 구멍에서 쏟아져 들어왔는데 우리들은 서로 세 명씩 엎드려 포개어 발판 노릇을 하고, 한 명이 그 위에 올라가 빛구멍 밖을 교대로 내다보기 시작했다. 한 사람씩 얼굴을 내밀어 바깥세상을 살펴보니 구멍은 어젯밤 발파 때 무너진 것인지 아니면 미 해병의 원산항 함포사격으로 뚫어진 것인지 밤새 생긴 구멍이 확실한데, 밤 동안 그나마 시체 냄새와 모자라는 산소 속에서도 산 사람들이 별 지장 없이 숨을 쉴 수 있었던 것도 바로 저 구멍이 있었기 때문이었던 것을 그제야 알아냈다.

구멍 밖으로는 아침 이슬을 담뿍 담은 풀들이 무성하게 덮어서 숨겨 주었고 바로 그 풀숲 속에는 인민군 포부대가 함포사격에 대항하고 있는 게 아닌가? 우리는 인민군 포부대의 앞마당에 매장되어 있었던 것이었다. 무덤 속에서 20시간을 의논할 동안 먹은 것이라고는 어느 시체에서 풀어 낸 미숫가루 한 봉지였다. 한 목사는 이를 조금씩 아껴서 네 명이 한 움큼씩 끼니를 때우게 했다. 물이 문제였지만 바로 이 구멍으로 들어오는 습기와 이슬로 견딜 만했다.

의논할 동안 여자 아나운서는 먼저 뛰어나가 버렸고 한 목사도 새벽을 틈타 원산시내로 나가니 시내에는 이미 국군이 들어와 있었다. 1950년 10월 10일 바로 원산탈환일이었다. 한 목사는 너무 기뻐 무조건 아무 국군에게나 절을 하며 "대한민국 만세!"를 불렀더니 그 군인은 한 목사 몰골에 너무 놀라 "와 이카십니꺼?" 하며 피하는 게 아닌가. 그제야 생각하니 한 목사의 몰골은 귀신을 방불케 할 얼굴이었음을 깨닫고는 방공호 속에 수백 명 시체가 쌓여 있음을 설명하기 시작했다. 시민들이 몰려 나와 시체발굴을 서둘렀고 각기 자기 가족들을 찾느라 분주했지만 두 달도 못 돼 원산항은 다시 남하하는 미 해군 레인 빅토리아호에 올라타려는 피란민들로 북새통을 이루었다. 몰래 타려는 피란민을 미군이 총으로 밀어 떨어 버리고, 떨어진 피란민들은 "차라리 미군이 안 들어왔으면 우리는 살았을 텐데 이제 와서 혼자만 떠나면 우리는 미군을 환영했던 인민으로 또 죽게 되었다."라고 미군들을 원망하며 항구에 앉아 통곡하는 것이었다.(이상 한준명 체험기는 박계주 편저, 1955, 『자유공화국 최후의 날』, 65쪽에서 인용)

한 목사는 1907년 대구에서 태어나 어릴 때 부모님을 따라 만주 땅으로 옮겨 갔고, 그곳에서 캐나다 선교사가 세운 미션스쿨을 거쳐 일본 관서신학대학을 나와 원산에서 전도사와 목사직을 맡았다. 김일성은 6·25 남침을 시작하면서 이미 북한에 있는 지식인이나 지주, 종교인 등 비판능력을 가진 자들을 모두 잡아 가두기 시작했으며, 유엔군의 참전이 있자 미군이 들어올 때 환영할 가능성이 있는 자들을 미리 학살하라는 명령을 내려놓고, 자신은 전용차조차 버리고 산길로 걸어서 강계 별오리까지 도망치기 시작했다. 원산형무소에 있던 약 600여 명의 수감자 중 280여 명은 한 목사보다 먼저 끌려 나가 원산 앞바다에서 각기 네 사람씩 묶여 돌을 매달아 수장당했고, 더 시간이 급해지자

한 목사처럼 방공호로 끌려온 300여 명은 한 목사를 포함한 네 명만 살아남고 모두 방공호 속에 집단 학살당했다.

거의 일제강점기에 세워진 한반도 각 도시의 형무소 뜰에는 대부분 우물이 두세 개씩은 있는데, 공산군은 퇴각 시에 이 우물들을 집단 학살 장소로 사용했고 근처에 파 놓은 방공호도 위의 원산대학살의 경우처럼 집단 학살 장소로 사용됐다. 한준명 목사가 덧붙여 전한 바에 의하면 평양에서는 감옥 우물에 처넣어 가득 메운 것을 비롯하여 방공호에서 많은 인사가 학살되었으며, 6킬로미터 떨어진 칠골리에서 후퇴 전날 새벽 한 시부터 시작한 학살이 2,500여 명에 이르렀고, 동쪽에 있는 승호리 근방의 사도리 뒷산에서 400여 명, 기림공동묘지, 청룡, 용산공동묘지에서는 땅을 파고 생매장을 했는데 급해서 덜 묻은 탓에 마을의 개들과 까마귀들이 와서 머리를 뜯어먹었다고 한다.

함흥에서는 함흥감옥에서 700여 명, 시내 충령탑 지하실에서 200여 명, 함흥정치보위부의 3개 처의 지하실에서 300여 명, 함흥 북방 덕산 니켈광산에서 6,000여 명, 함흥의 뒷산인 반룡산의 4킬로미터에 달하는 방공호에서 수천 명이 학살되었으나 후퇴 시까지 파 내지 못하여 계산할 수 없었다고 한다. 그러고도 함흥에서만 발굴된 시체가 총 1만 2천700여 명인데 이는 폭격이나 함포사격이나 전투 중에 피살된 민간인 및 납치자나 행방불명된 사람의 수는 계산에 넣지 않은 숫자이다.

대전

전쟁은 물자 빼앗기인가, 사람 빼앗기인가? 가장 중요한 물자는 땅이고 사람이란 결국 마음이므로 전쟁은 결국 땅과 마음을 빼앗기 위한 싸움이다. 땅은 총칼을 들고 적지에 들어가 적을 내몰면 되지만 마음을 빼앗는 데는 시간이 걸린다. 한국전쟁은 이념전쟁이었다. 이념은 일차적으로 마음이다. 인간이란 무엇인가? 사람과 사람 사이는 어떤 관계가 가장 인간적인 사회구조인가? 역사의 방향은 있는가? 인간 사회의 옳고 그름은 있는가? 인간에게 이상은 필요한가? 이상사회는 실현될 수 있는가? 인류가 지구상에 나타난 이래 사회과학은 있어 왔고 이런 이념들은 서로 자기 이념이 옳음을 증명하기 위해 무참히 적을 죽였다. 그것도 한국은 세계 이념전쟁의 대리전을 한반도 국지에 국한해서 인류를 대신해서 치렀다. 이념전은 살인 면죄부이다. 살육은 선이고 정의이다.

마음을 빼앗을 수 없을 때는 참혹하게 죽여 없애야 한다. 실수로 살려 놓아두면 적이 실지 회복해 들어왔을 때 적의 자산이 되고 나를 죽이는 힘이 된다. 적을 살려 두면 나는 죽는다. 죽일 수 있을 때 얼른 죽여야 한다. 급하게 퇴각할 때는 가장 빨리 가장 많이 가장 쉽게 죽이는 방법을 강구해 내야 한다.

퇴각하기 전에 적을 환영할 가능성이 있는 잠재적 적을 없애고 떠나야 하는 사정은 남과 북이 똑같았다. 남도 북도 잠재적 적을 형무소나 유치장에 모아 두었다가 떠나는 전날 일거에 몰살시킨 것이다. 북의 경우는 납북자를 '월북자'라는 이름으로 미아리고개를 넘어 걸어서 미국 폭격을 피해 가며 밤으로만 북으로 북으로 끌고 가다 중도에 포기하곤 했지만, 남의 경우는 전쟁 이전에 '보도연맹'이란 이름으로 등록해 두었던 전향자들을 항시 소집하던 항례에 따라 6·25 전쟁이 터진 것을 속이고 일상적 모임처럼 속여서 처치한 것이다.

서울, 수원까지는 사흘이 안 되어 적군이 너무 일찍 침공했으므로 채 소집해 죽일 시간적 여유가 없어서 살아남은 연맹원이 많았지만, 대전 이남은 시간적 여유도 적당했으려니와 피란 가는 위정자들의 잠재적 피란지가 바로 임시수도 대전과 부산 등이었으므로 대전 이남은 위정자들의 생명을 보장하기 위해서라도 대청소를 아니 할 수 없었던 것이다. 부산에서는 다시 제주까지도 피란지로 생각했으므로 제주 역시 적군 얼굴은 보지도 못했으면서 '예비검속'이란 이름으로 대청소를 당했다.

1950년 10월 2일, 충남도경찰서 유붕열(劉鵬烈) 사찰과장이 형사 20명을 데리고 수복 후 제1착으로 대전경찰서에 들어갔더니, 미군들의 시체가 철모를 쓰고 총을 든 채 담벼락에 기대 세워져 있었다. 50여 구의 시체들이 살아 있는 사람들처럼 총을 들고 보초를 서고 있는데 공산군들이 선발대로 들어온 미군을 사살해서 미 공군 폭격을 막기 위해 위장해 놓은 것이다. 이튿날 대전형무소에 끌려갔던 주민들의 가족들이 몰려와서 형무소를 빨리 해방시켜 달라기에 서원들을 데리고 형무소로 갔더니, 어린아이까지도 총알이 아깝다고 구덩이를 파서 돌로 찍어 죽인 후 아무렇게나 묻어 버렸고, 직경 4~5m 깊이 50m인 두 개의 형무소 우물에 사람을 '단무지' 식으로 생매장해서 메워 버렸다.

사람을 열 명 정도 한 켜 넣고 카바이드나 기왓장을 던져 덮어 버리고, 또 그 위에 사람 열 명 넣고 카바이드 넣고 하는 식으로. 시체를 끌어내던 중 사람 살리라는 가냘픈 소리가 들려 들춰 보니까 열세 살 난 어린아이인데, 서산군 운산지서 사동(使童)이었다. 우물 속에 처넣은 300여 구의 시체 중에서 살아난 단 한 사람이었다. 미군에 부탁해서 치료했는데, 청주에서 검사로 있다가 바로 이 대전형무소에 잡혀와 학살당한 어떤 분의 부인이 이 소년을 아들로 삼겠다고 데려갔는데, 그 후 대학도 다니고 출세했다는 말을 듣기도 했다. 충남에서만 1,724명이 이런 식으로 학살당했으나 시체가 너무 부패해서 연고자들이 알아볼 수가 없어 용두동에 지사총(志士塚)을 만들어 합장했다.

당시 대전형무소 간수였던 이준영(李俊榮) 특경대장이 대전형무소 간수 22명으로 편성한 특경대를 이끌고 대전형무소를 인수한 것이 이튿날인 10월 3일 아침. 민간인 치안대와 미군 헌병들이 지키고 있는 정문을 들어서니 송장 썩는 냄새가 코를 찔렀다. 전쟁 전에 물맛 좋기로 유명했던 두 개의 커다란 우물이 모두 시체로 꽉 차 있었다. 온상자리의 큰 구덩이 속에도 시체가 가득했고 모두 300여 구는 넘을 듯한데, 무릎을 꿇려 놓고 총, 칼, 몽둥이 등으로 마구 죽인 흔적이 역력했다. 온상 구덩이 속의 시체는 유가족들이 금니나 옷차림을 보고 대강 찾아갔지만 우물 속의 시체는 짓이긴 데다가 물과 피가 엉겨 분간할 수가 없었다. 사람 열 명 넣고 카바이드나 기왓장으로 누르고 해서 '떡시루' 식 학살을 한 것이다.

우물 속의 시체를 끌어내는 데 꼭 열흘이 걸렸다. 젊은 사람들은 아예 접근조차 꺼려서 자식 키워 군대 보낸 노인들을 소주로 대접하고 약쑥으로 코를 틀어막게 한 다음 우물 속에 들여보내 인양작업을 계속했다. 꺼낸 시체들을 뜰에 늘어놓고 유가족을 찾았지만 워낙 형태를 분간키 어려워 못 찾은 시체가 약 400여 구가량 되어 화장을 했는데, 유골만도 몇 트럭이 넘었다. 대전교도소 정문 앞에는 그때 비명에 죽은 사람들의 혼을 달래는 '6·25 반공애국희생자현창비(反共愛國犧牲者顯彰碑)'가 서 있다. 1961년에 대전일보사가 주관해서 세웠는데 비문에는 이렇게 씌어 있다.

"붉은 오랑캐의 최후 발악으로 …… 4백71주의 열렬한 반공정신과 …… 여기 천추에 거울삼고자 ……."(이상은 중앙일보사 1983, 『민족의 증언』, 제2권 제6장 90쪽 참조)

위의 소위 '떡시루식 매장' 또는 '단무지식 학살'은 북한이 9·28 서울수복을 즈음하여 급히 퇴각하면서 임정 요인이나 국회의원 등 주요 인사들만 납북해 가고 기타 가두어 두었던 소위 일반 인사들을 급히 처치하고 떠난 방법이었다. 이에 앞서 남한 역시 6·25가 발발한 직후인 7월 초 이보다도 더 대규모의 자국민 학살사건을 저지른 것이 외신에 보도되어 미국과 영국 사이의 외교적 말썽거리가 되고, 당대의 실천적 미술가 파블로 피카소의 「한국에서의 학살」이란 명화까지 낳게 했던 것이다.

이 그림에서 남한 군인은 임신한 여인들과 소녀를 포함한 자국민 여성에게 총질을 하고 있다. 피카소는 한국은커녕 동양 자체를 한 번도 와 본 적이 없으면서 1951년에 이 그림을 그렸다. 제목하여 「한국에서의 인종학살」(Massacre in Korea, 1951년 1월 18일 파리 피카소미술관). 바로 1950년 7월 첫 주 대전형무소에서 있었던 국민보도연맹원과 수감원 학살 장면이 영국의 「데일리 워커」지에 알란 위닝톤 기자의 취재로 실린 것에 충격받아 그린 것이다.

1950년 7월 초, 당시로는 충남 대덕군 산내면 낭월리 골령골, 현재로는 대전시 동구 낭월동, 의용소방대 청년들은 악질분자들을 묻을 구덩이라면서 이삼 일에 걸쳐 부역으로 구덩이를 팠다. 너비 1.8미터, 깊이 2미터, 길이가 200~250미터에 이르는 수십 개의 구덩이였다. 당시 산내면 선화초등학교 4학년이었던 소년 이규희는 피란 짐을 옮기다가 금산 쪽에서 오는 군용트럭을 만났다. 트럭에는 사람들이 짐짝처럼 겹쳐진 채 빼곡히 실려 있었다. 각기 손을 뒤로 묶고 다시 네 명씩 엮여진 사람들은 모두 트럭에서 내려져 구덩이 앞에 반쯤 섰다.

땅 땅 땅……. 총소리가 나고 사람들은 쓰러지고 나머지 반이 쓰러진 반을 구덩이에 밀어 넣었다. 그러자 그 나머지 반도 다시 땅 땅 땅…… 총을 맞고는 앞사람이 쓰러진 위로 포개어 엎어졌다. 그리고는 군인들이 일제히 확인사격을 했다. 트럭을 따라온 지프차에서는 미군들이 이 광경을 지켜보고 있었다. 더러는 사진을 찍는 것도 보였다.

6·25가 나던 1950년 초 남한 전역 형무소의 수감자 수는 개성 1,500여 명, 서울 7,000여 명, 마포 3,500여 명, 대전 4,000여 명, 인천 전주 광주 목포 진주 부산 각각 1,000여 명 등 22,000여 명에 달했다. 여기다가 1949년 6월 5일에 결성된 국민보도연맹원이 1950년 초까지 30만 명이 등록되어 있었다. '보도연맹'이란 말 그대로 전향자를 보호하고 계도하기 위해 정부가 만든 단체이지만, 이렇게 일찍 전쟁이 일어날 줄을 몰랐고 전쟁이 일어날 때는 적을 환영하여 협력할 염려 때문에 만들었던 단체인 만큼 수감자와 함께 처치해야 했다.

1949년 말에 만들어진 보안법 등으로 해서 전국 수감자의 90%가 사상범이었고 보도연맹원 역시 수시로 정부가 소집해서 교육하고 사역해 오던 터라 언제라도 소집명령만 내리면 즉각 모이곤 했던 단체였다. 더구나 1950년에는 라디오나 신문보급률도 낮아서 전쟁이 났어도 아직 잘 모르고 있다가, 보통 때의 훈련 학습 강습 등의 소집처럼 자진 출두한 자도 많았다.

각 형무소별로 또는 지방별로 경찰의 힘으로는 모자라 군대 또는 특무대의 손으로 산골은 산골짜기에, 그리고 해변도시에서는 수장하는 방법으로 몰살시켰다. 육지에서는 계곡 강가 등 인적이 드문 곳을 골라 살육하고, 해안지방에서는 배에 태워 돌을 매단 후 수장했다. 각각 손을 뒤로 묶은 네 명씩 허리를 묶어 돌을 매달아 산 채로 바다에 넣었으므로 어떤 어머니는 바닷가에 앉아 물속의 자기 아들을 가리키며 통곡하곤 했다.

대전 학살 직후 대전 낭월리를 방문한 위닝턴 기자는 여섯 개의 구덩이들에 7천 명 이상의 남녀 시체가 묻혀 있었다고 기록했다. 큰 구덩이는 200야드에 달했는데 죄수들은 수용소와 감옥에서 정어리처럼 묶인 채 낭월동 계곡으로 왔고, 첫 학살은 7월 4~6일 사이에 있었고 남은 죄수들은 17일 날 처형되었는데 이날은 37개의 트럭이 각각 최소한 100명의 여성을 포함해 총 3,700여 명이 학살되었다는 것이다. 미군 장교들은 학살 때 매일 나타나서 지켜보았고 이런 정치범 학살은 6월 25일 이후 20만 명에서 40만 명에 달할 것이라고 1950년 8월 9일자 기사에서 그 기자는 주장하였다.

미국 정부 문서보관소는 중요한 비밀문서를 50년 동안 공개하지 않는다. 다시 말해 아무리 극비를 요하는 문서라도 50년이 지나면 누구나 원할 경우 공개해야 한다. 대전 학살은 한국전이 발발한 지 일주일 만에 급속히 이루어졌고, 그 50년이 되는 해가 1999년 또는 2000년이다. 제주 예비검속사건에서 부친을 잃은 이도영 박사는 4·3사건 전문가가 되어 미국 문서보관소에 가서 한국전에서의 민간인 대량학살 문서들을 보게 되었다.

할리우드 연출보다도 더욱 생생한 한국 민간인의 학살 장면이 영화 장면 아닌 실제상황 사진으로 보관되어 있지 않은가? 모두 손을 뒤로 묶인 채 구덩이에 나란히 누운 모습들, 그 사이에서 한국 아낙과 노인들이 넋을 잃고 자식과 남편의 시체를 찾는 모습들, 폐갱 입구에 부역자들을 몰아넣고 불을 지른 모습들, 구덩이 속에 산 사람들을 수갑 채운 채 포개 엎어 놓고 멀리서 총을 쏘는 모습들, 쨍쨍한 7월 햇빛을 받아 공포에 질린 얼굴들을 그대로 드러내 놓은 모습들은 미국이 남한 군인들의 조직적인 비무장 민간인 학살을 도저히 몰랐다고 할 수가 없게 만든다.

물론 알란 위닝톤이 1950년 7월~8월 계속해서 한국에서의 학살을 영국 「데일리 워커」지에 싣자 영국과 미국의 사회는 소란이 일어났다. 주영 더글러스 미 대사와 미 국무장관 에치슨이 수습에 나섰다. 1999년에 비밀 해제된 미 국무성 문서에는 당시 미 국무장관이었던 딘 에치슨 장관이 당시 주한 미국 대사였던 무쵸에게 1950년 8월 25일자로 '이 학살을 빨리 부정하는 답변서를 보내 달라'라고 급히 명령한다. 무쵸의 답장은 보관되어 있지 않다. 동경에서 작전지시하고 있던 맥아더 사령관 역시 이 소식을 듣고 피학살자 속에 여성과 12세 소녀가 포함되어 있다는 사실에 대해서만 '극도의 잔인성'(extreme cruelty)이라 논평하고 만다. 학살은 남한 정권의 최고 지위에 있는 자로부터 지시된 것이었고 전시작전권을 가진 미군의 묵인 하에 이루어진 것이었음이 밝혀졌다.

중앙의 지시에 의했건 지방별로 이루어졌건 죽임을 당한 자는 수십만인데, 죽인 자의 기록은 하나도 남아 있지 않다. 수감자의 명부를 추적해 봐야 집단으로 다른 형무소로 이감되었다고만 기록했을 뿐 이감 받은 형무소에는 이감 받은 기록이 없다. 공식기록은 그냥 '적법하게 처리' 했음이다. 적법이라 함은 보안법에 의해 죽여야 할 사람들을 재판도 없이 죽였음을 뜻한다. 유족들은 집에서 잡혀간 날짜만을 기억할 뿐, 죽었는지 살았는지 언제 죽었는지 모두 행방불명으로 처리되는 수밖에 없었다. 그리고도 행불이나마 목소리 높여 하소연할 수도 없는 것이 빨갱이가족이라는 연좌제 때문에 숨도 크게 못 쉬면서 숨겨야 했다.

역사와 민주화의 부침에 따라 억울하게 죽은 가족들의 명예회복 노력도 부침을 더해 갔다. 대학살이 일어난 지 꼭 10년이 되는 1960년 4·19 직후 국회차원에서 진상규명 노력이 있자 지방별로도 유가족회가 결성되고 위령비가 건립되며 명예회복을 위한 규명이 시작되었다. 그러나 이듬해 5·16이 나자 이들 유가족회 간부들은 모두 이적단체 결성행위로 체포되었고, 위령비나 집단 묘소 표지판조차 모두 훼손되어 땅 속에 묻히거나 조각조각 파손되어 흩어졌다.

군대 특히 정보부대인 특무대 CIC의 손으로 저질러진 국가 범죄였고 5·16 주체들이 주로 정보계통 군 출신들이어서 자신들의 어두운 행적을 들춰내는 것을 이적행위라고 역습한 것이다. 1987년 6월 항쟁이 지나고도 김대중, 노무현 대통령 시절에 이르러서야 진실화해위원회가 결성되었고, 처음으로 위령제를 지내는 등 역사 바로잡기에 착수하여 노 대통령이 제주 4·3과 울산보도연맹사건 등 몇몇 국가 범죄에 대해 국가를 대표하여 유가족들에게 사과를 하기에 이른 것이다.

대전 산내학살사건 희생자들의 제10회 위령제가 2009년 7월 1일 오후 대전시 중구 문화동 기독교연합봉사회관 대강당에서 열렸다. 한국전쟁 전후 민간인 피학살자 전국유족회와 대전시민사회단체 회원, 산내학살사건, 제주·여수 순천·대전 유족회 회원 등 300여 명이 참석했다.

거창

【 1950년 9월 28일 】　9월 15일 유엔군의 인천상륙과 9 · 28 서울수복으로 퇴로가 차단된 진주 마산 창녕 등지의 북한 제2사단, 제6사단 패잔부대들이 험준한 지리산 일대 산악지대에 스며들어, 40만 병력으로 노령산맥 줄기를 타고 순창 정읍 남원 장성 구례 등의 호남 일대와 거창 산청 함양 합천 등 영남 일대에 출몰.

【 1950년 10월 2일 】　남한 정부는 공비토벌을 위해 육군 제11사단을 창설, 사단장에 최덕신 준장을 임명하고, 사단본부는 남원에 13연대, 광주에 20연대, 진주에 9연대를 배치. 지리산 산골마을들은 낮에는 대한민국, 밤에는 인민공화국일 정도로 밤낮 따라 공비와 국군에 시달림.

【 1950년 12월 5일 】　거창읍으로 통하는 한 가닥 길밖에 없는 거창군 신원면에 400~500여 명의 게릴라들이 신원지서를 습격, 경찰과 청

년의용대 대부분이 사살되고 10여 명만 간신히 탈출하는 사건이 발생.

【 1951년 2월 초 】 제11사단 9연대(연대장 오익경)는 거창 함양 산청 등 지리산 남부지역의 공비 소탕 작전을 펴기로 하고 함양의 제1대대, 하동의 제2대대, 거창의 제3대대 합동작전을 명함.

【 1951년 2월 7일 】 거창의 제3대대(대대장 한동석)는 경찰의용대와 함께 신원면에 진주, 군대가 진주하자 공비들은 저항 없이 산 속으로 퇴각했고 제3대대는 경찰과 의용대 병력을 남기고 산청 방면으로 진군.

【 1951년 2월 7일 밤 】 군대가 신원면을 떠나자 공비들은 이날 밤 다시 신원면에 나타나 남겨진 경찰과 교전하다 경찰병력만으로는 위태로워짐.

【 1951년 2월 8일 오전 7시 】 국군 제11사단 9연대 3대대가 사단장 작전명령 '견벽청야(堅壁淸野, 지킬 곳은 견고히 지키고 비울 곳은 인적 물적자원을 모두 철거시키라)'라는 최덕신 사단장의 작전명령을 전달받고 3대대 1중대는 가현마을로 2중대는 방곡마을로 들어감.

1중대 군인들 일부는 가현마을에 집집마다 불을 지르고 일부는 주민들을 한 데 모아 200미터 떨어진 산제당 골짜기로 끌고 가 열 지어 꿇어앉힌 뒤 무차별 사격을 가해 123명을 사살.

방곡마을에 닥친 2중대는 마을 좌담회를 열겠다면서 주민들을 마을 앞 논밭에서 210명을 학살하고 72채의 민가를 불태움.

가현마을의 학살을 마친 1중대는 방곡마을의 2중대 학살현장을 지켜보면서 점촌마을로 진군해 마을 앞 논에다 주민 60여 명을 모아 학살하고 집들을 불태움.

3개 마을 주민몰살과 방화 초토화를 끝낸 군인들은 나머지 마을, 즉 함양군 유림면 손곡리의 손곡, 지곡, 그리고 산청군 금서면 자혜리의 상촌, 하촌, 화계리의 화계, 화산, 주상 등 7개 마을 주민들을 엄천강 둔덕에 집결시켜 공비분자들을 색출한다면서 주민 300여 명 중에서 젊은 장정 10여 명이 끌려 나와 자신들의 무덤이 될 교실 넓이만 하게 미리 파 놓은 구덩이에 몰아넣고는 수류탄을 던지고 기관총을 난사하여 학살함. 이리하여 불과 10여 시간 만에 이 일대 9개 마을 주민 705명이 학살되고 모든 마을이 방화로 초토화됨.

【 1951년 2월 8일 밤 】 학살을 마친 3대대 병력은 함양군 생초면에 있는 생초초등학교를 숙영지로 정하고 양민을 학살한 마을에서 끌고 온 가축을 잡아 작전 축하잔치를 벌임.

【 1951년 2월 9일 아침 】 3대대 병력은 생초초등학교를 출발해 거창 방면으로 이동.

【 1951년 2월 10일 】 산악길 50여 리를 행군해 2월 9일 밤을 산 속에서 숙영한 3대대는 2월 10일 거창군 신원면 덕산리 청연마을에 도착. 주민 70여 명을 뒷산에 끌고 가 학살. 이날 오후 부대는 인근 와룡리, 대현리 주민 1백여 명을 탄량 골짜기로 끌어내 학살.

【 1951년 2월 11일 】 신원면에 재진주한 제3대대는 대현리 중유리 와룡리 주민 1천여 명을 신원초등학교로 소집하여 경찰 가족과 공무원 가족만 골라내고 박산 골짜기로 끌고 가 집단 학살한 뒤 총살된 사람들 위에 휘발유를 뿌려 불태웠다. 이 같은 사건은 10일 대현리 덕산리 일대에서도 자행됨. 이때 학살된 사람은 경찰 추산으로도 600여 명에 이르는데 학살을 마친 제3대대는 학살자의 숫자를 187명으로 줄여 공비 및 통비분자들을 소탕했다는 일일전과로 연대에 보고.

1. 시즙(屍汁) ―

【 1951년 2월 9일~11일 사이 】 　사흘 동안 이 부대는 신원면에서 무고한 양민 719명을 쏘아 죽였는데 젖먹이에서 16세 이하 어린이가 327명, 60살 이상 노인이 66명, 여자가 388명이었다니 이 동네는 남자 장정은 이미 없고 어린이와 여자와 노인만 남아 있었던 것을 몽땅 불을 지르고 총살한 후 피란보따리에서 이불을 꺼내 덮거나 나뭇가지들을 꺾어다 덮고 휘발유를 뿌려 불을 질렀고, 게다가 "산 사람은 살려 줄 테니 일어서 봐라."라고 군인이 거짓말로 소리친 다음 아직 덜 죽은 사람들이 꿈틀거리자 확인 사살까지 했다고 하며, 세 살짜리 어린아이가 울며 기어나오자 중대장이 아이를 정조준해 쏘아 절명시켰다.

【 1951년 4월 4일 】 　국회현지조사단이 거창경찰서에서 신원으로 떠나자 신성모 국방장관의 지시를 받은 당시 경남 계엄사령관 김종원 대령이 수영더미 고개에 국군정보부대를 공비 옷을 입혀 매복시켰다가 조사단에게 위협사격을 가했고, 흩어진 조사단은 신원행을 포기하고 거창경찰서로 돌아와 개인증인심문만 받고 돌아감. 반공만능을 위해서는 모든 거짓 조작이 애국이었던 남한과, 공산국가건설을 위해서는 모든 역사 날조가 또한 애국이 되는 북한의 건국 시절.

【 1951년 4월 24일 】 　신 국방이 한 대대장에게 현지 방치된 시체더미 중 윗부분에 있는 어린이 시체들을 모두 홍도골로 옮겨 숨기라고 지시한 후, 신 국방은 "노인과 부녀자와 개전의 정이 있는 남자들을 제외한 187명의 남자장정으로 된 통비분자들만 신원초교에서의 약식 군법회의를 거쳐 유죄판결을 받아 총살했다."라고 가짜 보고. 신 국방 해임.

【 1951년 5월 4일(음력 3월 3일) 】 　일부 국회의원들과 유족들이 현장의 유골을 모았으나 신원을 알 길이 없어 큰 뼈는 남자로, 중간 뼈는 여자

로, 작은 뼈는 어린이로 세 무더기로 나누어 화장하고 박산골에 남자
합동묘소, 여자합동묘소, 어린이합동묘소로 삼분해서 매장.

【 1951년 5월 14일 】　책임규명을 위한 수사재개.

【 1951년 7월 27일 】　사건 5개월 여 만에 대구 고등군법회의에서 열
린 중앙고등군법회의가 재판 시작. 양민학살건만 기소하고 공비조작
건은 기소하지 않기로 함.

【 1951년 12월 15일 】　오 연대장, 한 대대장 사형 구형, 정 정보장교
10년, 김종원 대령 7년 구형.

【 1951년 12월 16일 】　오 연대장 무기, 한 대대장 10년, 김 대령 3년
선고. 사형을 구형 받았던 오, 한, 김 모두 1년 만에 이승만 특사로 석
방 복직되고 김은 경찰 고위직 특채됨.

【 1960년 5월 11일 】　4 · 19 이후 유족들이 박산 합동묘소에 위령묘
비와 상석을 세우다가 1950년 학살사건 당시 신원면장이었던 박영보
전(前) 면장을 불러 "면민 보호는커녕 경찰공무원 가족만 빼내주고 모
두 사살케 했다."라는 사과만 받고자 했으나, 이날 거창경찰서장이 경
찰들을 대동하고 박 면장을 빼내가려 하자, 흥분한 유족들이 일제히
돌을 던져 박 면장의 두개골을 파열 사망시켰고 시체에 불까지 질러
참시함.

【 1960년 5월 23일 】　4 · 19 이후 국회조사단이 1개월 간 거창 현지
조사.

【 1960년 11월 18일 】　4 · 19 이후 박산 합동묘소 위령제 제막식.

【 1961년 5월 18일 】　5 · 16 직후 군사혁명정부가 거창만이 아니라
전국의 4 · 19 이후 시작되었던 모든 정부학살 유족회를 반국가단체구

성혐의로 간부들 구속 수사.

【1962년 6월 15일】　위령비문에 국군을 모독하는 내용이 있다는 이유로 정(釘)으로 때려서 지워 땅에 묻고, 경남도지사 명의로 희생자별로 개인묘 쓰라며 개장명령하여 합동분묘 봉분 파헤쳐 없앰.

【1967년경】　합동분묘 다시 복구.

【1980년】　이후에야 위령비 원상회복. 희생자 명예회복 배상운동 시작.

【1982년 6월 1일】　전두환 대통령과 1988년 1월 24일 노태우 대통령에게 진정 호소했으나 소식이 없음.

【1988년 2월 15일】　87년 6월 항쟁 이후에야 거창양민학살 희생자 위령추진위원회를 다시 발족하여 궐기대회 열고 박산 합동묘소까지 가두행진을 벌여 전 국민에게 명예회복과 손해배상 호소문 발송.

【1988년 11월 7일】　3일 동안 유족 300여 명이 국회의사당 앞과 통일민주당사 앞, 평화민주당사 앞에서 시위를 벌여 약속을 받아냄.

【1995년 12월 18일】　거창사건 등 관련하여 명예회복에 관한 특별조치법 통과.

【1996년 1월 5일】　법률 제5148호로 '거창사건 특별법' 제정.

【1998년 2월 17일】　특별법시행령으로 유족등록신청 명예회복심의로 548명의 사망자 명단 확정하고 유족 785명 명단 확정.

위의 1951년 4월 4일 국회조사단의 거창 현지조사 때 있었던 사건처럼, 거짓과 조작과 허위와 위장과 은폐로만 계속되던 역사에, 어쩌다가 진실과 민중과 정의의 실현이 이루어지려는 찰나가 되면, 반드시 반공이란 이름의 조작이 다시 정의의 빛을 가리게 되는 게, 이념대결 양단국가의 특징이다. 물론 신 국방의 명령에 의한 것이지만 김종원 대령에 의해 조작된 이 공비위장습격사건은 조사당사자들인 국회의원들조차 의심한 바가 있었지만, 그날은 그만 속아주는 수밖에 없었던 것 같다. 공비부대의 불의의 습격을 보고받으면서도, 그곳에 그때 공비가 나타나지 않을 곳이란 점을 알면서도, 의문을 제기할 수 없었던 분위기가 바로 광복 후 10년간이었던 것 같다. 제주 4·3사건 초기 제주 주둔 9연대장 김익렬 중령이 당한 오라리사건이나, 1950년 7월 한국전 초기 소위 나주부대의 해남 완도에서의 인민군 가장 양민학살사건들도 모두 반공만능시대의 참담한 학살극들이었다.

북은 공산주의 계급혁명이란 맹목성(盲目性), 남은 바로 이 공산혁명만은 꼭 막아야 한다는 반공의 맹목성으로 남북은 각기 인류 이념대립의 최첨단 기지로 38도선을 한국에 그어, 한국 민족으로 하여금 인류 모두가 함께 겪었어야 할 극한대결을 한국인을 시켜 국지적으로 실험해 내도록 했으며, 또 한국 민족은 이 역할을 가장 처참하고 정직하게 감내해 냈던 것이다. 허위를 가장 정직하게 감내한다면 이는 허위인가 진실인가? 허위의 집행에도 정직이나 진실성을 논할 수 있는가?

양측은 이 양극의 이념을 각기 각본대로 연기해 내기 위해 조작과 은폐와 허위를 정당화하는 경지에까지 가야 하는 거짓말 민족이 되었고 또 양측에 각기 진주하였던 소련군정과 미군정은 통역정치라는 낯선 간접정치로서 남북 인민 모두를 소통불가의 이중 삼중 거짓말 천국을 창조해 내게 했던 것이다. 인류사에 이만한 거짓말 천국이 있었던 적이 있을까? 남북은 문명적 야만은 아니나 거짓말 천국의 위조 조작은폐에 관한 한 인류사에 다시는 또 오지 못할 거짓말의 시대를 연출해 냈고 그 후과는 아직도 남북한을 지배하고 있는 것이다. 거짓말 야만의 시대를 사랑하는 민족, 거짓말 없이는 살 수 없는 민족, 그것이 한국 민족이 되었었다. 미국과 소련은 이 남북의 거짓말을 느끼며 즐기며 협조하며 기생하며 악용했던 것이다. 진실은폐에 관한 한 한국 민족은 야만 민족이었다.

02

금 캐러 가 볼래?

지하 300m의 감옥

북한의 금 캐는 작업장은 지하 100미터, 광부들의 숙소는 그보다 200미터를 더 내려간 지하 300미터. 하루 18시간 작업시간에는 총을 든 경비원이 실탄을 조준한 채 광부 한 사람당 경비원 한 사람씩 감시하고 있고, 숙소라고는 가로 2미터 세로 3미터의 철창으로 된, 개 한 마리나 돼지 한 마리를 가둘 수 있는 공간인데, 식사는 강냉이 주먹밥을 한 끼 한 개씩 던져준다. 발에는 차꼬를 찬 채 먹고 자고 일한다.

그렇게 생활하는 곳이 북한의 진짜 정치범 수용소라고 북한 보위부 출신 탈북자 여자 보위원은 말한다.(김정연, 1995, 『평양여자』, 234~240쪽) 한 번 들어가면 평생 햇빛을 볼 수 없는 노동수용소다. 금가루를 훔쳐 보았자 땅 위나 바깥세상에 나올 수가 없으니 훔칠 필요가 없어 안전하다. 그래서 북한의 고위층들은 부부싸움을 할 때 여자가 남자에게 이렇게 협박한다.

"당신! 햇빛 못 보고 싶네? 금 캐러 가고 싶냐고?"

"이혼? 맘대로 하라우. 당신은 금 캐러 가겠지만 나는 살 수 있어."

밖에서는 종일 수직적 억압에 시달리다 집에 들어와서는 손 하나 까딱 않고 폭군 노릇을 하는 북한 남편들도 이 말에는 꼼짝을 못한다.

말 그대로 햇빛을 절대 못 보게 하기 위해 이들 정치범 광부들은 다른 광산으로 이동을 할 때도 밤 12시 이후에만 이동한다. 그것도 트럭에 그냥 태우는 게 아니라 사람을 통 속에 넣어 이동시킨다. 북한에서는 술을 숙성할 때 사용하는 목제술통(북한말로 이 통을 뽀치카통이라 한다. 북한에서는 철을 아끼기 위해 군수물자 외에는 드럼통을 쓰지 않고 이런 나무통을 만들어 사용한다.)이 있는데 광부 15명을 이동시키기 위해서는 트럭에 이 뽀치카통 15개를 싣는다. 밤 12시가 넘어서야 쇠고랑을 찬 광부들은 한 사람씩 감시원과 함께 트럭에 올라 빈 술통에 들어가 앉으면, 트럭 운전사는 술통의 나무 뚜껑을 덮고 못질까지 한 다음, 통의 개수로 사람 수를 확인한 후 떠난다.

그리고 이들 정치범 광부들이 다른 금광에 도착해서 다시 새로운 갱의 지하 300미터 밑으로 들어가는 과정은 트럭에 올라타던 과정의 역순(逆順)이 아니다. 비록 차꼬는 찼지만 제 발로 트럭에 오른 사람을 내릴 때는 제 발로 내리게 하지 않는다. 못질 된 뽀치카통 뚜껑을 아예 열지조차 않는다. 트럭 적재함 뒷문을 밑으로 내리고 널빤지를 땅에 비스듬히 괸 다음 못질 된 뽀치카통을 그대로 땅으로 굴려서 갱 입구로 굴려 넣으면 된다. 올라올 때는 쇠고랑 찬 발로나마 스스로 올라올 수 있었지만 내려갈 때는 굴리는 것이 가장 빠르고 안전한 이동방법이다. 햇빛뿐만 아니라 지상의 공기 자체마저도 차단하기 위한 통제방법이다. 통 속에 든 채로 지하 300미터를 굴러 내려가면 어떻게 되느냐고? 본래 이 수용소 노동의 목적은 교화에 있기보다는 죽이는 데 있다. 죽이되 노동을 통해 죽임으로써 완전착취를 구현하자는 것이다.

요덕 혁명화 수용소

수용소에 도착했을 때 아홉 살 철환과 여동생 미호는 서로 '야~호' 소리를 지르며 맑은 냇물에 들어가 놀겠다고 졸랐다. 8월 녹음의 병풍산과 입석천은 평양에서만 살아온 도시아이들에게는 황홀 그 자체였다. 할머니와 아버지는 딱하다는 듯이 내려다보았고 삼촌은 "이제 가지 말래도 실컷 갈 테니 저리 가서 놀아라." 하며 짐을 챙겼다.

그러나 이 황홀한 자연이 사실은 자신들을 막아서는 처벌의 기구이며 불가능에 가까운 강제노동의 대상이라는 적으로 돌변하는 데는 불과 일주일이 안 걸렸다. 우선 저녁 때가 되어 강제노동 나갔던 수용소원들이 돌아오는 모습들이 꼭 유령의 세계에 온 것 같았다. 우선 두 다리로 멀쩡하게 걷는 사람이 하나도 없었다. 한 다리를 끌거나 두 다리다 못쓰게 되어 배밀이처럼 몸뚱이로 오거나, 아예 서로 업힌 모습으로 끌려오는 사람이 있는가 하면, 옷은 모두 땟국이 반들반들하게 덧기운 겨울옷(사철 수년 단벌옷), 얼굴은 퀭한 눈망울로 뼈 위에 가죽만 씌운 꼴이어서, 몇 년째 세수 한번 해 본 적이 없는 꾀죄죄한 땟물은 번들번들한 해골바가지들의 행렬을 연상케 했다. 남매는 본능적으로 공포에 질렸지만 오히려 그 유령들이야말로 이 두 남매를 연민의 눈길로 마주 내려다보는 것이 어린 마음에도 기분이 언짢았다. '먼저 매 맞은 자들이 이어서 매 맞을 자들을 보는 그 눈길'임을 어린 마음들이 첫날 알아챘던 것이다.

철환이네는 어제까지만 해도 평양에서 제일 좋은 아파트에 사는 재일교포 부자였다. 할아버지가 달포 전에 종적 없이 사라지고 나서, 어제 아침 밀어닥친 보위원들의 군홧발 밑에 귀중품은 모두 보위원들의 주머니 속으로 들어갔고, 금붕어는 방바닥에서 펄떡였으며, 북한 땅에서 가장 비싼 것으로 평가받던 대형 색텔레비전과 냉장고, 승용차, 피아노 등등의 몰수 재산 목록 끝에 할머니는 자신의 이름 석 자도 잊은 채 보위원들이 가르쳐 준 대로 송옥선이란 이름 밑에 지장을 찍고 야밤을 틈타 소련산 지르트럭에 온 식구가 올랐다. 한 개인의 민족반역죄로 3대를 벌할 경우 북한은 젊은 며느리에게는 강제이혼이라는 은혜를 베풀어 따로 떼어 놓는다. 그렇게 해서 남매는 엄마도 영원히 잃었다.

어디로 가는지, 왜 가는지, 어느 기관으로 가는지, 누구의 무슨 죄로 가는지를 절대로 물어서는 안 되는 게 수용소행의 규정이었다. 이는 마치 수령(김일성)이나 지도자(김정일)가 어디에 묵고 있는지, 여자가 몇인지, 결혼을 했는지, 자녀가 몇인지, 어느 자녀가 어떤 여자의 소생인지, 지도자가 어떤 술을 좋아하는지, 연설을 잘잘못 하는지, 춤을 잘잘

못 추는지를 궁금해하는 것이 '말반동'이라는 민족반역죄에 속하는 이치와 똑같다. 할머니가 떠나오던 날 옆집 101호 할머니가 밤새도록 잠 안 자고 지키고 있다가 떠나는 친구의 마지막 얼굴이나 보자고 뛰어 나왔지만 보위원의 발길질에 나가떨어지고 말았다.

할머니가 얼결에 꾸려가지고 왔던 입쌀은 배급 강냉이와 섞어 먹었는데도 보름 만에 떨어졌다. 삼촌이 진흙을 퍼다가 개어서 걸어준 가마솥에 할머니는 아버지가 해 온 생나뭇가지를 넣어 불을 피워 봤지만 연기만 나고 잘 타지를 않았다. 종이라고는 주머니에 들어 있던 지폐뿐이어서 그나마 돈만 중히 여기고 왔던 철환네는 돈을 두어봤자 물건을 살 곳도 없으므로 돈이란 돈은 모두 불쏘시개와 밑씻개로 없애버렸다. 판자로 된 지붕은 하늘이 보이고, 푸석한 석비례로 된 벽과 방바닥은 사람이 움직일 때마다 흙먼지로 풀썩였다. 방바닥은 피나무껍질로 된 다다미에 난방시설은 전혀 없었다.

아버지와 삼촌은 이튿날부터 강제노동에 나갔고, 다음 날 담당 보위지도원이 와서 할머니더러도 일 나오라고 했을 때 할머니는 이제는 박탈된 공민권이긴 하지만 낡은 공민증을 보이며 나이가 65세 넘었음을 증명해서 그나마 노동징집에서 벗어난 것만 해도 다행이었다. 제주도에서 열세 살에 일본으로 건너가서 성공했고, 북한에 와서 15년을 살동안 할머니는 일류 멋쟁이였으니 보위원은 할머니를 사오십대로 볼만도 했다. 그 아름답던 얼굴은 수용소 와서 1년이 못되어 호호백발에 갈고리 손의 검둥이 환자로 변해 있었다.

수용소에도 학교는 있었다. 그러나 선생은 모두 보위원(보위부란 남한에서 굳이 유사 기관 명칭을 찾는다면 안기부나 옛 중정 또는 구소련의 KGB에 해당되는 이름이긴 하지만, 북한의 경우는 남한의 경찰인 안전원보다도 훨씬 상위의 무소불위의 조직이고 규모도 더 큰 전국적 세포조직이다.)이었고 학습이라고는 밖에서도 그렇지만 김일성 유일사상 학습 외에는 없었고 모든 시간은 강제노동이었다. 혁명화구역이란 자본주의 방탕주의 개인주의에 빠졌던 반역자 가족을 북한식 혁명사상으로 재무장시켜 사회에 내보낸다는 취지이지만, 밥 안 먹이고 하루 18시간 감시노동시켜 노동착취하자는 게 목적이라는 것이 금방 드러날 만큼, 강냉이죽만 먹고 새벽 네 시 반부터 작업량 미달성 때는 밤을 새워서라도 며칠이고 집에 못 들어가면서 매 맞으며 배정량을 달성해야 하는 노동수용소였다.

함경남도 요덕군에는 몇 개 면에 걸쳐 높이 2.5미터의 담 위에 3,300볼트의 전기철조망을 촘촘하게 돌려놓고도 모자라서 담 밖으로 땅 밑에 5미터 이상 깊이의 함정을 파서 참나무 대꼬챙이를 뾰족하게 깎아 옆면과 밑면에 박아 놓은 함정들(사냥꾼들이 쓰는 큰 짐승 함정이나 벼락틀)이 몇 미터 간격으로 설치돼 있는 15호 수용소가 있다. 이 수용소에는 철환이 할머니네와 같이 60년대에 김일성에게 속아 지상낙원이라는 북한에 만경봉호를 타고 와서 돈 바치는 동안 잘 살다가, 하루아침에 반동의 이름으로 쫓겨나 반역자 본인은 완전통제구역으로 가고, 가족들은 3대에 걸쳐 이 북송교포마을에 살게 된 재일교포 출신 정치범들이 1987년 현재 800여 세대 5,000여 명이 있었다. 요덕수용소 전체 인원이 5만 명이라 하니 이중 북송교포가 10% 이상 되는 셈이다.

이 중에는 철환이와 같은 3세도 있고 그의 아버지와 같은 재일교포 2세도 있으나 전혀 한국인종이 아닌 순수 일본인 처(妻)들도 있어서 일본인 처들은 수용소 생활에 적응을 못하고 1년 이내에 모두 죽었다. 한두 달 안에 누구나 겪게 되는 '펠라그라'라는 설사병으로 죽고, 외부와의 단절, 특히 일본 친척과의 갑작스런 통신 단절, 물품 단절, 언어 단절 등을 참지 못하고 시들시들 말라 죽는다. 하루 1인당 350g에도 못 미치는 강냉이 가루를 쑥이나 풀을 뜯어 죽을 쑤어 먹을 줄을 몰라 하루아침에 다 먹어 버리고는 굶고 노동 나갔다가 죽는다.

완전통제구역(완통)이란 명칭 자체가 한 번 들어가면 절대로 죽을 때까지 나오지 못하는 구역이란 뜻인데, 북한 전체에 20여 개쯤 있다가 요즘 세계 여론이 하도 비등하다 보니 10여 개로 통폐합해서 숨겼다는 모든 수용소들이 거의 다 이 완전통제구역이고, 철환이네가 살았던 그나마 혁명화구역이라고 해서 그야말로 혁명화작업이 잘 이행되면, 다시 말해 머릿속을 잘 갈아 끼우면 살려 내보내고, 될 수 있으면 그 안에서 죽어달라는 대로 거의 다 죽어 가게 마련인 그런 수용소라서, 그나마 남한에 현재 내려와 이런 북한 수용소의 실상을 세상에 알리는 탈북자들은 모두 이 요덕의 혁명화구역 출신들이다.

배급되는 유일한 먹거리는 1인당 하루 옥쌀(옥수수 알을 쌀 크기로 굵게 빻은 것) 350g과 소금 한 숟갈 기름 한 숟갈 등이다. 여기에 가을에 염장해 두었던 무나 시래기 배추 잎이라도 많이 떠 있는 시래깃국이라면 행운이고, 그나마 철환네의 경우는 할머니라는 군식구가 매일같이 산과 들에 쏘다니며 쑥과 나물을 뜯어 말렸다가 겨우내 양식에 보태서 그나마 죽이라도 굶지 않고 살아남을 수 있었다.

아홉 살 철환이도 도롱뇽도 잡아먹고 뱀도 잡아먹고 쥐도 잡아먹고 개구리 물고기도 눈에 띄는 대로 날로 잡아먹어 영양실조 때 죽음은

__ 거짓의 두 왕국, 북한은 남한에게 무엇인가?

면했다. 할머니도 펠라그라병에 걸렸을 때 철환이가 보위원 몰래 그리고 친구들 몰래 개구리와 지렁이를 잡아다가 바위 위에 말렸다가 할머니에게 구워드려 생명을 건졌다. 그리고 삼촌도 강제노동 틈틈이 염소젖 한 컵씩을 구걸해다 할머니를 치료했다. 70세 노인이 펠라그라병에 걸렸으니 으레 돌아가시려니 했던 이웃들은 할머니가 살아나자 깜짝 놀라 달려와서는 비법이 뭐냐고 법석들을 떨어댔다. 그만큼 삶보다는 죽음이 훨씬 흔했던 것이다.(강철환, 1993, 『대왕의 제전』1, 병풍산의 통곡소리)

회령 완전통제 수용소

항상적인 허기증으로 앙상한 뼈 위에 가죽만 남은 장작개비 같은 몰골, 몇 년을 두고 세수 한번 못해서 검다 못해 반들반들 번뜩이는 검둥이의 얼굴, 옷이라고는 사시사철 여름옷 겸 겨울옷 한 벌로 수년을 지내야 하니 누덕누덕 기울 헝겊이라도 얻을 수 있으면 다행이다. 배고프고 병든 몸뚱이로 매일 18시간 책임량을 강제노동하다 보니 팔다리고 내장이고 성한 곳이 없이 모두들 다리를 절거나 배밀이로 열 지어 따라가는 모습, 그러면서도 항시 뒤꼭지와 옆에는 보위원과 경비대의 총대나 권총이 따라 붙어서 뒤처지면 언제라도 때려죽이거나 불구를 만들어도 되는 짐승 이하의 공포, 모두가 인간의 영혼을 빼버려 증오도 연민도 남아 있지 않은 퀭한 눈, 45세면 백발에 꼬부랑노인이 되고, 만성 영양실조로 머리가 커지고 아랫배만 불쑥 튀어나온 15세 미만 어린이 펠라그라병자들의 모습.

__ 거짓의 두 왕국, 북한은 남한에게 무엇인가?

어디 원시족이나 타 민족 노예를 잡아다 쓰던 16세기 미국 남부의 노예풍경이 아니라 한반도 북한의 21세기 2010년 현재의 자민족 노예화 혁명화 완전통제구역 정치범 수용소의 노동풍경이다. 타 인종을 잡아다 자민족과 구별하여 과잉 노동착취로 자신의 부를 늘린 민족은 있을지언정, 자민족 내에서 그것도 혁명화라는 정치적 인간개조의 핑계를 내세워, 이렇게 짐승 이하의 생활조건을 인위적으로 만들어 그 노동생산에 기생하는 사회는 수천 년 인류사의 어느 인종 어느 시기에도 없었다.

아우슈비츠의 나치 박물관보다도 더 시급한 게 북한의 정치범 수용소 박제 박물관 보존이다. 1세기를 못 넘긴 공산주의사의 마지막 기형화의 형해를 북한은 그저 그냥 잘 감추기만 하면 없던 것으로 되려니 겉 문만 꼭꼭 닫아 숨기지만, 수용소 출신 탈북 입남(入南) 자들이 늘고 위성사진이라는 증거를 찍어가지고 있으니 비밀이란 유지될 수가 없다.

이런 정치범 수용소 안에서도 또 규칙을 어기는 자를 벌준다는 구류장이 있어 여기서의 체벌은 더욱 가혹하다. 구류장에 갇힌 정치범들은 한 달에 한 번씩 햇볕쪼이기를 한다. 햇볕을 너무 쪼이지 못한 데다 굶주림과 심한 매질로 얼굴이 일그러져 있어 사람인지 짐승인지 알 수 없고 삭발한 머리는 하얗다 못해 푸르스름하다. 쇠꼬챙이에 맞아 얼굴과 목, 손발 등에는 모두 상처가 있고 상처가 난 곳은 고름이 고여 썩어 들어간다. 제대로 걷지를 못해 모두 개처럼 네 발걸음으로 다니고, 입고 있는 옷들은 피와 고름에 절어서 고약한 냄새를 풍기며 이가 우글거린다. 햇볕쪼이기를 하며 이를 잡는 그들은 이를 죽여서 손톱에 묻어난 피를 허기져서 모두 입으로 빨아먹는다.

햇볕쪼이기는 안마당에서 하므로 계호원이 잠깐 안 보는 사이에 풀을 뜯어 입에도 넣고 몸에 숨긴다. 계호원의 '일어섯!' 구령에 모두 네발로 기어가거나 갓 들어온 사람의 부축을 받아 안으로 들어가는데 하루는 49세쯤 된 남자정치범이 계호원이 돌아서는 순간에 풀을 뜯어 입에 넣다가 들켰다. 계호원이 "이 개 같은 영감태기가!" 하면서 AK 자동소총 개머리판으로 그 정치범의 풀 씹는 턱을 후려갈겼다. 순식간에 이가 부러지고 턱이 흐물흐물하며 피가 쏟아져 나왔다. 혀가 끊겼던 것이다. '꺽~' 소리를 내는 정치범에게 계호원은 다시 등을 내리쳤다.

'일어섯! 일어섯!' 하는 소리도 소용없이 정치범은 넘어져 꺽꺽거리다 굳어졌다. 계호원은 아무렇지도 않게 부들부들 떨고 있는 다른 정치범들을 끌고 안으로 들어갔다. 보위1과 지도원 중좌(감방지도원)가 와서 가마니에 시체를 둘둘 말아 까마귀차(러시아제 지르 5톤 트럭)에 싣고 비밀처형장이 있는 남석지구로 향한다. 모든 정치범 수용소에서 매일 몇 명씩은 이렇게 죽어 나간다. 그리고 새로 매일 들어온다. 자연적인 성원교체법이면서 인구조절법이기도 하다.(안명철, 1995, 『그들이 울고 있다』, 천지미디어)

사람 먹는 개

북한은 인류가 인위적으로 만들어 낸 최악의 계급사회다. 북한 보위부가 갖고 있는 정치범 수용소 경비대를 교육하는 군관들은 신병들에게 처음부터 귀가 따갑도록 세뇌한다.

"여기가 계급의 전초선입니다. 우리 13호 관리소는 당을 배반하고 수령을 배반한 악질적인 종파분자들과 그 자녀들이 있는 신랄한 계급투쟁의 현장입니다. 동무들은 이 악질들을 무자비하게 탄압할 의무와 사살할 의무밖에 없습니다. 이렇게 하는 것이 수령님과 지도자 동지의 혁명전사답게 전사(戰士)된 도리를 다하는 것입니다. 초소근무를 경각성 있게 수행하여 수령님과 김정일 동지에게 기쁨을 드립시다."

정치범은 나이의 고하와 관계없이 보위원과 경비대원은 물론이고 그 가족인 나이 어린 아이와 얘기할 때도 반드시 무릎을 꿇고 두 손을 무릎 위에 올려놓고 고개를 90도 각도로 숙인 채 경어를 써야 하며, 보위원 아이는 노인죄수에게라도 반드시 낮춤말인 '해라'를 써야 한다. 정치범 죄수들은 모두 보위원과 경비대 또는 그 가족들에게 반드시 '선생님'으로 불러야 하므로 보위원의 아기에게도 '아기 선생님'이라 부른다.

안명철은 18세에 경비대에 초모 입대되어 50대 남자 정치범이나 40대 여자 정치범들이 처음에는 답할 때마다 일손을 멈추고 무릎을 꿇고 90도 숙인 다음, 대화를 이어나가는 게 불편해서 "일을 계속하면서 편하게 말하자우" 하고 제안했다. 정치범은 고마워 어쩔 줄을 모르며 안 경비원을 특별대접했다. 경비원과 정치범 사이의 이런 타협은 곧 반동 종파분자의 죄를 쓰게 된다. 따라서 정치범도 이런 경비원을 유지시키기 위해 남의 눈이 있을 때는 대화를 기피하고 바른 자세, 즉 말할 때마다 무릎 꿇기와 90도 경례를 갖춘다. 보위원 아이들과 정치범 아이들이 다니는 길은 다르다. 그러나 때로는 나란히 있어서 보위원 아이들은 반드시 장난 삼아 돌을 주워 정치범 아이들에게 던진다. 정치범 아이들은 아무 소리 없이 빨리 지나가는 수밖에 없다.

보위원과 경비원들은 군견과 민견을 기를 때 반드시 날고기를 먹이고 정치범을 앞에 놓고 '물엇! 물엇!' 하고 훈련시킨다. 훈련견은 정치범의 오랜 땀 냄새와 여자 정치범의 오랜 월경 냄새, 이와 빈대 냄새, 고름 냄새 때문에 용케 정치범과 보위원 또는 경비대원을 정확히 구분한다. 여자 죄수들은 월경대는커녕 옷을 꿰맬 헝겊조차 없어서 항상 피를 흘리고 다니며 남자들 앞에서도 그냥 오줌똥을 눈다. 냄새만이 아니라 외모 자체가 수년째 세수 한번 못한 외모와 매일 세수하는 외모는 다르게 마련이다. 요즘은 외화가 모자라 러시아나 독일에서 사오던 군견종자를 살 돈이 없어 똥개를 날고기 먹여 훈련시켜 군견으로 쓴다. 이 경비견들이 가끔 실수를 한다.

종성관리소에서 1988년 5월에 있었던 일이다. 13세 여학생 정치범 딸들이 두 마리 개에게 먹혔다. 다른 정치범들이 이를 보고 여자 정치범 두 명이 사람 살리라고 소리쳤으나 안명철이 도착했을 때는 이미 "한 소녀는 목과 얼굴이 개 이빨에 물려 잘려나간 동맥과 식도로 피가 수돗물처럼 쏟아져 나왔고, 또 다른 소녀는 개가 이미 내장을 파먹어 간이 없어졌고 엉덩이 살도 거의 없어서 뼈만 남았다."(안명철, 2007, 『완전 통제구역』, 시대정신, 134~135쪽)

"윤옥아, 순실아." 하면서 통곡하던 여자 정치범을 포함한 다섯 명의 정치범들은 소문을 없애기 위해 '처리'되었고 이튿날 보고회에서는 "공개처형은 괜찮지만 개에게 물려 죽은 것은 밖으로 소문이 나면 정치범들의 폭동도 무섭거니와 위대한 수령님과 친애하는 지도자 동지의 위신에 손상을 가한다."면서 주의시켰지만 막상 개훈련의 책임자에게는 "개는 그렇게 사납게 훈련시켜야 하오."라는 칭찬이 주어졌다.

또한 1991년 22호 회령 관리소에서 있었던 일이다. 중추골 초소 쪽인 중봉지구 29작업반 여자 정치범 두 명이 산으로 도토리 줍기를 갔다가 돌아오지 않았다. 보위부는 경비대에 비상전화를 걸어 행방불명을 알렸다. 대대본부 예비대인 5중대와 1중대에게 옷을 벗지 말고 자라는 지시까지 했지만 밤새 아무 일 없었다. 다음 날 아침 중추골 초소 민견수가 개들에게 죽을 주려고 했는데 개 다섯 마리의 주둥이에 모두 피가 묻어 있었다.

사냥개들은 자기가 물어 메친 짐승을 배불리 먹고 나면 주인에게 찾아와 꼬리를 흔들며 몸짓으로 따라올 것을 요구한다. 민견수는 '이 개들이 멧돼지를 물은 게 아닌가.' 해서 횡재를 바라며 따라가 봤다. 민견수는 기절초풍을 했다. 짐승이 아니라 어젯밤 없어졌다던 여자 정치범 두 명의 해골만 남아 있었기 때문이다. 관리소에서는 이 통보를 받고 정치범들이 저수지에 빠져 자살해 죽었다는 소문을 냈다. 개가 뜯어먹다 남은 두 구의 여자시체는 표시나지 않게 묻어 버렸다. 개는 정치범 중에서도 남자 정치범에게는 덤비지 않고 여자 정치범에게만 덤벼든다. 냄새로 정확히 성별을 구분한다.

안명철은 경비대 벽마다 그리고 밤마다 자신의 학습 속에서 외워야 하는 경비원의 좌우명을 뇌까린다.

"우리 인민의 계급적인 원쑤들에게 프롤레타리아 맛을 톡톡히 보여 주어야 합니다." - 김일성

"도주한 놈을 무조건 잡아 죽여야 합니다. 그 놈들이 도주하면 수령님의 대외적 권위가 심히 훼손되므로 동무들은 초소를 철벽으로 지킴으로써 한 놈의 도주자도 나타나지 않도록 해야 하겠습니다." - 김정일

개천 여자교화소

이순옥은 1987년 11월 23일 평남 개천시 사회안전부 제1교화소에 수감되었다. 온성군 상업관리소 상업지도원으로서 14년간 온성군 간부물자공급소장 일을 잘 해 오다가, 때마침 온성군 안전부장(남한의 군 경찰서장)이 김정일이 입었던 잠바와 똑같은 옷감을 두 벌 요구한 것을 한 벌감밖에 공급할 수 없자 악감정을 사서 다른 죄목을 만들어 뒤집어쓰고 2년여의 예심 공방 끝에 40세의 여성으로 개천 여자교화소에 입감하게 된 것이었다. 남편은 교장이었고 아들은 김일성 종합대학 재학중이었지만 어머니의 교화소 입소로 해서 가족 모두가 해직·퇴학당했다.

개천 여자교화소는 일용 공장, 수출 공장, 제화 공장, 포화 공장, 피복 공장, 재단 공장, 설계(기술 준비실), 영선반(봉사반), 낙후자반(재처벌 하는 곳), 농산반, 취사장 등 11개 교화반으로 구성되어 있다. 한 개 교화반은 250~300여 명인데 반 밑에는 조가 있어 50~60명씩, 그리고 그 밑에 분조가 있어 5~6명이 공동생산량 책임과 공동처벌을 받게 된다. 죄수복이자 작업복이자 일상복이기도 한 단벌 옷은 언제 만들었는지 너무 오랫동안 입어서 천의 원색은 알 수도 없고 반들반들하게 기름과 때에 절어서 숫제 가죽옷이 되어 있다.

처음 입으면 옷이 너무 뻣뻣해서 살이 쓰리고 벗겨진다. 40평방미터 감방 안에 변소 10평방미터 빼고 나면 가로 6미터 세로 5미터의 30평방미터 공간에 80~90명의 죄수들이 자게 되므로, 베개도 없이 자신이 입었던 옷을 벗어 대충 베고 네 줄로 두 명씩 엇갈려 상대방의 발이 나의 입에 닿게 엇비슷이 칼잠을 자야 하므로 상대방의 발 냄새를 코앞에 대고 자야 한다. 그나마 겨울에는 바닥 널마루 틈에서 올라오는 바람을 막느라고 서로 껴안고 자는 것이 고맙지만, 여름에는 모든 수용자들이 땀에 젖어 홍역을 치른 듯 땀에 찌걱거리므로 밤 한 시부터 다섯 시까지 주어지는 취침시간마저 감방에 돌아올 새 없이 작업장에서 그대로 쪽잠을 자게 되는 것을 더 반기곤 한다.

북한 전역은 전기가 절대적으로 부족하여 지구별 도별로 교차생산을 한다. 개천 교화소에서는 평남도 송배전소에서 주는 전기를 쓰고 있는데 한 달에 절반은 전기가 공급되지 않았다. 저녁 10시 이후에야 전기를 보내기 때문에 낮 시간은 교화소 내의 모든 기계를 인력으로 가동시켜야 한다. 재봉기의 회전축 브링을 사람의 힘으로 돌리게 하는데 가죽처럼 만든 피대천을 구두 깁는 기계로 너비 20센티 정도가 되도록 촘촘히 누빈다. 그 피대를 축에 건 다음 10명씩 한 조가 되어 피대를 어깨에 메고 전기에 의해 돌아가는 것처럼 돌려야 한다. 일용 공

_ 거짓의 두 왕국, 북한은 남한에게 무엇인가?

장, 피복 공장에는 100대의 재봉기가 있는데 이 100대의 재봉틀을 한꺼번에 다 돌려야 한다는 것을 의미한다.

여자들은 피댓줄을 어깨에 메고 한 시간씩 교대제로 돌리는데 온몸이 땀주머니가 된다. 10명 중 한 사람이라도 쓰러지면 기계가 멈추기 때문에 옆에는 항상 감시하는 생산지도원들이 붙어 서 있다가 힘들어 비틀거리는 사람이 보이면 가죽허리띠로 사정없이 때린다. 사상 개조가 목적이 아니라 노동력 무임착취가 목적이다. 구두 공장 여자들은 손가락 마디마다 나무껍질처럼 굳은살이 박혀 튀어나거나 휘어졌다. 그들은 손으로 하루 평균 70켤레 정도를 만들어야 한 끼 정량밥 100g을 먹을 수 있다. 구두 한 짝에는 1,200개의 쥐못을 박아야 한다. 한 켤레씩 계산하면 2천4백 개의 못을 박아야 하는데 하루 70켤레면 16만8천 개의 못을 구두에 박아야 하니 여자들의 등이 굽어지고 손이 망가지는 것은 당연했다. 공장 내 한 사람이라도 자기 과제를 수행치 못하면 연대처벌로 시간 연장을 시키기 때문에 몸이 쓰러지더라도 완수해야 한다.

구두 공장 수리공 김명숙은 1992년 1월 염산을 마시고 죽었다. 작업량은 많은데 60년대에 독일서 수입한 기계는 자꾸 고장이 났다. 마지막 공정인 신발창을 깁는 데서 완성품을 낼 수 없게 되자 담당관리지도원이 발길로 걷어차며 "야, 뒈지기 싫으면 빨리 고쳐 놔." 하고 닦달했다. 그는 급하고 안타까운 마음에서 기계를 수리할 때 쓰라고 주는 염산을 마셔버렸던 것이다. 그는 손재주가 유명해서 그가 만든 수제화는 간부들에게만 특별 공급되기까지 했던 여자였다. 그의 자살 이후 전체 수감자들은 주 1회 하던 생활총화를 매일 하게 되었다. 한 공장

300명 인원을 작업 중지한 채 한 시간 동안 세워 놓고 그날 있었던 일을 낱낱이 밝히며 동료들을 비방해야 하는데, 12시에서 1시까지 꼬박 선 채 총화하는 것도 노동만큼 힘들었다.

1992년 1월부터 4월 초까지는 새벽 2시에서 4시까지 하루 두 시간씩만 잠을 재웠다. 1992년은 김일성 탄생일 80주년이 되는 해라고 북한의 학생 노동자들에게 선물을 주게 되어 있었는데, 개천 여자교화소는 학생교복 1만 벌과 사회안전국 교화국산하 교화소, 노동교양소, 혁명관리소 등에서 근무하는 노무자들에게 김일성 선물인 옷 2만 벌을 만들어 공급하게 되었다. 석 달 동안 죄수들은 감방에 들어가 누워서 잠을 자 본 적이 하루도 없었다. 너무 졸려 손가락이 재봉틀에 끌려 들어가는 줄도 모르고 끄덕끄덕 졸다가 재봉바늘이 손가락을 씹어 놓으면 정신이 번쩍 들어 피가 뚝뚝 떨어지는 손가락에 재봉 기름을 바르고는 계속 작업을 했다. 졸았다는 것이 담당관리지도원에게 알려지면 당장 처벌을 받기 때문에 아픈 내색도 숨겨야 한다.

교화소 안에는 독방 처벌과 낙후자반 처벌이란 것이 있다. 독방은 너비가 0.6m, 높이가 1.1m이고, 앞면은 쇠창살을 둘러 그 속으로 기어들어가고 나왔으며 서지도 앉지도 눕지도 못하는 높이다. 앉는 자리 밑에 변기구멍이 뚫려 있어서 그 시멘트 바닥의 구멍에서 올라오는 찬 바람으로 몸이 꽁꽁 언다. 여름에는 수천 마리 구더기가 그 구멍으로 기어오르기 때문에 계속 맨손으로 구더기를 쓸어 넣어야 한다. 독방 처벌 7일 동안엔 하루 90g의 밥덩이밖에 주지 않는다. 한 끼 30g짜리 밥덩이와 멀건 소금국물 한 공기를 주기 때문에 영양실조가 겹치는데 어쩌다 변기구멍으로 쥐가 올라오면 횡재하는 날이다. 쥐를 잡아 그대로 씹어먹는 맛이 별미다. 교화소 안의 유일한 고기 맛은 쥐뿐이다.

독방에서 나오면 모두 다리가 문어다리처럼 흐물흐물 거려서 혼자 서는 제대로 걸을 수 없는 불구자가 된다. 교화생활준칙에는 웃거나 말하거나 지나가다 창에 얼굴을 비춰보거나 하는 행위 등이 모두 처벌 대상인데, 낙후자반은 교화소 내 변소의 인분을 실어다 인분탱크에 모 았다가 바깥 농산반으로 보내는 일을 한다. 800kg짜리 철판으로 만든 탱크를 실은 수레를 다섯 명이 한 조가 되어 운반하는데, 공장 감방에 있는 변소를 풀 때 10리터들이 고무양동이에 밧줄을 매어 손으로 인분 을 퍼 담는다. 양동이 무게 때문에 힘에 부쳐 퍼 올리다가 그대로 고꾸 라져 변소탱크에 빠지는 일은 흔하다.

전도희라는 해군 출신 여자는 자기가 만든 신발이 우습게 된 것을 보고 웃다가 교화소장에게 들켜 낙후자반으로 왔다. 김영애는 자리에 서 일어날 때 창문에 비친 자기 모습을 무심결에 본 것이 소장의 눈에 띄어 낙후자반에 왔다. 1991년도 장마철에 평양시에서 온 이옥단이라 는 여자가 인분탱크에 빠져 죽었다. 장맛비가 하루 종일 쏟아지는 속 에서 비를 맞으며 인분을 퍼 나르다가 인분탱크의 문이 잘 열리지 않 자 그것을 연다고 탱크 위에 올라섰다가 빗물에 미끄러져 탱크 속에 빠진 것이다. 탱크 안은 너무나 깊고 크기 때문에 밧줄을 매지 않고는 감히 들어갈 수 없다.

"야 이년들아, 너희도 귀신 몰래 죽지 않으려면 그냥 내버려 둬."

곁의 노동자들이 웅성거리자 옆에서 지켜보던 관리지도원이 한 말 이었다.

이순옥은 1989년과 1992년 두 차례에 걸쳐 병감방에 격리되었다.

파라티푸스가 돌았기 때문이다. 죄수들이 무리로 쓰러지자 군의는 격리시키라는 지시를 내렸다. 감방 두 칸을 비운 후 전염병환자들을 한 방에 50~60명씩 마구 쓸어 넣었다. 그들 중 숨이 붙어 있고 의식이 회복된 사람은 "선생님 살려 주십시오."라며 손을 허우적거리고 사람들 속에서 빠져 나오려고 안간힘을 쓰곤 했다. 군의나 감방안전원들은 행여 병에 전염될까 봐 얼씬도 않고 위생원들에게 "저 송장 같은 것 빨리 처리해."라고 성화했다. 밑에 깔린 사람은 의식이 회복되어도 자기 위의 시체를 들치고 나올 기운이 없어 무더기로 죽는 수가 많았다.

"계산공 정신 차려. 옆 사람이 다 죽었어. 에그 죽은 사람 속에서 용케 숨이 붙어 있었구나."

이순옥이 병감에 누워 있는 지 며칠이 지났는지 위생원 김신옥의 목소리가 멀리서 앵앵거리며 들려오자 이순옥은 병감방에서 나와 의무실로 옮겨 오게 되었다. 그가 의무실에 있는 동안 세 명의 임신부가 아기를 낳았다. 자리도 깔지 않은 맨 시멘트 바닥에 사람을 눕혀놓고 스스로 아이를 낳게 한다. 군의나 안전원들은 실내화도 아닌 바깥에서 신던 신발로 돌아가며 산모들을 걷어찬다. 조산시키는 도중에 아기가 태어나면 옆에 지키고 선 군의가 발로 찬다.

"야 빨리 죽여 버려. 죄 짓고 교화소에 온 주제에 아기는 무슨 놈의 아긴가."

강제조산을 시켜 낳은 아이도 처음에는 숨이 붙어 바동거린다. 군의관의 지시를 받은 위생원들은 떨리는 손으로 아기목을 비틀어 죽인다. 아기는 잠깐 동안 찍찍 소리를 내다가 숨을 거둔다. 위생원들은 걸레조각에 아기 시신을 둘둘 말아 양동이에 담아 감방 뒤쪽 공지에 내다 놓는다. 그것을 남자 죄수들이 갖다 묻는다고 한다.

한번은 계산공인 이순옥이 의무실 복도에서 재정과장 오기를 기다리는데 의무실 안에서 구두 공장 김병옥(32세, 여)이 울음을 터뜨리는 소리를 듣고 문틈으로 들여다보게 되었다. 김병옥은 방금 아기를 낳은 참이었다. 새빨간 핏덩이가 사내아이인지 고추가 달려 있었다. 눈물이 범벅이 된 김병옥은 "선생님, 우리 아기 죽이지 말아 주십시오. 시어머니가 우리 아기를 눈빠지게 기다립니다." 하고 통사정 중이었다. 그때 그의 눈물은 눈물이 아니라 시퍼런 불이 펄펄 일어나는 것 같았다고 한다. 군의는 김병옥의 배를 구둣발로 차며 "야 위생원, 빨리 처치해. 목을 비틀란 말야." 하자 아기는 닭모가지 비틀 듯 목이 비틀려 숨이 끊어졌고 걸레짝에 싸여 양동이에 담겼다. 이순옥은 지금 남한에 와서도 꿈속에서 이런 산모들이 자기 아이를 부르며 달려가는 꿈을 꾸곤 하는데 그럴 때면 비명을 질러대서 옆에 자던 아들이 깨우곤 한다. 아들도 함께 탈북했다.

1990년 1월에는 수출2반(뜨개 공장)이 새로 생겼다. 일본에서 손뜨개 제품이 위탁가공으로 들어왔기 때문이다. 손뜨개는 책에 나와 있는 공식을 보고 뜨게 되는데 3일에 스웨터 한 개씩을 완성하라는 지시가 떨어졌다. 그러나 손뜨개를 담당한 죄수들의 옷을 빨아 입히지 않고 목욕도 시키지 않았기 때문에 위생상태가 불결하여 제품에 손때가 새카맣게 묻어났다. 불량품이 양산되자 교화소 측에서는 매 분조마다 대야 하나와 손 씻는 비누 한 개씩을 놓고 손을 씻게 했다. 각자의 무릎 위에는 흰 보자기를 펴 놓고 실을 그 위에 얹어서 뜨게 했다.

뜨개 공장의 김영숙(46세)은 인민학교에도 다니지 않았기 때문에 제

이름도 쓰지 못했다. 뜨개질 공식책을 아무리 보아도 이해할 수가 없었다. 그뿐만 아니라 해마다 신년 초에는 김일성의 노동신문 등 종합 언론 신년사를 외워야 하는데 그것도 불가능했다. 짰다 풀기를 여러 번 하면 뜨개실을 망가트리게 된다. 너무 애가 타서 훌쩍거리며 "나는 왜 시골에서 태어났을까. 왜 우리 마을에는 학교가 없었을까." 하고 중얼거리다 관리지도원에게 들켰다. "야 이 백당년아, 공화국에서 문맹퇴치한 때가 벌써 언젠데 글을 모를 리가 있어? 사상 검토해야 되겠어." 하면서 예심방으로 끌고갔다. 그가 살던 곳은 자강도 용림이라는 곳으로 하늘 아래 첫동네 심심산골이라 학교를 가려면 용림리 소재지까지 180여 리를 가야 했다. 그는 예심방에서 맞아 죽었고 위생원들이 시체를 가마니에 말아 내보냈다. (이순옥, 1996, 『꼬리 없는 짐승들의 눈빛』, 천지미디어)

돼지고기 좀 먹어 보겠나?

지해남은 1948년 북한 함흥 출신으로 뛰어난 미모에 춤과 노래의 재주가 있어 33선전대원이었다. 그러나 남한 노래인 '홍도야 우지 마라'를 불렀다는 날라리 자본주의 죄목으로 교화소에 들어가 3년형을 살다가 1995년 8월 대사면으로 나와 보니, 거리엔 굶어 죽은 시체들이 널려 있고, 자신의 두 오빠들의 가족과 자신의 유일한 혈육인 아들과, 이혼 남편 등도 모두 굶어 죽었다는 소식을 듣고 희망 없는 북한을 떠나 현재 남한과 미국에서 북한 실상을 정확히 알리기 위한 인권운동을 하고 있다.

교화소 안에서는 자살을 기도하는 일이 많았다. 자살기도 자체는 처벌대상이므로 어설프게 목을 맨다거나 동맥을 끊는 일은 실패할 경우 죽음보다 더한 안전원들의 처벌감이어서 좀 더 적극적이고 들키지 않을 방법을 써 본다. 어떤 죄수들은 일부러 안전원들의 음식물 쓰레기통을 뒤져 먹고 식중독에 걸려보기도 한다. 죽으면 성공이고 실패를 하더라도 병이 나서 며칠은 노동 나가지 않고 쉴 수 있다. 어떤 죄수는 화장실에서 자기가 눈 똥오줌을 먹기도 했다. 똥독이 오르면 죽을 수 있을 거란 생각에서다. 하지만 썩은 음식을 먹거나 똥을 먹어서 자살을 성공한 예는 보지 못했다.

자살을 시도했다가 큰 고통만 당한 여자가 하나 있었다. 지해남과 같이 재봉틀을 하는 '분이'라는 여자였다. 어느 날부터인가 분이가 배가 아파 쩔쩔매는데 설사나 구토를 하는 것도 아니었다. 다른 죄수들은 분이가 이물질을 먹었다는 짐작을 했는데 누군가가 수상하다며 일러바쳤고 안전원이 와서 분이를 데려갔다. 갖은 고문을 다 받고서야 바늘을 삼켰다는 것을 토설하게 되었는데 그때부터 안전원들의 '바늘 빼기' 작업이 시작되었다. 의학적 처치가 아니라 안전원들은 많이 해본 경험에 의해 그 여자에게 억지로 역겨운 양배추 떡잎 삶은 것만 계속 강제로 먹이는 방법을 썼다. 돼지 입에도 역겨울 이것을 일주일이고 열흘이고 계속 강제로 토할 때까지 안전원들이 억지로 시퍼런 풀조각을 우겨 넣는 분이의 눈에서는 눈물이 줄줄 흐르고 있었다.

"3분조, 너희들은 저 간나가 변소 갈 때마다 한 사람씩 따라 가서 똥을 뒤져라. 거기서 뭐가 나오면 나한테 가져오도록."

그때부터 그 여자가 화장실 갈 때면 한 사람씩 따라가 감시를 했다. 여자는 20일 만에 자신이 먹었다고 자백했던 재봉틀 바늘 10개, 손바늘 3개, 모터용 나사 5개를 모두 배설했다. 이로 해서 그는 몇 년의 형을 더 받았고 김일성 생일이나 8 · 15 광복일에 있는 대사면에서도 항상 빠졌다. 죽으려고 애를 써도 죽지 못하는 사람이 있는가 하면 어이 없는 죽음은 이보다 더 흔했다.

외부작업에 동원되어 일할 때는 무거운 짐을 지고 언덕을 기어올라야 하는 일이 많았다. 한 번은 옥수수 파종을 나가는데 죄수 하나가 거름으로 뿌릴 마른 인분을 지고 언덕을 올라가고 있었다. 그런데 언덕까지 거의 올라간 죄수가 갑자기 크게 몸을 '휘청' 하는 것이었다. 영양실조에 무거운 짐을 지고 가파른 언덕을 올라가자니 어지럼증이 도진 것이다. 등에 진 짐무게에 이끌려 굴러 떨어지고 말았다. 보초를 서던 안전원들이 탈출을 시도하는 줄 알고 총으로 쏴서 바로 사살해 버렸다. 이를 본 지해남은 '어~ 어~' 하며 안타까워했지만 안전원들은 탈출시도한 자는 저렇게 된다는 표정으로 거만하게 지해남 등을 내려다보았다. 실수로 떨어져 총에 맞아 죽는 것은 흔하다. 안전원들은 그게 실수로 떨어진 것인지 못 먹어서 쓰러진 것인지는 상관하지 않는다.

심지어는 1994년 7월 12일엔 이런 일도 있었다. 저녁 8시까지 노동을 시키는 교화소에서 그날은 어쩐지 오후 4시에 입방시키니 죄수들은 어리둥절하여 감방 안에서 방송 나오기만 기다렸다. 오늘 무슨 일이 있나? 혹시 나라에 경사라도 있어 대사면이라도 있나? 여자방송원의 격앙된 목소리로 "조선민주주의 인민공화국 우리 당의 영광스러운 조선노동당의 최고 사령관이시며……." 더 들을 것도 없이 김일성 수령이 무슨 발표를 했다는 것이었다. 항상 김일성 수령의 앞에는 그와 같은 상투적인 길고 긴 형용사 수식어가 따라가니까 듣기에 정말 일부 죄수들이 말한 것처럼 대사면령이 내린 것 같았다.

성급한 몇몇 죄수들이 '만세! 만세!' 하며 기쁨의 탄성을 내질렀다. 안전원이 조용히 달려와 "방금 만세를 외친 사람이 누구야? 일어나?"

하고 소리지르자 다섯 명이 일어났다. "따라와!" 알고 보니 김일성 사망한 지 닷새 후에야 교화소까지 알려 준 것이다. 그때 끌려 나간 사람들은 다시는 볼 수 없었다.

지해남은 1995년 8월 15일 형기 3년을 몇 달 앞두고 대사면령으로 교화소를 나올 수 있었다. 지해남은 그길로 중국으로 나올 결심을 했다. 처음에는 남한으로 갈 생각은 하지도 않았다. 몇 번 중국공안에게 불법체류자로 걸려 북한으로 송환되었었다.

신의주 건너에 있는 중국 산동의 구류장에 가기 전에는 철저히 몸수색을 받았다. 그녀는 구류장 안에 있는 화장실에 들어갔다. 거기서 지난번 다른 구류장에서 돌려받은 돈 사백 원 중 삼백 원을 동그랗게 말아 얇은 비닐에 싸서 자궁 안으로 밀어 넣었다. 나머지 일백 원은 입에 물었다. 언제 어디서 탈출한다 해도 돈이 목숨을 지켜준다는 것을 터득한 터였다. 여기서도 속옷까지 벗겨져 몸수색을 받았다. 여자공안은 남자공안이 채 자리도 비켜 주지 않은 자리에서 팬티를 뒤집고 가랑이를 후볐다. 뭐라고 중국말로 물어 봤지만 입 안에 숨긴 돈을 지키기 위해서 입을 꼭 다물고 못 알아들은 척 고개를 내저었다. 어차피 북한 사람인 것을 아니까 중국말은 모른 척하면 된다.

이번에는 제자리에 앉았다 일어났다 하는 소위 '펌푸'질을 30번 하라고 시켰다. 나는 나만 약을 줄 알고 자궁 안에 돈을 숨겼지만 이 방법이 오랜 탈북자들의 방법이었다는 것을 그때는 몰랐다. 이 동작을 반복하면 아랫배에 힘이 가서 자궁속의 돈이 나온다는 것을 그들은 다 알고 있었던 것이다. 돈을 지켜야 한다는 생각에 수치심조차 느낄 여유가 없었다. 교화소 노동 때 옥수수밭에 들어가 오줌을 누는 척 옥수수를 따 먹다가 안전원에게 들켜 죽도록 매를 맞으면서도 수치심 때문에 바지를 치키고 나서야 정신을 잃던 수치심조차 이제는 다 없어져버렸다.

펌푸질을 하면서도 돈을 놓치지 않으려고 아랫도리에 힘을 주었으나 한 20번쯤 했을 때 돈이 나오려고 하는 것을 느낄 수 있었다. "아이쿠, 나 죽네!" 하고 쓰러졌다. 북한 사람들은 모두 워낙 영양이 부실하기 때문에 펌푸질할 때 현기증이 나는 것은 중국공안들도 다 알고 있었다. 공안은 짜증을 내며 다음 사람으로 넘어갔다. 지해남은 무사히 돈을 지켜낸 다음 화장실에 가서 돈을 꺼냈다. 이제 자궁 속은 불안했다. 그는 입 안과 자궁에서 돈을 꺼내 합쳐서 다시 비닐에 싸서는 항문 안으로 밀어 넣었다. 아주 안으로 밀어 넣으면 꺼내는 데 너무 힘들 것 같아서 항문 밖으로 끝이 조금 나오게 살짝 끼워 넣었다.

중국 국경 구류장 안은 북한 사람으로 아비규환이었다. 옆방에 있는 남자 죄수들은 여자들에게 족쇄를 풀 머리핀을 건네 달라고 소곤대고, 여자들은 너희들이라도 달아나서 목숨을 건지라고 머리핀을 빼서 구멍으로 찔러 넣어 주었다. 그렇게 해서 달아나다 잡힌 남자들이 전기곤봉으로 지져지고 몽둥이로 살과 뼈를 내리치는 소리를 들으며 여자들은 떨며 눈물을 흘렸다. 구류장에 들어온 지 이틀이 지나면서부터 지해남은 치질을 앓기 시작했다. 항문에 끼워 넣은 돈뭉치 때문이었다. 앉지도 눕지도 못하고 낑낑대자 감방 안의 다른 사람들이 연고를 얻어다 주어서 그걸 발랐더니 좀 나았다.

신의주 구류소에서의 생활은 그 어느 수용소에 있을 때보다 비참했다. 교화소에선 비교가 되지 않을 정도로 힘든 노동을 하루 종일 시켰으며 먹는 것은 더 형편없었다. 쌀 한 톨 섞이지 않은 통옥수수 알을 80그램 주었는데 그나마도 태반은 벌레였다. 벌레를 털고 먹으면 안전원들은 "이 개간나들아 이 벌레라도 먹어야 살아. 아직 배가 덜 고팠구만!" 하고 소리친다. 그나마도 일 분 안에 먹지 못하면 그릇을 빼앗아간다.

2000년 12월, 21세기를 맞아 도강자들을 모두 용서해 주겠노라는 김정일의 선포가 있었다. 20세기가 지나기 전에 중국으로 건너간 사람들은 모두 자진해서 돌아오라는 것이었다. 그 말을 믿고 북한으로 돌아올 탈북자는 하나도 없었다. 그러나 덕분에 운이 좋게도 그때 구류소에 갇혀 있던 사람들이 본보기로 석방된 것이다. 나는 꿈인가 싶어 손등을 꼬집어보았다. 꿈은 아니었다. 일단 본보기로 석방한 다음에 고향에 돌아가면 다시 정치범 수용소를 보낸다고 내보내 준 안전원이 귀띔해 주었다.

빨리 두만강을 건너기 위해 무산으로 기차를 달렸다. 그러나 "다음 역은 함흥역입니다."라는 안내방송을 듣자 갑자기 가슴이 무너져 내리는 것이었다. 자신이 나서 자라고 오빠들과 자신의 아들이 살고 있는 함흥이 아니든가. 지옥의 군사처럼 추격해 오는 보위부원을 생각할 겨를도 없이 함흥역에서 저도 모르게 내리고 말았다.

"내 아들 일호, 일호를 데리고 남한으로 가야지."

우선 큰오빠네 집으로 갔다. 오빠 집으로 가는 길은 차마 눈 뜨고 볼 수 없는 광경이 펼쳐져 있었다. 시장에는 굶어 죽은 사람들의 시체가 널려 있었고 폐허가 되어 있는 집들도 많았다. 시장 한 구석에 연탄재처럼 나뒹굴고 있는 아이들의 머리를 보고서는 그 자리에서 토하고 말았다. 오빠는 해남을 보자 저승에서 돌아온 사람을 보듯 놀라며 소리

내어 울었다. 교화소에서 나왔을 때 반가워했던 것과는 다른, 슬픔이 가득 배인 울음이었다. 이유가 있었다.

"둘째네 식구도, 셋째네 식구도 모두 굶어 죽었다."

"예?"

둘째오빠네 식구가 모두 굶어 죽었다는 것이었다.

"그럴 리가 없어요. 아무리 배급이 끊기고 식량이 부족하기로서니⋯⋯."

"저길 봐라."

오빠가 가리키는 곳을 봤다. 마침 동네 아저씨 하나가 손수레를 끌고 지나가고 있었다. 지해남도 안면이 있는 사람이었다.

"저 손수레 안에 가마니로 덮어 놓은 게 뭔지 아니?"

"모르겠는데요. 무슨 고기 같은데 동네에서 돼지라도 잡았나 보죠?"

"저 사람이 며칠째 동네 사람들한테 저걸 끌고 다니면서 돼지고기 좀 먹어보겠냐고 물어본다. 근데 저 사람은 굶다가 실성을 한 사람이야."

"그럼, 저 가마니 밑에 있는 건?"

"자기 아들이다. 배고파 실성해서는 자기 아들을 죽여서 먹지 않았겠니?"

늘 배가 고팠어도 내 고향이 이런 지옥으로 변할 거란 상상도 못했다. 갑자기 아들 일호에게 생각이 미쳤다. 혹시 계모가 우리 아들 일호에게 저런 짓을 저지르지는 않았을까.

"오빠, 우리 일호는요? 우리 일호는 어떻게 됐어요?"

오빠는 야윈 얼굴을 들지 못하고 대답을 피했다.

"오빠는 알지요? 일호네 식구들. 여기서 멀지 않은 데서 살잖아요?"

"일호도 굶어 죽었단다. 내가 직접 가 본 건 아니지만 소문이 그래."

지해남은 실성하듯 쓰러졌다. 전에도 계모와 살면서 마음고생했던 아들이 식구들 중 제일 먼저 굶어 죽었을 것이 아닌가. 자기가 굶어 죽는 것을 모른 체하는 다른 식구들을 야속하게 바라보며 숨이 끊어졌을 아들을 생각하니 심장이 터지고 장이 마디마디 끊어지는 것 같았다. 더 이상 살아갈 힘을 잃었다.

"이런 데서 더 살면 뭐해요? 가면서 죽으나 여기 앉아서 죽으나 마찬가진데 나하고 같이 강을 넘어 갑시다."

"다 늙은 우리가 이제사 가면 뭐하겠니? 너나 가라. 내 보기엔 남조선 가려다 붙들린 너를 놔 준다는 게 말이 안 된다. 무슨 일이 있기 전에 너라도 어서 도망을 가라."

눈물을 쏟으며 큰오빠의 집을 나서서 함흥역으로 뛰었다. (지해남, 2004, 『홍도야 우지 마라』, 태일출판사, 256쪽)

사람 안 잡아먹은 사람들

'사흘 굶어 남의 집 담을 넘지 않는 사람 없다.'듯이 극도의 굶주림의 시대에는 도둑질이 일반화될 수밖에 없다. 그런데 사람이 사람을 잡아먹었다는 얘기는 북한에서도 1997년과 1998년에 집중된다. 북한 대규모 아사 시절 소위 고난의 행군 시절 사람이 사람을 잡아먹었다는 이야기는 탈북기에도 가끔 나온다. 믿고 싶지 않지만 굶어서 죽어 가기 직전에 생겨날 수 있는 일이라고 생각된다. 그리고 이렇게 사람 잡아먹은 이야기가 특별한 조명을 받으며 열거된다는 것은, 대부분의 아사자들은 그 지경에서도 사람을 잡아먹지 않았다는 반증도 되므로 여기 그 소제목들만 열거하는 것으로 마무리하려 한다.

앞의 지해남의 『홍도야 우지 마라』에서도 굶주림으로 머리가 돌아 버린 아버지가 아들을 죽여 동네 사람들에게 고기를 먹어보라고 수레에 담아 동네에 다니는 모습이 묘사되어 있거니와, 황만유의 『반역자의 땅』에는 71쪽부터 118쪽까지가 사람 잡아먹은 사형수들의 이야기로 차 있는데, 저자 자신이 함경북도 길주군 안전부 유치장에서 1997년 10월 1일부터 1998년 3월 말까지 6개월 간 수감생활을 하는 동안에 다른 죄수들과 만난 이야기들을 구체적인 날짜와 장소 주소 등을 밝혀 사례연구 하듯 열거한 '식인사건'들의 소제목만 열거하면 다음과 같다.

14) 딸을 잡아먹은 여인
15) 식인 죄인의 집
16) 동생들을 잡아먹다
17) 지나가는 처녀를 유인하여 잡아먹은 리남청
18) 산 속에서도 식인범
19) 애들이 애들을 먹다
20) 싸우다가도 잡아먹다
21) 밤길의 여인을 유인하여 잡아먹다
22) 평양시 평천구역에서도 잡혀 먹힌 변사체
23) 자강도 강계시 죄인들의 사형 견학

식인종도 아니고 원시인도 아니고 버젓이 산업화를 했던 북한에서 이런 식인 상태에까지 이르렀던 상황을 기록한 것으로는 황만유가 처음이자 마지막일 것 같다. 1997~1998년 이후 김대중 노무현 정부의 퍼주기로 북한은 어느 정도 식량빈곤에서 헤어나게 되었고, 이명박 정부 이후 남한의 지원이 끊겨 다시 고통을 당했지만 인민들 스스로가 장마당을 형성시켜 스스로 장사꾼들로 탈바꿈하는 방식으로 기아를 헤쳐 나가는 와중에 소기업가들을 배출해 내기도 했다.

2009년 화폐개혁으로 이들 장사꾼들과 소기업들은 다시 망해서 원점으로 돌아갔지만 아무리 기업가와 소자본가들을 처형해도 한 번 배운 자본주의적 교환방식은 다시 살아나서 인민들은 다시 기아를 헤쳐 나갈 수밖에 없게 된다.(황만유, 2002, 『반역자의 땅』, 삶과 꿈)

쌀 없는 나라,
전기 없는 나라

이우홍은 재일교포로서 1984년 4월부터 1985년 8월까지 1년 4개월 동안 북한 원산농업대학에서 객원강사를 지냈다. 원산농업대학은 북한의 최고학부인 김일성종합대학 농학부가 발전해서 독립한 북한 유일의 국립농업대학이며, 북한의 농업대학 중에서는 가장 권위 있는 대학으로 일컬어진다. 이우홍은 일제강점기인 1921년 일본 미에현 마즈사카시에서 태어났으며 본적은 경상북도 김천시이다.

1940년에 일본 제8고등학교를 졸업한 후 아이치 항공 나가토 공장의 전기기사를 했다. 8 · 15 광복 후 재일본 조선인연맹 미에현 히사이 지부 외무부장, 동 민전서기장, 조총련 미에현 츠시지부 정치부장 등을 역임했고, 북한의 공로메달을 수상한 바 있으며, 1958년부터 1978년까지 호쿠신지구 사과생산협동조합 미에현 총대리점을 경영했다.

1981년에 북한을 첫 방문한 이래 1984년부터 원산농업대학 객원강

사를 겸해 특수온실 제작에 종사, 이듬해 중단한 바 있다. 1989년에
『가난의 공화국』과 1990년에 『어둠의 공화국』을 일본어와 한국어로
출간한 바 있다. 이우홍은 민전과 총련 활동에 종사하면서 북한이야말
로 유일한 조국이라고 생각하고 그 입장을 지지해 왔다.

이우홍은 북한의 합영법 제정 직전인 1984년 여름 온실의 기초 만들
기에 필요한 콘크리트 블록을 일정한 크기로 굳히기 위한 판형을 만들
어야 했다. 그를 위해 나무판자와 못을 대학당국에 신청했다. 그런데
북한에서는 이 나무판자와 못을 아무도 구할 수 없는 귀중품 중의 귀
중품이어서 끝내 구하지 못해 온실 제작을 중단하는 수밖에 없었다.
나무판자가 이처럼 귀중품이 된 것은 무모한 전 국토 다락밭 건설정책
때문이다. 생나무나 통나무를 전혀 구경할 수 없게 되었기 때문이다.

못 역시 북한에서 사용되고 있는 못은 두꺼운 철선을 길이 약 10㎝
로 잘라내 끝 부분은 가늘고 머리 부분은 L자 모양으로 구부려서 못 비
슷하게 만든 것으로 조선의 이조시대나 일본의 에도시대에 썼던 것과
같은 못이었다. 박물관에나 진열한다면 몰라도 실용에는 적합하지 않
아 부학장을 통해 '보통못'을 신청했더니 "그런 귀중품은 신청해서 배
급을 기다려야 한다."라고 해서 기다리다 못해 개인적으로 일본에다
수배를 해서 사용했다. 북한은 야금공업이 낙후돼 연철을 만들 수 없
고 나사나 철사 양철 등도 생산하지 못한다. 트랜스(변압기) 한 개를 신
청해 제공받는 데도 1년이 걸렸다.

무엇보다도 농업은 이른바 '사회주의의 본원적 축적'의 대상으로 농
공병진이라는 군사경제 우선정책으로 농민은 마음껏 수탈당했으며 북
한 농업은 황폐해졌다. 친애하는 지도자 동지의 등장을 전후해서 강행

된 무모한 '전 국토 다락밭 건설정책'은 비료의 대식한(大食漢)이라는 옥수수를 심기 위해 전국 각지의 산을 개간해서 민둥산으로 바꾸어 놓았고 곡물감수를 초래했을 뿐만 아니라, 산에서 수목을 없애고 삼림자원과 수자원을 고갈시켜 공업발전에도 큰 족쇄가 되었다. 수령님과 지도자 동지의 두 부자가 주관적으로는 농업의 발전과 식량문제 해결을 위해 시도한 전 국토 다락밭 건설정책이 북한의 모든 산의 8부능선까지를 인민의 땀으로 황폐화시켜, 수해 때마다 토사와 돌들이 굴러 내려와 하상을 높여 놓았고, 논밭의 구분이 없이 돌밭을 만들어 농업만이 아니라 전 산업의 파탄을 가져왔다.

북한은 위대한 수령님이 어려서 항일투쟁에 참가하기 위해 평양에서 압록강, 그리고 중국의 동북지방으로 걸어갔다는 코스를 소년단원들로 하여금 도보 행진시키는 연례행사가 있다. 이우홍은 1985년 4월 이 도보행진에 참가한 소년들, 중학교 2학년들이 수령님이 태어난 평양의 만경대 출발지까지 와서 휴식을 취하고 있는 장면을 본 적이 있다. 일본 같으면 초등학교 3~4학년쯤 되나보다 했더니 중학교 2학년이라는 대답을 듣고 놀랐다. 작은 아이는 140cm가 안 되고 150cm를 넘는 아이가 몇 없었다.

여성의 체격도 작았다. 1983년 초가을 처음으로 원산농대를 방문했을 때 그는 금송이라는 노란 소나무 아래에서 30~40명의 여학생이 인솔 선생님의 설명을 듣고 있는 것을 보았다. 모두들 몸집으로 보아 어느 여중생들이 견학 온 것으로 생각했다. 나중에야 이들이 모두 이 대학에 갓 입학한 여대생이었음을 알고 저자는 놀란 적이 있다.

북한 당국에서도 어린이들의 체격이 빈약한 것을 잘 알고 있으며

1980년에 들어와서 친애하는 지도자 동지의 지령으로 각급학교에 철봉을 설치해서 키 키우는 운동을 벌인 적이 있다. 그러나 영양분의 문제일 뿐 철봉의 문제가 아니어서 지도자의 명안은 효력을 발휘하지 못했다. 저자는 또 친한 의사로부터 북한 여성의 초경 나이가 18세에서 20세 사이임도 들었다. 식량이 넉넉한 선진국 여자아이의 평균 초경 나이는 10세이다. 유엔 국제보건기구(WHO)가 발표한 북한 초경 나이는 20세이며, 15~20세 청년의 여드름 나는 사람이 적어 연구할 가치가 있다고 기록되어 있다.

북한은 1983년 이전까지는 옥수수 알갱이로 밥을 지어 먹을 수 있었다. 1983년에 접어들자 기름을 짜내고 남은 옥수수 지게미로 배급받게 되었다. 이후 지게미가 일상식이 되었고 그나마 지게미 밥도 힘들어져 지게미 죽으로 바뀌었고, 그나마도 한 번이라도 실컷 좀 먹어 보고 죽었으면 좋겠다는 소원이 생길 정도로 식량배급이 악화되었다. 사과나 우유는 의사의 진단서나 허가서 없이는 구할 수 없다. 사과나 우유가 약의 대용품이 되었기 때문이다. 설탕 사카린도 약이다. 설탕이나 사카린에 굶주리는 사람들에게는 단맛으로 병을 고치는 방법, 즉 단맛환상이랄까 환각치료법이 성립되어 있다.

소고기 돼지고기를 불문하고 육류의 배급은 바랄 수도 없고 암시장에서 닭고기나 생선을 사려고 해도 눈깔이 튀어나올 만큼 비싸서 살 수가 없다. 마늘이나 고추 같은 향신료는 바랄 수도 없다. 북한 방문객들은 비행기에서 내려다보는 북한 민둥산들의 8부능선까지 들이찬 옥수수 줄기들을 보며 국토의 80%가 산으로 되어 있는 북한에서 저 다락밭 정책 하나만은 참 잘한 일이었다고 찬사를 아끼지 않는다. 그러나 1989년 이우홍의 『가난의 공화국』 이래 바로 이 다락밭 정책이야말로 주체농법의 만성적인 식량부족의 원흉임을 밝히는 처음이자 본격적인 보고서가 된다. 사회주의 조국이라고 믿고 북한을 한 번이라도 우러러 본 동포는 고통 없이는 읽을 수 없는 책이다. 절망해서 지긋지긋하다고 도중에 내동댕이칠 책이기도 하다.

같은 저자의 북한 경제 분석 제2권이라 할 수 있는 『어둠의 공화국』은 어떤가? 여기서 어둠이란 억압통제 투성이의 북한 정치사회를 상징하는 말같이 들리지만 그런 뜻이 아니다. 문자 그대로 전기가 없어 밤 위성사진에 북한 한 나라만이 유난히 까맣게 사진 찍히는 북한의 전기사정을 말할 뿐이다. 한 집 한 등이되 그 한 등도 40촉짜리 한 등을 아래 윗방 두 방 사이에 구멍을 뚫어 가설했을 뿐만 아니라, 그 한 등마저 시간제 전기로 송전되므로 하루에 전기로 할 작업은 꼭 이 시간에만 해야 한다는 뜻이기도 하다. 아니 그나마 흐르는 전류량이 일정치 않고 시간제마저 정해진 시각을 어기기 일쑤여서 손님을 대접한답시고 전기담요를 깔아 주었을 경우 밤새 냉방이다가 새벽에 별안간 전기가 불시에 들어와 담요 위에서 자던 손님이 공중으로 1미터쯤 뛰어오르게 되는 그런 전기공급체계이다.

그렇다면 김정일이 서양사회가 자기가 지은 초호화 초대소의 건축기술을 따라오자면 1백 년은 더 진보해야 자기 같은 집을 지을 수 있을 것이라고 자랑한, 그 초대소들은 이런 전기공급 체계에서 어떻게 유지 관리되는 것일까? 그 초대소들은 다른 나라나 마찬가지이다. 북한의 전기공급 체계와는 전혀 관계가 없다. 모든 초대소나 김정일의 주거지역은 완전 자가발전 시설이 되어 있다. 전기만이 아니라 먹거리 입

__ 거짓의 두 왕국, 북한은 남한에게 무엇인가?

거리 오락거리 등이 모두 북한 사회와는 전혀 상관없다. 김정일의 아이들이 모두 북한의 인민초교조차 한 명도 다닌 적이 없는 것을 보면 알 수 있다. 김정일의 아이로서 북한 사회에 내놓을 처지가 못 되는 것이다.

맏아들 김정남이 한 살부터 청년기까지 한 번도 북한 사회에서 친구가 없었으며, 이모가 되는 성혜랑이 입주 가정교사로 친모(김정일의 첫 장모)와 함께 들어가 1996년 서방으로 탈출하기까지의 생활을 『등나무집』이란 제목으로 썼던 내용 속에 김정일의 사생활이 잘 드러난다. 성혜랑은 김정일을 한 치라도 더 인간다운 인간으로 묘사하기 위해 갖은 애를 썼지만 그럴수록 그 고통 속에 김정일이 얼마나 비인간인가 더 잘 드러나고 있다. 오죽 인간성을 찾아 낼 수 없었으면 경내 숲속에서 새끼 밴 사슴을 금엽기간인 줄 모르고 쏘았다가 병원에 보내 살려 낸 이야기를 가장 인간스런 면으로 묘사하기까지 했을까.

드디어 정남이가 일곱 살이 되는 날 정남이는 이모와 함께 오스트리아 비엔나 국제초등학교에 입학했고, 밤마다 부자는 "아빠, 나 아빠가 보고 싶어." 하면 "정남아, 나도 네가 보고 싶다."면서 이역만리를 격해 국제전화로 울어댔고, 장모는 우는 사위를 보다 못해 "저런 것도 정상적이 아니다."라고 탄식했다. 제 자식사랑에만 너무 탐하는 것도 정상 인격은 아니라는 뜻이다. 항상 어린 정남이를 자기 의자에 앉혀 놓고 네가 여기 앉아 세상을 호령할 자리라고 꿈을 길러주던 맏아들은, 어느 날 여권 위조범이 되어 아버지 눈 밖에 나 버리니 끝이었다.

그럼 광복 전까지 남북한 모든 전기를 북한 쪽에서 송전해 줄 정도로 공업지대였던 북한이 왜 별안간 전기가 귀해졌을까? 이 역시 이우홍에 의하면, 김일성이라는 독재자의 무모하고 무식한 전력정책 때문이었다. 북한은 전쟁 직후인 1954년에 전후 복구 3개년 계획을 집행하면서 위대한 수령님의 현명한 지도하에 송전선 배전선들을 거의 모두 지하에 묻어 버렸다. 전쟁 후 자재, 시설, 설비 부족 끝에 자연경관도 고려할 겸 이들을 지하에 매설하는 천재적인 방식을 고안했다는 것이다.

송배전선을 지하에 묻는 것은 누구나 한 번쯤 고려해 볼 만한 장단점들을 갖고 있다. 풍수해와 낙뢰 걱정을 안 해도 좋고, 한 개 세우는 데 6층 건물 한 개 세우는 비용이 드는 철탑을 세우지 않아도 되는 장점이 있는가 하면, 전기에 가장 위험한 습기를 피할 수 없고, 값비싼 피복전선과 특수 파이프를 사용해야 하며, 3~5년에 한 번씩 전선을 교체해야 하는 고비용의 번거로움이 있다.

그런데 북한은 전선을 매설하면서 맨홀조차 만들지 않아 전선 교체 자체에 대해 무지했던 것 같다. 지하에는 습기가 많아 지상의 철탑에 설치한 전선에 비해 전선의 수명이 3분의 1에 불과한데도 교체할 수 있는 설비 없이 매설했으므로 현재의 전기는 실제 인간들이 사용하고 있는 전류량의 몇 배가 누전으로 낭비되고 있다는 점이다. 일본에서도 아직도 절연재가 개발도상에 있으며 서양에서도 매설을 꺼리고 있는데 북한만이 이미 50년대에 수령의 말 한마디로 해치운 것이다. 북한의 전기는 80%가 누전이고 20%만 사용되는 셈이다.

과학은커녕 상식조차 통하지 않는 것이 북한의 산업이어서 건축도 마찬가지이다. 어그러진 빌딩과 가지각색 크기의 계단, 경사진 빌딩과 날림 건설의 본보기로 들고 있는 평양~원산 고속도로의 장면을 읽으면서 독자는 분노를 넘어서 웃음조차 치밀어 오르게 하는데, 이 책에 곁들인 사진들 역시 비뚤어진 빌딩과 가지각색의 계단들의 사진을 싣고 있어 육안으로도 규격이 안 맞아 도괴위험을 느끼게 한다. 그런 기술로 60층, 105층의 초고층빌딩 건립의 흉내를 내는 것은 김일성 김정일 부자의 천치 같은 허영심과 어리석음을 보여줄 뿐이라는 것이다. 과학기술은 정신주의 북한에서 보수주의자, 기술신비주의자, 경험주의자, 수정주의자라는 비판을 받아 숙청된다. 주체공업과 주체기술을 거역한다는 것이다.

1973년 2월에 모택동의 홍위병을 본떠서 만든 조직인 김정일의 3대 혁명 소조는 상식과 과학기술을 무시하고 정치사상 우선의 정신일변도주의를 강행했다. 김일성대학 졸업생을 중심으로 한 소조원들에게는 독자적 신분증을 주어 비밀경찰인 보위부와 안전부 등 수사기관에도 개입하게 하는 등 당과 행정기관까지 무력화시켰고, 경제는 각 부문의 균형이 무너져 터무니없는 혼란상을 불러왔다. 경제가 이렇게 토대부터 붕괴되고 있는데도 불구하고 80년대 들어 통큰 일을 한답시고 1982년 4월 15일 김일성의 70세 생일을 앞두고 주체사상탑과 개선문을 비롯한 인민대학습당 스케이트 경기장 등 대 기념물 조형으로 거액의 자금, 자재, 설비, 노동력 등을 낭비시켰던 것도 경제붕괴의 원인이었다.

1989년 7월에는, 서울 올림픽에 당당히 대항하여 평양 청년학생제전을 개최하며 105층의 유경호텔을 세우는가 하면, 호화스런 각종 스포츠 경기장을 건조하느라 47억 달러를 낭비했다. 최근 들어 인민은 옥수수 지게미 죽조차 마음대로 못 먹을 정도며 1989년부터는 특권적이라는 평양에서조차 하루 2식운동을 벌일 정도로 식량사정은 악화되었다.

 이우홍은 1981년 5월 처음으로 북한 땅을 밟고서부터 원산농대를 떠난 1985년 8월까지 4년 수개월 동안 동해와 북경을 경유해서 북한을 십여 차례나 드나들었고, 그 기간의 반 이상을 북한에서 살았다. 교통편이 항상 화객선인 만경봉호와 삼지연호여서 친척을 만나고 돌아오는 재일교포들의 이야기를 많이 듣게 되었다.(이우홍, 1990, 『어둠의 공화국』)

재미교포 살아오면
북한 가족 망한다

이순옥은 경제사범으로 교화소에 들어오기 전에는 온성군에서 가장 유복한 가정을 꾸리고 살았었다. 누명을 쓰고 죄인이 되기 전인 1984년 3월 말 하루는 군(郡) 행정경제위원장이 불러서 들어 갔더니 교장이던 남편도 이미 와 있었다. 위원장의 말인즉, 재미교포 가 고향 방문을 오는데 그의 어머니는 주택이 없기 때문에 군에서 가장 잘 사는 교장선생님의 집을 좀 빌리자는 것이었다. 교포의 이름은 최일성이며 고향은 온성군 세선리(옛날 이름은 즌개)인데 이순옥은 전쟁 때 온성군 풍서리에 피란 와서 세선인민학교와 향당중학교를 졸업했기 때문에 세선에는 그의 소꿉친구들이 많았다.

위대한 수령님의 권위를 훼손시키지 않고 나라망신을 시키지 않아야 한다는 명분 때문에 기꺼이 응락하고 집에 와 보니 대문 밖에는 이미 군(郡) 교포지도원과 몇 사람이 와 있었다. 가까이 가 보니 재미교포 최일성의 어머니는 이순옥의 송아지친구인 최미희의 어머니로서 이순옥을 알아보고는 "순옥아, 미안하다. 그래도 너의 집이니까 다행스럽지만 정말 부끄럽구나." 하는 어머니의 낯색은 새까맣게 죽어 있었다. 최미희는 세선인민학교와 향당중학교 내내 이순옥과 한반이었던 단짝친구였다. 중학교를 마치고 이순옥이 청진시로 나와 공부하는 동안 최미희는 온성읍에서 농업학교를 마치고는 교원양성소를 나와 온성인민학교 교원으로 있었다.

최미희 어머니는 막내아들 최백용이 김일성군사대학을 나와 평양호위총국 계획처장으로 승진되어 어머니도 아들을 따라 평양에 올라가 살았기 때문에 오랫동안 못 보았던 것이다. 이순옥은 어머니에게 누가 오느냐고 물었다. 어머니는 우시면서 저간의 사정을 얘기하기 시작했다.

미희네는 아들 둘 딸 둘 4남매였는데 위의 큰오빠 최일성이 전쟁 때 고급중학교를 다니다가 입대하여 국군의 포로가 되었다. 그리고 포로 교환 때 돌아오지 않고 남한에서 살다가 미국으로 이민 가서 살고 있었다. 그런데 최일성에 대한 북한자료는 그가 전투에서 전사한 것으로 되어 있었으므로 어머니와 동생들인 최미숙 최미희 최백용은 전사자가족 대우를 받아 왔다. 그런데 갑자기 죽은 줄 알았던 맏아들 최일성이 미국에서 고향을 방문하겠다는 요청을 북한 당국 해당부서로 해 온 것이다. 형이 북한에 오기도 전에 그가 살아서 조국을 배반하고 미국에서 지낸다는 이유 때문에 동생 최백용은 호위총국에서 근무할 자격이 없다는 지시가 내렸다.

하루아침에 함경북도 회령군 지구도매소 인수원(물자구입원)으로 좌천되어 집도 없이 도매소 경비실에서 임시로 살게 되었다. 죽었던 아들이 살아 돌아오는 대신 동생들이 겪는 고통 때문에 어머니는 한숨만 폭폭 내쉬며 눈물을 흘리는 것이었다. 살았으면 가만히나 있을 것이지 찾아오긴 왜 찾아온단 말이냐? 공항에 마중 나갔던 중앙당 교포지도원은 평양만수대 김일성 동상 앞에 최일성을 데리고 가 꽃다발을 바치며 '김일성주석 만세'를 부르게 했는데 최일성은 만세를 부르지 않았다.

최일성이 온성에 체류하는 며칠 동안은 교장선생님 집 앞으로는 아무도 다니지 못하게 지시했고, 교장선생님 집 주변 인민반의 각 가구마다 된장 간장 1개월 분을 앞당겨 공급하고 식량배급소에서도 보름분 식량을 앞당겨 배급하라고 지시했다. 그 후 2~3일 동안 온성읍내는 도로 닦기, 오물 실어내기, 담장 회칠 등으로 법석을 떨었다. 이순옥의 집을 최미희 어머니의 집으로 가장했으니 이순옥의 친구 최미희도 시어머니에게 아이를 맡기고 남편과 함께 이순옥의 집으로 왔다. 중앙당, 국가보위부, 군당, 군보위부 사람들인 안내원들로 항상 방이 차 있으니 어머니와 아들은 한시도 둘만의 얘기를 나눌 수가 없었다.

며칠 후 아들을 떠나보낸 어머니는 이순옥의 손을 잡고 대성통곡을 했다. 아들이 어머님께 드리고 간 달러를 통째로 중앙당지도원이 가져갔기 때문에 얼마가 들어 있었는지도 모른다고 했다. 맏아들이 돌아간 후 최미희네 가정에도 문제가 생겼다. 남편 오 씨가 미국에 오빠가 있는 여자와는 살 수 없다고 이혼을 제기했고 고민에 빠진 최미희는 혼자 고민하다 정신착란에 걸려 신경병원(정신병자 수용소)으로 실려갔다. 최미희의 사촌 동생 최정옥까지도 약혼자가 김일성종합대학 학생이었는데 졸업 후 생활에 문제가 될 것이 두려워 정옥이와 파혼했다.

큰오빠가 집에 와 있는 동안 최미희네 가족은 칼라 TV를 틀 줄 몰라서 오빠가 틀어줘야 했고 냉장고를 사용할 줄 몰라 반찬을 모두 냉동실에 넣었다가 얼어서 이튿날 아침을 굶게 되었다. 하루 이틀 지나면서 아들은 눈치가 이상했든지 "이 집이 도대체 누구의 집이냐?"라고 묻더라는 것이다. 미희는 어머님집이라고 얼버무렸지만 오빠는 눈치를 챈 것 같더라고 했다.

이순옥은 1992년 교화소를 나와 1995년 탈북하여 남한에 왔고, 1996년 10월 미국 뉴욕의 코리아나 방송국에서 북한에서의 삶에 대해 이야기를 하면서 그 끝에 최일성 씨 북한 가족 이야기를 했다. 방송 직후 최일성 씨에게서 장거리 전화가 와서 그를 만났다. 그는 자신으로 인해 가족들이 그처럼 큰 피해를 입은 줄을 전혀 몰랐다면서 통곡을 했다. 18세 때 고향을 떠나 전쟁에 참가했기 때문에 나름대로는 떳떳한 마음으로 가족을 찾았는데 그렇게 될 줄은 몰랐다는 것이다. 막내 동생이 지방으로 내려간 것은 몸이 아파서 그런 줄로만 알았다고 한다. 일차 방문 후 최일성 씨는 재입북을 신청했으나 북한 당국에서는 많은 달러만 요구할 뿐 입북허가는 내 주지 않았다.(이순옥, 1996, 『꼬리 없는 짐승들의 눈빛』, 천지미디어, 214쪽)

그럼 이와 비슷한 시기 1980년대 초중반에 북한의 고향이나 친척들을 방문했던 다른 재미교포나 캐나다교포들의 경우는 어땠을까? 1980년대에는 미국시민권을 가진 사람들의 북한 방문이 수십 명 정도 이루어졌던 편이다. 양은식·김동수·전충림 등이 1983년에 방북하고 돌아와 1984년에 써 냈던 『분단을 뛰어넘어』에는 최일성 씨가 겪은 그런 비극적 소동은 드러난 것이 없다. 그러나 이들 학자들과 종교인 기자들은 단체로 갔었고, 해외에서의 몇 번의 국제회의에서의 북한 학자들과의 만남 후의 방북이었으므로 최일성 씨처럼 완전히 폐쇄된 공간에서의 개인적 행동으로 취급받지는 않았을 것 같다.

게다가 최 씨의 경우 처음 안내자가 김일성 동상에 절을 하고 '김일성주석 만세'를 부르라고 시켰을 때 절은 했지만 '김일성주석 만세'는 부를 수가 없더라고 했다. 그 또한 북한 당국자에게 거부감을 주었을 수도 있지만 그렇다고 해서 이미 최 씨가 도착하기도 훨씬 전에 최 씨 가족들의 계급적 하강은 끝나 있었으므로 그것이 원인일 수는 없다. 막내 남동생 최백용은 김정일 호위총국을 쫓겨나 시골의 지구도매소 인수원으로 강등되었고, 평양에서 살던 집도 모두 뺏겨 어머니조차도 집이 없어 이순옥의 집을 빌려 자기 집 행세를 할 수밖에 없었다. 인민군전사자 가족 대접을 완전히 박탈당한 것이다. 맏아들이 미제국주의의 주구인 미국시민이기 때문이다. 이혼당한 여동생은 정신병에 걸렸고 사촌 여동생도 파혼당했다. 약혼남인 김일성종합대학 학생이 사촌 처남이 미국시민이면 결혼할 수 없다고 해서이다.

그러니까 이는 다시 말하면 현재 북한에서 정치적으로 출세하고 부유한 생활을 할 수 있는 사람들은 하나하나가 미국이나 남한이나 적성국가에 친척이나 가족이 살고 있지 않다는 증명을 할 수 있는 사람들뿐이라는 뜻도 된다. 북한에서 계급적으로 순수하기 위해서는 만주항일빨치산 족보라든가, 전쟁고아 출신이라든가, 지주나 지식인 출신 집안이 아니라는 증명이 있어야 한다. 최 씨의 경우 인민군에 나왔다가 포로가 되어 남한에 살다가 미국으로 이민 가서 살았다는 것이 인민군 전사자의 가족이라는 특권을 박탈당하게 되는 중요한 이유가 되는 것이다.

그렇다면 다른 방북자들의 월남 경위들은 어떠했으며 미국 이민 경위들은 어떠했기에 아무 문제가 없었을까? 아니면 그 모든 방북자들에게도 이런 문제들이 있었는데 방문자 본인들이 모르고 있었을까? 최 씨의 가족처럼 이렇게 크나큰 불행이나 비극까지는 아니었더라도 적어도 주고 온 달러를 바꾸는 데 몇십 퍼센트를 환전은행 또는 당 간부에게 빼앗겼다든가, 마을 청소하느라고 그리고 임시 가짜 부자 만들었다가 금방 취소하느라 소동 피웠던 것은 마찬가지였을 것인데, 아마 방문자들이 전혀 눈치채지 못했든가 아니면 각자 자기 혼자만의 부끄럽고 껄끄러운 기억으로 간직했을 가능성은 있다. 다음에 나오는 재일교포 김원조의 1983년도 북한 가족 방문기를 봐도 그렇다.

김원조의 북송 교포 방문기

　　김원조는 1982년에 북한 방문을 40일간 하고 1983년 3월부터 8월까지 100회에 걸쳐 그 일기를 통일일보에 연재했다. 이를 정리하여 『동토의 공화국』이란 책을 냈다. 방문은 물론 1960년대 초에 북송된 친척동포를 20여 년 만에 찾아보기 위해서였다. 명석했던 큰형님은 김일성대학을 나와 학자가 될 목적으로, 발랄했던 누님은 음대를 나와 성악가가 될 목적으로, 함께 떠나지 못하는 어린 동생 김원조를 뒷날 부모님을 모시고 따라오라고 위로하면서, 만경봉호를 타고 떠난 지 20여 년 만에 동생은 소상공인 가장이 되어 형님 누님과 조카들을 상면하러 물품을 잔뜩 싣고 같은 만경봉호를 타고 같은 니가타항을 떠난 것이다.

　가장 답답하고 분통이 터졌던 것은 청진항 조국 땅에 닿은 지 22일이 되도록 친척 가족들의 얼굴은커녕 언제 만날 수 있다든가, 왜 못 만난다든가의 기약도 설명도 없이 마냥 김일성 동상 앞의 절(拜) 사업과 학습 또 학습, 사회주의 학습, 김일성 위대성 학습, 사회주의 우월성 학습만을 지겹도록 강요당한 일이었다. 100여 명이 함께 간 방문단원 모두의 속끓는 인내심을 모른 듯이 오로지 매일같이 절만 시키고 꽃다발만 바치게 하고 관광만 시키는 것이었다.

모든 단원들이 집단 우울증에 걸릴 즈음 한 달이 다 되어서야 각기 자기 친척들의 거주지를 찾아서 방문을 시키는데도, 각기 평양에서 따라간 안내자와 현지 군(郡) 안내자 2명 그리고 중앙의 교포담당 안내자 2명 등 감시원 5명이 절대로 자리를 뜨지 않고 친척들과의 모든 식사와 대화까지 지도해 나간다는 것이다. 감시원이 보여 주고자 하는 이외의 길이나 주민 모습은 한 명도 절대로 볼 수 없게 차편조차 통제하고 친척들의 대화조차 미리 짜 주어 감시원이 계획했던 대로의 만남의 모습만으로 3박 4일의 모든 시간을 엄격히 통제한다는 점이다.

일본이나 미국에서 친척이 온다고 하면 집을 옮겨 준다든가 적어도 살던 집을 수리해 준다든가 벽에 회칠이라도 해 주는 것은 기본이고, 집 앞의 길에도 동네 사람들이 지나다니지 못하게 통제하고, 뒷길의 쓰레기 등도 당분간은 버리지 못하도록 온 마을 주민들이 이 친척이 방문을 끝내고 돌아갈 때까지 함께 잔치를 벌여 함께 청소하고 요리하는 것까지는 좋으나, 지나고 나면 모두 원위치로 돌려놓아야 하는 번거로운 희극일지 비극일지 또한 지방적으로도 국가적으로도 그리고 이 친척집으로서도 크나큰 행사며 경제적 계기가 되는 이벤트인 것이다.

맞다. 경제적 계기가 되는 것이다. 김원조는 자신이 일본을 떠나기에 앞서 골판지 상자로 된 선물상자 13개를 미리 선편으로 우송해 놓았다. 형님댁에 5상자, 누님댁에 5상자, 그리고 종형댁에 3상자를 포함하여 모두 13상자였던 것이다. 형님이 1년 전에 돌아가신 것을 모르고 부쳤지만 이제는 형님댁이 아니라 형수댁에 부친 셈이 된 것이다. 형님이 영양실조로 인한 폐결핵을 앓았지만, 약을 쓰지 못해 병원 복도 바닥에서 돌아가신 것을 1년 전부터 형수 등 친척들이 편지로 몇 번이나 일본의 동생에게 알렸으나 북한 우편시스템의 검열에 막혀 편지 불통이 되었던 것을 모르고 동생은 북한에 도착해서조차 형님의 별세를 모르고 내내 형님 만날 생각을 가장 많이 하며 그리워했던 것이다. 아무도 만날 수 있는 명단을 알려 주지 않았고 미리 중간역까지 나왔던 누님조차 형님에 대한 얘기를 동생이 묻자 집에 가면 알 수 있게 된다고만 말했으므로 방문자인 동생으로서는 계속 불길한 느낌만을 갖다가 드디어 형수집에 와서야 형님이 돌아가신 것을 알고 산소에 가보게 되었던 것이다.

북한은 인민들의 모든 편지를 읽어보고 검열하고 보내고 싶은 편지만 보내는 사회이다. 검열에 걸려 불통됐다 하더라도 당신 편지가 불통되었으니 그리 알라든가, 되찾아가라든가, 통지조차 없이 그냥 뭉개버리면 되므로 양편 발신수신자들은 전하려던 소식의 불통사실조차 알 길이 없으므로, 발신자는 보냈고 수신자는 받지 못하는 시스템이 더욱이나 소통차질을 불러오는 것이다. 아무리 존경하는 수령님과 경애하는 지도자 동지를 열심히 써 넣어도 불합격 편지는 영원히 사장되는 것이다. 게다가 형수는 시동생이 가져온 보물상자(북한에서는 일본에서 가져온 물품상자를 보물상자라 부른다.)에서 그 귀한 세이코 시계와 네커치프가 쏟아져 나오자 이 물품들이 작년에만 왔어도 형님은 생명을 잃지 않았을 수도 있었다고 더욱 서럽게 우는 것이었다.

그동안도 일본에서 몇 년에 한 번씩 시동생과 부모님이 보내 준 보물상자들로 해서 남들 굶을 때 풀죽이나마 끼니를 때워서 지금까지 살 수 있었다고 설명하기도 했다. 정부에서 배급하던 옥수수와 쌀의 비율이 5:5에서 7:3, 8:2로 악화되는 동안 그 배급식량은 아무리 아껴 먹고 아껴 먹어도 보름이나 20일이면 없어지고, 나머지 10여 일을 들풀이나 나무껍질로 연명해야 하는데, 이 여분양식을 구입하는 데 일본 친척이 보내 주는 보물들이, 세이코 시계 한 개에 암매 쌀 한 말이라든가 네커치프 2장과 쌀 한 말이 맞바꿔지는 보물 노릇을 하기 때문에, 북송교포들은 이 보물상자에 목숨을 걸고 살아왔던 것이다. 북한에서는 그만큼 인민복 이외의 천 조각 한 장도 생산되지 않으며 시계나 목수건은 결혼예물이나 여성 지위 상징물로 북한 사회의 통과의례를 장식하는 유일한 문화물이었던 것이다.

김원조는 떠나기 전에 일본에서 미리 부쳐 놓은 13개의 보물상자 외에 평양에서 절 사업과 주체사상 학습에 시달리는 동안 평양 외화상점에 들러 역시 일본제인 알사탕, 인스턴트 커피, 조니워커 블랙, 일본 정종 등을 사서 슈트케이스에 넣어 형수네 집인 평안북도 S시까지 가져왔던 것이다.

13개의 상자 속에는 일본에서 비싼 귀중품은 한 가지도 없다. 일상 생활에 최저로 필요한 작은 물건들인데 북한에서만 귀중품이 되는 싸구려 제품들이었다. 우선 두 꾸러미에 들어있는 자전거 상자 한 개를 열었다. 접는 조립식용이어서 큰조카, 즉 형님의 유족이 되는 맏조카에게 내일 아침 함께 조립하자고 했더니 기뻐서 방긋 웃었다. 다음은 형수, 누님, 종형들에게 배분된 상자 두 개씩 도합 6개를 열었다. 아이들이 기뻐할 물건들이 가득 채워져 있었다. 각종 운동화가 모두 40켤레, 종형의 네 아이 등 합쳐서 한 사람당 평균 3켤레씩의 선물이었다. 만년필, 볼펜, 샤프펜슬, 연필, 대학노트, 초등학교용과 중학생용 노트, 기타 사무용 학용품을 꺼내서 각각 아이들에게 나누어 주니 킥킥 떠들며 소중히 쓰다듬었다.

일본에서 친척들과 이웃들에게서 모을 수 있는 것은 모두 모아 넣은 헌 옷가지들도 생각 외로 호평을 받았다. 털실 스웨터들, 블라우스, T셔츠, 브래지어, 재킷, 무명 점퍼, 가죽 점퍼, 원피스, 바지, 메리야스 및 순모의 속옷 등 상당한 분량이다. 아이들은 자기 몸에 맞는 것을 집어 들고 한숨을 쉬기도 하고 웃기도 하며 기쁜 표정을 지었다. "이것으로 아이들 것은 끝이야!" 하며 그는 다른 상자에서 세이코 시계 50개와 1천 장의 네커치프를 꺼냈다. 형수와 누님에게 시계 20개씩, 네커치프 400장씩, 종형에게는 시계 10개와 네커치프 200장을 건네주고 "생활에 보태 쓰시오." 했더니 고마워 어쩔 줄들을 몰랐다.

나머지 상자에서는 녹용, 간장약, 항생물질, 위장약, 비타민 등 약품과 사카린, 설탕, 기타 조미료 등이 들어 있으니 나중에 열어보라고 했다. 그리고는 형수에게는 일본 돈 1백만 엔, 누님과 종형에게는 30만 엔씩 건네주었더니 본인 지갑에는 몇 만원밖에 남지 않았다.

갑자기 형수님의 막내딸이 큰 소리로 울었다. 나눠 가진 사탕봉지 속의 사탕 알 수를 서로들 헤아려 보았더니 막내의 것이 한 개가 적었던 모양이다. 삼촌은 얼른 막내를 안아올려 "울지 마라. 삼촌이 요 다음에 많이 보내 줄게." 하고 달랬다.

131
2. 금 캐러 가 볼래? __

일본이나 미국에서 친척이 올 경우 이 집안은 말하자면 추석과 설날을 함께 겸한 것 같은 잔치 분위기가 되는데 집안이 별안간 부자가 될 뿐만 아니라 친척 아이들까지도 모두 3박 4일간 학교를 쉬는 방학을 갖게 되고 어른들도 절대로 결석할 수 없는 지겨운 직장에 처음으로 공식 결근을 할 수 있기 때문이다. 집안의 축제일 뿐 아니라 마을이 함께 해 주는 축제이기도 하다.

일제 손목시계나 스카프가 보물로 탈바꿈하는 경위는 이렇다. 저자가 가지고 온 50개의 세이코 자동태엽 날짜가 나오는 방수 손목시계, 저자가 일본서 한 개에 일본 돈 1만 5천 엔에 샀는데 북한의 평양 등에서 암거래로 1천 5백 원에 암거래된다. 북한 기술자 노동자 사무원의 한 달 월급이 평균 70원이므로 한 사람의 약 2년분의 월급이 이 시계 한 개이다. 북한 돈 1원은 일본 돈 130엔이므로 이 시계 한 개는 1,500원×130엔=195,000엔, 그러니까 일본에서 시동생이 한 개에 일본 돈 1만5천 엔에 사 온 세이코 시계 한 개가 북한 땅에서 19만5천 엔짜리 시계가 되는 것이다. 195,000/15,000=13배, 즉 일본서 한 개 1만5천 엔에 사다가 북한에서 한 개에 19만5천 엔 값인 13배의 이윤을 남겨 팔게 되는 셈이다. 13배의 장사속이다.

네커치프는 이윤이 더 커서 30배가 넘는다. 저자는 일본서 올 때 네커치프를 1천 장이나 사 가지고 왔는데 이 네커치프는 일본백화점에서는 한 장에 3백 엔이지만 조총련 선물전문점에서는 이보다 훨씬 싸다. 이 네커치프 한 장이 북한에서는 꼭 기술자 노동자 사무원의 한 달 월급인 70원에 팔린다. 이 70원을 일본 돈으로 환산하면 70원×130엔

=9,100엔이고 이 9천 엔은 사올 때 쓴 돈 300엔의 꼭 30배가 넘으므로 30배 장사를 한 셈이 된다. 세이코 시계 한 개에 13배가 남고 스카프 한 장에 30배가 남는다고 하더라도 이들 물건들이 쌀과 교환되지 않는다면 암거래 가격일지라도 형성될 리가 없다. 시계와 네커치프의 가장 흔한 용도는 물물교환으로 암시장에서 쌀, 육류, 어류, 야채류, 계란, 과일 등과 바꾸는 것이다. 암거래 쌀 10kg(150원에서 180원)을 네커치프 2~3장과 바꿀 수도 있고, 150kg의 쌀을 손목시계 한 개와 교환할 수도 있다. 네커치프 한 장과 계란 10개와 교환하기도 하고, 닭 한 마리와 바꿀 때도 있다.

일본에서 물건이 오거나 친척이 왔다 가면 그 근방에는 귀국 동포 아무개 집에 물건이 들어왔다는 소문이 금시에 퍼진다. 빈틈없는 암거래상이나 중개인이 그 집을 찾아가 적당한 값으로 매점한다. 매입가의 2~3할 정도를 남겨 각처에 팔아넘긴다. 북송 동포는 자기들이 직접 물건을 팔아넘기면 2~4할이나 더 받을 수 있다는 걸 알지만 도경(道境)을 넘어 다른 도시로 갈 수가 없으므로, 그리고 그 여행증명서나 통행증명서를 얻는 비용이 물건의 2~3할의 이익 이상의 뇌물비용이 들므로 그만둔다.

암장사꾼이나 중개인은 도경을 넘나드는 특권을 가진 당과 당국, 근로단체, 말하자면 여성동맹 간부들이나 국경 가까이 사는 거류 중국인처럼 유사시 외교특권을 행사할 수 있는 사람들뿐이다. 중국인은 본국 정부가 행사하는 외교특권의 보호를 받고 있을 뿐만 아니라 북한의 보위부나 안전부 등 단속반들도 중국인들에게는 이미 오랫동안 뇌물 등으로 연계되어 있어서 내국인들에 대해서보다 덜 엄격하다.

특히 세이코 시계는 동구의 진 바지처럼 스테이터스 심볼(지위 상징)이어서 북한의 난봉꾼 아들들이나 결혼예물로 빠져서는 안 되는 진귀한 계급품이다. 네커치프 역시 가난 속에서 여성들의 가슴을 두근거리게 하는 청춘 품목이어서 일본백화점에서 단돈 300원으로 살 수 있는 한 장을 자신들의 한 달 월급을 기꺼이 바쳐 구입하므로 북한에 도착하자마자 날개 돋친 듯 팔려 나간다.

3박 4일 방문의 중간날 밤, 그러니까 떠나기 전전날 저녁 식사 후, 보통 때 같으면 다섯 명의 안내원들이 배터지게 당당하게 눈치 없이 음식물을 포식한 다음 S시 안내원 두 명이 먼저 떠나고 나서 교포부 안내원 두 명이 사라지고는 평양에서부터 저자를 따라온 중앙의 안내원이 가장 나중에 이 집을 떠나던 관례와는 달리, 이날은 평양에서 온 중앙당국의 안내원이 일찌감치 떠나기에 감시자들이 일찍 자리를 피해 주려나 보다 했더니 웬걸, S시 지도원 A씨가 식사 후 형수를 옆방으로 불러내어 소곤소곤 밀담을 가지더니, 다음에는 또 다른 S시 지도원인 B씨가 자형을 불러내 또 소곤소곤 밀담을 했다.

들리지는 않으나 자신과 관계가 있는 일임에는 분명하므로 개운치가 않았는데 이번에는 또 두 사람의 교포부 지도원이 함께 누님을 옆방으로 불러내는 것이었다. 셋은 15분가량 소곤소곤 한 후 식탁이 있는 방으로 돌아왔는데 누님의 얼굴은 약간 상기되어 있었다. 기분이 나빴지만 밀담의 내용은 이들 식객들이 모두 돌아간 다음에야 밝혀졌다. 애국적 상공인이며 진보적 상공인인 방문자 동생에게 되도록이면 많은 물건을 조르도록 직장별로 지시한 내용은 다음과 같다.

1. S시 지도원이 편물 공장 여공으로 있는 형수에게 지시한 물품
   - 털실 편물기 20대 및 그 부속부품
   - 털실 편물기의 바늘 1만 개
   - 트럭(4톤짜리) 1대

2. S시 다른 지도원이 제재 공장 하급노동자로 일하고 있는 자형에게 지시한 물품
   - 트럭(4톤짜리) 2대
   - 목재 절단기 2대
   - 톱날 2천 장

3. 교포부의 지도원이 피복 공장 봉제 여공 누님에게 지시한 물품
   - 공업용 재봉틀 30대 및 그 부속부품
   - 공업용 재봉틀 바늘 2만 개
   - 트럭(4톤) 1대

4. E도 ○○군(종형의 거주지)의 지도원이 광산기사로 일하는 종형에게 지시한 물품
   - 트럭(4톤) 2대
   - 트럭(2톤) 2대
   - 굴착기 5대

　각기 요구한 트럭과 기계 부품 등은 한 사람당 일본 돈으로 평균 1천만 엔 이상이 드는 물품들이었다. 네 명의 요구는 4천만 엔 상당. 우선 이렇게 중대한 일을 이렇게 쉽게 입을 놀릴 수 있다는 일에 저자는 화가 끓었다. 더구나 본인에게 직접 말하지도 않고 육친들의 입을 빌려

전하다니 어처구니없는 자식들이라고 저주했다.

"이런 더러운 자식들에게는 피천 한 잎 안 낼 것이다."

저자는 일본 총련에 있을 때 이런 갹출이 있을 때마다 기부금도 적지 않게 응해왔던 열성분자였다. 그러나 그가 그렇게 열심히 도와준 북한에 와 보고서는 그 많은 허황된 대형 건조물들과 개인숭배 가짜 역사 사적지 등에 자기가 냈던 기부금도 일조하지 않았을까 하는 부끄러움에 자괴감을 금치 못해 왔다. 그는 부자가 아니었다. 이만한 4천만 엔을 벌기 위해서는 종업원 10명 규모에 불과한 그의 사업으로는 몇 년 동안 땀 흘리지 않으면 불가능한 액수였다. 그런데 이들 친척들의 윗사람들이 이들 설득을 맡은 친척들에게 제시한 교환조건이 또한 애절하고 비열했다.

형수의 경우 시동생이 이 요구조건을 응락한다면 형수를 편물 공장의 평 여공에서 부 지배인으로 승진시켜 주겠다는 것이며, 제재 공장 하급노동자 자형도 부 지배인으로 파격 승진시킨다는 것이며, 성악가의 꿈을 접고 봉재 공장 여공이 된 누님도 부직장장으로 승진될 뿐만 아니라, S시의 메인 스트리트의 새로 지은 아파트로 옮겨 주어 현재의 빈대 끓는 아파트를 면하게 해 준다는 것이다. 광산기사 종형 역시 기사장으로 승진시켜 준다는 것이다.

"내려고 해도 낼 수 없는 돈을 내가 어떻게 하란 말이냐?"

속으로는 부르짖었지만 평생에 다시 안 올 기회라면서 아이들까지 포함하여 너무나 애절한 눈빛으로 호소하는 통에 "최대한으로 노력해 보겠어요. 안심하세요." 하고 공수표를 떼어 버렸다. 내일이면 북한을 떠난다. 영원히 떠난다. "주체의 나라여 영원히 안녕!" 하며 이를 갈며

창광산 여관으로 돌아와 배 타기를 기다리며 다른 단원들과 합쳐본 결과, 이 같은 북한 지도원들이 북송동포라는 인질을 이용하여 방문 친척들에게 저질의 등치기를 한 것은 100여 명 단원 전체에게였다.

지정된 제품도 가지가지였다. 자동차 해체업자 U씨에게는 4톤 트럭 5대와 굴착기 5대 등 일본 돈으로 2천만 엔 상당액, 샌들 제조업자 P씨는 자기보다도 겉늙은 아들에게서 일본 돈 3천만 엔의 현금과 약 1천만 엔 상당의 의료기구, 렌트겐 엑스레이기 1대를 보내 달라는 부탁을 받았다. 해 주기만 하면 평양 거주의 특권을 주겠다는 것이었다. 일본의 조선은행 직원인 K씨는 앙상한 형으로부터 일본 친척들이 5백만 원만 모아 보내 주면 몇 년 동안 굶지 않고 살 수 있다고 조르더라고 했다. 철공 관계의 공장에서 일하고 있는 아들은 2톤 트럭 2대만 있으면 부 직장장이 된다고 했고, 가장 큰 등치기의 대상이 된 방문단 부단장 I씨의 경우는 1억 엔을 내면 그가 원하는 북송자 몇 명을 평양으로 이주시켜 주겠다는 제의를 받았다.

저자는 여기서 이번 함께 온 방문단원들이 받은 모든 등치기 제의 액수를 평균 쳐서 계산하는 방법을 강구해 본다. 약 100여 명의 방문자를 두 그룹으로 나누어, 자신같이 소상공인이거나 영세기업가 이상인 사람을 A그룹으로 해서 약 60명으로 치고, 다른 그룹으로 조선은행 직원처럼 박봉의 월급쟁이 B그룹은 40명으로 칠 때에, A그룹의 경우 저자 자신은 4천만 엔이었고 가장 큰 액수를 등치기 당한 부단장의 경우 1억 엔이었으나 2천만 엔부터로 평균 내서 중간치를 3천만 엔으로 친다면 60명의 3천만 엔은 18억 엔이 된다. B그룹은 K씨가 추념하는 6백만 엔을 평균치로 칠 때 6백만 엔 곱하기 40명이면 2억 엔이 넘는다.

18억 엔 그룹과 2억 엔 그룹의 두 그룹을 합치면 20억 엔이 넘는다. 이번 100명짜리 방문단이 20억 엔이면 200명이면 40억 엔, 500명이면 1백억 엔이라는 막대한 금액이 된다. 매년 친척 방문단이 500명은 넘으며 또 여기엔 이들 방문객이 부탁받아 갖고 가서 전하는 다른 재일교포들의 현금위탁금은 넣지 않은 액수이다. 북송을 시작한 1959년 이래 북한 원화는 기능을 정지했고 20~30년 동안 일본 엔화로 먹고 살았다는 말이 그래서 나올 만한 말이었던 것이다.(김원조, 1984, 『동토의 공화국』, 한국방송사업단)

장명수는 1980년에 제80차 북한 친척 방문단 부단장으로 만경봉호를 타고 가서 한 달가량 머물며 어머니와 형제들을 만났고, 1988년 조총련을 떠나 『배반당한 지상낙원』이란 책을 1992년에 출판했는데, 1960년부터 1980년까지 20년 동안에 80회의 방문단이 있었다니까 매년 4회쯤의 방문조직이 있었으며, 500명쯤의 재일교포 친척들이 해마다 약 1백억 엔 어치의 생필품과 엔화를 갖고 가서 북조선 친척들을 먹여 살린 셈이 된다.(장명수, 1992, 『배반당한 지상낙원』, 동아일보사)

화폐 뭉치 18번 삼킨 탈북자

감옥에서 살아남기 위해 돈 뭉치를 18번이나 내장 속에 숨겨야만 했던 탈북자가 있다. 탈북자 이용훈 씨는 지난 2000년 중국 단동을 거쳐 신의주 도 보위부로 강제 북송되었다. 이 씨가 강제로 이끌려 도착한 평북도 보위부 구류장에는 실오라기 하나 걸치지 않은 사람들이 남녀 구별 없이 두 줄로 서 있었다. 남자들은 뒤로 돌아서서 항문을 벌리게 한다. 여자들은 높이뛰기를 시키고 여자 계원이 와서 고무장갑을 끼고 자궁에 손을 넣어서 걸리는 것이 있으면 꺼내라고 한다. 무릎을 굽혔다 펴기, 즉 앉았다 서기를 백 번을 하는 중에 쓰러지거나 까무러치기 전에 자궁이나 항문에 넣었던 돈이 나오게 마련이다.

대개 항문에 넣든가 여자들은 자궁에 돈을 넣는다. 대개의 탈북자들은 돈을 비닐에 싸서 먹고 북한으로 송환된다. 돈은 위에서 소화가 안 된다. 고무줄로 돈을 묶어서 먹으면 나중에 변으로 나온다. 이곳에 수감된 도강 죄수들은 자신들의 거주지로 이감된다. 그때까지의 대기 기간은 짧게는 몇 달에서 길게는 1년이나 걸린다.

이용훈 씨가 다시 끌려간 국가 보위부 구류장은 평성시 과학기술원에서 약 15~20리 거리에 있었다. 평성감옥은 국가 보위부 조사기관인데 건물 뒤편으로 문이 있고 지하로 내려가는 계단이 있는데 3층 지하로 내려가면 감방 구류장이 있다. 그곳에 15개의 감방이 닭장처럼 서로 마주하고 있다. 구류장은 높이 50cm, 폭이 50cm여서 들어갈 때는 무릎을 꿇고 뒤로해서 기어 들어간다. 일단 들어가 앉으면 나오는 날까지 앉아서 먹고 자고 일체 운동을 못한다. 감방의 뒤는 벽이고 나머지 면은 창살인데 옆방과의 거리가 25cm이고 또 창살로 되어 있고 옆사람과는 일체 얘기를 못한다.

앉은 자리 밑에 변기 구멍이 있다. 직경이 한 15~20mm 정도 된다. 일어서지는 못한다. 바지를 벗어도 앉아서 벗고 그대로 그 자리에 앉아서 변을 보고, 변을 본 자리에 물을 붓지도 못한다. 바닥도 콘크리트인데 지하 3층 밑이어서 건물에서 나오는 일체 상하수도관이 묻혀 있고 배설물 관으로 내려간다. 새까맣게 보이지는 않는데 엉덩이를 들고 가만히 들어보면 물소리가 들린다. 그래서 배관이라는 것을 알 수 있다. 그런데 소리를 들어보면 대단히 깊다는 것을 느낀다. 악취가 대단해서 악취를 막자면 옷을 벗어서 틀어막지 못하면 엉덩이로 막아야 한다. 지하 3층 감방의 공기가 얼마나 찬지 모른다. 여름에도 덜덜 떨릴 정도이다.

국가보위부 지하 감옥에서 3개월 후 다시 옮겨진 곳은 증산 11호 관리소였다. 이런 고통과 인권유린 속에서도 그는 갖은 방법을 다해 돈을 숨겼다. 그의 생명과 희망을 지켜줄 수 있는 것은 돈뿐이었기 때문이다. 돈을 먹는 방법은, 어떤 사람은 접어서 먹고, 말아서 먹고, 돈을 찢어서 봉투에 넣어 먹는 사람도 있다. 많은 양의 돈을 가져가는 경우 대체로 인민폐를 가져가는 사람은 많은 돈을 가져가고, 달러는 한 500달러만 해도 중국 돈 2,000원이 된다.

그 돈을 먹고 나간다. 중국 돈 2,000원이 직경이 20mm가 된다. 말고 또 만 것을 비닐에 싸서 처음에 먹을 때는 식용유 기름을 묻혀서 먹지만 북한 감옥에 가서는 기름이 없다. 그냥 똥에 나온 것을 씻어서 가지고 있다가 다른 감옥으로 갈 때는 냄새나는 것을 강제로 목구멍에 밀어 넣는다. 물을 한 모금 마신 뒤에 먹는다. 그게 변으로 나오려면 아랫배가 아프다. 그때는 손으로 빼낸다. 그리고 비누가 없으니까 깨끗하게는 못 씻는데 대충 물에 씻어서 가지고 있다가 또 먹고 해서 이 씨는 열여덟 번이나 먹었다. 그러다 보니까 결국 치질이 걸렸다.

먹어 삼킨 돈은 빠르면 아랫배의 통증과 함께 3일이면 배출이 되지만 제대로 먹지 못했을 때는 삼킨 돈이 나오는 데 일주일도 걸린다. 목구멍이 찢어질 것 같은 고통도 살아야 한다는 의지 앞에선 아무것도 아니었다. 처음 감옥에 갔을 때는 자살을 하자고 많이 고민도 했는데 뜻대로 되지 않았다. 동맥도 끊어보고 못이나 바늘도 삼켜봤지만 다시 살아났다. 질긴 운명이었다.

사회주의체제 하에서 발생한 기근이 많지만 역사상 최악의 경우는 세 가지가 있다. 첫 번째는 1930년대 초에 5백여 만 명이 죽은 소련 기근이다. 두 번째는 1960년대 초에 2천만 명이 죽은 중국 기근이다. 세 번째가 바로 1990년대 말의 북한 기근이다. 북한의 경우에는 아직 공식적인 집계는 없지만 아사자들의 숫자가 적게는 60만 명에서 많게는 200만 명으로 추산되고 있다.(Stephane Courtois, 1999, 『The Black Book of Communism』, Harvard Univ. Press)

북송교포 두 이야기

1960년대 재일교포 북송사업은 김일성의 사기였나 실수였나? 첫 협정기간인 1959년~1962년 사이에 7만 8천 명이 갔고 연장 뒤 2만 명이 더 가서 약 10만 명이 북한과 일본정부에 속아 지옥으로 걸어 들어갔다. 일본으로서는 재일교포의 13%가 생활보호대상자였던 것을 조총련이 하층민에서부터 작업해서 교육도 의료도 주택도 공짜라는 지상낙원 북한으로 성대한 환송식까지 치러서 보냈다. 일단 들어가면 광부든 농장원이든 움막 같은 곳에 배치된 후 절대로 주거 이동도 해외 편지도 보낼 수 없는 배고픔의 노예생활이었다.

가장 힘들었던 것은 배고픔보다도 사상개조였다. 인류 사회주의 선봉 김일성 수령만을 향한 거룩한 사명감이 스스로 생겨날 때까지 머릿속을 뜯어 고치기까지는 아무 행동도 할 수 없다. 언어도 사고도 행동도 오로지 사회주의건설을 위한 김일성 개인숭배 안에 갇혀야만 하는 생활세계, 이것이 빨리 되지 않으면 된 척이라도 가장해야만 생명이라도 유지할 수 있다. 일본으로 도로 가고 싶다거나 배고픈 게 싫다거나 숨좀 쉬고 싶다거나 하는 생각이 떠오르는 것 자체가 사상개조가 덜 되었다는 증거인 가장 심각한 범죄행위였다.

이들을 노동개조하기 위해 설치된 것이 바로 노동수용소이자 정치범 수용소다. 사상범은 가장 확실한 정치범이다. 실수로라도 신문에 난 김일성 사진에 흙을 묻혔다거나 욕 한마디가 튀어나온 것 자체가 가장 심각한 사상범죄이자 정치범죄이다. 본래 북한에서 태어나서 북한에서 살다가 김일성의 천국을 맞이한 자에게는 이 과정이 인내될지 모르지만, 자본주의 첨단 사회 일본에서 외형상의 민주주의와 소비생활을 누렸던 사람에게는 이게 별안간 무슨 원시사회로의 복귀란 말인가?

물질적으로만 원시사회인 것까지야 그렇다 치더라도 정신적 원시봉건사회, 즉 오로지 한 명의 수령만을 위하여 온 인류가 머리를 뜯어 고쳐야 한다는 정신적 사상적 원시성은 죽지 않으려면 이중 삼중의 거짓 얼굴을 지어내지 않으면 안 되었고, 이것이 오래되면 성격파탄자가 되거나 그전에 수용되거나 할 수밖에 없다. 인구조사를 못해봐서 그렇지 북송교포 중에 젊은 사망자는 모두 이런 실수로 끌려가 강제노동하다 사망한 사람들이며 10여 개 정치범 수용소에 20만여 명의 수용인원을 상시 갖고 있는 북한의 정치범 수용소의 한 곳은 완전히 이 북송된 교포 출신들이 잡혀 온 노동수용소이다.

일본 도쿄에 사는 탈북 재일동포 이상봉(64세 가명, 2009년 12월 14일자 한겨레신문 5면) 씨는 1960년 4월, 16세 때 부모형제 3명 등 가족 5명과 함께 니가타항에서 만경봉호를 탔다. 아버지는 오사카에서 날품팔이로 힘들게 살았다. 재북 두 달 후 형에게 편지를 쓸 때 "조국에서 행복하게 잘 살고 있다."라고 검열용 편지를 쓰면서 몰래 우표 뒤에다가 "총련 거짓말이다. 오지 말라."라고 써서 형의 귀국을 막았고, 그 형 하나가 일본에서 일해서 번 돈을 송금해서 북한의 다섯 식구가 겨우 죽지 않고 버텼다. 그나마 송금이 허용된 1970년대 이후부터의 일인데 형님이 토목업체 사장으로 자리한 뒤 매달 100만 엔씩 보내 주었고, 그나마 북한 은행에 30%가량은 떼었지만 그 돈으로 북에서 중고 자동차 파는 일로 살아갔다.

말 실수를 해서 당국에 네 번이나 끌려갔다. 2001년~2005년 사이에 탈북한 세 동생의 가족들을 도와주지 못하게 심한 조사를 받았다. 그들은 내 마음속에 무엇이 있는지 뿌리채 내놓으라고 요구했다. 내가 이중 삼중의 얼굴을 가지지 못했더라면 살아남지 못했을 것이다. 2006년 이 씨도 탈북했다. 일본을 떠난 지 46년 만에 중국으로 건너가 심양의 일본영사관을 거쳐 2007년 일본에 다시 돌아왔다.

일본 오사카에서 태어난 고정미(49세 여, 와플타임스 2009년 12월 14일) 씨는 3세 때인 1963년 10월 18일 111차 북송선을 탔다. 조총련 간부로 재일동포 북송사업 실무를 담당하던 아버지와 어머니, 형제 네 명과 함께였다. 청진항 도착 첫날 10세였던 오빠는 북한 풍경을 보고 낙담해 "일본으로 돌아가겠다."며 울자 북한 사람들이 오빠를 데려갔다. 오빠를 다시 만난 것은 5년 뒤였다. 고 씨가 8세 때 오빠를 만난다고 도시락도 싸고 가장 좋은 옷을 입었던 나들이가 생각난다.

"산골 수용소였다. 동물 우리 같았다. 철창 안에 20명 정도가 있었던 것 같다. 사자들처럼 머리가 길었다. 대소변 위에 누워 있고 기어다니고……. 그중 한 사람을 끌어냈다. 얼굴은 검고 머리가 허리까지 길었다. 어머니가 내 팔을 움켜잡았다. 너무 아팠다. 얼굴을 한 차례 올려다 본 아버지는 우리를 데리고 바로 자리를 떠났다."

그가 바로 오빠였다. 고 씨는 그 후 다시 오빠를 만난 적이 없다. 1971년에 시신도 없이 사망통지서만 받았다. 실은 한 번 면회를 하고 사망통지서라도 받은 것도 아버지가 힘이 있었기 때문이다. 북송동포는 월남 가족, 반혁명 가족, 남한 포로, 종교인 등과 함께 차별계층이었다. 신의주 제지 공장 부지배인으로 배치받았던 아버지는 1976년 어디론가 5개월 동안 끌려간 적이 있다. 돌아온 아버지는 엉덩이 살이 썩어 시커먼 피고름을 쏟아냈다. 뼈가 드러난 곳으로 수개월 동안 소독솜을 밀어 넣었다. 돌아온 것이 기적이었다. 그렇게 끌려가면 대부분 영원히 사라진다. 죽은 것이다. 아버지는 말년에 "내가 동포들을 그렇게 북한에 보냈으니 죄를 받았다."라고 하소연을 하면서 북송사업을 '대 유괴사건'이라고 불렀다.

고 씨도 인민학교에 다닐 때 일본에서 가져온 옷을 입었다가 사상이 나쁘다는 이유로 옷을 모두 찢겨 알몸이 된 적도 있었다. 고 씨는 1980년 신의주 제1사범대학을 졸업한 뒤 신의주 체육대학 교원으로 예술체조를 가르쳤다. 1992년 4월 25일 북한군 창건 60주년 열병식에 참가해 김정일을 직접 보는 '영광'도 누렸다. 평양에 있던 1995년 5월 대학에서 급히 신의주로 가라는 명령을 받았다. 역에서 내리니 시체 썩는 냄새가 진동했다. 굶어 죽은 시체들이었다. 북한 각지에서 중국에 가까운 신의주로 먹을 것을 찾아 몰려들면서 시체가 쌓인 것이다. 김일성 동상 앞에도 시체가 있었다. 시체를 치우기 위해 힘이 센 체육과 학생들을 동원한 것이다.

압록강 국경에서 시작했다. 역전 여관방 4개에 시체를 쌓았다. 시체 위에 소독약을 뿌리고 그 위에 또 시체를 쌓았다. 이틀이면 방 4개가 꽉 찼다. 밤마다 당국이 관리하는 산에서 직경 5미터 정도의 큰 구덩이를 파고 그 속에 묻었다. 고 씨는 현재 일본에서 조총련을 상대로 소송을 벌이고 있다. 북한과 조총련의 사기에 동포 9만 6천 명이 속아 넘어간 '대 유괴사건'을 세상에 알리고 싶어서였다. 법원에서는 시효가 지났다는 이유로 일차 기각되었지만 '소송을 제기할 수 없는 곳(북한)에 갇혀 살았으므로 그때부터로 시효를 따져서는 안 된다'는 게 고 씨의 주장이다.

(다음은 〈좋은벗들〉이 때맞춰 1999년에 압록강과 두만강 건너 중국 연변 조선족 땅에서 탈북자들을 만나 세계에 유례가 없는 고난의 행군 시절 북한 사람들의 체험을 사례로 엮은 두 권의 책 『사람답게 살고 싶소』와 『두만강을 건너온 사람들』에서 발췌한 사례들이다. 불교재단 〈좋은벗들〉과 〈정토사〉에 경의를 표한다. 한국불교사만이 아니라 세계불교사에서 인류에의 가장 큰 공헌한 업적으로 남기를 바란다.)

사람답게 살고 싶소

· 「떠도는 아이들」(42~49쪽) | 좋은벗들 지음 | 1999 | 정토출판사

(다음은 〈좋은벗들〉에서 나온 『사람답게 살고 싶소』의 사례들을 한 마디씩만 추려서 뽑은 것이다. 중국에 나와 있는 북한 사람들의 체험담을 같은 〈좋은벗들〉의 자원봉사자들이 연변에 가서 모아 엮은 것이다. 사례 번호는 그대로 책 속의 사례 순서이며, 이들 사례들에게 기도하는 마음으로 번호를 붙여 증거해 본다.)

1. 풀이나 채소를 썰어 소금 몇 알을 넣고 끓인 국에 강냉이가루 한 숟가락을 넣고 휘저어서는 한 사발씩 마시면 그게 한 끼다. 그것도 하루에 한 번뿐. 이제는 인가가 멀리 떨어진 곳까지 가도 풀 한 포기도 없다. 겨울엔 더 없다.

2. 푸시시한 강냉이밥이라도 먹을 수 있는 사람은 부자들이다. 술지게미, 비지(두부찌끼), 벼 뿌리, 송기, 쑥 등 우리는 그래도 산간벽지 탄광 노동자여서 산 풀이라도 얻지만 도시에서는 그것도 동이 났다.

3. 우리 집에는 강냉이가루가 한 줌도 없어 누룸제기가루(느릅나무의 속껍질을 말려서 가루 낸 것)에다 냉이와 명아주 비름나물을 데쳐서 무쳐 먹었다. 등겨를 사다가 빵처럼 빚어서 솥에 쪄 먹었다. 밖에 나가면 다리가 후들후들 떨리고 눈앞이 캄캄해진다. 봄이 되면 풋강냉이를 따내어 죽을 쑤어 먹는데 집의 것을 다 따 먹으면 농장 것을 훔친다. 훔치다 들키면 교양소로 간다.

4. 우리 인민반(함남 함흥시) 인구 130명 중에서 97년에 전염병으로 50명이 죽었다. 조선의 주식은 풀이다. 그러나 풀들은 자랄 사이가 없다. 뿌리조차 모조리 없어졌다.

5. 술지게미를 물에 넣고 며칠씩 우려내 술 냄새를 없앤 다음 보자기 위에 재 가루를 놓고 수분을 뺀다. 돼지도 잘 먹지 않는 사료지만 배가 고프니 우리는 가마에 쪄서 그것도 달게 먹었다. 송기를 먹으면 뒤가 메서 대변이 통하지 않아 항문이 찢어진다.

6. 우리 집은 손자와 남편만 집에 있고 나머지는 산 속에 가서 초막을 짓고 나무껍질, 풀, 나무뿌리를 식량 대용으로 산다. 김책시는 청진시보다 큰 도시지만 시내를 벗어나면 땅굴집, 나무집, 초막집으로 되어 풀과 점토(진흙)를 먹고 산다.

7. 처와 함께 기차를 타고 식량을 구해다 살아왔다. 그때마다 아이들은 친척집에 맡겼다. 나중에는 친척도 맡아주려 하지 않아서 마른 음식을 방에 함께 넣어주고 방문을 봉하고 식량을 구하러 갔다가 4일 만에 와 보니 찬 냉방에서 두 아이가 얼어 죽어 있었다. 그 비참한 지경에도 바깥벽을 허물고 얼마 없던 집 재산까지 모두 도난당하고 말았다. 한 날 한 시에 두 자식을 잃고 처는 기절을 몇 번이나 했다.

8. 3년 전만 해도 일곱 식구 화목한 집안이었다. 영양실조로 1996년에 시부모님이 둘 다 돌아가시고 남편이 간암으로 갔고 딸도 죽어 남은 세 식구는 뿔뿔이 흩어졌다.

9. 시부모님이 먼 산으로 산나물 캐러 다니시다 영양실조로 돌아가셨는데 관을 살 돈이 없어 비닐로 싸서 매장했다. 두 아이도 며칠 누워 있기에 죽을 것을 알았지만 무슨 수를 쓸 게 없어 그냥 숨지고 말았다. 폐결핵 남편마저 죽기 전에 중국의 시삼촌께 왔더니 돈과 약을 준비하고 있다.

10. 남편은 30년 동안 군인이었는데 영양실조로 죽었다. 며느리도 해산 후 영양실조로 숨겼고 갓난아이도 조용히 제 어미를 따라 떠났다. 셋째아들이 살 길을 찾아 떠난다고 하더니 종무소식이다. 기물을 팔아 장사를 하다가 강도에 다 털렸다. 중국에 왔다.

11. 남편은 1997년 4월에 굶어 죽었고 아들은 9월에 굶어 죽었다. 당의 지도자들은 백성이 굶어 죽어도 속수무책이고 중국에 가 얻어먹고 와도 간첩행위를 하지 않을까에만 신경쓸 뿐 백성을 살리려는 생각은 조금도 없다.

12. 연로하신 어머니는 죽물도 손자 먹이라고 적게 마시더니 먼 산에 산나물 뜯으러 다니다 영양실조로 돌아가셨다. 우리는 겨우 돈을 구해 제사음식을 차려 제를 지내고 천에 동여서 도시경(도시건설사업소에서 철제로 관을 짜서 땅에 묻지 않고 계속 다른 사람이 쓸 수 있도록 만든 재사용 관)에 넣어 저승으로 보냈다. 한 달 후 아버지도 그렇게 했다. 동네 사람들도 모두 솜옷도 없이 끼니도 거르는 중이라 장례식에 내다보지도 않았다. 일 년만 더 이렇게 산다면 조선 인구는 반으로 줄어들 것이다.

13. 어머니는 나물 캐러 갔다 오다가 허기증으로 넘어져 머리에 타박상을 입고 며칠 앓다가 사망하셨다. 아내도 약재도 캐고 이삭도 줍다가 숨졌다. 나는 아이들을 동생집에 맡기고 중국으로 왔다.

14. 신포시(함남)에서는 매일 너무 많은 사람들이 죽으니까 한 구덩이에 20~30명의 시신을 넣고 대충 흙을 덮어 놓은 것을 '직포'라고 부른다. 시신 하나를 한 구덩이에 넣으면 '영양단지'에 들어갔다고 한다. 1997년 봄 신포시에서는 장질부사로 하루에도 100여 명이 죽어 나갔다.

15. 거지와 도둑이 하도 많아 물건을 갖고 조용한 모퉁이를 혼자 가다가는 목숨조차 위험하다. 거리에는 굶어 죽은 시체가 널려 있고 아무도 거들떠보지도 않는다. 그래서 죽은 사람을 처리하는 사람이 지정되었고 이 사람(시체 처리반)에게만은 식량을 주어 힘내서 죽은 사람들을 빨리 처리하게 하였다.

16. 역전에서는 매일 임자 없는 주검을 자동차에 실어간다. 죽느라 몸부림치는 사람에게서 옷을 벗겨 가는 사람도 있다.

17. 영양실조가 오면 노인과 어린이가 먼저 죽는다. 자기 구역에 사망자가 생기면 그 구역에서 처리하게 되어 있어서 서로 자기 구역의 사망자를 가만히 다른 구역으로 옮겨 놓는 일이 많아 서로 분쟁이 나곤 한다.

18. 부모님이 친척집으로 간다는 쪽지를 남겨 놓고 멀리도 못가고 경성역전에서 동사하셨다.

19. 20. 시부모님은 희멀건 죽물도 마시는 체하고 막내 손자에게 부어 주시고는 산에 감자 옥수수를 심으러 가셨다. 산에서 쓰러져 지게

로 집에 모셔왔더니 하루도 못 넘기고 돌아가셨다. 시아버님도 뇌출혈로 돌아가셨다.

21. 22. 아버지는 원래 목수였는데 목수 도구를 몽땅 장마당에 팔아 그걸로 어머니가 떡장사를 해서 먹고 살다가 그마저 다 털어먹고 두 분이 모두 돌아가셨다. 수의도 관도 없어 입던 헌 옷을 감아서 이불속을 뜯어 덮어 매장했다. 중국에 오니 별세상이다. 진작 왔더라면 부모님들을 살렸으련만…….

23. 세 살 난 아들을 업고 중국으로 건너와 자식 없는 집에 주었다. 눈물이 앞을 가려 걸을 수가 없었다. 멀리 올 때까지 아이 울음소리가 들렸다. 돈을 모아 조선에 가서 장사를 하련다.

24. 엄마는 아이를 역전에 놓아 두고 "엄마 소변 보고 올 게." 하고 떠난다. 아이는 울다가 잠들고 병들고 죽었다. 평양역에서 어느 여학생 하나가 아기를 안고 울고 서 있었다. 사연을 물었더니 "청진으로 가려고 기차를 기다리는데 어떤 아주머니가 몇 달도 안 된 작은 아이를 잠깐만 안아달라고 하기에 안고 있는데 위생실에 가겠다는 엄마는 돌아오지 않고 있다. 아기를 버릴 수도 안고 갈 수도 없어서 이렇게 울고 있다."라고 한다.

25. 낳은 지 두 달 된 아기를 남의 집 앞에 내려놓고 중국으로 왔다. 와 보니 차라리 중국에라도 와서 남을 주었으면 행복하게 자라련만……. 아이만 눈에 띄어도 미칠 것 같고 죄받아 죽을 것 같다. 천지개벽이라도 하면 속이 후련해지려나?

26. 결혼 후 임신했는데 유산하려고 약을 몇 번이나 먹었지만 열 달이 되어 나온 아기는 무골 아기였다. 일부러 젖을 안 먹이고 이튿날 보

면 도로 살아났다. 세 살인데 누워서 먹고 대소변도 받아낸다. 의약계에서 실험용으로 쓰겠다고 했지만 동의하지 않았다. 큰마음 먹고 도강하여 아들을 농사꾼의 집 앞에 버렸다.

27. 자식 셋을 먹여 살리기 위해 떡장사, 고기장사, 시골로 다니며 양식 바꾸기 등 안 해 본 장사가 없다. 그래도 도저히 먹여 살릴 수가 없어서 남편보고 헤어지자고 했다. 남편은 직장에서 배급도 노임도 주지 않자 출근도 않고 방구석에 앉아 담배만 피워댔다. 나는 이혼을 제기했고 남편은 승낙했다. 딸 둘은 내가 맡고 아들은 남편이 데리고 살기로 했다. 힘껏 뛰었지만 국물도 겨우 먹었다. 쌀만 사는 게 아니라 비누 사야지, 전기가 없으니 석유 사야지, 할 수 없이 아이들을 본가집에 맡기고 중국으로 왔다.

28. 29. 30. 31. 산에 밭을 일궈 감자 옥수수를 심어도 여물기 전에 다 도둑이 해간다. 도시에는 전기도 없고 물도 나오지 않으며 땔나무도 없으니 모두들 농촌으로 온다. 술 먹고 패기만 하는 남편과 아이들을 버리고 중국으로 왔다. 매일 밤 꿈에 자식들이 나타나 나를 저주한다.

(여기서부터는 「떠도는 아이들」이란 소제목을 가진 9개의 사례인데 이 중 4개는 이 책에 있는 형식 그대로 옮겨 썼던 것을 그대로 번호만 맞춰서 싣는다. 위의 31개의 사례들도 이런 형식이었다.)

32. (40대 초반 여, 함남 함흥시, 1997년 11월경 장사를 하며 살다가 1997년 시동생과 남편이 굶어 죽은 후 아들딸과 자살하려다가 딸이 말리는 바람에 죽지 못함. 현재 세 식구 모두 부종에 걸려 꼼짝 못하고 굶어 죽게 되어 중국으로 건너옴)

함흥시는 꽃제비 세상이다. 다섯 살, 네 살, 세 살짜리도 있는데 차마 눈뜨고 볼 수가 없다. 남매가 꽃제비인데 다섯 살 누이가 세 살 난 남동생의 손을 쥐고 땅에 먹을 것을 찾아, 땅만 보면서 아장아장 걸어 다니는 비참한 모습은 하늘과 땅도 보고 눈물 흘릴 일이다.

33. (40대 후반 남, 함남 함흥시, 노동자, 1998년 2월경 양친이 모두 병에 걸려 사망, 처와 세 자녀가 있음)

부모 잃은 어린아이들의 처지는 영영토록 잊을 수가 없다. 여덟 살이나 심지어는 아홉 살이 되어도 이(齒)가 나지 않으며 머리카락이 나지 않는다. 영양실조로 어린아이들은 100% 기형이고 오관(五官)은 다 능란하지 못하다. 눈·귀·코·입이 제대로 기능을 하지 못하고 있다. 함흥시 역전에는 헤아릴 수 없이 많은 고아들이 자리 잡고 있다. 하룻밤만 자고 깨면 숱한 어린이와 노인들이 굶어 죽어 있다. 한 번은 장마당에서 어린아이들이 음식을 훔치다가 잡혀서 죽게 맞아 온몸이 피투성이가 되었다. 그런데 동생더러 핥아 먹으라고 하니 철없는 다섯 살 난 동생이 열한 살 난 형님 얼굴의 피를 핥아 먹고 있었다. 나도 자식 있는 부모라 어찌나 가슴이 아픈지 '옥수수 튀움' 한 공기를 사 주었더니 다섯 살 난 동생은 감동이 되어서인지 아니면 너무나 좋아서인지 "앙~" 하고 울면서 "아빠" 하고 엎드렸다. 독하고 독한 나도 눈물을 하염없이 흘렸다.

34. (40대 초반 남, 함북 청진시, 노동자, 1998년 5월경)

이 나라는 이미 망한 것이나 다름없다. 어린 한 세대가 다 죽어갔고 죽어가고 있고 살았다 하더라도 100% 기형적인 꽃제비들이니 역시 기형적인 머저리가 될 것이다. 제일 문제는 부모 없는 꽃제비들이다. 어린아이들도 지금은 울지도 않고 강직하고 추워하지도 않고 어려움도 박차고 참아가고 있다. 하루하루 먹을 것만 찾아 헤맨다. 그래도 그들은 함께 고생을 나누던 친구가 죽으면 하염없이 눈물을 흘리면서 먹을 것을 얻어다가 죽은 친구의 입에 넣어 준다. 그러면서 "네가 먼저 가거라. 나도 너한테 곧 갈 것 같다." 하면서 절을 하고 얼굴을 옷으로 덮어 준다.

35. (40대 초반 남, 함남 정평군, 노동자, 1998년 8월경, 부모와 아들이 사망, 어린 두 아들을 두고 부부가 식량을 구하기 위해 중국으로 건너옴)

양식을 얻으러 길가에 나섰다가 보았다. 몇 사람이 모여서 있기에 가 보니 세 살짜리 여자애는 누워서 자고 있고 옆에 앉은 다섯 살 남자아이가 눈물을 똑똑 떨구면서 울고 있었다. 물어 보니 아이의 아버지는 이미 죽었고 엄마는 살 길이 없어서 두 애가 죽는 것을 눈뜨고 차마 볼 수가 없어서 두 아이의 출생년월일을 아들 손에 쥐어 주고는 사라져 자살의 길에 나섰다고 한다. 모여 섰던 어른들은 두 아이들에게 먹을 것을 조금씩 주는 것밖에는 어쩔 수가 없어 눈물을 흘렸다. 우리 부부도 우리 애들 주려고 했던 떡 하나를 주면서 먹으라고 했더니 애는 너무나 고마워하면서 "엄마~" 하고 엉엉 울면서 동생에게로 가 "떡 먹어! 죽지 말아라. 네가 죽으면 엄마가 오질 않는다."며 누워 있는 동생의 입에 떡을 넣어 주었다. 아이의 이 소리에 어른들은 소리치며 아이들과 함께 울다가 "이놈의 세상 빨리 망해 없어져라." 하고 혀를 차며 걸어갔다.

36. 우리 네 형제는 고아가 되었다. 나는 어른들을 따라 산에 가서 나물도 뜯고 땔나무도 해다 팔아 옥수수가루를 사다가 풀죽을 쑤어 먹었다. 작은동생과 막내는 영양실조로 실명하여 학교도 못 가고 있다. 어느 날 작은동생이 친구가 중국에 가서 맛좋은 음식을 먹고 왔다고 말했다. 나는 큰동생에게 "내가 중국에 가서 돈을 벌어 올테니 막내를 데리고 죽지 말고 있으라." 하고 부탁하고 작은동생만 데리고 남양역으로 갔다. 강 옆 숲속에서 며칠 있는 동안 남양역에 있는 밀가루 포대들에 나뭇가지로 구멍을 내고 비닐봉지에 밀가루를 받아 강가로 와서 생으로 먹었다. 새벽 2시경 동생 손을 잡고 두만강을 건너는데 물살에 밀려서 다리 밑까지 왔다. 날이 밝아서 보니 중국 경내였다. 강기슭으로 물이 흐르는 방향으로 걷는데 고기 잡는 아바이를 만났다. 그가 우리를 어떤 할아버지 집으로 데려다 주었다. 우리는 할아버지네 돼지죽을 날랐다.

37. 함흥시 역전 안에 꽃제비 아이들이 추워서 들어가면 안내원이 때리고 욕해서 내쫓는다. 밖에서는 안전원(경찰)이 거리에 못 다니게 한다. 이층집 벽에 수많은 꽃제비들이 모여 밤이면 배고프고 춥고 엄마 생각이 나서 울부짖는 소리로 이웃 사람들은 잠을 잘 수가 없다. 낙원군에는 언덕이 하나 있다. 쫓겨난 아이들이 이 언덕에 모여 바람 부는 반대 방향으로 뛰거나 기어다니면서 바람을 피한다. 굶다가 영영 일어나지 못하는 게 죽음이다. 꽃제비가 된 자식을 찾아서 이 낙원언덕에 오면 반드시 죽었거나 드물게는 아직 살아 있는 꽃제비를 찾을 수 있다. 그래서 이 언덕을 꽃제비언덕이라 부른다.

38. 초저녁마다 꽃제비들이 울면서 헤매고 다닌다. 고아들이 얼어

죽고 굶어 죽고 앓아 죽어도 아무도 거들떠보지도 않는다. 고아들이 무리지어 다니다가 한 아이가 울면 함께 울음보가 터져 "엄마 아빠 추워 배고파." 하면서 울다가 쓰러져 자곤 한다. 우리 마을에 쓰레기를 던지는 구덩이가 있는데 그곳이 꽃제비들의 집이 되었다. 재를 던진 곳은 온기가 있다고 앉아 있거나 누워 있다. 아침에 그곳에 가면 몇십 명씩의 고아들이 눈을 감지 않고 원한을 품고 손가락을 입에 물고 얼어 죽거나 굶어 죽어 있다. 추운 겨울에도 솜옷을 입지 않고 부들부들 떨며 다닌다.

39. 40. 역전과 장마당이 꽃제비와 강도가 출몰하는 번화가이다. 그래서 거기엔 주검도 많다. 꽃제비들은 단체로 다니며 장마당 장사꾼의 음식 그릇을 엎어뜨리고는 희생적으로 한두 놈이 매맞는 사이 나머지 놈들은 음식을 훔쳐가 나눠먹는다. 희생적으로 매맞는 아이의 몫은 넉넉히 남겨준다. 때로는 맞으면서도 음식을 입에 쑤셔 넣기도 하고 때로는 맞아서 죽기도 한다.

41. 식량난 때 가장 곤란한 게 산모들이다. 석 자 석 치 가시가 그냥 넘어간다는 식욕에 따뜻한 이밥 한 그릇 못 먹는 입장이니 처녀들은 시집가려 하지 않고 새색시들도 아이를 낳으려 하지 않는다. 피임약도 없거니와 임신을 해도 유산은 엄두도 못 낸다. 해산을 해도 한 병원에 옥수수밥이라도 가져다 먹는 집은 1/4밖에 없고 나머지는 멀건 죽도 배불리 못 먹는다.

42. 시어머니와 네 살 딸이 굶어 죽자 남편은 중국에 갔다 온다더니 종무소식이다. 7개월 된 아들은 젖이 없어 배고픈 울음을 맥없이 운다. 나는 아이를 업고 회령까지 오다가 도강할 때 잡힐까 봐 어린애를 병

원에 가서 창문턱에 놓고 한 아이에게 "변소 가는 동안에 아이를 봐달라." 하고 정신없이 달려 강기슭에 닿았다. 숲속에 앉아 있으려니 아이 우는 소리가 귓전에 들리는 것 같았다.

43. 44. 45. 46. 47. 조선 전체는 여성이 벌어서 산다. 남편은 불평만 하기 때문에 '불평이'라고 한다. 술 없어 불평, 양식 없어 불평, 맥 없어 불평, 여성들은 서로 "집에 불평이 있소?" 하고 묻는다. 엄마 있는 아이는 아빠가 없어도 꽃제비가 되지 않지만, 엄마가 죽고 아빠만 있는 아이들은 대부분 꽃제비가 된다. 그래서 꽃제비 아이들은 만나기만 하면 "엄마가 없어?" 하고 묻는다.

56. 부모가 자식을 팔아먹고 심지어 잡아먹으며 남편이 아내를 팔아먹고 잡아먹는 일이 적지 않아 총살까지 당한 일이 있다.

57. 명천에서 재작년에 어떤 부부가 재산을 다 팔아 양식으로 바꿔 먹고 쌀 1kg 살 수 있는 돈만 남았을 때 꽃제비를 죽여 고깃국을 만들어 팔아 재산을 많이 늘렸다. 마지막에는 대낮에 열여섯 살 난 꽃제비를 다리 밑에서 죽였는데 지나가던 사람이 그 소리를 듣고 안전부에 알려 총살당했다.

58. 함흥의 한 의사가 집체자살을 했다. 의사와 아내와 딸 둘 아들 둘 모두 여섯 식구였는데 오래간만에 생활개선을 한다고 이밥에 명태국에 약을 넣어 온 식구가 다 먹고 여섯이 몽땅 자살을 하였다. 이 이야기가 퍼지자 "야, 통쾌하게 잘 죽었구나. 우리도 약만 있으면 집체자살을 하겠는데……." 하며 모두들 부러워했다.

60. 조선엔 공장들이 대부분 문을 닫았고 모든 백성들은 오로지 식량을 구하러 전국을 헤맨다. 서로 빼앗고 훔치며 살인한다. 우리 내외

가 장마당에서 들어와 찬 방을 데우고 있을 때 옆집 처녀애가 떡 여섯 개를 가져와 먹으라고 권했다. 아내는 두 개 나는 한 개를 먹고 세 개는 내일 아침을 위해 두었다. 고달픈 몸에 약이 들어간 떡까지 먹어서 흐리터분한 기분으로 잤는데 이튿날 새벽에 일어나 보니 아내는 이미 숨이 졌고 집안에 있던 텔레비전과 재봉기가 없어졌다. 나는 명이 길어 살아났고 13일 만에 붙잡힌 처녀애는 살인죄로 죽었다.

61. 여자는 장사하기 힘들다. 꽃제비들이 무리를 지어 물건을 훔쳐 달아난다. 더 무서운 건 강도다. 거지와 도적놈 날강도가 심해 여성은 장사할 수 없다.

62. 나는 좀도둑이지만 조선에는 무리 강도 집단들이 많다. 산골을 근거지로 몇십 명씩 조직되었고 규율도 세다. 대개가 중죄범이고 탈출범인데 주먹이 세고 주관이 곧으며 담대하다. 불을 지펴 밥을 지으면 연기로 군대가 투하될까 봐 인공발전기를 갖춰 놓고 쓴다. 지도층 집만 신출귀몰 터는데 유격대식으로 행사한다. 김일성의 가짜 항일유격대는 오늘의 북한에서 강도 유격대로 다시 태어났다.

63. 장사꾼들도 산길에 혼자 다닐 수 없어 떼를 지어 다닌다. 중국으로 오는 두만강 기슭에도 떼강도가 많다.

64. 1996년만 해도 억지로 산을 개간해 감자와 옥수수를 먹었는데 1997년에는 심은 후 10여일 지나서 가 보니 감자씨 옥수수씨를 모두 캐갔다. 다시 심자니 늦기도 했고 씨도 없어서 배추 무 파 등을 심었는데 이것도 모두 도둑맞았다. 누구 짓인지를 알아냈지만 그들은 우리보다 더 굶고 있으니 그만두었다.

65. 66. 우리 내외는 죽을 먹으면서도 옆집 영철이가 밖에서 들여다

보는 걸 보고도 먹자는 말을 안했다. 부모형제 간에도 찾아오면 얼굴 빛이 달라진다. 양식 때문이다.

67. 여름에 산에 나물을 뜯으러 가면 굶어 죽고 목매 죽고 식물중독 으로 처참하게 죽은 시체가 많이 눈에 띈다. 쓸데없는 식구들은 빨리 저승으로 갔으면 하는 생각까지 든다.

68. 69. 청진시에는 한쪽에 굶어 죽는 사람이 있는가 하면 다른 한 쪽에는 남달리 잘 사는 사람도 적지 않다. 이런 사람들은 몇 년 먹을 쌀이 있지만 옆집 노인이 굶어 죽어도 들여다보지도 않는다.

70. 아버지가 술좌석에서 양식 배급 상태에 대해 한마디 했다가 정 치범 수용소로 갔는데 맞아 죽었다는 소문이다. 대학에 다니던 형마저 같은 죄로 추궁받자 쥐약을 먹고 자살했다. 나도 교양대에서 두 달 동 안 갇혀 있었다. 배고파도 배고프단 말을 하면 정치범이다. 온 식구가 몰살이다.

71. 정치에 걸리지 않으려면 벙어리가 되어야 한다. 인민 다섯 명 중 에 한 명은 스파이다. 정치모자만 쓰면 8촌까지 전멸한다.

72. 1998년 8월 나는 선거에 찬성을 했다. 다른 나라의 일체 정황도 알려고 해서는 안 된다.

73. 74. 뼈 빠지게 농사지어도 간부들만 90% 분배받는다. 농약 비료 기름 등을 빼돌려 식량을 바꾸고 우리 일반 농민은 애국량이다 군대저 비량이다 지원량이다 하며 뜯기고 나면 두 달 식량도 남지 않는다. 하 루에 한 사람이 통강냉이 130~150그램이다. 이대로 가다가는 조선족 이 멸종한다. 중국에 와 봤더니 호도고리(가까운 몇 집이 모여 서로서로 일을 도와주는 것)를 하여 집집마다 쌀이 그득하다. 12억 대국도 양식걱정이

없는데 그 작은 조선이 굶어 죽다니 5천 년 조선역사가 아깝다.

75. 나는 로(爐)에서 일하다가 한 번은 도급간부의 일을 봐준 덕에 '초청'을 받고 단천시에 있는 김일성 별장에 가 본 일이 있다. 간부 7~8명이 모두 승용차를 타고 와서 거기서 통양구이를 했는데 껍질을 벗기고 그 가죽 위에서(불은 밑에서 붙이고) 양고기를 구워 먹었는데 호텔 아가씨들 20여 명이 나와서 반겨댔다. 학교 때 비난하던 조선정치의 타락 부패 관료성은 유가 아니었다.

76. 검덕에서 백여 리 떨어진 지점에 아스피린 고개가 있다. 대홍 앵속농장이다. 백성들이 굶어 죽고 있는데 벌방, 젖소목장, 약 담배들이 배육되는 이곳은 고위급 지도자들의 향수터이기도 하다.

77. 돈을 벌려고 군대가 사람을 죽이기도 하고 가정집을 털어 기물들을 훔쳐다 내다 판다.

78. 문명 한다던 나라에서 노인도 아이도 없이 "야~ 자~" 하니 어디 눈뜨고 보겠는가.

80. 자재난으로 공장이 문을 닫고 학교도 정지했다. 먹지 못해 학교에 가지 못하는 학생이 1/5이 넘으며 선생들도 학부모에게 '인사'를 강요한다. 학생에게 나무, 휘발유, 시멘트, 벽돌 등을 가져오라며 못 가져오면 책가방을 몰수하고 등교를 중지시키는 벌을 주니 학교에 갈 수가 없다.

82. 내 학급의 학생 수가 42명인데 등교하는 학생이 14명이다. 가정방문을 가면 부모도 아이도 행방불명이고 어떤 아이는 굶어 일어서지도 못한다. 교과서 가진 아이가 몇 안 된다. 종이 공장이 문을 닫아 종이를 구할 수가 없다.

83. 나는 교원을 그만두고 장삿길에 올랐다. 등교생이 1/3도 안 되고 선생도 진도를 빨리하고 복습시켜 놓고 장삿길에 나간다.

84. 내 둘째아들이 군대 간 지 4년 남짓 된다. 30여 명의 군인을 실은 차가 우리 집 앞에 우리 아들을 내려놓고 갔다. 아들은 이미 며칠을 굶었는지 아무 말도 못하고 눈을 감고 누웠다. 조금 남은 옥수수로 죽을 쑤어 먹이고 한 시간이 지나서야 겨우 말을 할 수 있었다.

85. 86. 87. 88. 군인 몇 명이 장사꾼이 펼쳐 놓은 식품을 말도 없이 가지고 도망간다. 농민들의 밭에서 옥수수와 감자를 도적질해 가는 건 보통이다.

98. 함흥역에서 기차를 타고 왔다. 기찻삯은 12원인데 차표를 샀으나 문을 열어주지 않아 안전원에게 100원을 주고야 차에 올랐다. 우리 한 구역에 있는 아주머니가 어린아이를 업고 돈 없이 기차에 올랐다. 안전원이 고래고래 소리치면서 "야, 애기 업은 ○○○ 빨리 내려라. 내리지 않으면 내가 올라가 굴러 떨어뜨릴 테다."라고 말하니 위에 있는 애기엄마는 악에 북받쳐서 "야, 안전원 ○○○, 우리는 돈 없어 죽게 되어 이 위에서 죽으러 올라왔다. 올라오겠으면 올라와 봐라." 하며 말싸움이 벌어졌다. 안전원이 기차에 매달려 올라가는데 기차는 떠났다. 기차 위에는 전깃줄이 있어 모두 엎드려서 가는데 안전원이 기차 위에 올라와 기면서 애기엄마와 결투가 벌어졌다. 아줌마는 "내가 죽을 바에 나쁜 개다리 네놈도 살려 두지 않겠다."면서 안전원의 목을 끌어안고 우뚝 섰다. 삽시간에 두 사람은 전기에 붙어서 죽어 떨어졌다. 공개적인 반항은 적지만 백성들의 불만은 가득찼다.

99. 나라가 망하는 중이다. 군수품 공장을 제외하고는 공장이 100%

문을 닫았다. 제일 큰 흥남비료공장도 문을 닫았다. 기계를 뜯어 폐철로 팔아먹고 전동기를 뜯어서 안의 구리를 훔쳐 팔아먹는다. 설사 식량이 해결된다고 해도 생산은 회복할 가능성이 적다.

100. 전기가 없으니 기차가 제대로 달릴 수 없다. 예전 같으면 함흥에서 회령까지 하루 남짓 걸렸는데 지금은 일주일, 길 때는 15일씩 걸린다. 국내 우편도 이전에 2~3일 걸렸는데 지금은 15~30일씩 걸린다. 중국처럼 개혁개방하고 집체농업을 개체농업으로 바꾸지 않으면 식량증산은 없다.

101. 평남 증산군은 곡창지대이다. 서해바다 간척지 논에 벼를 심어 흰쌀밥으로 살았다. 나라에서 식량을 공제하고도 농사꾼들에게 50~60%는 분배했다. 그런데 1996년도에 60%, 1997년도에 40%, 분배량에서 국가애국량, 군수식량 등을 떼고 준다. 농약 비료 등이 공급되지 않으니 농사를 지을 수 없다. 학생들이 농촌지원 나와도 먹지를 못하니 김 맬 기운이 없다. 누구나 자기 가정 울타리 안의 것 외에는 농사지으려 하질 않는다. 정신세계가 와해되고 묵은 밭만 늘어간다.

(다음은 〈좋은벗들〉이라는 불교재단이 1999년에 펴낸 『두만강을 건너온 사람들』이라는 책에서 뽑은 사례이다. 거듭 이 재단에 감사를 드리며 이런 사례들은 인류사에 다시는 더 얻어 볼 수 없는 귀한 처참한 사례들임을 확인한다. 세계 유통망이 완벽한 21세기에 천재 아닌 인재로 수백만이 굶어 죽는 인류 사례이다.)

두만강을 건너온 사람들

· 『두만강을 건너온 사람들』 | 좋은벗들 지음 | 1999 | 정토출판사

1. (14세 남, 함북 무산군 출신)

나와 동생은 장마당에서 음식을 채먹고 주워먹다가 9·27 수용소에 잡혀 들어갔다. 나는 수용소에서 달아나다 잡혀서 갈고리로 종아리를 맞았다. 피가 튀고 살이 마구 긁혔다. 종아리가 퉁퉁 부어서 바지를 걷어 올리지도 못할 정도였다. 구류소에 3일 있다가 15세 이하는 내보내고 16세부터는 일하는 데로 보낸다. 나는 일하는 데로 보내졌다. 호송할 때 동무들이랑 내 동생이 함께 도망쳐 나왔는데 동생은 허기증 때문에 제대로 뛰지 못해서 잡히고 말았다. 동생은 거기에 한 달 정도 있다가 죽었다. 다른 애들은 보름이면 죽는데 내 동생은 오래 산 편이다. 거기서 주는 게 국수인데 집으면 한 젓가락도 안 되기 때문이다. (52쪽)

__ 거짓의 두 왕국, 북한은 남한에게 무엇인가?

2. (18세 남, 함북 무산군 출신)

나는 16세부터 집을 떠나 꽃제비 생활을 했다. 때로 먹을 것이 생기면 동생들한테 갖다 주기도 했다. 1998년 5월에 20원을 모아서 집에 가니 집이 텅 비어 있었다. 옆집 아주머니 말이 내 아버지와 어머니가 한 달 전 연달아 세상을 떠났고 동생 2명은 김책시에 있는 이모와 함께 남양에 있는 친척집으로 갔다고 전해 주었다. 나는 다른 꽃제비 무리들과 함께 청진시와 부령군을 다니며 밥도 빌어먹고 도적질도 하면서 생계를 유지했다. 나는 비록 꽃제비지만 동생들은 공부시키고 나라에 유용한 일꾼으로 자라게 하고 싶어 남양에 와서 동생들의 종적을 찾았으나 헛고생만 하였다. 떠도는 소문에 중국에 가면 일거리가 많아 돈을 벌 수 있다고 했다. 우리 꽃제비 네 명은 도강하여 도문까지 도착한 후 서로 갈라져서 마을로 들어섰다. 동포들은 내게 옷과 신발을 주었지만 집으로 데려가지는 않았다. 밤이면 병원에서도 자고 밖에서도 잤다. 도문을 떠나 의란에 도착해 밥을 빌어먹던 중 너무 지쳐 한 집에 3일간 머물렀는데 그 아주머니가 나를 집 짓는 곳에 소개해 벽돌을 운반했다. 사람들은 내가 키가 너무 작아 10세가 넘었느냐고 묻곤 했다. 300원을 벌어 의란 아주머니에게 갔더니 조사가 심하니 연길로 가고 했다. 잡히려면 잡히지 뭐 하면서 연길로 와서 동생을 탐문중이다.

3. (21세 여, 평남 대동군 출신)

나는 대학필업생이다. 굶주리다가 1997년 6월 중국에서 온 사람장사꾼을 따라 압록강을 건넜다. 나는 중국의 이름 모를 산골의 남자한테 팔렸다. 얼굴이 거무칙칙하고 키는 160센티미터를 초과 못한 난쟁이만 모면한 40세 안팎의 중년이었다. 그는 내가 알아듣지 못할 중국말을 지껄이며 방에 가두어 자물쇠를 잠그고 나갔다. 밤에는 술이 취해 들어와서는 굶어 기운 없는 처녀인 내 몸을 사정없이 유린하였다. 나는 아프고 서러워 날 샐 때까지 울고 또 울었다. 남자는 내가 도망칠까 봐 쇠사슬로 내 발목을 개 기르듯 기둥에다 매어 놓았다. 반 년이나 이렇게 갇혀 살았다. 내가 말을 잘 듣는 척하며 그의 경계심을 늦추어 놓았더니 한 달 전부터 그는 쇠사슬을 풀어 놓고 바깥출입을 허용했다. 어느 날 그가 밭일 나간 틈을 이용하여 나는 먹을 것과 돈을 장만하여 난길(오솔길)로 뛰었다. 겨우 큰길까지 다다라 아무 차나 세워 타고 사람 많은 곳에 데려달라고 했다. 심양에 내려 어디로 갈지 몰라 갈팡질팡하는데 웬 조선족 아저씨가 와서 식당 복무원질 안하겠냐고 하기에 무조건 좋다고 했다. 호랑이굴을 빠져나왔더니 사자굴로 들어왔다. 내 미모 탓이었다. 차를 몇 번 바꿔 타더니 어느 호화로운 술집 앞에 내렸다. 멋지게 장식한 작은 방으로 가더니 기다리라고 하며 사라졌다. 아무리 기다려도 돌아오지 않기에 나가보려고 했더니 문 앞에 장정 둘이 막아서며 못 나가게 했다. 또 남자들의 노리개로 팔려온 것이다. 바깥출입을 못하게 했다. 어느 날 화장실 창문을 뜯고 도주했다. 아무 택시나 잡아타고 역전에 가자고 했다. 연변에 갔더니 조선동포들이 많아 고향에 온 것 같았다. 한 식당에 들어가 복무원이 되었다.(78쪽)

4. (26세 여, 함남 함흥시 출신)

1997년도 함흥에는 전국에서 가장 심한 재해를 입었다. 사람이 거의 다 죽다시피 하여 살아남은 사람이 얼마 안 되었다. 그해 우리 아버지와 어머니와 동생까지 다 죽고 나 혼자 남아 살 길을 찾아 헤매다가 1997년 9월에 중국으로 왔다. 장백현에 있는 조선마을에 들어가서 그 집 주인의 도움으로 이도백하에 사는 한 노총각에게 시집가게 되었다. 이젠 살 수 있겠구나 했더니 34세 되도록 장가가지 못했던 그는 중국에서도 제일 곤란한 집인 것 같았다. 매일 외상으로 술을 마시고 나를 두들기는 것이다. 이를 악물고 참고 견디었지만 끝내 일은 나고 말았다. 매일 나를 달아나지 못하게 위협한답시고 식칼을 쥐고 들락날락하더니 드디어 그 칼로 내 머리를 내리찍었다. 눈앞이 아찔하며 쓰러져 몇 시간 후 정신을 차리고 보니 병원이었다. 돈도 없어서 상처를 꿰맨 후 주사 한 대만 맞고 시누이집에서 며칠을 보냈다. 내가 죽더라도 조선에 가서 죽겠다고 나서자 남편은 다시는 안 그런다고 싹싹 빌었다. 얼마 안 가 또 그러자 누나(시누이)가 맹세는 어떡하고 또 마시느냐 했더니 식칼로 자기 팔을 찍었다. 나는 기절하여 집을 뛰쳐나와 여기까지 왔다. 고마운 사람들의 덕분으로 식당에서 일하고 매달 100원씩 받는다. 붙잡혀 갈까 봐 늘 걱정이다.(79쪽)

5. (25세 여, 양강도 혜산시 출신)

할머니가 산에 가서 곡괭이로 밭을 일구었고 나무껍질과 뽕나무 잎을 뜯어 물에 우려 말린 후 가루 내어 산나물에 섞어서 쪄서도 먹었다. 죽을 너무 먹어서인지 죽보다는 두릅나무껍질 가루에 산나물 비빈 떡은 아주 맛있었다. 우리가 너무 잘 먹으니 할머니는 자주 해 주었다. 그러나 우리는 모두 대변을 보지 못해 집안 식구들이 서로 엎드려 대변을 젓가락으로 파냈지만 항문만 파열시키고 말았다. 나의 동생은 너무 많이 먹더니 변비가 심해 배는 부대끼고 정신마저 잃었으며 열이 올랐다. 그래도 계속 파열되지 않더니 숨이 끊어질 무렵에야 항문이 풀리면서 대변이 계속 나오고 오줌은 붉은 색이고 코에서도 피 같은 것이 흘렀다. 그런데도 심장은 계속 뛰더니 밤중에 우리와 영별했다. 이렇게 불쌍하게 죽었지만 돈이 없어 약도 못 써 주고 죽는 시간만 기다렸다. 동생에 이어 식구들이 계속 죽자 나는 앉아서 죽느니 중국에 와서 돈 벌어 식구들 살리려고 도강하였다. 지금 산촌에서 운전수들 밥도 짓고 빨래도 하고 살고 있다.(111쪽)

6. (26세 여, 황해북도 황주군 출신)

굶주림으로 길바닥에 죽은 시체가 널려 있었다. 아버지와 어머니도 몇 달 전에 세상을 떠났고 나도 1997년 8월 동네 여러 사람들과 함께 도주하는 길에 올랐다. 기차를 타고 신의주까지 와서 밤중에 압록강을 건너 단동에 왔다. 1년 전에 어머니와 함께 연변 친척 집에 왔던 기억을 되살려 돈이 없어 차표도 못 사고 중국말도 몰라 차표검사 때 떠밀려 내려지면 다시 다른 기차를 타곤 어떤 때는 의자 밑에 숨어서 연변까지 왔고 끝내는 친척집을 찾아냈다. 여러 친척집을 돌아다니며 밥을 얻어먹었으나 얼마가 지나자 나를 싫어하는 눈치였다. 그들은 의논 끝에 나를 32세 난 농촌총각에게 소개했다. 인물은 괜찮았으나 성격이 포악하여 술 마시고 툭하면 매를 들이대고 어떤 땐 도끼를 들고 나를 죽이겠다고 하였다. 1998년 1월 어느 날 술을 잔뜩 마시고 와서 나를 걸고 들었다. 응대를 않자 또 도끼를 들고 찍으려고 했다. 나는 설마 했는데 불시에 도끼로 내 머리를 내리찍었다. 선지피가 뿜어져 나왔고 나는 그 자리에 넘어졌다. 내가 깨어났을 때는 병원에 누워 있었다. 내가 그 친척들에게 더 이상 그 집에 돌아가지 않겠다고 했더니 임신까지 했는데 참으라고 해서 다시 남자 집으로 돌아갔다. 지금도 매일 불안한 나날을 지내고 있다.(80쪽)

7. (30세 남, 함북 온성군 출신)

1997년 3월 나는 중국 백룡이라는 마을에 왔다. 나는 원래 조선에 아내도 있었고 3세 된 딸애도 있었다. 몇 해째 배고픈 고생을 하다못해 아내는 나에게 쪽지를 써 놓고 나가서 다시 돌아오지 않았다. 아이는 매일 엄마를 찾으며 배고프다고 울지, 나는 할 수 없이 독한 마음을 먹고 아이를 안고 사람이 많은 기차역전에 나갔다. 거기서 아이를 내려놓고 종이에다 이렇게 썼다.

"이 아이는 두 부모가 다 없으니 불쌍히 여겨서 잘 사는 집에서 길러 주었으면 감사하겠습니다."

글 쪽지를 아이 손에 쥐어주고 아이에게는 "아버지가 저기 가서 먹을 것을 사올 게 여기서 기다려라." 하고 눈물을 흘리며 중국으로 건너왔다. 여자라면 시집이라도 가련만 아직까지 네 집이나 옮겨 다니며 일을 해 주고 밥만 얻어먹었다. 그러던 어느 하루 운 좋게 62세 정도의 남조선 사람을 만났는데 50대보다도 정정해 보였고 버스를 기다리는 나에게 북조선에서 왔냐고 물었다. 그렇다고 했더니 중국에 친척이 있느냐 또는 조선에 가족은 몇이냐 묻기에 다 죽고 헤어지고 없다고 했더니 앞으로의 삶의 계획을 물었다. 날씨만 따뜻해지면 골 안에 들어가 막을 치고 농사나 지을 생각이라고 했더니 500원을 주었다. 남조선 사람은 모두 나쁜 사람들로만 알았던 나는 믿어지지 않았지만 그는 같은 동포들이 이렇게 고통을 당하니 가슴이 아프다며 사라져갔다.(102쪽)

8. (35세 여, 평남 신양군 출신)

수년간 배급이 중단되어 시어머니와 시아버지는 연로하고 다병한 신체에 산나물을 캐어오고 뙈기밭 농사를 하여 생계를 유지해 오다가 쌀물도 변변히 잡수지 못하고 사망하였다. 관을 살 돈도 없어서 비닐박막에 사체를 감아서 포장하였다. 두 어린아이는 쇠투리 피나무껍질과 소나무껍질로 만든 음식을 먹고 변비가 심하더니 끝내 죽고 말았다. 남은 아들 하나와 남편을 살리기 위해 나는 1998년 4월에 중국에 친척이 있는 동무를 따라 도강하여 그 친척의 소개로 한 음식점에서 먹고 자고 하루에 8원씩 받았다. 다섯 달 동안 일하여 130달러 가지고 조선에 가다가 보초병에 붙잡혔다. 애걸복걸하여 100달러는 뺏기고 30달러만 가지고 산 옆에 앉아서 기껏 울다가 그래도 집으로 가봐야 한다는 생각에 집에 들어가 보니 아들과 남편은 목숨이 겨우 붙어 있었다. 또 아무리 생각해도 다른 길은 없기에 4일 만에 다시 도강하여 원래 일하던 음식점에 갔더니 조선 사람은 절대 쓰지 않겠다고 했다. 발각되면 큰 벌금을 물기 때문이다. 통사정을 하여 중풍으로 누워 있는 할머니를 간호하며 살고 있다.(150쪽)

9. (35세 남, 함북 청진시 출신)

나는 10세와 7세 난 딸 둘에 2세 된 아들 하나, 그리고 아내와 함께 살았다. 굶주림에 견디다 못해 아내가 먹을 것을 얻으러 간다고 떠났는데 일주일이 지나도 돌아오지 않았다. 갈만한 곳을 모두 찾아보았지만 헛수고였다. 어린것들은 배고프다고 울어대고 온천지를 다녀봤지만 풀이라곤 보이지 않았고 나무뿌리도 찾기 힘들었다. 굶어 죽는 판에 도강하리라 마음먹고 두 딸의 손을 잡고 아들을 등에 업고 길을 떠났다. 1998년 4월 며칠을 걸어 변경까지 왔고 어린것들이 "맥없다. 배고프다." 하면서 보채서 먹을 것을 찾아다녔지만 허사였다. 사흘 만에 아들이 잠이 들자 나는 아들을 들쳐 업고 딸애 손을 잡고 강을 건넜다. 두 딸아이는 추워서 벌벌 떨면서도 걸음을 멈추지 않고 소리 한마디 내지 않았다. 그런데 등에 업혔던 아들이 불시에 깨어나서 우는 통에 초소경비대들이 달려왔다. 나는 어떻게 아들을 버리고 강을 건넜는지 모른다. 허둥지둥 중국 땅에 건너서고 보니 아들을 두고 온 것이 생각났다. 배가 고파 한 집에 들어갔더니 젊은 부부가 한 살 난 아이를 데리고 살고 있었다. 사정을 얘기하곤 더운밥을 얻어먹는데 버리고 온 귀여운 아들 얼굴이 떠올라 밥이 넘어가질 않았다. 이 마을에서 일자리도 찾고 셋집도 하나 얻어 살고 있다.(100쪽)

10. (38세 여, 함북 부령 출신)

가족은 남편과 두 아들이 있다. 어른은 그래도 괜찮은데 애들이 여윈 모습은 정말 애처로워 볼 수 없을 지경이었다. 모든 산과 벌판의 풀뿌리와 나무껍질은 굶주린 사람들에 의해 아무것도 남아 있지 않았다. 나는 벼뿌리 옥수수뿌리로 죽을 쑤어 먹다가 그것마저 없을 때는 냉수로 빈 배를 채웠다. 마을에는 굶어 죽는 사람이 하루에도 몇 명 되었는데 모두 남몰래 가만히 묻어 버리곤 하였다. 굶주림에 눈이 달아오른 사람들이 파다가 삶아 먹기 때문이다. 그냥 죽을 때만 기다릴 수가 없어서 간질병을 가진 남편에게 아이들을 맡겨놓고 1998년 5월 며칠을 걸어 회령에 도착하여 중국으로 건너왔다. 굶주림에 지쳐 밤 10시에 한참 동안이나 문을 두드려 나온 여자는 마침 조선족 젊은 부부였다. 밥을 주어 오랜만에 배불리 먹고 50원 노자까지 얻어 또 며칠을 걷고 걸어 연길에 닿으니 조선족들이 많아 조국에 온 기분이었다. 여러 식당에 취직하려 했지만 늙었다며 받지 않았다. 40세 된 아주머니가 나를 소개하겠다고 해 따라갔더니 어찌나 가난한지 아직 새 양말 하나 사 신지 못했다. 밥은 실컷 먹으니 살겠고 그 아주머니가 나를 1,000원에 팔았다는 것을 알았다.

11. (61세 남, 함북 무산군 출신)
1998년 9월 회령에 있는 딸집에 왔다가 며칠 후 밤 12시경에 도강했다. 중국에 와서 한 청년의 소개로 덕신이라는 곳에서 양을 몰고 있다. 주인집은 한족이어서 말이 통하지 않아 말이 아니다. 하루 종일 양을 몰고 돌아와서는 나무를 패고 아침이면 양우리를 청소해야 했으며 하루에 14시간 고된 노동을 해야 하는 늙은 머슴이다. 잠깐이라도 앉아 휴식을 취하면 이것저것 일을 시킨다. 자유가 없다. 나는 조선으로 돌아가야겠다. 주인집에서 돈을 얼마를 주려는지…… 죽어도 묻힐 곳이 있는 조국으로 돌아가야겠다. (132쪽)

03

이 방 안에 들어오는
이는 누구나

김일성의 거짓말 지배는 남한에도 똑같은 거짓말 정치의 샴쌍둥이를 만들어 놓았다. '중정'이니 '보안사'니 '기무사'니 '안기부'니가 그것이다. 남북한의 똑같은 거짓말 제작소이자 진리 제작소이다.

6층에서 던졌나, 뛰어내렸나, 갖다 놓았나?

서울시 관악구 신림동에 있는 서울대학교 법대 최종길 기념홀에는 다음과 같은 비석이 서 있다.

기념홀(memorial hall)

최종길 교수(1931~1973)는 이 대학에서 법과 정의를 가르쳤다. 그는 학문으로서 나라를 일으켜 세우려 했던 진정한 학자요 선지자였으며, 내 몸을 던져 제자사랑을 실천했던 참스승이었다. 달을 보고 해라고 말해야 했던 시대, 그는 진실을 말하려 정의를 외치다가 불의한 권력에 의해 희생되었다. 그는 진실 없이는 자유가 없다는 것을 그의 온 생애를 통해 증거하였다.

이 방 안에 들어오는 이는 누구나 이런 질문을 받고 있다.

"오늘 당신은 이 땅의 인권과 정의를 위하여 무엇을 하고 있는 가?"

　같은 기간 동안에 중정 지하실에 잡혀있었던, 그를 마지막 본 사람의 증언에 의하면 그때 이미 최 교수의 눈동자는 풀려 있었고, 다리는 질질 끌며, 걸음을 혼자서 걷기 힘든 상태였다고 한다. 전날 법대에서 오전 강의하고 오후 1시 제발로 걸어 들어간 지 사흘 만에 시체가 되어 나왔으니까, 죽기 하루 전의 일이고 동생 손잡고 제발로 들어간 다음 날의 상황이다.

　압슬이었든, 통닭구이든, 원산폭격이었든, 전기고문이었든, 물고문이었든 무엇이었든 간에 최 교수에겐 그게 첫 연행이자 마지막 연행이었고, 첫 고문이자 마지막 고문이었고, 첫 모욕이자 마지막 모욕이었고…….

　아, 첫 죽음이자 마지막 죽음이란 것도 있을까?

난 애국한 죄밖에 없어요, 내 윗선을 만나요

많은 남자들이 이 방에서 절름거리며 살아나왔거나 죽어서 사고사로 위장 발견되었을 텐데 최 교수는 사흘 만에 바로 그 건물 6층 비상계단에서 던져졌다. 그리고 그를 던진 남자는 피디수첩 기자가 만나자고 미국까지 찾아갔을 때, "나는 애국한 죄밖에 없어요, 나를 만나지 말고 더 윗사람을 만나요."라고 어둠 멀리서 울부짖었다.

그를 기념한 서울법대 100주년 기념관 벽, 그의 웃는 얼굴 옆에는 "달을 보고 해라고 말해야 했던 시대, 그는 진실을 말하려다 불의한 권력에 의해 희생되었다."라고 새겨 있다. 그가 지은 죄라고는 거짓말을 못한 죄밖에는 없었다. 학생과장으로서 학생들의 데모를 막지 못한 괘씸죄. 그러나 그의 호소 한마디에 학생들은 애국가를 부르며 도서관 계단을 내려와, 흐느끼면서 교문을 빠져 나가 귀가했고, 당국은 오히려 최 교수의 이 카리스마가 더 독침으로 느껴졌다. 거짓의 사회에서 진실은 제거되어야 한다. 거짓에 뿌리를 둔 사회에서 모든 사람은 거짓에 기초해서 살 수밖에 없었고 그처럼 거짓말을 할 수 없었던 사람은 거짓말 교육을 다시 받거나 그 교육이 안 되면 될 때까지 고문해서 죽여 없애는 수밖에 없었다. 살아남은 자들은 모두 거짓의 후예들일 뿐.

그의 아우 최종선은 자신이 속했던 중정에게 속고 속고 또 속았다. 참조인 조사만 하겠다고 해서 제 손으로 형님을 모셔다 바쳐서 속았고, 절대로 간첩조작은 언론에 발표하지 않겠다는 조건 때문에 부검에 응했다가 또 속았고, 중정의 내규상 문서화된 부장 약속은 안 되며 구두로는 얼마든지 약속하겠노라는 데 또 속았고, 또 속고 또 속고······. 그때 막 윤필용사건이 터져 최 교수의 동기이자 당시 이후락 중앙정보부장의 조카인 이모 판사 역시 영어의 몸이었다는 아이러니 역시 거짓 사회의 속임수와 뭐 크게 다를 것도 없지 않을까?

아니 그보다는 절대 평양을 갔을 수가 없는 민법 교수를 몇 년 몇 월 며칠 몇 시도 없이 평양에 가서 노동당에 가입했느니, 동베를린 북한 대사관을 방문해서 돈을 받았느니, 유럽 거점 대규모 간첩단이니, 간첩 행위가 드러나자 부끄러움에 못 이겨 6층 창문에서 뛰어내렸느니가 가장 큰 희대의 조작극이었고, 이 발표를 토씨 한 개 안 바꾸고 베껴 낸 신문들과, 이 발표에 기꺼이 속아준, 또는 안 속더라도 공포에 떨며 침묵한 국민들이야말로 가장 큰 희대의 조작극의 훌륭한 조역들이었다.

형님의 죽음에 경악해서 직원들 몰래 뛰쳐나가 한국일보로 갈까, 미국대사관으로 갈까, 서울법대로 갈까······ 하면서 비로소 깨달은 것이, 국립대 교수나 중정요원 가족의 무력함이 이럴진대 과연 한국 민중들의 고통이야 어땠겠느냐는 순간적 깨달음이 아우에겐 처음 온 것이다.

고문으로 의식불명에 이르자 6층 비상계단에서 밖으로 던졌다고? 조작된 자백서나마 자필 진술서를 한 장도 남기지 않은 것은 대한민국 유사 이래 최 교수 한 사람 뿐이라고? 그래서 어마어마한 거물간첩으로 발표하면서도 그 흔한 자필 자백서 한 장 곁들이지 못했는데도, 독자는, 국민은, 전혀 의문을 제기할 촉각도, 기력도 없었다고?

형제는 즐거이 손을 잡고 남산의 중정문을 들어섰다. 형은 서울대 법대 교수였고 동생은 중정 수사과 직원이었다. 형제의 나이 차이는 십오 년 이상으로 아우는 형을 무척 존경했고 어려워했다. 형의 중학교 동창이 간첩사건에 연루되었다 해서 참고조사차 아우는 형을 제 손으로 자신이 몸담고 있는 중정에 갖다 바쳤다.

저녁 7시 퇴근 때 보아도 방문자 보관함 속의 형의 주민등록증은 그대로 있었다. 이튿날도 하루 종일 보관함 주위를 서성였지만 주민증은 그대로 있었다. 뜬 눈으로 밤을 새운 새벽 4시, 드디어 중정에서 전화가 왔다. 급한 일이 생겼으니 빨리 출근해 보라는 것이었다.

가장 온순하고 자비롭고 투명하고 날카롭고 현명했던 형, 가장 자신 있고 정의롭던 일등시민 법학 교수, 아우에게 형은 자긍이었고 하늘이었고 출발이었고 원점이었고 시작이자 끝이었기에 잠시 자신의 수사관 직위와 중정의 본질을 잊었었다. 하지만 불안이 엄습하기 시작한 것은 불과 10분도 지나지 않아서였다. 아니 중정이 언제는 있는 죄 밝혀냈는가? 없는 죄 공작해 내는 게 중정의 임무이고 나의 임무 아니었든가? 공작 대상에 일등시민 열등시민 따졌었는가? 게다가 형은 유신 반대 법대생 농성을 눈물로 호소해서 교수와 학생들이 함께 애국가를 흐느끼며 법대 문을 나서게 한 신화적인 학생과장이 아니었나? 농성을 진압했든, 불붙였든, 어쨌든 허위의 세상에서 거짓 아닌 진심 때문에 젊은이들로부터 소통을 얻는다는 것은 거대한 거짓의 체제에게는 괘씸한 위협이 아니던가?

그렇다. 아우가 불과 10분 전까지만 해도 깨닫지 못했던 것은, 형이 꼭 명석한 일등시민 법대 교수여서만이 아니라, 그냥 한 인간이기에 억울한 죽음을 당해서는 안 된다는 평범하고 쉬운 진리였다. 설마 동료 직원의 형을? 설마 모든 젊은이가 빛으로 우러러 추앙하는 교수님을? 설마 전혀 꼬투리조차 없는 게 확실한 형을? 이런 사회의 거짓을 잘 알아서 전혀 틈을 만들지 않을 용의주도한 형을 무슨 수로 잡아넣을 수 있겠느냐고?

그러나 형은 사흘이 못되어 시체가 되어 중정을 나왔다. 그것도 거물간첩단의 주인공이 되어. 그것도 장례식도 못 치르게 하고, 장례차가 대학로(1973년의 서울대학교는 혜화동에 있었다.)도 못 지나가게 하고, 가족들도 일체 외부질문에 함구키로 하고. …… 어린 딸은 쓸쓸히 무덤 파는 묘지기 옆에서 종달새처럼 즐거이 모란공원의 산천을 구경했다.(최종선, 2001, 「산자여 말하라」, 공동선)

고문사를 믿을 수 없는 사람이면 김근태의 『남영동』을 읽으면 된다.(김근태, 1987, 『남영동』, 중원문화) 아니 서승의 찌그러져 타 붙은 얼굴을 떠

올리면 된다.(서승 지음 · 김경자 옮김, 1999, 『서승의 옥중 19년』, 역사비평사) 아니 전
태일의 어머니 이소선도 계셨다.(조영래, 1983, 『전태일평전』, 돌베개) 그리고
6 · 10 항쟁의 도화선이 되었던 박종철의 고문사야말로 욕조 물에 눌
렀던 목을 죽기 0.001초 전에 놓았어야 하는데 고문기술자의 실수로
때를 놓쳐 죽게 했고, 그것의 은폐기도가 전 국민을 분노케 한 것이
6 · 10 항쟁을 불러온 것이다. 이는 바로 그 0.001초 전까지 고문했다
가 살아남은 많은 젊은이들이 있었다는 것을 반증하는 것이기도 하지
만, 바로 똑같은 실수로 죽였더라도 재수 없게 박종철 경우처럼 은폐
실패를 하지 않고, 철길 가에 던지거나 바다에 던져 자살 또는 실종 실
족사를 가장(은폐 성공)했던 고문사들이 얼마든지 더 있다는 것을 웅변
으로 대변해 주고 있는 것이기도 하다.

현저동 1번지의 통곡나무

이보다 2년 뒤인 1975년 4월 9일의 인혁당사건도 마찬가지이다. 한국 현대사의 지난 1945년~1987년 사이 40여 년간은 거짓의 모래성을 영구 구축하려는 조폭들과 이에 항의하려는 또 다른 무리들의 피나는 혈투였다. 그러나 거짓을 기반으로 구축되어 온 한국 사회도 인간의 사회인지라 때로는 거짓에 항의하고 놀라고 대들고 희생당하는 무리들이 생길 수밖에 없었다. 특히 젊은 학생들이 그랬다. 박정희는 왜 민청학련을 바로 치지 못하고 인혁당이라는 배후세력을 날조해서야 민청학련을 칠 수밖에 없었을까? 젊은 애들의 무엇이 무서웠을까, 아니면 이 젊은 애들의 부모형제인 전 국민의 무엇이 무서웠을까? 전 국민이라는 숫자를 단순히 여덟 명이라는 적은 숫자로 줄이자는 것만이 목적이었을까?

그 여덟 명들은 1974년에 잡혀가서 1975년에 사형당하기까지 1년

여 동안 가족면회 한 번 못했고, 하도 많이 맞아서 창자가 빠져 나왔고, 탈장으로 걸음도 제대로 못 걸었고, 아무것도 한 일 없는 자신들이 알지도 못하는 민청학련의 윗선이 되어, 어쩌면 사형으로까지 날조될지도 모른다는 정보를, 서로들 운동시간마다 매일같이 교환하다가, 정말로 우려했던 대로 죽는 순간에도, 각본대로 가는구나를 알며 죽어갔다.

현저동 1번지에 지금도 서 있는 그 통곡나무 버드나무 고목만이 홀로 이들의 죽음을 전송했다. 이들의 직업은 각기 양봉업자, 양조업자, 인쇄업자, 건축업자, 경기여고 물리교사, 학생회장 출신, 침구사, 해장국집…… 뭔들 없을까마는 이북방송을 들어본 사람도 한두 사람에 불과했다. 당을 조직했다는 이들은 서로들 알지도 못하는 사이가 많았다. '적화통일 만세'라고 써 넣은 유언까지 조작당하면서 사형간첩이 된 이들의 자녀들과 부인들은 간첩의 자식이 되어, 아이들의 간첩놀이에서 나무에 묶이고 도시락에 개미가 넣어졌고 학교를 자꾸 옮겨야 했다.

재판기록에는 피고들이 "아닙니다"라고 대답한 것이 모두 "예"로 바뀌어 있고 "예"로 대답한 것은 모두 "아니오"로 정확히 반대로 바뀐 채, 대한민국 재판기록소에 보관되어 있는 것을 증거할 사람은 당시 마지막 법정에서 이들의 대답 목소리를 들었던 부인들과 신부·목사들뿐이다. 거짓 역사의 거짓 기록들, 대한민국은 거짓 역사를 이렇게 사랑하는 위대한 거짓의 나라이다.(제임스 시노트 지음·김건옥 이우경 옮김, 2004, 『1975년 4월 9일』, 빛두레 ; 천주교인권위원회, 2001, 『사법살인 1975년 4월의 학살』, 학민사)

과거사진상규명위원회는 이들 여덟 명을 대법원판결 18시간 만에 처형해서 시체까지 빼돌린 장본인으로, 당시의 정황으로 보아 박정희일 수밖에 없다고 결론내렸고, 백합 같은 그의 딸은 정황만 가지고 위인을 모함하냐면서 일축했다. 모두 재심에서 무죄를 받고 600여 억 원의 보상금을 판결받았다.

김병진의 간첩놀이

김병진은 보안사에 잡혀가 석 달 고문 끝에 가짜 간첩이 되었다. 하해 같으신 조국의 은덕을 입어 기소중지로 집에서 출퇴근하는 대신, 보안사 직원이 되어 다른 재일동포 간첩을 잡는 데 통역역할을 하는 프락치가 된 것이다. 그의 가짜 간첩 행각은 이렇다.

어느 날 보안사 뒤뜰 잔디밭에서 우아한 포즈로 전향간첩 노릇을 한다. 국영방송 KBS의 취재진들과 촬영팀들의 인터뷰에 응하는 형식이다. 거짓말을 하기 싫어하는 김병진의 실수를 미리 방지하기 위해, 정보부 공작과 상사들은 기자들에게 미리 질문을 나누어 주었고, 김은 수긍도 부정도 아닌 미소만 띄우면 되도록, 한국어의 묘미를 충분히 살려 놓은 인터뷰였다. 아니 언어의 묘미라기보다는 비언어의 묘미라 할 수 있는데, 간첩 잡는 일이라면 언제고 속아 줄 준비가 되어 있는 국민들의 정서상의 특기라 할 수밖에 없다. 어쨌든 주인공은 입 한 번도 떼지 않은 채 인터뷰는 황홀하게 끝났고, 전향해서 평화롭게 사는 주인공의 얼굴은 돌 지난 아들의 천진난만한 얼굴과 함께 모든 신문의 사회면을 아름답게 장식했다.

우아한 전향간첩을 만들기 위해서는 전향전의 포악한 간첩을 만들어 두어야 했다. 보안사의 상사들은 한결같이 이런 홍보용 연출을 애국이라는 이름으로 시킬 때마다, 이번엔 절대로 대외방영이 안 될 것이라 확약했다. 결과는 그때마다 거짓이었다. 김병진은 그때마다 총칼이 무서워, 고문이 무서워, 아니 여권을 되돌려 받을 2년만 참자는 결심으로, 이를 악물고 이 거짓을 참아냈다.

포악한 간첩이 퇴근한 날, 김병진이 세들어 사는 집주인 아주머니는 흥분해서 방문한 통장의 질문에 "그 사람 지금 퇴근해 들어 왔는데요."라고 대답하니 통장은 온화한 김병진의 얼굴을 보고 "아, 알만 하군요." 하고 나가 버린다. 동네 사람들도 신문에 난 주소가 자기 옆집인데 놀라서 간첩 구경하자고 몰려들지만 김병진의 싱글싱글 웃는 얼굴을 보고는 그냥 멋쩍게 달아나 버린다. 옆집과 통반장은 못 속였지만, 그러나 보안사와 중정이 꾸려가는 정부는 전 국민을 넉넉히 속여냈다.

조국은 김병진을 허수아비로 만들었지만 김병진은 또한 조국을 허수아비로 만들었다. 그때의 그 조국, 그 정부, 그때의 보안사를 말이다. 김병진이 보안사 직원으로서 하는 일은 이랬다.

대공업무를 그야말로 '공작' 하는 보안사 공작과는 재일동포 사이에서, 특히 학업중인 청소년들이 조총련계와 민단계의 구분 없이 넘나들며 학교를 선택해야 한다는 사실을 십분 악용하여, 이들 중 특히 한국에 유학 오거나 조국의 뿌리를 찾아 생애계획을 세우는 유학생들을 간첩조작의 큰 모집단 밭으로 삼는다. 이들 중 북한을 여행하고 온 사람이거나 또는 한국에 나온 이후 학생운동에 가담한 사람이면 거물 간첩감이고, 이런 지뢰밭을 용케 피해 다닌 젊은이들밖에 안 남았을 때는, 고문으로 평양의 국토지리, 인문지리 교육을 암기시켜 날조된 간첩을 확대재생산하면 된다. 재일동포 유학생만이 아니라 내국인이더라도 이 정도의 고문세뇌가 되면 자신이 정말 간첩이 아니었던 것을 후회하게 되고, 가해자(고문자)를 우러러보게 되고, 국가와 민족을 위해 내 한 목숨 어서 죽어지기를 바랄 수밖에 없다.

간첩날조의 주 대상 나이는 김병진과 같은 대학원생 또래이지만 때로는 사오십 대의 사업가가 돈거래의 이해관계로 현지 먹잇감(간첩날조감) 조달자의 사적인 원한을 사서 간첩으로 둔갑하는 수도 있다. 어차피 거짓일 바에야 꼭 뭐 머릿속이 삐딱(진보적)하다 해서만 날조할 것이 아니라 개인사업상의 압력으로 써먹지 말라는 법이 있겠는가. 반공은 이 사회의 가장 핵심적인 거짓의 뿌리였고 이 뿌리는 온 사회의 밑동을 바쳐온 근간이어서 지난 30여 년간 우리 사회는 이 거짓에 단단히 뿌리박아 유지되어 왔던 것이다.

알리바이는 아껴 둬라

김병진이 도와준 유지길 씨의 경우가 그렇다. 중정이나 보안사의 연행은 대부분 영장 없는 납치이기 때문에 해외동포의 경우는 공항에서 납치되거나 내국인인 경우에는 퇴근길에 집 근처에서 실종된다. 영화 〈효자동 이발사〉에서처럼 아비나 자식이 실종되고 며칠 후에는 병신이 되어 집근처 부대자루 속에서 나오거나 밤중에 집 대문 앞에 검은 보자기에 싸여 던져진다. 해외동포들은 거의 공항에서 직행한다.

유 씨의 경우는 일본 현지에 있는 간첩몰이꾼에게 꾸어 주었던 빚을 받으려 했던 것이 간첩조작의 시초가 되었던 것 같다. 빚을 안 갚기 위한 수단으로 보안사에 끌어다 바치면 며칠 만에 그 서늘한 눈에 증오와 독기가 사라진다. 그 유명한 VIP실에 한 번 다녀와서는 눈동자가 흐리멍덩해지고 생을 포기한 모습에 수사 보조자 김병진은 또 한 번

분개하고 연민한다. VIP실은 바닥이 꺼지게 되어 있는 의자에 손발을 다 묶어 놓고 바닥을 땅 밑 깜깜한 속으로 빠뜨려 위에서 물을 머리 위에 부으면서 시궁창 냄새를 맡게 하고, 서울 동빙고동 한강의 하수구 물 흘러가는 소리를 듣게 하며, "북한 갔다 왔지?" 등의 질문을 반복하는 것이다.

한번 긍정의 답을 얻으면 조리 있게 '언제 가서, 어떤 곳을 보았고, 누구의 어떤 지시를 받아와, 어떻게 그간 암약해 왔는가'에 대한 일목요연한 가짜 지도가 그려지지 않는 한, 칠흑 같은 어둠과 하수도 흘러가는 소리와 시궁창 냄새와 꾸며낸 거짓 대답에 목이 터져 피가 나올 때까지 지옥은 계속된다. 여기에 성기 끝 전기고문까지 곁들이면 무너지지 않는 사람은 없는데 이렇게 해서 유지길 씨도 간첩놀이의 밥이 되었다.

김병진이 유지길을 도와준 방법은 이렇다. 모든 것이 날조되어 법정에 서기까지 유지길의 일본 측 변호사가 증거를 갖고 있는 치명적 알리바이를 발설 못하게 했다. 검찰 소장의 간첩행위 날짜(북한에 있었던 날짜)로 되어 있는 같은 시간에, 일본에 있는 다른 사람과 구체적으로 만나 돈을 지불하며 현장에 있었던 유지길 씨의 메모식 일기를 뒷받침하는 상대방의 영수증을 유지길 씨의 변호사가 확보하고 있지만, 이 알리바이를 보안사나 검찰에서 써먹어 버리면 보안사도 검찰도 그 알리바이를 무슨 수단을 써서라도 없애 버리거나 뒤집어 버린다. 진실은 금물이다. 유지길 씨의 일기장을 압수해 태워버리든가, 그 상대방을 협박해 잡아다가 입을 막든가, 그 변호사를 뒤처리하는 등의 무소불위의 협박을 해서, 모든 알리바이를 무효화 시키는, 전지전능의 권력을 잘 아는 김병진은 유지길 씨로 하여금 자신에게 가장 유리한 알리바이 한 개를 아껴두도록 유도한다. 진주는 돼지에겐 던져져서는 안 된다.

물론 둘 사이는 일본말은 잘 통하지만 일거수일투족만이 아니라 눈동자의 움직임까지도 고문실 감방 안에 있는 변기 위 CCTV로 총 감시 당하고 있는 터라, 화면을 가려 서서야 주고받는 우연한 눈짓으로의 소통이고 공모였다. 세상에 자신에게 유리한 알리바이일수록 절대로 아껴 써야 하는 사회도 있는가? 거짓말의 사회에서는 진실은 절대로 독이 된다. 기초가 거짓이면 계속 거짓으로 일관하는 사람끼리 살아야 한다. 검찰의 기소 내용은 물론 보안사의 수사 조서와 토씨 하나도 안 틀린다.

어쨌든 유지길 씨는 마지막 재판 때에야 이 치명적 알리바이를 일본의 변호사를 통해 터뜨렸고, 아무리 허수아비 사법부라 하더라도 외국의 변호사까지 개입한 이 백일하의 증거에는 조작간첩을 안 내어 줄 수가 없었던 것이다. 거짓 사회의 거짓 놀음의 핵심을 역이용할 줄 아는 김병진의 도움이 아니었더라면 유지길 씨 또한 이 알리바이조차 무효화시켜 낭비했을 것이 확실하다.

반공과 전쟁에서 비롯된 이 거짓의 버릇은 한국 권력의 기초이면서 한국 사회의 기초다. 중정과 보안사는 한국 권력의 탄생지였고 이런 탄생은 한국 사회 전체의 무늬를 결정해 버렸다. 이렇게 거짓에 기초한 민족의 전통은 자연과학에서조차 황우석을 낳았고 앞으로도 이 거짓의 안개가 걷히기까지는 수세기가 걸릴지도 모른다. 거짓을 사랑하는 민족, 거짓을 존경하는 민족, 거짓을 기꺼이 참아내는 민족, 온 민족이 합심해서 거짓을 기대하고 거짓을 즐기고 거짓이라는 불합리한 룰을 인간원죄의 게임으로 즐기는 이 사회는 그래서 영화 〈친구〉와 〈실미도〉를 국산영화 발흥의 계기로 만들어 냈다. 거짓 권력이 만들어 낸 그 조폭과 은폐와 격리와 생명경시의 미학인 〈실미도〉가, 그래서 거짓 사랑의 한국인답게, 오히려 엉뚱하게도 그 거짓 권력의 발생지인 박정희에의 향수로 번진 것은, 역시 거짓 없으면 못 사는 한국 관객의 빗나간 센티멘탈리즘이라 할 수밖에 없다.

김병진은 이런 일을 하다가 계약기간이 끝난 1985년 여권을 되돌려받은 이튿날 일본으로 도망갔고, 생을 두고 맹서한 대로 '보안사를 이 세상에서 매장하겠다.'는 자신의 맹서를 지켜 『보안사』라는 책을 써서 1988년 출판하고 할배의 나라를 영원히 등졌다.(김병진, 1988, 『보안사』, 소나무)

이 1983년의 거짓은 이보다 10년 전인 1973년 유신 때부터 이어받은 거짓이었다.

재심시대

"국가는 최종길의 가족에게 15억 5천만 원을 배상하라."

2010년 현재 대한민국이라는 국가는 총 20여 건의 재심 무죄판결을 거쳐 각기 수백억 원씩의 국가 범죄 배상지시를 내렸고 현재도 가짜 조작 간첩사건 20여 개가 수십 년 전에 사망한 옥사자나 또는 그 유족들에 의해 재심신청 중에 있다.

고 최종길 교수의 아들 최광준 교수(경희대 법대)는 국가 오판범죄로 사망한 피해자들을 자동적으로 민주화보상위원회에 회부하여 보상하는 것에는 반대한다면서 국가가 선친의 사망에 대해서 보상하는 액수는 모두 인권 관계 재단에 기증하겠다는 유족들의 뜻을 밝혔다.

인혁당 재건위 사형집행사건, 판결 18시간 만에 여덟 명을 한꺼번에 사법살인한 사건에 대해서는 종합 600여 억 원의 배상금을 가족들에 지급하라는 재심판결을 내렸고 유족단체는 이를 인권운동에 쓰기로 했다.

04

거짓의 뿌리

모두 이명영(전 성균관대 교수)이 평생을 바쳐 규명한 김일성의 근대사 위조 사실을 수십 권의 책으로 써 낸 저작들 속에서 요약한 내용이다.

박춘권(朴春權)인가
김응우(金膺禹)인가?

1866년 고종 3년 7월 11일 미국 상선 제너럴 셔먼호가 대동강을 거슬러 평양 만경대 밑에 정박했다. 비단과 천리경 자명종 등을 갖고 왔으니 조선의 쌀, 홍삼, 호랑이 가죽 등과 교역하자는 것이었다. 15살 고종 황제의 섭정 대원군은 청나라 이외의 어떤 외국인과의 교류도 국법으로 금하고 있는 터라 평양감영은 중군 이현익을 보내 셔먼호를 돌아가라고 설득하려 했다.

선장은 이현익을 납치하고 구경나온 평양시민들에게 대포와 소총으로 위협했다. 성난 군중은 돌을 던졌고 성내의 군인들도 쫓아 나와 총과 활을 쏘며 이현익을 돌려보내라고 위협했다. 셔먼호가 양강도까지 물러났을 때 평양감영의 퇴역장교였던 박춘권이 작은 배를 타고 대담하고 민첩하게 셔먼호에 올라가 억류되어 있는 중군(이현익)을 구출해 냈다.

그래도 셔먼호는 퇴거할 기색이 없더니 여울에 좌초되어 22일에는 근처를 지나는 민간인 배들을 약탈하기 시작하고 총을 마구 쏘아 살상자 12명을 냈다. 퇴역군인 박춘권이 나서서 많은 쪽배들에 장작을 가득 싣고 불을 질러 상류에서 셔먼호 쪽으로 흘려보내는 화선(火船) 공격법을 썼다. 셔먼호는 불에 타 물에 잠겼고 선원 18명 중에 수부장 토마스와 중국인 선원 한 사람이 배에서 뛰쳐나와 살려달라고 애원하므로 건져줬더니 성난 군중들이 난타폭행하여 배도 사람도 모두 타 죽었다. 한국 개항일인 일본과의 강화도조약 1876년의 꼭 10년 앞선 이야기다.

남북한의 모든 역사책들은 이 박춘권을 셔먼호 퇴치 유공자로 기록하는 데 공통이었다. 북한도 1968년까지는 그랬다. 그런데 1968년 백봉의 『민족의 태양 김일성 장군』이란 역사책에서 갑자기 박춘권을 싹지우고 그 대신 김응우란 이름을 넣었다. 김일성의 아버지 김형직의 아버지 김보현의 아버지, 그러니까 김일성의 증조부 김응우가 연대로 보아 1866년쯤에 20세 가까운 나이일 수 있었고 당시 만경대에 살고 있었으므로 김정일 후계세습구도의 필요상 김일성의 가계혈통을 만들어 낼 필요 때문이었다.

어쨌든 1968년의 백봉 이후 북한의 역사책은 모조리 박춘권을 없애고 김응우(金膺禹)로 조작해 넣더니, 1972년에 설치한 조선혁명박물관에는 들어서자마자 첫 전시실 정면 벽에 김응우가 횃불을 휘두르며 화선(火船) 전술을 지휘하는 벽화를 그려 셔먼호 퇴치의 증거라고 그림 설명을 써 넣었다.

둘째 전시실은 물론 혈통차례대로 아버지 김형직의 항일공산주의 창시 공적 전시실이다. 살아생전에 공산주의자들을 증오하여 자신의 한약방 약도 팔지 않다가 공산주의 테러에 죽은 아버지를 민족주의에서 공산주의에로의 한국 최초의 전향자로 만들어 전시했다.

위조에 최후 승자란 없다,
시간은 무한대

1945년 광복 이후 6 · 25 전쟁을 거쳐 1960년대 숙청을 끝내고 절대독재를 구축하기까지 김일성의 역사 조작극은 단번에 이루어진 게 아니라 쉼 없이 앞의 것을 고쳐서 좀 더 혁명적 가계로 만들어가는 와중에, 문제는 새것의 첨부가 아니라, 새것이 첨부될 때마다 앞의 것의 진실이 모두 오류(덜 조작)로 판명날 때마다, 그 앞의 책의 저자는 모두 혁명사상이 충분히 투철치 못하여 일찌감치 그런 조작을 창안해내지 못했다는 문죄(問罪)를 받게 되어 죽어 줘야 한다는 데 있다.

아무리 조작을 많이 해서 충분히 거짓말을 해 봐야 뒷사람이 좀 더 그럴듯한 조작에 성공하면 앞 책의 저자는 숙청 차례가 되기 때문이다. 새 책은 바로 그 앞 책의 과실(조작 미흡)을 서문에 쓰면서 시작되는 것이 북한 역사책들의 특징이기도 하다. 말하자면 조작경연대회에서의 마지막 승자는 없다. 시간이 갈수록 뒷 저자가 또 나타나기 때문이다.

최창익과 이나영의 두 가지 역사책의 관계도 그렇다. 1949년 10월 김일성종합대학 역사교재로 나온 『조선민족해방투쟁사』는 조선사편찬위의 백남운·박시형·김두용·최창익이 함께 나누어 쓴 책이다. 가장 중요한 공산주의운동(5·6·7장) 부분을 맡았던 최창익은 그때 이미 실권자로 부상했던 김일성을 의식했음인지, 화북 연안 등에서의 자신들의 투쟁을 마치 만주에서의 김일성 등의 투쟁에 고무되어 일어난 것이라고 거짓말(둘 사이 전혀 연락 없었음)을 했다.

최창익은 연안의 조선독립동맹과 조선의용군의 최고간부였다. 그러고서도, 아니 그랬기 때문에 그는 김일성의 소위 만주항일투쟁을 유일한 것으로 내세우지 않았다 해서 1956년 8월 종파사건 때 숙청당했다. 한 번 거짓말에 굴복하면 계속하지 않으면 안 된다. 1958년에 이나영(李羅英)이 『조선민족해방투쟁사』를 쓰면서 서문에 "최창익 등 반당종파분자가 분파적 목적으로 만주빨치산파의 항일무장투쟁사를 유일한 것이 아닌 것처럼 왜곡했다."라고 신랄하게 비판(이나영, 1958, 『조선민족해방투쟁사』, 조선노동당출판사, 3쪽)한 후 연안파와 소련파의 공산주의운동은 일체 없었던 것으로, 그리고 국내 공산주의운동에 대해서는 분파적 해독만을 남긴 것이라는 악평 한마디로 끝냈다.

오히려 거꾸로 화북 조선의용군은 팔로군의 군기라도 있었고, 임정의 한국광복군 역시 인민에 피해 준 적이 없으며, 김일성의 만주공산주의 운동과 동시대인 민족주의 쪽의 조선혁명군 역시 인민피해를 절대 주지 않은 데 비해, 김일성이 속했던 동북항일연군만이 약탈 방화 살인 등의 반인민 무력행동만을 일삼은 비정통 공산주의 집단이었음에도 그랬다. 그러나 이렇게 김일성 개인숭배 구축에 기여한 이나영도 남한의 영화감독 신상옥이 최은희에 이어 평양에 납치되어 탈출을 기도했다가 북에서 옥살이를 할 때, 바로 이 이나영이란 저자도 종신형을 받고 신상옥 감독과 같은 감방을 썼다는 기록을 보면, 이나영 역시 곧 이어 숙청당한 것을 알 수 있다.

1950년대 말을 기해 김일성보다 잘난 모든 공산주의자들을 숙청한 다음 1958년부터 유일 절대독재체제를 구축했다면, 1968년에 다시 한 번 더 큰 조작의 모험을 감행하는데, 백봉이 쓴 것으로 되어 있는 『민족의 태양 김일성 장군』이 그것이다. 앞에서 말한 박춘권의 동시대쯤을 살았을 증조부 김응우를 등장시켜 후계세습을 위한 혈통조작을 시작한 것이 바로 1968년의 백봉의 거짓말의 절정이다. 그러니까 역사 날조와 숙청과 독재구축은 세 가지가 함께 맞물려 있다.

해가 더할수록 거짓말도 덧붙여졌고 거짓말의 성공마다에 숙청이 뒤따랐고 북한의 역사는 점점 민족의 역사라는 진실에서만 멀어져 갈 뿐만 아니라 인민생활의 파탄과 정치적 문화적 비이성성을 더해 갔다. 그러니까 북한이 2010년 현재 전 세계에서 미친 나라, 우스꽝스런 나라, 소아병적인 나라로 통한다면 바로 이 거짓말들에서부터 싹을 키워 왔다고 보아야 한다.

이 이외에도 북한의 역사책들은 1968년 백봉 이후 김일성이 14세에 조직 영도했다는 ㅌㄷ동맹(타도제국주의동맹)을 조선공산주의 시발점으로 삼아 시대구분에 있어 현대사의 기점으로 삼는다든가, 만주벌에서 있지도 않았던 조선인민혁명군을 김일성이 1932년 4월 25일에 창군했다면서 1948년 2월 8일이었던 북한의 창군기념일을 실제로 4월 25일로 바꿔서 행사한다든가, 그리고 이렇게 1932년에 김일성이 만주에서 창설한 조선인민혁명군이 1945년 8월 9일 소련군과 함께 일본에 선전 포고를 하고 웅기 · 나진 · 청진으로 진공하여 조선을 해방시켰다거나 하는 기상천외한 서술들을 하고 있는데, 이들은 모두 1968년 이전까지 는 전혀 주장하지 않다가(또는 밝히지 않다가) 김웅우(박춘권) 건과 함께 1968년 이후 발간되는 역사책들에서는 별안간 일관되게 주장하고 나 선 것이다.

백봉이나 이나영처럼 개인 저자 명의의 역사책들이 아니라 『조선전사』나 『조선통사』 같은 수십 권짜리 북한 사회과학연구원 정사(正史) 책이나 『정치사전』 『역사사전』 같은 국가 공간물에서도 마찬가지이다. 소련 땅 브야츠크 88여단 밀영에서 태어난 김정일(소련명 유라)을 백두산 영봉에서 태어났다며 밀영까지 지어 사적으로 삼는가 하면, '은혜로운 햇빛'이며 '주체의 향도성'인 김정일의 빛이 한 번 비추기만 하면 천만 년 잠자던 바다가 육지로 되고 천길 땅 속의 금은보화가 소리 치며 달려나오고 장님도 눈을 뜨고 앉은뱅이도 일어선다면서 김정일(金正一)이었던 것을 1982년에 김정일(金正日)로 바꾸었다. 아버지가 태양을 이루어(成) 간다면 아들은 다 이루어진 태양 그 자체(正日)라는 뜻이다. 김일성은 고작 솔잎으로 배를 띄우고 솔방울로 총알을 만들며 가랑잎으로 압록강을 건너고 구름을 타고 적진에 들어가 무리죽음을 안기는 정도의 신통력에 비하면 아들의 그것은 천 배 만 배 더하다는 뜻이다.

김일성 5세 때 김일성전설 재미있게 들어

아무리 생애를 조작하고 역사를 날조하고 진실을 아는 사람들을 죽여 없앤다 한들 한 인간이 태어나서 자라서 정치하고 죽어 가기까지는, 더구나 어린 시절일수록 인간은 그 존재의 진실을 남에게 보일 수밖에 없게 되는 소위 '사회적 동물'이다. 아무리 김일성이라 한들 그 어린 시절과 숨겨둔 시절을 옆에서 지켜본 주변 사람이 없을 수는 없는 것이다. 그리고 그 주변 사람들은 시간이 갈수록 죽어 가고 줄어들게 마련이어서 늦기 전에 일찍 그들의 증언을 기록해 두는 게 역사 바로잡기의 지름길이자 시금석이 될 수가 있다. 김일성의 그 일을 맡고 나선 것이 전 성균관대 행정학과 교수였던 이명영이란 학자이다.

아무리 생애를 조작하고 역사를 조작하고 남의 생애를 빌려다 쓰는 사람이라 할지라도 그도 한 생물체여서 어려서는 남의 손에 의해 길러질 수밖에 없었고 커서도 사회망을 이루며 조작을 거듭해 나갈 수밖에 없다. 다시 말해 주위에 그의 진실을 아는 사람들을 흘리면서 사기 치는 수밖에 없다는 뜻이다. 아무리 경계를 잘 막아 그 경계 안에서만이라도 자신의 거짓말이 흔들리지 않도록 차단막을 잘 치더라도, 한국같이 식민지로 살았고 전 세계에 교민 난민을 갖고 있는 나라에서는 그 차단막 밖으로 진실의 정보가 새어 나갈 수 있는 여지는 있게 마련이다. 그리고 이런 진실의 정보들을 더 늦기 전에 주워 모아 그 조작들을 파헤치고 진실을 복구하려는 노력 또한 어느 구석엔가 있게 마련이다.

그 증인들도 모두 생물체여서 일정한 시간이 지나면 죽고 만다. 더 늦기 전에 이들의 증언들을 모아 진실을 복구해 놓으려는 학자는 남한에도 있었다. 바로 '김일성연구'만으로 일생을 보낸 전 성균관대 이명영 교수가 그다. 어려서 김일성과 함께 자란 사람들과 만주 벌판에서 함께 투쟁했거나 그를 잡기 위해 목숨을 걸었었다는 사람들을 찾아 남한 전역으로 만주로 일본으로 중국으로 발품을 팔아 김일성의 진실을 복구해 놓은 것이다. 그렇게 해서 써 놓은 책이 1974년 말에 신문화사에서 나온 『김일성 열전』이다. 출판되기 전에 중앙일보에 1974년 3월부터 9월까지 53회에 걸쳐 연재되기도 했던 다음 증언들은 이 책이 1974년 출판될 당시의 증인들의 나이이고 거주 주소이다.

현응수(82세, 서울 금호동 거주)는 3·1운동 보름 전인 1919년 2월 15일에 평양 근교 대동군 용산면 하리에 있는 창덕학교에 부임해 갔다. 당시 교장은 강돈욱 장로였고 4년제 초등학교였으며 학생은 50명쯤 되었다. 이 무렵 김일성은 외할아버지인 강 장로댁에서 자랐는데 취학 전이었고 현응수 선생이 강 교장집 안방에서 교장과 당시 떠돌던 김일성 장군에 대한 이야기를 나눌 때 일곱 살의 어린 김성주(金聖柱, 김일성의 당시 본명)는 강 장로의 무릎 앞에 앉아 김일성 장군의 이야기를 흥미 있게 듣곤 했다.

조의준(61세, 경제학박사 동국대 교수)은 창덕학교 3학년일 때 김성주는 4학년이었는데 학생 수가 적어 3~4학년이 같은 교실을 썼다. 사투리를 섞어 '성두'라 불렀는데 김성주는 성격이 쾌활하고 앞장서기를 좋아하는 편이었다. 성적은 중간 정도였던 성주는 5학년 때 만주로 다시 간 후 소식이 없었는데 광복 후 조의준 교수가 경영하던 평양동우고무 공업회사에서 기관장(보일러공)으로 있던 손흥석(김성주의 고모부)으로부터 평양에 온 김일성 장군이 김성주라는 말을 듣고 깜짝 놀랐다.

김장환(1911년생, 서울 성동구 거주)은 창덕학교가 있는 하리(칠곡)에서 5리 떨어진 조전리(팔곡)에서 통학했는데 김성주와 바로 같은 학년 같은 책상에 앉았던 짝이었다. 성주는 한복도 입었지만 가끔 중국 사람 다부자리 옷을 입고 왔으므로 '되놈아'라고 놀려주었다. 성주는 키가 컸으며 자기 외할아버지(康敦煜 교장)가 가르치는 성경과 한문과목을 흥미 없어 했다. 같은 반은 박경서ㆍ강영목ㆍ최정선 등 20명이었고, 한 학년 아래에 강윤삼ㆍ조의준ㆍ조사준 형제들이 있었다. 광복 후 평양에서 박경서를 만났는데 김일성 장군이 바로 김성주라고 해서 놀랐다. 박경서랑 한 번 같이 찾아가 보자 해서 평양 남산 밑 일인학교 근처에 있던 김성주의 관사에 갔더니 알아보더라. 1947년 4월에는 동창회가 있었는데 회장에 강양욱(김성주의 7촌 외조부, 조의준의 13년 선배), 부회장에 조의준이 뽑혔다. 월남한 창덕학교 동창은 조의준 박사 외에 김득원 장로(동급생, 현재 서울에서 상업), 조사준(동급생, 조 박사의 사촌 형, 서울 거주), 김형석 교수(5년 후배, 연세대 교수), 조권찬(10년 후배, 전 서울대 교수 체미중), 조계찬(12년 후배, 동아대 교수) 등이 있다. 당시 선생은 조삼준·전응원 등 모두 6명이었다.

이도일(79세, 부산 거주)은 만주 무송에 살 때 김성주의 부친 김형직의 이웃이었다. "나는 형직이(김일성의 父)랑 같이 백산무사단에 관계했었다. 단장은 김호란 사람이었다. 우리는 모두 순수한 민족주의자였다. 그런데 그때 공산당운동이 벌어지면서부터 독립운동 진영이 갈라지기 시작했다. 한의였던 김형직은 독립군한테는 약도 주고 치료도 해 주었으나 공산당은 아예 상대를 하지 않아 원한을 사고 있었다. 어느 날 밤 공산당들이 와서 분풀이로 형직이를 살해하고 말았다. 김성주(북 김일성)는 자기 아버지를 누가 죽인지도 모르고 지금 공산당을 하고 있는 것이다." 백산학교에 대해서는 자세한 사료가 나와 있다. 정의부계의 백산무사단의 단장은 김호였으며 무관학교여서 백산무관학교로도 불렸다. 김호의 본적은 함흥이며 1881년생인데 1907년 의병 때 북청 삼수 등에서 의거했다가 만주로 갔다. 북한에서는 김호의 백산학교 설립과 정의부가 교과서를 배포한 교육사업을 슬그머니 김일성의 아버지 김형직의 경력미화에 도용하고 있다. 공산주의자로 바꾸어서.

김일병(73세, 예비역 해군장군)은 1927년 독립운동의 거성 안창호가 길림에 와서 대강연회를 열 때 이 강연회의 허가와 사회를 맡아 본 사람이다. 안창호의 명성에 끌려 길림 인근의 각지로부터 수백 명의 한인들이 몰려들어 장소 관계로 연소자들은 입장이 불허되는 사태였다. 길림사범학교 영어선생이었던 김일병은 상해에 있을 때부터 도산의 사랑과 지도를 받았던 터이고 학교를 마치고는 길림에 와서 교편을 잡던 중이었다. 북한의 역사책에서는 김성주(당시 15세)가 이 강연회에 참석하여 안창호의 낡아 빠진 민족개량주의적인 연설을 반박하는 질문장을 냈고 단상의 안창호는 답변이 궁해 어쩔 줄을 몰랐다고 묘사하고 있다. 기가 차서 답변할 가치조차 없다.

문제의 핵심은 이랬다. 1945년 10월 14일 평양 공설운동장에서의 첫 개선환영식을 북김일성이 통과했다는 것이다. 조만식 등 민족주의 명망 기독교 독립운동가와 로마넨코 등 소련군정 지원자들이 늘어선 앞에서 김일성이 서투른 조선말로 떠듬떠듬 소련인이 써준 연설문을 읽어나가긴 했지만 어쨌든 1910년부터 5대에 이르는 여러 김일성들을 한 데 합쳐 독식하는 첫 거짓의 관문을 통과했다는 점이다. 통과가 아니라 억지로 억누르는 것이었지만 아무튼 이후 이 거짓을 탓하거나 눈치 챌 염려가 있던 사람들은 모두 죽였거나 남으로 내려오는 방법으로 북김일성은 이 모든 김일성들이 해 왔던 것 중에서 공(功)만을 혼자 차지하고 과(過)는 모두 떨어버리는 첫 장군 명칭을 얻게 된 것이었다. 한 번 거짓을 용인하면 열 번 거짓을 용인하게 되고 마침내 그 거짓들이 모여 바로 자기 목을 치는 것이다.

영주(英柱)는 성주(聖柱)의 동생, 성보(成甫)는 성주(成柱)의 동생

누군들 김일성이란 이름을 갖지 못하란 법은 없다. 누군들 '金聖柱'의 '聖' 자를 성현 '聖' 자에서 이룰 '成' 자로 바꾸지 못하란 법도 없다. 더구나 한국어 발음으로는 똑같은 '성' 자가 아닌가? 북 '金聖柱'의 동생들은 김철주 김영주 등의 끝 자 '柱' 자 돌림인데 반해서, 1대 김일성의 '成' 자는 金成柱 金成甫 金成植 등의 가운데 '성' 자 돌림의 작명체계였다는 것까지는 아무도 고증하지 않거나 누가 고증하더라도 아무도 따라 나서지 않을 것이기 때문이다.

다시 한번 문제의 핵심은 이랬다. 1907년 의병사건 이후, 그리고 1919년 3·1운동 이후 백마 타고 만주벌과 소련벌을 휘두르며 일본군을 퇴치하고 조선 땅을 해방시킬 것 같았던 김일성 장군의 이름은 식민지해방을 염원하던 조선인들에게는 그냥 집합명사였다. 일본육사를 나왔느니 함북 단천 출신이니는 틀려도 좋고 맞아도 좋다. 게다가 의

병대장 김창희(金昌希)의 별호도 '金一成'이고 보천보습격 金成柱 지대장(제6사장)의 별호도 '金日成'이었다. 북김일성 金聖柱도 18세 때 삼성학교 선생 최형우로부터 '金一星'이란 별호를 지어 받았고, 1대 김일성이라 할 수 있는 동북항일연군 제6사장 밑에서 보천보습격에도 함께 참가했을 수도 있고 그가 죽은 후 2대 김일성인 제2방면장 김일성 밑에서도 함께 조중국경과 소만국경을 드나들었다.

소련 하바로프스크 88여단에서 2방면장 김일성은 1944년에 죽었고 북김일성은 소련 KGB의 전신인 게페우의 훌륭한 요원으로 인정을 받아 88여단에서 가장 똑똑한 제1대대장으로 있다가 광복을 맞아 소련의 앞잡이 노릇에 가장 적격인 김일성 장군으로 1945년 10월 14일 평양 공설운동장에 나타난 것이다. 소련 상선 푸카초프호를 타고 한 달 전인 9월 19일에 원산에 도착했지만 이런 일련의 물밑작업을 소련군정 당국과 함께 조절한 뒤 10월 14일 처음으로 군중 앞에 나타나 커다란 저항(너무 어리다는 가짜설)을 받았지만 아무도 감히 어쩌지는 못했던 것이다.

의병 장군 김창희(단천 출신)의 의병 활동과 일본육사 출신 김광서(金光瑞)란 김일성 장군의 시베리아와 만주에서의 항일전은 1920년대(북김은 1912년생)와 1930년대의 동아일보와 조선일보 · 매일신보 · 경성일보 등에 많이 보도되어 있다. 시베리아 눈밭에서 샛별을 바라보며 지은 시까지 곁들여서. 그러나 이 김광서 장군은 일본육사를 나오고 일본 기병대 소위로 있다가 3 · 1운동 때 마음의 변동을 일으켜 서울에 와서 술독에 빠진 척 기생집에서 위장하다가 김경천이란 이름으로 이청천 · 윤동천 등 삼천의 의형제를 맺고 만주신흥무관학교에서 학생들의 인기를 모아 전성기를 이루었다는 기록은 분명하지만, 김광서가 김일성이란 이름을 가졌다는 기록도 없어서 신흥무관학교를 연구한 서중석이나 기타 이 시절 만주의 조선독립운동을 연구하는 서적들에도 단순히 김광서로만 등장하지 그가 곧 전설의 김일성이라는 기록은 없다.

다만 전설 속의 김일성이 백마 타고 축지법을 쓰는 일본육사 출신이라는 전설 내용으로 보아 기마병의 특출한 애국자였던 김광서밖에는 전설의 주인공으로 될 만한 사람이 없다는 짐작일 뿐이다. 아니 그러니까 김일성 장군은 실제로는 있었든 없었든 식민시기 한국인의 마음속에는 유일하게 탈출구를 내다보려는 조급한 마음에서 집단적으로 염원해 낸 주관적 필요가 가장 큰 요인이었을 수도 있다. 그만큼 식민지 수탈이 가혹했고 터널 끝은 보이지 않던 시절 민중의 가공물일 수도 있다.

그럼 김일성 연구가나 아시아 공산주의 연구가들이 왜 모두 가랑잎으로 압록강을 건너시고 김응우라는 증조부가 박춘권을 지도했다는 신화는 믿지 않으면서도, 북김일성의 보천보습격이나 '金聖柱'의 본명이 '金成柱'라는 데 대해서는 약속이나 한 듯이 국내외 학자를 막론하고 모두 인정하고 받아들이는 것일까? 그것은 보천보 1대 김일성 '金成柱'의 사촌 형 金成甫의 체포기록(일본내무성경보국 특고월보 1940년 4월호 201쪽. 사촌 金成柱가 김일성에게 독립군 군자금을 댔다는 죄로 체포된 기록)을 놓쳤거나, 또는 북김일성이 가장 내세워 역사적 사적물까지 지어 놓고 학생들과 모든 주민들에 순례까지 시키는 보천보전투까지 북김일성으로부터 제거해 버릴 경우 자신들의 연구 내용 중 목적이 너무

초라해지거나 또는 뒤늦게 과오를 인정하기에는 자신들의 남은 인생이 너무 짧다는 탄식 때문이다.

광복 초기로서는 분명한 사회주의의 희망이요, 남한에 비해 친일 문제 해소나 토지개혁 등 반봉건개혁에서 분명히 앞서가고 있던 북김일성을 그런 희대의 사기꾼을 만들어 가지고는 자신들의 연구를 어떤 방향으로 이끌어야 할지가 절망이기 때문이리라. 그런 데다 일만군경의 만주공비토벌이 워낙 가혹했고, 여기서 살아남으려는 항일유격대나 토비들의 대응 작전 역시 너무도 동물적이어서 일본 경찰기록에서조차 혼동을 불러올 만한 역(逆)정보들이 난무했던 것을 오늘의 연구자들이 어떤 방향으로 믿어주느냐의 문제도 개재해 있다.

1대 김일성 동북항일연군 6사장의 보천보습격이 있던 1937년 6월 4일 사건 이후 그해 11월 13일 양목정자(만주 무송과 안도의 중간 지점)에서 전사한 것을 목실험(주민이나 부하를 불러 시체얼굴로 신원확인하기) 했던 만주국군이란 관동군과 만주군경의 기록의 八木春雄(일본 구주 博多市 거주)을 이명영이 찾아갔을 때 八木은 조총련 유광수의 명함을 주면서 "이 사람이 명함 한 장만을 남기고 내가 만들어 가지고 있던 김일성의 스크랩과 나의 목실험 기록 및 사진들을 모두 복사하고 돌려주겠다고 가져간 후 소식이 없다."라고 안타까워했다는 것이다.

북한은 새 증빙자료를 구하는 것도 문제였지만 반증자료를 지구상에서 없애는 것이 더 시급한 국가 문제여서, 이명영이 가는 곳마다 한 발 앞서 유광수가 대청소를 하며 다녀간 것을 알고 아쉬워했다고 한다. 일부러 흘리는 역정보도 난무했지만 능력부족에서 오는 오(誤)정보도 난무했다. 이런 오정보나 역정보가 북김일성의 생애조작에 크게 도움이 됐음은 물론이다. 조선총독부 고등법원 검사국 사상부가 계간으로 발행한 「사상휘보」의 제20호(1939년 9월호)에 수록되어 있는 '함경남도 국경지대 사상정화 공작개황'이란 기록이 그것이다.

이 기록은 혜산사건 개요의 설명에 있어서 보천보습격의 지휘자였던 동북항일연군 제1로군 제2군 제6사장 김일성에 관해 "김일성의 신원에 관해서는 여러 가지 설이 있으나 본명 金成柱, 당 29세, 평안남도 대동군 고평면 남리의 출신으로 어릴 적에 실부모를 따라 간도지방으로 이주, 동 지방에서 성인이 되어 匪團에 투신한 鮮人이란 것이 가장 확실하며 현재 그의 실모는 생존하고 있다."(8~9쪽)는 기록이다.

제6사가 속해 있던 동북항일연군 제1로군은 1938년 여름 간부 대원 수백 명을 잃었으므로(사살, 검거, 투항으로 인한 인력 손실) 1939년 초 제1~2군을 통합개편하여 제1·2·3방면군으로 편제를 바꾸었는데, 이때 죽은 6사장의 후계자가 된 또 다른 김일성은 증강된 김일성 부대를 이끌고 다시 장백현 일대에 출몰했다. 말하자면 동북항일연군내에서 6사장 김일성을 1대 김일성이라 한다면, 2방면장 김일성을 2대 김일성이라 할 수 있고, 이 두 김일성부대장의 부하로서 이 두 부대에 모두 속해 있던 부하 북한 김일성은 3대 김일성이라 칭할 경우 이들 3명 김일성의 서로 다른 정확한 신원은 다음과 같이 정리할 수 있다.

【 1 · 2 · 3대 3명 김일성들의 인적 사항 】

	생몰년 출생지	직위	본명 호명	최종학력	대표전투	사진 유무
1대	1901 1937 함경남도	6사장	金成柱 金日成	모스크바 공산대학 졸업 후 소 적군 입대	보천보습격	없음
2대	1906 1944 간도	2방면장	金一星 金一星	만주용길현 대성중학교 후 소련적군사관학교 후 소련극동군장교	1930.5.30 폭동 1939년 장백현 반재구 처 김혜순 체포됨 40년 前田부대교전 동영 영안전투 후 소련 입국	사진 여러 장 일본 경찰 보관
3대	1912 1994 남리	6사와 2방면군 부대원 또는 지대장	金聖柱 金一星	하리 창덕학교 3·4·5 학년 후 만주 화전 화성의숙 중퇴 봉천 평탄중학 중퇴 길림 육문중학 중퇴	마골단소년대원 고유수 이종락부대원 길흑농민동맹 무장대원 연군 6사대원 김일성부대 대원	많음

__ 거짓의 두 왕국, 북한은 남한에게 무엇인가?

북한 역사책에 기록된
김일성 수령의 생애기

1. 1912년 평안남도 대동군 고평면 남리에서 태어남.

2. 동북항일연군에서 6사장을 지냈고 제2방면군장도 지냈으며 따라서 1937년 보천보습격도 했고 마에다(前田)부대와 교전도 했고, 동영 영안전투 등 특수전법을 창안하여 백전백승했고, 조선인민혁명군을 만주에서 1932년 4월 25일 창설하여 1945년 일본에 선전포고를 했고, 일주일 동안 웅기 · 나진 · 청진으로 진공하여 북조선을 해방시켰음.

3. 제2방면군장이었던 2대 김일성도 북김일성 자신이었다고 하면서 그러나 그 2방면장의 처였던 2방면군 여성부장 김혜순 역시 북김일성의 처라고까지 위조하지는 못하고 그냥 언급 없이 끝냈더니, 1991년 『한국전쟁의 기원』을 썼던 시카고대학의 브루스 커밍스 교수는 고려대

학교 북한학과 교수 남성욱이 번역한 『김정일 코드』(North Korea:Another Country)라는 책에서 "북한 김일성 수령의 첫 번째 부인은 김혜순이었다."(번역판, 39쪽)는 실수를 하게 했다. 다시 말해 위의 1대 2대 김일성이 이루었던 모든 전투 공적들을 모두 3대인 자신이 했다고 도용하면서도, 그 두 김일성들의 부인들까지 자신의 부인이었던 것처럼 가져 오기는, 그 자녀들 김정일 등의 증거물들을 보아서도 불가능한 일이었으므로, 이들 두 김일성들의 부인들에 관한 문제는 언급을 피했던 것인데, 북한의 이런 기록들을 모두 씌여진 대로 번역된 대로 곧이곧대로 믿었던 브루스 커밍스는 조심성 없게도 "북한 김일성의 첫 부인은 김혜순이었다."라고 실수를 한 것이다. 세 명의 김일성을 한 명의 북김 수령으로 보았으므로 세 명들의 처들도 모두 북김의 처가 될 수밖에 없었는데 유리한 것만 믿고 불리한 것은 피했어야 하는 북한학의 대원칙을 이 외국인 학자가 터득하지 못했던 셈이다. 가랑잎으로 압록강을 건너던 기록은 믿지 말고 보천보전투만을 골라서 믿었어야 하듯이.

김혜순은 1939년 5월의 반재구 습격 때 중상을 입은 남편 2대 김일성과 헤어진 후 1940년 4월 6일 함경남도 압록강 건너 13도구의 서강성 북쪽 백암이란 곳에서 일만군경 장도(長島)공작대에 의해 체포되었는데, 함북 태생인 그녀는 제2방면군의 여자청년부장이기도 하여, 체포 후 그를 체포한 長島玉次郎 씨 집에서 그 부인과 절친하게 기거한 적도 있다고, 長島 씨는 1971년 2월 이명영이 일본 佐渡島 그의 집에서 만났을 때 증언했다. 長島 씨는 또 당시 이 2대 김일성을 잡기 위해 그 사진들을 어렵게 밀영습격에서 수집하여 상부에 보고한 것이 오늘

__ 거짓의 두 왕국, 북한은 남한에게 무엇인가?

날 2대 김일성의 사진들만이 역사에 남게 된 원인이 되었으며, 長島씨 자신도 그 김일성과 여대원들이 같이 찍은 사진 한 장은 갖고 있었는데 이 역시 2년 전에 조총련 유광수란 청년이 찾아와 복사하고 돌려주겠다고 가져간 뒤 무소식이라며 아쉬워하더라고 했다.

북한은 이 사진과 함께 이 2대 김일성의 안경 낀 사진을 갖고 있으나 안경 낀 사진만 희미하게 인물배치를 재조작해서 평양혁명박물관에 걸어놓고 이것이 북김의 만주항일연군 시절 얼굴이었다고 거짓말하고 있으나, 그 김일성과 김혜순이 같이 찍은 여대원들 사진은 몰래 갈취해 가긴 했지만, 전혀 감추고 내놓지를 못하고 있다. 전혀 다른 남자의 다른 부인 사진이기 때문이다.

4. 북한 역사책들은 이 세 명의 김일성들의 전투 공적은 모두 도용했으나 이들의 최종학교나 학력 등은 사칭하지 못했다. 1대 김일성은 모스크바 공산대학을 졸업했고, 2대 김일성은 소련적군사관학교를 졸업했으나 북김은 만주 길림 육문중학 중퇴가 최종학력이기 때문이다. 소련의 위 두 대학은 졸업생 명단의 조회가 가능할 뿐만 아니라 북김도 소련의 증거는 무서워 했기 때문이었을 수도 있다. 한반도 안에서만 별별 거짓말과 갖은 잔혹한 짓을 다 할 수 있었지만 국외로는 한 발짝도 나가 본 적이 없는 겁쟁이였다고나 할까.

자, 이렇게 세 사람을 녹여 한 사람으로 만들어 놓은 희대의 추리극을 연출해 낸 세 김일성들이므로 위에 언급한 조선총독부 고등법원 검사국 사상부 「사상휘보」 20호(1939년 9월)의 기록사건도 발생할 수 있

217
4. 거짓의 뿌리 _

었던 것이며, 북김도 역시 이런 사건의 혼동경험에서 용기를 얻어 소련과 야합하여 김 장군의 시대를 모작해 낼 수 있었던 것이다. 이 20호의 제6사장 신원에는 죽은 6사장 김일성(金成柱)과 1939년 활약중이던 제2방면군장 김일성(金一星)과 그리고 그 부대의 대원이었던 북한의 김일성(金聖柱) 등 세 명의 신원이 섞여 있었던 것이다.

1937년 11월 13일 죽은 1대 김일성의 목실험까지 확인했으나, 1939년 다시 2대 김일성부대가 국경지대를 출몰하자 1대의 죽음을 다시 반신반의하기 시작했는데, 이때는 연군이 소부대 활동들을 할 때 김일성부대의 모든 소부대들이 각기 김일성부대란 부대명을 공동으로 썼으므로, 더구나 북김은 그때 제2방면군(대원 150명 내지 200명)의 단장(대원 60명)이거나 연장(대원 20명)이었으므로 그의 소부대 활동 역시 김일성부대라 불렸음도 전혀 거짓이 아니었다. 대부분 문맹이었던 동북항일연군 내에서 그나마 중학 중퇴라도 했고 영리하고 잔혹하고 앞장서기를 좋아하던 북김이 단장이나 연장이었음은 물론이다. '그만하면 김일성부대장이 맞구먼! 그냥 김일성 장군이라 불러서 무슨 큰 차질이 있겠느냐?'라고 생각할지 모르겠고, 또 '그냥 그 무렵 그 부대원으로서의 정당하고 떳떳한 자신의 신분을 밝혔더라도 오늘의 북김일성의 자격이 무에 격하될 게 있느냐'고 할지도 모르겠지만, 엄연히 살아 활동했던 두 선배 상관 김일성들을 없애 버렸고, 그로 인해 많은 역사적 사실들을 왜곡할 수밖에 없었던 북김은 역사날조범일 수밖에 없고, 두 김일성의 복권이나 명예회복이 아니라 존재회복이 시급한 입장이다.

「사상휘보」 20호가 나오던 1939년 무렵 만주국의 한인 치안관계자들의 정보망에 "제2방면군장 김일성은 평남 대동군 고평면 남리 출신인 金聖柱가 바로 그 사람이다."라는 정보가 들어 왔었다. 이 정보에 입각하여 간도성 차장 유형순(韓人)은 안도현 조선인민회장이며 안도현 신찬대(동북항일연군에 대한 의용전투경찰대) 대장인 이도일(李道日)에게 지시하여 김성주의 가족을 데려오게 했다. 이도일은 앞서 북김의 아버지 김형직이 공산주의자에 살해되었음을 눈으로 보았던 이웃(만주 임강무송)이며 친구였다. 이도일은 또한 1937년 봄에 동생인 안도현 전투경찰대장 이도선(李道善)이 산에서 동북항일연군의 소년대원 김영주(金英柱, 북한에 살고 있는 金聖柱의 동생)를 체포해 오자 옛 친구의 아들이라 해서 김영주(현재 북한 거주)를 자기 집에 두고 보호순화해 주다가 후에 신경(新京)의 일본인 상점에 사환으로 취직시켜 줬던 사람이기도 하다.

유형순의 지시를 받고 이도일은 신경에 가서 김영주를 유형순에게 데려다 주었고 평양에 가서 평남 경찰부의 협력을 얻어 김성주(金聖柱)의 조모도 유형순에게 데려다 주었다. 김성주(金聖柱)로 오인된 2방면군장 김일성의 투항공작을 실시했으나 성사할 리 없었지만, 평양 근교 남리에서는 이 집 출신 김성주가 바로 유명한 김일성 장군이더라는 소문이 나기에는 충분했던 것은 물론이다.

김일성전설

강제합병 당하는 민족국가를 구원해 줄 초능력 영웅의 기적을 기대하는 민중의 염원이 김일성이란 명성을 스스로 만들어 낸 것은 이미 대한제국 군대가 강제 해산되고 전국적으로 의병운동이 일어나던 1907년부터였다. 그러니까 북한 김일성 주석이 태어나기 5년 전부터다. 의병 장군 중에서도 김창희(金昌希)는 1888년 함남 단천에서 태어나 1907년 조선군대가 일본에 의해 강제 해산당하자 함경도 일대에서 의병투쟁을 일으켜 유격전을 벌이다 김일성 장군이란 이름을 남긴 채, 드디어 한일합방이 정식으로 이루어진 1910년에 백두산 산악지대로 유격근거지를 옮겼다. 이후 계속 한만국경에서 무장 활동을 하다가 38세가 되는 1926년에 만주에서 죽었다.

전설의 김일성이 단천 출신이란 바로 김창희가 김일성이란 별명으로 백두산에서 무장 활동을 해 온 데서 기원했지만, 정작 백마 타고 축지법을 썼다는 초능력 김일성의 이름은 바로 그 김일성이 일본육사 기마병 출신이라는 전설답게, 구한말에 일본육사에 들어갔다가 한일합방 직후 육사를 졸업하고 3·1운동 때 일본기병대를 탈영해서 만주로 이청천 등과 함께 몰래 망명했던 김광서(金光瑞)의 기마 활동을 중심으로 부활한 명성이다. 본명은 김현충이고 일본육사 시절 이름은 김광서이며 로만(露滿) 국경에서는 김일성이라 불리던 이 사관생도는 당시 일본육사 아래위 동기생들로부터 모두 김광서가 바로 김일성이란 증언들을 하기에 이르렀는데, 한때 사그러들었던 김일성이란 명성이 1920년대 전반부에 다시 살아나 서울의 중앙지에 김광서의 시베리아 설경 속의 생활이 자주 보도된 것도 바로 이때다.

그는 육사 시절부터도 장래를 기약하기 위해 단체사진을 찍을 때도 모자를 푹 눌러쓰고 얼굴을 가려서 못 알아보게 했고, 유일한 사진이 졸업사진으로 찍은 자신의 백마와 함께 찍은 사진인데, 육사 후배들을 이끌어 의선회(宜宣會)라는 조선인단체를 이끌다가 3·1만세사건 직후 일본 마포기병대에 병가를 내서 서울로 온 후 이청천 이응준 등과 만주로 탈영하기로 밀의를 했던 것이다. 김광서 역시 김창희와 똑같은 1888년생이지만 단천 출신이 아니고 같은 함남의 북청 출신이며, 한일합방 직후인 1911년 육사 23기 기병과로 졸업하여 마포연대에서 중위로 승진하고, 3·1운동이 일어났던 1919년에 병가를 내어 서울 사직동에 머물다가 이청천 등과 만주로 가서 신흥무관학교 교관 때 소위 남만 삼천(김경천, 이청천, 신동천)의 명성으로 독립군 양성기관인 신흥무관학교의 명성을 높혔다.

망명시각부터 이름을 김경천으로 변성명했던 김광서는 그러나 무기

구입 루트를 개척하기 위해 소련으로 들어갔다가 소만국경과 조만국경에서 백마 타고 축지법 쓰는 김일성으로 명성은 남겼지만, 스탈린에 의해 1937년 중앙아시아 카자흐스탄으로 강제이주 당했고, 끝내 공산주의자가 될 수 없어 두 번이나 소련감옥에 투옥되었다가, 드디어 광복 직전 스탈린에 의해 죄수부대 사단장으로 독소전쟁에 참가했다가 소모품으로 전사했다. 그러니까 김일성이란 전설 뒤에는 그 많은 의병장들과 그 많은 독립군들과 그 많은 망명학교들과 그 많은 조선인 일본 육사생들의 한많은 선택과 불꽃 같은 목숨들이 엉켜 있는 기나긴 집단적 명성이 있었다. 이 모든 집단명성들을 북김 혼자 독식해서 역사를 그르쳤을 뿐만 아니라 수백만 인명을 살상했던 것이다.

북한 김일성 주석의 정치적 자산의 뿌리는 만주(동북)항일연군 시절의 빨치산 경험에 있다. 동북인민혁명군은 1933년에 개편하여 동북항일연군이라 개칭했는데, 김주석은 20대 중반 이 잔여부대가 소련으로 이동하기까지 이 빨치산부대의 산하대원으로 있었던 것은 맞다. 그 속의 김일성부대의 성원이었던 것도 맞다. 그러나 이름이 남을 만한 간부는 아니었으므로 그의 이름을 기리는 문헌이 남기에는 그는 아직 간부가 아닌 부하였고, 소련으로 피해 간 뒤에야 소련 첩보부대인 브야츠크 88여단에서 제1대대장 등 두각을 나타내기 시작한 것이다.

이 정도의 경력을 그대로 드러내면서 조선민주주의인민공화국을 창설하고 다스리기에는 혁명전통의 경력이 부족하다고 생각했는지, 그는 당시 중공당의 지시하에 조선인 부대원을 대부분으로 했던 동북항일연군 제2군을 자기가 거느렸던 조선인민혁명군이란 독립적 명칭으로, 문헌에도 역사에도 없었던 군대 이름을 지어내며 중공간부들이 행했던 전투들을 모두 자신이 계략하여 진두지휘하여 이루어 낸 양, 중국 기록을 위조하기 시작한 것이다.

이런 혁명전통 만들기는 조선인민공화국 초기부터도 시작되었지만 더구나 1974년 이후부터 아들 김정일을 후계자로 만들 수밖에 없다는 결론에 이르자, 자신의 조상까지 애국항일독립운동가로 만들어 혈통에 따른 대 잇기라는 봉건적 속임수까지 쓰게 된 것이다.

같은 날, 같은 곳, 같은 전투를 서로 자기가 지휘했다니?

1931년 9·18 만주사변 이후 중국공산당 중앙에서는 만주에 당원을 파견하여 항일연군으로 하여금 일만 군경들과 싸우게 했고, 이때의 열사들을 기리는 기록은 뒤늦게나마 1980년대에 만주지방 중공당에 의해 책이 발간되어 나오기 시작했다. 흑룡강성 사회과학원 지방당사연구소 동북열사기념관이 1981년에 펴냈고, 임영수·허동찬 등이 일어로 번역하여 1983년 일본 성갑서방에서 나온 『만주항일열사전』(제1권-동북항일연군 제1로군)이란 책 등이 그것이다.

이 책에는 만주(동북) 항일 시절 몸 바쳐 싸운 열사들 20여 명의 전투공적들과 그들의 장렬한 최후가 적혀 있는데 북한 김일성은 이들 중공당 사단장들이나 또는 중공당원이었던 조선인 간부들의 전투행적들을 고스란히 자신의 혁명전통(전투경력)으로 도용하는 수법으로 세계에 다시없는 백전백승의 노장으로 인류를 이끌 영도자로 표현하는데, 이들의 전투기록을 끌어다가 자신의 전투경험으로 묘사해 놓고 있는 것이 바로 북한의 김일성 혁명역사이고 민족의 태양의 경력 내용이다.

그러다 보니 이 세상에 없었던 새로운 전투나 유격근거지를 만들어낸 것도 있지만, 대부분은 이미 다른 장령들에 의해 빛났던 전투행적을 훔쳐오거나 빌려오는 수밖에 없었다. 중공이나 소련이 영원히 이런 기록들을 출판하지 않을 줄 알고 훔쳐 온 것이 최근에 중공과 소련이 마음을 바꿔 기록을 쏟아내기 시작하자, 김주석의 거짓말 제작소는 백일하에 마각을 드러내게 된 것이다.

예를 들어 다음의 동장영(童長榮)이란 동북항일연군의 열사와 왕덕태(王德泰)라는 장군의 전투기록을 북한이 그들의 역사에 김주석이 했다고 모든 역사책에서 가장 빛나는 전공으로 내세웠을 뿐 아니라, 바로 북한 인민군의 창군기념일이라고 기리고 있는 조선인민혁명군이라는 가공의 창설일자까지도 바로 이런 중공군의 구체적 전투날짜를 훔쳐온 날짜들인 것이다.

동장영(童長榮)은 대련시 당서기였다가 1931년 만주사변이 나자 동만특위 서기로 중공당중앙에 의해 파견되었다. 동 12월 16일 명월구회의를 열어 '일제의 만주강점을 반대하는 선언'과 '전만 조선인 노동자 농민 학생 및 일체의 노력대중에 격함'이란 긴급결의를 채택하여 예하 조직에 통보했다. 북한의 역사책은 김일성이 이 회의를 소집했고 김일성이 '일제를 반대하는 무장투쟁을 조직 전개할 데 대하여'라는 연설을 했다고 그 내용을 적고 있으며, 김일성이 동장영을 지시하고 가르쳤다고 기록하고 있다. 동장영은 김일성보다 5살 위이며 1925년에 중공당의 파견으로 일본에 유학하여 일본제일고등학교를 거쳐 동경제국

대학을 다닌 사람이다.

북한의 역사책은 김일성이 이 명월구회의에 따라 안도(安圖)에 가서 안도반일유격대를 조직했고 그것이 나중에 조선인민혁명군이 되고 광복 후에는 북한에 들어가서 조선인민군이 되었다면서, 북한은 아직도 인민군창설기념일을 이 1932년 4월 25일로 기념행사하고 있다. 그러나 중공당의 기록들은 이런 모든 북한 기록들을 완전히 부인하고 있다. 중국의 하얼빈의 흑룡강성 혁명박물관의 벽면 가득히 전시되어 있는 항일유격대 조직서열표에 의하면, 1932년 4월 25일(북한 조선인민군의 창설기념일임에 주목하라.)에 안도반일유격대를 조직영도한 사람은 이영배(李英培)로 되어 있지 김일성의 이름은 어디에도 없다.

뿐만 아니라 안도유격대에 앞서서 그 해 3월에 왕청유격대가 먼저 조직되었다는 것과 그 대장이 양성룡이란 것도 명시되어 김일성의 만주 최초의 안도유격대설을 전면 부정하고 있다. 위 책을 일본어로 번역하면서 역자들은 각기 소왕청전투를 영웅적으로 이끌었다는 동장영과 김일성의 전투기록을 하나의 표 속에 병렬시킴으로써 같은 전투를 같은 시간에 같은 장소에서 각기 다른 사람에 의해 치러졌다고 한다면 두 기록 중의 한 개는 가짜가 아니겠느냐는 취지의 역주를 달고 있다. 왕덕태의 무송현성공격전투와 김일성의 무송전투도 마찬가지이다. (흑룡강성 사회과학원 지방당사연구소 저, 임영수·허동찬 역, 1983, 『만주항일열사전』, 일본 성갑서방)

김일성의 만주열사
전적(戰績) 도용기

아래의 도표는 북김일성이 동북항일연군의 동장영과 왕덕태 두 장군의 전투 공적들을 똑같은 시기 똑같은 장소에서 장군 이름만 바꾸어 위조해 놓은 전투상황도이다. 흑룡강성 혁명박물관에는 물론 동장영과 왕덕태의 전투만 기록되어 있을 뿐, 김일성이나 김성주의 기록은 전혀 없다.

【 중공당 동장영 열사와 북김일성의 소왕청전투 서술 비교(124쪽) 】

장령이름	동장영(중공 동만특위 서기, 26세)	김일성(북한 주석, 21세)
연월일	1933년 3월 30일 시작	1933년 4월 일시 없음
장소	소왕청	소왕청
지휘부 소재지	소왕청	소왕청
적의 병력	3천여 명	수천 명
적 전사자 수	3백여 명	4백여 명
획득무기류	총기류 259정, 추격포 4문, 탄환 2만여 발	언급 없음

【 중공당 왕덕태 군장과 북김일성의 무송현성공격전투 서술 비교(131쪽) **】**

장령이름	왕덕태(중공항일연군 제1로군 부총사령 겸 제2군장)	김일성(조선인민혁명군)
연월일	1936년 8월 17일	1936년 8월 17일
공격장소	송수진 무송현성(동산포대 소남문)	송수진 무송현성(동산포대 소남문)
인솔병력	1천여 명	1천8백여 명
연합대상군	반일산림대	반일부대
반일연합부대 퇴각장소	동변 북변	동문 북문

선명한 사진보다는 흐린 사진을 원본으로 삼은 까닭은?

가장 확실한 거짓말, 그래서 가장 추적하기 쉬운 위조 과정은 사진합성 과정이다. 위의 3대에 걸친 세 명의 김일성들은 2대 김일성(제2방면군장)만이 세 장의 사진을 남겼을 뿐, 1대 6사장과 3대 북 김주석은 빨치산 시절 사진을 한 장도 남기지 못했다. 2대 김일성조차 도 밀영을 급습했던 일만군경 토벌대장이 이미 도망가 버린 김일성부대의 밀영을 뒤져 사진들을 압수했으며 이를 상부에 보고한 것이 김일성 수배의 수단으로 전군에 배포되었던 것이었다.

2대 김일성은 세 장의 사진을 남겼다. 하나는 여성부장(2대 김일성의 처 김혜순)과 여성대원들과 김일성이 함께 찍은 사진이고, 다른 하나는 근시의 작은 키였던 김일성이 다른 남자대원들과 서서 찍은 사진이고, 마지막 하나는 김일성이 상관인 위증민과 오성륜과 이 세 명의 소년대원들과 다른 대원들이 앉아서 찍은 사진이다. 그런데 김일성이 서서 찍은 사진은 조도(照度)가 알맞아서 보통 정상적인(얼굴 알아볼 수 있는) 사진이었지만, 앉아서 찍은 사진은 필름에 햇빛이 들어 허옇게 된 흐린 사진이다. 북한은 이 흐릿한 사진을 원본으로 선택하고 세 단계의 합성 위조 과정을 거쳐 이 위조된 두 종류의 사진들을 모두 각기 다른 책들에서 다른 연도에 북한 김일성의 빨치산 시절 사진이라고 전시했다. 한 번에 위조한 것도 아니요 세 번에 걸쳐 삼중 위조하면서, 그리고 이 두 위조 사진을 한 번의 용도에 쓴 것이 아니라 두 번에 걸쳐 각기 다른 책과 박물관전시에 사용했기 때문에, 그 증거들이 현재 모두 출판물과 전시물에 현물로 나타난다.

　다음의 네 장의 사진 중 김일성(X표)이 서 있는 사진 1은 2대 김일성의 안경 낀 얼굴이 너무 선명하여 북김이 자신이라고 속이기에는 적절

【 사진 1 】 김일성(제2방면군장, 2대)이 서 있는 사진(뒷줄 가운데 안경 낀 사람)

치가 않아서 위조에 채택되지 않은 사진이다. 그 다음 사진 2는 2대 김일성이 앉아서 찍은 사진인데 필름에 햇빛이 들어가 김일성(X표)의 얼굴이 흐릿해서 북김이 자신이라고 위조하기 좋게 불분명해서, 이를 북김의 앉아 있는 모습이라고, 북김의 유일한 빨치산 시절 사진이라고 전시했다.

【 사진 2 】 김일성(제2방면군장, 2대)**이 앉아 있는 사진**

등장인물은 모두 13명인데 5는 2의 소년병이고 6은 3의 소년병이며 4는 1의 소년병이다. 다리를 꼰 5와 6은 1의 상관들이다.

【 그림 1 】 위 사진 2의 인물배치번호도

【 사진 3 】 백봉의 『민족의 태양 김일성 장군』 책에 실린 북김의 '빨치산 시절 사진'이라 설명 붙은 위조당한 2대 김일성 제2방면군장의 앉아 있는 사진

2대 김일성의 상관일 뿐 아니라 북김에게는 더 새카맣게 윗 상관들이며 중국의 만주빨치산 역사에 유명한 장령들인 위증민(사진 2에서의 2번 인물, 연군 제1로군 부사령)과 오성륜(사진 2에서의 3번 인물, 제1로군 총무처장, 조선인) 등 높은 사람 2명을 빼고, 그러자니 이 두 장군의 소년병인 5번, 6번 인물도 빼고 나니, 13명-4명=9명만 남은 사진 3이다. 사진 2에서 중앙에 있던 X표 김일성의 왼쪽(독자가 보기엔 오른쪽) 인물 4명을 빼고나니 주인공이 중앙에 있지 않고 독자가 보기에 오른쪽에 쏠려 있다.

【 그림 2 】 위의 사진 3의 인물배치번호도

【 사진 4 】

사진 4는 사진 3과 등장인물 숫자는 똑같은 9명이나, 주인공을 중앙에 위치시키기 위해 11번 인물이 1과 7 사이로 옮겨졌고 7의 소년병인 8 역시 7과 함께 약간 우측으로 같이 이동했다. 11번 뒤의 빈 공간을 메꾸기 위해 막사(幕舍)를 좀 크게 키워 앞으로 이동시켰으며 이렇게 해서 주인공이 중앙에 있게 되었다. 이 사진이 1972년에 개관된 평양혁명박물관에 걸린 사진이다.

【 그림 3 】 위의 사진 4의 인물배치번호도

북한이 원본으로 선택한 사진은 이 사진 2이다. 모두 13명의 인물들이 배열되어 있는데 앞줄 한가운데 앉은 1번 인물이 2대 김일성, 즉 동북항일연군 제2방면군장 김일성의 앉음새다. 이 김일성의 왼쪽, 즉 독자가 보기에 오른쪽 첫째 인물 2번이 위증민 사령관이고, 그 옆의 3번이 오성륜 조국광복회장이다. 모든 것의 우두머리여야 하고 신출귀몰한 천재여야 하는 북김은 자기 옆에 역사에 남아 있는 유명한 상관 두 명을, 게다가 둘 다 오른 다리를 왼 무릎 위에 꼬고 앉아서 높은 사람임이 분명한 두 상관을 모시고 찍은 사진을 자신이라고 내세우고 싶지는 않았다.

그리고 그 인물들은 만주 사람들뿐 아니라 중국인 모두가 알고 있는 역사적 인물들이다. 혁명박물관에 전시하거나 민족의 태양이신 역사책에 넣기는 부적절하다. 어차피 나 아닌 사람을 나라고 내세우는 입장에서 다시 더 조작을 하는 게 일관성이 있었다. 사진 2의 2번 위증민과 3번 오성륜을 몽땅 빼버리자니 이 두 장군의 소년병인 5, 6번도 함께 빠지게 되었다. 모두 13명의 인물들 중에서 4명이 빠져서 9명만 남긴 이 사진 3이 바로 1968년에 백봉의 이름으로 써냈고 지금도 역사에 길이 남을 가장 대담한 위조 역사책 『민족의 태양 김일성 장군』이란 책이다. 이렇게 해서 1968년 책에서 써 먹고는 1972년에 조선혁명박물관을 개관하면서 여기에 덧붙여 더 조작을 해서 현재까지 평양박물관에 전시되어 있는 것이 바로 사진 4인 것이다. 빨치산 시절 김일성수령의 사진이란 설명을 붙여서.

그런데 이 세번째 조작은 왜 필요했을까? 사진 3에서 4명 인물만 빼고 그대로 7번 인물을 주인공 1번 옆에 붙여 놓다 보니 주인공이신 높

234

__ 거짓의 두 왕국, 북한은 남한에게 무엇인가?

은 분이 사진의 중앙이 아니요 한쪽 구석에 치우쳐 배치된 것이다. 그래서 다른 쪽 구석인 11번 인물을 주인공 1번과 7번 사이에 끼워 넣은 것이 드디어 마지막 조작이 된 것이다. 자기 얼굴도 아닌 남의 얼굴을 그것도 세 번씩이나 위치를 바꾸어서 역사박물관에 전시해 놓은 북한은 관광객도 될 수 있으면 받지 말아야 했으며 통일도 절대로 되어서는 아니 되는 비밀국가가 되어 버렸다.

중국 동북(만주) 흑룡강성 혁명박물관에는 2010년 현재도 이 제2방면장 김일성의 사진과 북한 김일성 주석의 소련 88여단 시절 두 사진들이 보란듯이 나란히 걸려 있어 두 사람이 동명이인의 두 명의 다른 사람임을 웅변으로 증거하고 있다. 하나는 위에 말한 제2방면장 김일성이 자기보다 높은 제1로군 부사령 위증민과 제1로군 총무처장 전광(재만조선광복회 발기인 오성륜) 등과 나란히 앉아서 찍은 위의 원본 사진 2이며 다른 하나는 정말 북한 김주석이 소련 88여단에서 여단장 주보중 등과 단원들과 함께 찍은 사진이다. 누가 보아도 이 두 김일성은 같은 얼굴일 수가 없음을 삼척동자도 알 수 있게 나란히 걸어 놓았는데 중국도 이제는 더 이상 북한 김일성의 위조 왜곡을 감춰주기 위해 노력할 것을 포기한 것이거나 아니면 의도적으로 폭로하려는 의도였는지도 모른다.

이 두 사진의 병렬전시는 두 가지 거짓을 웅변으로 폭로하고 있다. 하나는 북한이 주장하는 김주석의 제2방면장 경력을 부정하는 폭로요, 다른 하나는 김주석이 주장하는 1940~1945년 사이 만주에 남아서 계속 항일독립부대 조선인민해방군을 지휘하여 드디어 1945년 8월 15일

조선광복을 김일성의 손으로 이루어 냈다는 거짓말의 폭로이다. 광복 전 5년 이상을 김주석은 소련 88교도려에서 간첩훈련(대일전쟁용)을 받고 있다가 1945년 9월 17일 푸카초프호를 타고 원산에 도착하여 10월 13일 평양공설운동장에서 소련군사령관이 써준 원고를 더듬더듬 조선어로 읽어 내려갔을 뿐이다.

아니 이 두 사진의 병렬전시가 주는 폭로는 한 가지가 더 있다. 북한은 이 제2방면장의 사진을 흐릿하게 만들어 김주석의 조선인민혁명군의 만주빨치산 시절 사진이란 설명을 붙였는데 흑룡강성박물관의 이 사진에는 조선인민혁명군이 아니라 "동북항일연군 제1로군 제2군의 일부지휘자와 전투원"이라고 2대 김일성의 소속을 분명히 밝혔으므로 당시 만주 땅에는 조선인민혁명군이라는 독립부대는 따로 없었음을 또한 웅변으로 폭로하고 있는 것이기도 하다.

그런데 이렇게 명확하고도 쉬운 사진조작 경위를 위에 말한 이명영 교수가 일찍이 1970년대 중반에 고증하고 해외사진감정까지 마쳐 모든 김일성연구 전문가들에게 널리 나눠주고 홍보하고 호소했으나, 전 세계 모든 학자들은 이명영의 편지를 읽고도 이해를 못한 척 또는 무응답으로 일관했다. 자신들의 잘 팔리는 책이나 학위논문들을 정정하기 무서워서였다. 동경대학의 와다 하루키 교수나 하와이대학의 서대숙 교수나 스칼라피노나 펜실베니아대학의 이정식 교수들이나 모두 하나같이 이명영 교수가 혼동한 모양이라고 무시했다. 그리고 한국 젊은이들은 모두 김일성연구를 위해서 이들 세계의 저명 교수들 밑에 유학해서 학위논문을 쓰면서 이들과 같이, 북한이 쓴 것, 그러니까 북한이 위조한 것은, 가랑잎으로 압록강 건넌 얘기 빼고는 모두 역사적 사실이라면서, 김일성찬양의 박사학위들을 따 가지고 왔다. 그리고 그 박사들이 현재 남한 학계를 주름잡고 있을 뿐 아니라 국내파들조차도 모두 이 대세에 힘입어 김일성의 역사 위조설은 전혀 그 또한 위조(이명 영의)라고 믿으며 그 다음 연구들을 진행시키고 있다.

김일성의 잠재적 정권 경쟁자 숙청사는 바로 김일성의 역사 위조사 와 평행하는데 ① 사람부터 죽이고 ② 그 사람이 이루어 냈던 역사적 사실을 없애서 ③ 그 계파 없애고 또 다른 계파 없애기 위해 또 그 거 두를 죽이고 그 거두 관련된 역사를 말소하고, …… 이렇게 하기를 1953년부터 1967년까지 모두 대청소하고 나니 김일성 한 사람만의 항 일무장투쟁 업적이요 김일성 하나만이 세계 공산주의를 이끌어갈 조 선 민족 광복 장군이 되었다. 이렇게 김일성의 숙청사는 곧 김일성의 역사 위조사의 꽃길이자 핏길이 되므로 그의 역사 위조사를 알려면 그 의 피묻은 숙청사를 알아야 한다. 6·25 전쟁 소용돌이를 틈타 연안파 거두 무정 장군과 40년대 전반 중공당북만서기였던 김책 등 항일무장 투쟁의 거두들을 모살하는 데 성공하고 나서의 일이다.

북한 김일성의 피숙청자
연도별 명단(부상급 이상만)

· 이명영, 『김일성열전』, 347~350쪽을 기초로 만듦

【 중요인물 숙청추방 일람 】

연도(명)	성 명	숙청 당시 직위	계보
1945(1명)	현준혁	공산당 평남도위원장	국내(재건파)
1946(1명)	조만식	평남도 인민정치위원장	민족주의파
1949(2명)	이용	도시계획상(이준 열사 아들)	민족주의파
	이영	건설상	국내(장안파)
1950(4명)	무정	제2군단장 평양방위사령	연안
	김열	군후방 총국장	소련
	박광희	경기도당 위원장	국내 남로
	조진성	남강원도당 위원장	국내 남로
1953(16명)	박헌영	내각부수상, 당 부위원장	국내 남로
	이승엽	국가검열상 당비서	국내 남로
	임화	조쏘문화협회 부위원장	국내 남로
	이강국	조쏘항공사장	국내 남로
	이주상	중앙당간부부 부부장	국내 남로
	김순남	음악가동맹 부위원장	국내 남로
	이태준	문학예술총동맹 부위원장	국내 남로
	주영하	외무성 부상	국내 북로
	박일우	내무상	연안

연도(명)	성 명	숙청 당시 직위	계보
	허가이	당 부위원장	소련
	이원조	중앙당선전부 부부장	국내 남로
	배철	당 연락부장	국내 남로
	박승원	당 연락부 부부장	국내 남로
	윤순달	당 연락부 부부장	국내 남로
	설정식	군최고사령부 정치국원 미군정청 공보부여론국장 중 월북	국내 북로
	조일명	문화선전성부상(본명 조두원)	국내 남로
1954(1명)	장시우	군 후방 총국장	국내 북로
	최창익	내각부수상 당 정치위원	연안
	박창옥	내각부수상 당 정치위원	소련
	윤공흠	상업상(중공에 망명 중)	연안
	김강	문화선전성 부상(중공에 망명 중)	연안
	이필규	내각직속건재국장(중공 망명 중)	연안
1956(12명)	서휘	직업동맹위원장(여, 중공 망명 중)	연안
	김승화	건설상	소련
	박의완	부수상	소련
	이상조	주소대사(소련에 망명 중)	소련
	기석복	중앙당 교육부장	소련
	정율	문화선전성 부상	소련
	한빈	국립도서관장	연안
	이권무	총참모장	연안
	김을규	육군대 총장	연안
1957(6명)	장평산	군단장	연안
	방호산	군단장	연안
	유영준(여)	최고인민회의 상임위원	국내 남로
	최종학	민족보위성 총정치국장	연안
	김원봉	노동상 인민공화당수	중경(임정)
	김두봉	최고인민회의 상임위원장	연안
	오기섭	수매양정상	국내 북로
	안막	평양음악대학장	국내 북로
1958(10명)	정칠성	여맹부위원장	국내 남로
	정연표	평양시민위원장	국내 북로
	허익	중앙당 학교장	소련
	조영	양강도당위원장(여, 윤공흠 처)	연안

연도(명)	성 명	숙청 당시 직위	계보
	김원봉	강원도당 위원장	국내 북로
	이유민	최고인민회의 법제위원	연안
1959(9명)	허성택	석탄공업상	국내 남로
	이병남	보건상	국내 남로
	현칠종	최고인민회의상임위 부위원장	국내 북로
	김달현	청우당 위원장	청우당
	한전종	농업상	국내 북로
	조훈	농업성 부상	국내 북로
	최봉세	농업성 부상	국내 북로
	허빈	주폴란드대사	소련
	최철환	당선전부장	연안
1960(3명)	성주식	최고인민회의 상임위원	인민공화당
	강태무	군사단장(한국군 대대장으로서 6 · 25 전 월북)	
	표무원	의거자 학원장(한국군 대대장으로서 6 · 25 전 월북)	
1961(1명)	김응기	적십자협회 중앙위원	국내 북로
1962(1명)	한설야	문예총위원장	국내 북로
1966(2명)	김창만	당 부위원장	연안
	이일경	무역상	국내 북로
1967(6명)	박금철	당 정치위원 비서국비서	국내 북로 (완전통제구역)
	이효순	당 정치국 비서국비서 대남사업총국장	국내 북로
	고혁	부수상	국내 북로
	허석선	당 과학교육부장	국내 북로
	김도만	당 비서국비서	국내 북로 (완전통제구역)
	김광협	당 중앙위비서국비서(반당종파분자)	
1969(2명)	김창봉	민족보위상	연안 (완전통제구역)
	허봉학	대남공작비서	국내 북로 (완전통제구역)
1975(1명)	유장식	당정치위후보위원(후계반대)	
1977(1명)	이용무	당중앙위 정치위원	

북한에서 제일 먼저 나온 근대사 책은 1949년 10월에 출판된 조선 사편찬위원회의 『조선민족해방투쟁사』이다. 이 책은 백남운·박시형·김두용·최창익 등이 공동집필한 것으로서 김일성대학 발족(1946년 9월) 이래 동대학 특수교재로 쓰이던 것을 1949년 10월에야 출판한 것이므로 북한에서는 가장 권위 있는 근대사였다. 이 책에서 최창익은 김일성에 대해 "반일민족해방운동의 최초이며 최후까지 무장투쟁한 민족해방운동의 정통"이라는 최고의 찬사를 아끼지 않았다. 김일성이 속했던 만주항일투쟁이라는 것이 실제로는 최창익이 속했던 연안에서의 항일투쟁만큼 격렬하지도 순수하지도 못했던 역사적 사실은 덮어두고, 김일성에게 최고의 찬사를 양보하면서도 자신이 속했던 연안파의 항일투쟁사 역시 나름대로의 정당한 평가를 빼놓지 않을 정도의 균형을 유지해서 쓴 글이었다.

위의 북한 숙청자 명단에서 보면 최창익은 1956년 연안파와 소련파의 8월 종파사건으로 제거된다. 그리고 이나영은 1958년에 또 똑같은 제목의 『조선민족해방투쟁사』를 북한 정권수립 10주년 경축기념으로 출판하게 되는데 이 책 서문에서 이나영은 최창익을 "김일성 동지만이 참된 공산주의혁명의 전통인데 최창익은 마치 연안이나 다른 공산주의운동도 있었던 양 왜곡, 과소평가하고 말소하려 했다."(이나영, 1958, 「조선민족해방투쟁사」, 조선노동당출판사, 3쪽)고 비난했다. 그래서 이 책 이후 북한의 모든 역사책에서는 연안파나 소련2세파나 국내파 등의 모든 언급이 사라진다. 이는 다시 말해서 북한 정권이 1956년 8월 종파사건 이전까지는 외형상으로나마 4파 연합 정권이었던 것이 1958년 이후 만주빨치산파인 김일성 혼자만의 독재 정권을 일구어 나가는 시점과도 일치한다.

다시 또 한 번 말해서 책속의 위조 말소는 곧 다른 종파들의 숙청 추방과도 일치하며, 이는 또 정권구성의 구조와도 일치하며, 이후 북한은 무소불위의 개인숭배체제로 나아갈 수 있었던 것이다. 책속에서 사라진다는 것은 살아있던 정치인들의 생명자체가 사라졌다는 것을 의미하며 북한 정권구성이 그만큼 변했다는 것도 의미한다. 책속에서 비난 받는다는 것은 단순한 비난으로 끝나는 것이 아니라 이미 이 세상에서 없앤 다음에 그가 했던 공적들도 모두 없어지고 동시에 바뀐 세상에서 독재자는 새 정치를 해 나갈 수 있는 것이다.

김일성은 자신과 권력 경쟁대상이 될 만한 사람들을 이런 식으로 한 사람씩 제거해 나가는 과정마다 그냥 인물만 제거하는 것이 아니라 이렇게 역사적 사실들을 적극 조작해서야 실제인물들을 제거해 나갈 수 있었던 것이다. 그러니까 비판은 단순한 실각이 아니라 죽음이다. 잘못된 처형이나 추방은 뒷날의 보복을 불러 올 수 있으므로 역사적 사실을 위조하기 전에 인물부터 없애고 나서 역사를 조작하고 현실의 정권을 재장악 강화하는 수순이었다. 그래서 북한의 모든 책의 변개는 역사 사실의 변개 위조이고 숙청이기도 하다. 김일성 정권이 유아독존의 폐쇄국가로 가는 길목이기도 하다. 그리고 아들에게밖에 물려줄 수 없었던 이유이기도 하다. 그 많은 거짓들과 함께 그 많은 인물들을 없애버렸으면 어떤 다른 후계자가 생겨나도 전 독재자를 가만 둘 수는 없을 터이므로.

56년 종파제거로
연합 정권 사라져

김일성은 자기가 도발한 남침전쟁을 치르는 동안에도 연안파의 거두 무정과 자기 파의 거물 김책을 모살한 바 있거니와 그래도 전체적으로는 4개 정파의 연합을 유지하는 데 노력했었다. 그러나 1953년 7월의 휴전 직후부터 곧 최대 파벌인 국내파의 숙청에서부터 착수하여 1958년까지는 연안파와 소련2세파의 간부들을 모조리 숙청해 버리고 자파일색으로 구축했다.

국내파로는 당 부위원장 겸 내각부수상인 박헌영, 당비서 겸 국가검열상 이승엽, 당 연락부장 배철 등을, 연안파에서는 최고인민회의 상임위원장 김두봉(한글학자), 당 정치위원 겸 내각부수상 최창익, 내무상 박일우 등을, 소련파에서는 당 부위원장 허가이, 당 정치위원 겸 내각 부수상 박창옥, 내각 부수상 박의완 등등 수십 명의 쟁쟁한 인물들을 한결같이 미제의 고용간첩이니 반혁명 반당 종파분자니 하는 누명으로 제거(사형 또는 자살유도)했던 것이다.

이 일련의 숙청이 곧 김일성 개인숭배를 가져왔다. 그래서 저자 이나영은 마음 놓고 연안파 최창익을 매도하고 국내공산주의운동을 악평하고 김일성의 항일무장투쟁만이 공산주의운동과 항일투쟁의 전부라고 거짓 주장할 수 있게 된 것이었다. 이나영의 책에서는 국내파는 분파적 해독의 표본이 되었고 박헌영은 변절자가 되었으며, 연안파의 조선독립동맹과 조선의용군은 아예 일언반구의 언급도 없어졌다.

똑같은 한 사람의 인생경력을 놓고 씌여질 때마다 간행물마다 주요 내용이 자꾸 변개되어 간다는 것은 앞책이나 뒷책 중의 하나가 틀렸다는 뜻이기도 할 텐데 북한에서는 뒷책이 나올 때마다 앞책을 회수해 버리니까 그리고 그런 책들이 외국에서야 읽히건 말건 북한이라는 국경만 꽉 닫아 놓으면 북한 주민들은 영원히 속일 수 있으므로 계속해서 앞책을 바꿔 새로운 역사 사실을 위조 창조해 나가는데, 그 절정이 바로 1968년에 나온 백봉의 『민족의 태양 김일성 장군』이다. 백봉이란 자연인 이름으로 되어 있지만 북한에서는 당의 검열을 통과하지 못한 책은 한 권도 출판될 수 없다는 점과, 그리고 1968년 이후에 나온 북한의 공식 역사책들, 예를 들어 1971년에 북한 사회과학원에서 나온 『역사사전』이라든가 1973년에 나온 『정치사전』 그리고 무려 33권으로 되어 있는 『조선전사』(북한이 正史라고 밝히고 있는 책)까지도 바로 이 백봉의 위조 절정의 역사 내용들을 모두 그대로 답습하고 있는 것으로 보아서는 백봉의 책 역시 김일성과 당의 지시에 의한 위조임이 틀림없다.

이 『민족의 태양 김일성 장군』은 세 가지 점에서 앞서의 책들이 전혀 꿈꾸어 보지도 못했던 역사적 사실들을 새로 조작해 세상에 내놓는다. 하나는 북한의 근대의 기점으로 삼는 1866년의 미국 상선 셔먼호 사건의 격침 지도자 이름이 모든 남북 역사책에서 그때까지 나와 있던 박춘권 전직 군관이 아니라, 김일성의 증조부인 김응우라는 동시대 평민이라는 새 학설이다. 둘째는 김일성의 아버지 김형직이 3·1운동 2년 전인 1917년에 이미 당시 최대규모의 항일지하단체였던 '조선국민회'의 영도자였던 최고의 항일투사였다는 새 사실이다. 셋째는 김일성의 천재적 독창적 영생불멸의 사상인 주체사상의 창시이다.

이번의 책속의 날조 역시 그냥 책속의 글속의 날조나 창조로 끝나는 게 아니라 1972년에 만들어진 조선혁명박물관의 제1전시실에는 바로 이 증조부 김응우가 짚으로 봉화를 여러 개 만들어 나룻배에 띄워 보냄으로써 미국 해적선 셔먼호를 때려 부수는 그림이 역사적 증거물(사진)인양 정면 벽 전체를 장식하고 있으며, 제2전시실에는 김일성의 아버지 김형직이 조선국민회를 지도하는 그림이 역시 큰 벽화로 그려져 역사적 증거물 구실을 하고 있다. 1968년에 책속에서 창조하여 1972년에 박물관으로 구체화되어 산 역사가 된 것이다. 모든 북한 방문자들은 바로 이 그림들을 보고 김일성의 가계에 감탄하고 오는 것이다.

위의 세 사실 중에서 증조부 김응우의 경우는 1980~1981년에 발간된 『조선전사』에서는 가짜 지도자 김응우와 실제 침격 지도자 박춘권의 이름 두 개를 넣되 김응우가 주역을 하고 박춘권이 단역을 한 것으로 고치기도 했다. 이 책까지에서는 이렇게 철저하게 항일민족주의자로 그려졌던 아버지 김형직은 1971년에 나온 『역사사전』에서는 또 별안간 김형직이 "러시아 혁명의 영향을 받아 조선에 마르크스 레닌주의가 보급되기 시작하던 1910년대 말에 일찍이 민족주의 독립운동으로부터 공산주의 혁명운동으로 방향을 전환한 우리나라 계급운동의 선구자"로 주장을 바꾸고 있다. 아버지 김형직은 한의사로서 공산주의자들을 너무 싫어해서 약도 지어주지 않아 공산주의자에 의해 보복살해된 것도 모르고, 아들 김일성은 공산주의 찬양 콤플렉스에 경도된 나머지, 철저한 민족주의자였던 아버지를 한국 최초의 공산주의자로 둔갑시켜 놓은 것이다.

현생 후손의 출세를 위해서는 이미 사라져 존재하지 않는 조상쯤이야 공산주의자면 어떻고 민족주의자면 어떠며, 퇴직 병사면 어떻고 평민 농민이면 어떠냐는 사고기준이다. 김일성은 이렇게 자신도 자주 바꾸어 온 조상의 경력을 책마다 다시 바꾸었을 뿐만 아니라 바뀔 적마다 국민들, 즉 인민 주민들에게는 바로 그 바뀐 역사를 외우도록 학습 총괄 때마다 강요해 못 외우는 자들은 수용소로 보내라는 허가를 내렸다. 북한은 모든 주민이 이 조작된 역사를 외우느라고 생명을 걸고 있다. 각종 학교 교과서 등은 말할 필요도 없음은 물론이다.

14세에 근대사 기점 만든
혁명천재

이 이외에도 김일성은 길림 육문중학을 다니다 공산주의 써클모임의 체포를 피해 길림을 떠남으로써 학창생활을 마감한 사건을 14세에 ㅌㄷ동맹(타도제국주의동맹)을 결성하여 조선혁명운동의 조직으로 근대사의 기점으로 삼았다.

김일성은 1956년 8월까지 모든 숙청을 끝내고 절대독재를 완성했지만 후계 문제를 생각할 때 자신의 자식이 아니고는 이런 모든 거짓과 조작을 유지해 내기 힘들다는 걱정 때문에 1968년(백봉 책)부터 혈통조작에 나섰던 것이다. 조상부터 제국주의에 저항한 집안만이 북한 사회주의를 지켜낼 수 있다면서. 위조의 내용이 지저분 해질수록 비이성의 강도도 높아갔고, 폐쇄와 억압과 거짓도 강해졌으며, 드디어 역사적 이성을 잃었다. 아니 김일성이 역사적 이성을 잃었다고 말하면 오히려 그를 대접해 주는 언어가 된다. 그는 무식해서 역사의식이 없었던 것이다. 자기가 해 놓은 배설의 짓을 감추기 위해 아무리 아름다운 모자를 덮어 놓아도 냄새는 하늘에 뻗치고 땅 위에 퍼져 나간다. 그게 바로 사이비종교 집단의 세습독재다.

이상으로 북한이 1956년 8월 종파사건을 절정으로 4개 파의 연합정권을 해체하고 김일성의 만주빨치산파 일개 정파만의 독단의 정권으로 재편성하는 작업을 마쳤음을 보았다. 이렇게 연합 정권이 단독계파 정권으로 바뀌는 동안 다른 3개파의 정권 경쟁상대자들은 모두 미제국주의 간첩이거나 사대주의이거나 종파주의자로 재판 또는 비밀처형이나 추방 등으로 모두 정리되고 김일성의 단독정파만 남게 되었지만, 이 김일성의 만주빨치산파 중에서도 아무리 김일성에 아부하여 다른 종파들을 제거하는 데 손발 노릇을 했다 하더라도, 김일성의 위조조작사건에 대한 낌새를 조금이라도 알고 있을 만한 사람들은 다시 1967년 박금철을 끝으로 모두 숙청당한다.

1953년부터 임화 이태준 등 월북문인 숙청에 앞장서 작품분석에 열을 올려 김일성의 숙청을 도왔던 한설야조차 최승희 안막 부부의 집에 비밀탐지원으로 들여 놓은 식모에 의해 최승희와 친했던 한설야가 최승희의 집에서 "무식한 김일성 어쩌구……."라는 말을 식모로 하여금 녹음케 해 안막은 1958년에, 한설야는 1962년에, 최승희는 1967년에 모두 숙청당했고, 2003년 2월 북한은 최승희 한설야와 함께 시인 박세영을 복권시켜 애국열사능으로 이장했다고 발표했는데 최승희의 묘비에는 「69년 8월 8일 사망」으로 되어 있다.

어쨌든 김일성은 정치적 인물들의 숙청은 1950년대 말에 모두 끝냈고, 여타 양심이나 자유개념을 가진 예술인이나 문인들도 1970년 이전에 모두 숙청했는데, 이들 숙청들은 모두 그때그때의 김일성 생애기 조작의 확대 변개 조작 등과 연관되어 그때마다 역사책의 내용을 바꾸었고, 따라서 북한의 근대사 책은 남한의 근대사 책과는 다른 어떤 먼 나라와의 근대사 다른 만큼보다도 더 다른 이국적이고 이색적인 역사책이 되고 만다.

한반도의 근대사를 김일성 개인 가짜 가계사로 바꾸어 놓은 점도 있지만 그때마다 정치체제의 형태는 점점 더 가족국가 개인숭배 폐쇄사회로 변해가서 인류사에 유례없는 역사 진보의 역진(逆進) 상태를 불러오는 게 아마도 1950년대 말 1960년대 초의 북한의 정치체제사이다. 이는 다른 말로 하면 인류의 진보의 방향을 보편가치인 인권개선과 민주화와 삶의 질 개선이라고 할 때 북한의 역사는 1960년대 말의 남북 경제발전지표가 같아진 이래 1970년대 초부터 남한 경제에 뒤지는 역전(逆轉)을 불러오고 그 이후 북한은 점점 더 원시적 봉건적 독재국가로 변해가는 이변적인 역진(逆進)의 길을 걷게 된다. 이 모두가 김일성의 혈통주의 가족국가와 세습체제 정당화를 위한 역사 조작과 평행선을 긋는다. 다시 말해 김일성의 역사 조작과 숙청사의 일치성이라 할 수 있다. 알 만한 사람들부터 없애 놓고 역사 조작하고의 순서가 반복되어 오늘의 북한 모습을 형성해 왔다고 할 수 있다.

김일성은 센티멘탈리스트, 과대망상가, 냉혈한, 소아병자, 성차별주의자

임은에 의하면 김일성의 첫 여자는 한성희(韓聖姬)였다.(임은, 1989, 『김일성정전』, 옥촌문화사, 63~70쪽) 임은이 김일성의 본처라 믿고 있는 이 여인은 빨치산부대의 부녀부장 겸 여자청년부장이었다가 1940년 일본토벌대에 체포되었다는 것이다. 이명영이 제2방면장인 2대 김일성의 처 김혜순이란 여성을, 임은의 경우는 1 · 2 · 3대 김일성이 모두 북한 김수령이라 믿으므로, 이 한성희가 바로 김혜순이라 주장하고 있는데, 이 한성희야말로 40년에 체포되자 김혜순으로 변성명하여 전 남편인 김일성을 보호하기 위해 김일성의 신원에 대해 위증들을 했다고 한다.

체포 당시 이모가 신원보증을 서면서 이름을 한영숙으로 개명할 것과 개가(改嫁)할 것을 조건으로 하여 강원도의 한 농부와 재혼해 2남 2녀를 낳고 잘 살고 있었다고 한다. 1948년 김일성이 조선민주주의인민공화국을 세우고 나서 강원도 어디엔가에서 여맹부위원장으로 일하고 있는 이 여자를 찾아내 만나서 김일성의 외투 주머니에서 달비를 꺼내어 주는 장면을 임은 자신이 목격한 것처럼 그리고 있다. 18세 무렵에 한성희가 자신의 머리털을 잘라 신발을 삼아 주었던 털신발인 달비를 김일성이 20여 년을 잘 간직했다가 옛 애인에게 되돌려 줬다는 달콤한 멜로드라마이다.

임은은 또한 1980년 6월 3일자 북한「노동신문」2면 전면을 채운 '김일성이 김구 선생을 이끌어 주신' 이야기에 대해 쓰고 있다.(위의 책 20~23쪽) 1948년 4월 남북제정당사회단체연석회의 때 했다는 이야기, "위대한 수령님을 우러르는 김구의 두 눈에는 물기가 어려 있었다. 한동안 두 눈을 슴벅이며 위대한 수령님을 우러르던 김구는 마침내 품속 깊이 간수했던 '상해임시정부'의 인장을 수령님 앞에 정중히 내놓았다."라는 같은 연석회의 참석차 북한에 갔다가 아주 북한에 남아 김일성 밑의 부수상을 하게 된『임꺽정』의 작가 홍명희에게도 늘 따라붙는 센티멘탈한 핑계가 있다. 김일성이 초등학교 학생들의 몽당연필을 보고는 당장 연필 공장부터 지으라고 부하에게 지시하는 것을 보고 '이분이 바로 지도자'라고 하면서 북에 남기로 결심했다는 변명이 항상 따라다닌다. 그는 월북 이후 김일성에게 숙청당하지 않고 자연사할 때까지 잘 살게 된 사람의 한 예로서, 북에 간 이후 작품을 전혀 쓰지 못한 작가로서도 유명하다. 곡필보다는 절필이었을까? 이동하는 홍명희의 절필 아닌 침묵 또한 질타하고 있다.(이동하, 2001,「홍명희를 다시 생각한다」,「한국 문학을 보는 새로운 시각」, 새미, 171쪽)

20세 무렵(1932년)의 김일성 일당 3명(중국인 張亞靑과 함께)은 민족주의 독립군 부대인 조선혁명군 총사령 양세봉의 명령으로 자신을 잡으러(중국인 부잣집 약탈) 떠났던 고동뢰(高東雷) 부대 10여 명을 여관에서 끈으로 모두 소리 없이 목졸라 죽이고, 이들 10여 명이 베개 밑에 감추고 자던 권총들을 모두 수확한 적도 있다. 연길현 동불사(銅佛寺) 절의 살부회(殺父會; 공산주의 청년들이 옆 사람의 아버지를 차례로 270명 죽인) 사건 다음 해였다.(이명영, 1983, 『권력의 역사』, 성균관대출판부, 305~309쪽)

14세에 ㅌㄷ(타도제국주의동맹)라는 소년단 민청을 만들었다 해서 한반도 현대사의 기점으로 삼고 있으며, 임화·박헌영·이승엽·이강국 등을 모두 언더우드 장학생으로 몰아 미제간첩에다 정부전복음모죄로 사형했다. 임화의 자백서에는 "나는 미제간첩질을 했고 정부전복음모를 했습니다."라고 되어 있지만 북경에 남아 있는 재판기록에는 임화가 죽으면서 "저주하노라, 붉은 독재를" 하면서 교수대에 올라선 것으로 기록되어 있다. 소설가 이태준의 숙청은 사형이 아니라 농촌추방이었지만 그의 많은 자제들이 김일성대학들을 다니다 말고 모두 함께 농촌으로 쫓겨 가 고생하다가 부모의 고생스런 말년을 지킨 것으로도 유명하다. 우리는 임화가 저주했던 그 붉은 독재를 언제까지나 더 지켜봐야 할 것인가? 임화나 이태준의 한을 풀어 줄 사람들은 누구일 것인가?

도산 안창호 선생은 1927년 만주 길림에 와서 독립운동과 생활개선 문제에 대한 대강연회를 연 적이 있다. 청강자가 너무 많아서 연소자들은 입장불가였다. 이 당시 안창호는 49세, 북김은 15세였다. 북한 역사책에서는 모두 이 강연회에서 15세 소년 북김이 안창호의 강연을

듣고 "당신의 강연은 개량주의라"면서 항의질의서를 내자 안창호가
답변이 궁해 강연을 중단했다고 김일성의 영웅담을 책마다 싣고 있다.
아무리 천재라 한들 연소자여서 들어가지도 못했음을 이 강연회를 주
선하고 사회를 보았던 김일병이 이명영에게 증거했는데, 북한 역사책
은 모두 15세 천재가 49세 독립운동가를 쩔쩔매게 했다는 소아병적 이
야기를 반복해서 싣고 있다. 그리고 나서는 또 이 강연회 내용 때문에
안창호가 잡혀가자 15세 김일성이 안창호 석방운동을 해서 풀어주었
다나? 민생단사건(만주에서 일본인들이 조선인 독립운동을 분열파괴하기 위해
만들었던 친일조선인 단체)에서 살아남은 조선인은 모두 배신자밖에 없다
면서 김일성만은 배신 없이 민생단 문제를 해결한 조선인 유일한 해결
사로 등장하는 것 또한 김일성의 소아병적 영웅심리만 반영할 뿐이다.

　김정일은 일본인 요리사 후지모도와 평양~남포 고속도로를 달려오
다 후지모도가 중간에 길 건너는 사람을 피하다 아찔 하는 순간을 가
졌다고 아뢰자, "고속도로에서의 보행자 사고는 운전자의 책임이 아니
다."라고 선진시민 교통법의 유식을 부린다. 일본이 아무리 선진국이
지만 선진시민 도로교통법에는 김정일 자신이 더 유식하다는 과시이
다. 북한에 유일한 그 고속도로는 차선은커녕 중앙선조차도 그어 있지
않고 노면이 울퉁불퉁한데도 말이다. 서민은 길 건너기만 힘들지 차가
없으니 고속 주행할 일은 절대로 없는 그 고속도로를 건너다 죽어도
운전자 책임이 아니라는 유식한 임금님의 선진교육이다.(후지모도 겐지 지
음 · 신현호 옮김, 2003, 『김정일의 요리사』, 월간조선사, 156쪽)
　그리고 김정일은 원산 명사십리 앞바다에서 뱃놀이를 하다 경비병

이 잘못해서 앞에 나타난 어부 한 명을 쏘아 죽이자, "경호를 잘 섰다."라고 칭찬하며 승진시켰다. 얼마 후 다른 경비병이 똑같은 상황에서 멋모르고 등장한 평민 한 명을 또 죽이자 이번에는 경비 잘못 섰다며 수용소행을 명령한다. 그 경비병이 먼저의 예를 들어 항의하자 아예 죽여 버린다. 이유고 일관성이고 법률이고 없다. '짐(朕)의 밸 꼴리는 대로'이다. 짐의 밸이 그 시각 그 쪽으로 꼴린 것이 자네의 불운일 뿐 나는 내 밸 꼴리는 대로 한다는 일관성만 지키면 된다.(이한영, 1996, 『대동강 로열패밀리의 서울잠행 14년』, 동아일보사)

김일성의 분서갱유(焚書坑儒)

성혜랑은 김정일의 맏아들 김정남의 가정교사로 들어 가기 전인 1956년 8월 종파숙청사건 때 자신의 아버지 성유경(成有慶) 께 "남로당파 연안파 소련파들이 정말 정부전복음모 기도나 간첩행위 를 하였을까요?" 하고 묻는다. 아무리 존경하는 아버지와 딸 사이지만 아버지는 조심스럽게 "그렇다면 그런 줄 알아야지 별 수 있냐?" 하고 작은 목소리로 대답한다. 이때 김일성은 종파들만 없애는 게 아니라 북한에 아직 그때까지도 집집의 서가에 꽂혀 있던 임화·이태준·김 남천 등의 문학작품들만 아니라 이들이 그동안 잡지에 썼던 모든 글들 을 오려내도록 각 마을 도서관과 가정집에 명령한다.

성혜랑 역시 자신의 집에 보관하고 있던 이런 사람들의 글을 가위로 오려내다 보니 모든 도서관과 마찬가지로 잡지 분량이 80%가 없어진 휴지조각이 되었다. 그뿐만 아니라 이때부터 주체사상 준비를 한답시고 셰익스피어나 괴테 등 세계문학전집류 뿐만 아니라 단행본들도 모두 불태우라는 '분서갱유'의 지시가 떨어진다. 성혜랑은 자신의 집에 있는 이런 외국문학작품들을 모두 들고 나가 마을 사람들이 함께 불태우고 있는 불더미 속에 집어넣으면서 속으로만 "정말 이래도 되는 걸까?" 하고 혼자서만 중얼거린다.(성혜랑, 2001, 『등나무집』, 세계를 간다, 312쪽)

이때는 성혜랑이 아직 김정일의 집에 가정교사로 들어가기 전이어서 배가 고팠고, 남한에서 박헌영·이승엽·이강국 등을 왕십리 자기 집(등나무집)에 식객으로 숨겨 주었던 경상도 대지주 성유경 씨는 북한에 와서 점점 쇠락하다가 나중에는 소달구지꾼으로 낙착이 된다. 성유경의 부인이자 성혜랑의 어머니인 김원주는 평남도당보 주필로서 필명은 날렸지만 소위 인민재판의 주말 총화와 일일총화 때 걸려 한없는 고초와 말싸움(월북전 남한에서 했던 반동행위)의 반복과 인간 이하의 대접을 받다가 시골 광산촌으로 쫓겨 가기까지 한다.

그러다가 둘째 딸 성혜림이 기혼녀(소설가 이기영의 맏며느리)로서 김정일의 첫 아들(김정남)을 낳자 손자를 기르러 김정일 집에 들어가 왕의 장모 노릇을 하고, 다시 이 아이가 자라 다섯 살이 되자 성혜랑마저도 이 아이의 가정교사로 들어가지만, 아버지 하나만은 김정일의 필요 밖의 사람이라 홀로 평양 집에 남아 가난한 홀아비살림을 하면서 볼 수 없는 아내와 딸들을 그리워하는 신세가 되었다.

성유경은 광복 직후 소련어사전들을 지게꾼을 시켜 지게하고 38선을 넘어가 김일성을 알현한 김일성 흠모가였다. 큰딸인 성혜랑만이 가끔 쌀을 들고 와서 아버지 밥을 해 드리고 갈 뿐 외할아버지는 정남이라는 외손자의 얼굴 한번 볼 수도 없었다. 김일성은 이렇게 분서갱유를 해 놓고는 다시 루이제 린저나 서양 손님이 올 때는 다시 유식을 가장하기 위해 만능 아들 김정일에게 서양문학에 대한 귀동냥을 구하고, 무식한 김정일은 다시 김원주나 성혜랑에게 물어 서양문학전집을 잔뜩 사서 김정일의 서가를 꾸미게 한 다음, 필요할 때마다 김원주로 하여금 관계 자료들을 찾게 해서 아버지 김일성의 위장 유식에 동원되곤 했다.

성혜랑이 아들 이한영(『대동강 로열패밀리의 서울잠행 14년』의 저자, 북한에서의 본명 리일남)과 딸 이남옥을 데리고 김정일의 집에서 김정남의 가정교사를 할 때 김정남의 친구 노릇 하라고 같은 동갑나기 남자아이 한 명이 이 집에 들어온다. 김정남의 친구 겸 큰형 노릇을 하던 이한영은 이 아이가 정말 이웃 아이거나 친척집 아이인 줄로만 알다가 나중에야 김일성의 아이인 것을 알고 놀란다. 아이를 맡겨 놓고는 그 어머니라는 이모는 사라졌는데 뒤에 알고 보니 그건 이모가 아니라 김일성의 간호원으로서 아이를 낳고 사라진 것이었다. 그러니까 김정일의 아들이 김일성의 아들, 즉 김정일의 동생이자 즉 자신의 삼촌뻘이 되는 동갑 아이와 친구 노릇을 하게 된 것이었다.

이런 식으로 김일성이 낳은 아이는 수를 헤아릴 수조차 없다. 모두 어떻게 대우되었는지도 모른다. 남한의 정 재벌네 회사에 들어가거든 정 재벌의 아들이 몇인지 묻지 말 것이며, 이 재벌네 회사에 들어가거든 이 재벌의 여자가 몇인지를 알려 하지 말라는 신입사원 에티켓이 소개된 적이 있지만, 북한이야말로 김일성의 아들딸이 몇인지 김정일의 여자가 몇인지를 궁금해하는 것이야말로 정치범이요 말반동이요 수용소감이었던 것이다. 북한의 간부급들은 모두 처녀비서들을 당연직으로 한 명씩 데리고 있다. 김일성이 허가해 준 합법적 첩놀잇감이다. 김일성이 자신의 타이피스트 비서 김성애를 후처로 앉혔을 때 많은 당 간부들과 심지어는 남파 간첩(金振桂)까지도 당의 윤리에도 어긋난다는 신소를 한 적이 있다. 직접 김성애를 지목했기보다는 간부들의 소위 여비서들과의 놀아남을 예로 들었다고 한다. 그런데 김일성의 대답이 걸작이다. "자네들 남자들이 왜 그리 잘고 못났는가?" 사내다움의 특징은 여자를 많이 정복하는 데 있다는 것이다. 그래서 북한은 성차별주의에 관한 한 남자들의 천국이 된 것이다.

이영희도 읽을 수 없었던
북한 역사책들

1970년대 이후 한국 젊은이들의 '사상의 은사'라고 일컬어지는 이영희 전 한양대 교수는 2005년 대담자 임헌영과의 대담록으로 『대화: 한 지식인의 삶과 사상』이란 책을 냈다. 『우상과 이성』 『8억인과의 대화』 『새는 양 날개로 난다』 등의 균형 있는 사상으로 1970년대 불모의 땅 한국에 좌파나 공산주의 소개로 균형을 잡아 주었던 이영희 교수는 당연히 북한에 대해서도 호의적이었고, 김일성의 인민과의 친밀한 관계에 대해서도 자주 소개하는 등 친북파에 속하는 편이었다. 그런데 그 친북좌파라 할 이 교수가 북한 역사책을 읽어보려는 시도를 했었음이 이 『대화: 한 지식인의 삶과 사상』에 들어 있다.

"삼십여 권으로 되어 있는 북한의 『조선통사』는 내가 보기엔 과학적 학문적 체계와 논증이 결여되어서 역사 저술이라고 할 수가 없더군. 북한의 학문과 역사 기술은 학문이 아니라 이데올로기 일변도적 선전문건 같더군. 참 문제가 많더라구. 가령 『조선통사』의 절반이 김일성 주석 개인의 가보(家譜)나 다름없는 서술이요, 김일성이란 글자만 나오면 줄이 바뀌고 행이 바뀌어 새 문단으로 시작되고 그 이름이 굵은 고딕으로 큰 글자가 됩니다. 그리고 만주에서 독립운동을 했건 중국에서 했건 국내에서 했건 김일성 이외의 독립운동을 한 사람의 이름도 이야기도 전혀 없어요. 김일성 한 사람만이 독립운동을 다 한 것이지. 한참 읽으니까 더는 못 읽겠더라구. 이건 역사가 아니라 소설이라고 할까? 프로파간다라고 할까? 그 책을 보면서 북한의 조작된 학문, 스스로 과학적 사회주의라지만 그 지적 생산물을 볼 때 나는 큰 실망과 불쾌감을 금할 수가 없었어요. 나는 북한에 두 번 갔었는데 김일성 숭배가 지나쳐요. …… 이건 일본 천황숭배와 다를 바가 없어요. 모택동숭배는 달라요. 객관성이 있었고 모택동 자신도 역겹다고 말했어요. 늙어 홍위병 때는 정신이상 상태였고…….”(리영희 · 대담 임헌영, 2005, 『대화: 한 지식인의 삶과 사상』, 한길사, 583~584쪽)

북한에 대해서 호의적이었던 이영희 교수까지도 역겨워 읽을 수가 없었던 북한의 김일성 찬양책들을 역겹지 않게 읽고 박사논문을 쓰고 내재적 접근법을 개발해 냈던 남한 학자들은 어떻게 해서 이런 지겨운 책들을 던져버리지 않고 끝까지 읽을 수 있었던 것일까? 끝까지 읽을 수 있었던 사람이 정말 한 사람이라도 있었을까? 북한의 모든 역사책들은 언어의 파괴이고 한글문자의 능욕이고 한국어의 퇴보요 문화말살임을 통감하지 않을 수 없었을 것이다.

역사책들만이 아니라 문학창작의 경우도 마찬가지이다. 모두가 김
일성과 김정일을 주인공으로 하고 있다. 탈북 여류시인이자 격월간지
『임진강』의 편집장이기도 한 최진이에 의하면 북한 문학의 85% 이상
이 김일성 김정일 부자 찬양이거나 전쟁몰이 창작이라고 한다.(최진이,
2005, 『국경을 세 번 건넌 여자』, 북하우스, 318쪽) 이동하의 진단은 다음과 같다.

"히틀러시대에 히틀러를 찬양했던 문학은 히틀러가 쓰러지자마
자 다 죽었다. 스탈린시대의 그 정책을 찬양했던 문학은 소련이 무
너지자마자 다 죽었다. …… 이디 아민의 시대에 이디 아민의 정책
을 찬양했던 문학은 이디 아민이 몰락하자마자 다 죽었다. 그렇다면
저 '85% 혹은 그 이상'에 해당하는 문학의 미래는 어떻게 될 것인
가? 우리는 이 물음을 회피할 수 없으며 회피해서도 안 된다."(이동하,
2006, 「북한 문학의 오늘과 내일」, 『한국 문학 속의 사회주의와 자본주의』, 새미, 57~58쪽)

오웰이 김정일보다 3년 늦었다

조지 오웰이 1949년에 쓴 공산주의 감시체제 소설 『1984』의 핵심은 빅 브라더라는 감시자가 과거 역사를 조작하여 국민들의 사상과 가치를 통제하고 국민들로 하여금 진실과 자유의 개념을 모르게 하는 데 있다. '현재를 지배하는 자가 과거를 지배하고 과거를 지배하는 자가 미래를 지배한다.'는 원리는 김일성이 아니라 이미 오웰의 빅 브라더가 내세웠던 말이었다.

오웰은 1950년에 이 책을 발표하면서 소련이 이미 공산주의체제였고 중국이 1949년에 공산혁명에 성공했으며 동구도 공산혁명을 끝낸 뒤여서 오웰이 보기에 공산주의의 미래는 전체주의 감시체제로서 인류를 멸망으로 이끌든가 공산주의가 파멸하든가 할 거라는 미래소설인 셈이다. 그러니까 이런 감시 공산주의체제 절정의 시기를 당시의 35년 후인 1984년으로 어림잡아 책제목으로 쓴 것이다. 그런데 그

__ 거짓의 두 왕국, 북한은 남한에게 무엇인가?

『1984』라는 작품 속의 과거 역사 조작의 원리가 북한의 역사 조작 원리와 너무나 흡사하다.

"과거의 사건들은 객관적으로 존재하는 것이 아니라 오직 기록된 자료와 인간의 기억 속에서만 존재한다. 과거란 그 자료와 기억이 한 데 뭉친 것이다. 그리고 당(黨)은 그 모든 자료와 당원의 마음속까지 완전히 통제하고 있기 때문에 과거는 당이 마음대로 만들 수 있는 것이다. 그런데 과거를 변경시킨다고 해서 특별한 예외의 경우를 인정하는 것은 결코 아니다. 어떤 순간에 필요한 형태로 과거를 재창조했을 때 이 새로운 것이 과거이고, 다른 과거는 있을 수 없기 때문이다. 일 년 중에 동일한 사건이 몇 차례나 수정되는 것은 흔히 있는 일이다. 언제나 당은 절대적인 진리를 소유하고 있고, 절대진리는 현재의 그것과 결코 다를 수 없는 것이다. 과거에 대한 통제는 무엇보다 기억의 훈련에 달려 있다. 기록된 모든 자료가 당시의 정통성과 일치한다는 것을 확인하는 것은 단순한 기계적 행동이다. 과거의 사건들이 바람직한 양상으로 일어난 것은 수정한 탓이라는 것을 기억해 둘 필요가 있다. 이처럼 기억을 다시 정리하거나 기록된 자료를 허위로 변경했다면 그 다음에는 그렇게 했다는 사실을 잊어야 한다. 이런 기술은 다른 정신적 훈련처럼 습득될 수 있는 것이다. 대부분의 당원과 정통적이며 지적인 사람들이 이것을 배우고 있다. 구어로는 이를 곧이곧대로 '현실통제'라 하고, 신어(newspeak)로는 '이중사고'라고 한다."(조지 오웰 지음·정회성 옮김, 『1984』, 민음사, 296~297쪽)

오웰은 이런 역사 조작이 1984년에야 절정을 이룰 것으로 예상했는데 김정일은 이 실천을 1981년에 했다. 1981년에 북한에서 발간된 '불멸의 력사' 시리즈 4권들이 그것이다. 1권은 『닻은 올랐다』(김정 작) 상·하권으로 김일성이 '타도제국주의동맹'을 조직하여 근대사의 기점을 만든 14세 때, 즉 1926년의 일을 쓴 것이다. 2권은 『혁명의 려명』 (천세봉 작)이란 제목이 붙었는데 15~16세 때 얘기를 적은 것이다. 3권은 『은하수』(천세봉 작)인데 17~18세 때 일이고, 4권인 『대지는 푸르다』 (4·15 문학창작단)는 만 18세 영웅 김일성의 혁명 활약을 적은 것이다.

이 책들은 친애하는 지도자 동지의 기획으로 나오게 된 책인데 제4권인 『대지는 푸르다』의 경우 "김일성보다 선배급에 해당하는 공산주의자들의 경우 헤게모니 쟁탈전에만 눈이 멀었던 종파주의자들이었는데 김일성만이 착실하게 무장투쟁 준비를 갖추어 나갔다."라는 내용이다. 이 책속에도 역시 안창호의 강연사건이 나오는데, 15세의 소년이 49세의 노 독립운동가와 사상대결을 벌여 승리를 거두었다는 치졸한 조작이 장황하게 등장한다. 그리고 일본 첩보대의 고위간부인 후꾸다 대좌도 18세 김일성을 가리켜, "김성주의 이론은 간단한 이론이 아닐세. 바로 제국이 가장 아파할 데를 정통으로 치고 있단 말일세. 김성주는 벌써 제국이 20년 이상을 구축해 놓은 정치경제적 기반을 허물고 태반의 조선 사람들을 결속할 수 있는 공간을 틀어쥔 셈이네."라고 말했다는 대목을 꾸며놓았다.

'불멸의 력사' 시리즈는 총15권까지 있는데, 5권 『봄우뢰』, 6권 『1932년』, 7권 『근거지의 봄』, 8권 『혈로』, 9권 『백두산 기슭』, 10권 『압록강』, 11권 『위대한 사랑』, 12권 『잊지 못할 겨울』, 13권 『고난의

_ 거짓의 두 왕국, 북한은 남한에게 무엇인가?

행군』, 14권 『두만강지구』, 15권 『준엄한 전구』로 이어진다. 이동하는 『신의 침묵에 대한 질문』이라는 평론집에서 『대지는 푸르다』에 대해 논평하면서 조지 오웰의 오세아니아국의 과거사 위조와 북한의 과거사 위조 습성에 대해 다음과 같이 비교한다.

"오웰이 상상 속의 오세아니아에 대하여 이야기한 구체적인 내용이 『대지는 푸르다』를 위시한 북한 측의 역사 조작 사업에 백퍼센트 맞아들어 가는 것은 아닐지 모르나, 최소한 그 조작의 메커니즘을 움직이는 핵심적 동력은 『1984』에서 갈파된 것과 한 치도 어긋나지 않는다고 우리는 단언할 수 있다. 그리고 이러한 메커니즘이 일단 작동을 개시하고 나면 엄연히 존재하고 있는 증인이나 증거자료 따위는 쉽사리 무시할 수 있게 된다는 것도 우리는 짐작할 수 있다. 역사 조작의 두둑한 배짱들의 비밀은 바로 여기에 있는 셈이다. …… 이것은 북한의 관제 건국신화이다. …… 건국신화로서 그것은, 조선민주주의인민공화국의 창설자, 즉 김일성을 신성화하고, 국민 전체를 하나로 통합시킨다는 목적을 위해 봉사한다. 그리고 이 같은 목적은, 북한을 완벽하게 장악하고 있는 엄청난 조작의 메커니즘, 달리 표현하자면 『1984』에 그려진 바와 같은 메커니즘에 힘입어, 적어도 북한 내부에서는 일단 성공을 거두었다고 볼 수 있다. 그러나 북한 바깥에 서서, 그 메커니즘의 실체를 꿰뚫어볼 수 있는 사람의 눈에는 그것은 값싼 희극에 불과한 것으로 비친다. 도대체 동명왕의 시대도, '용비어천가'의 시대도 아닌 21세기에 그처럼 고색창연한 방식으로 건국신화를 조작해 내는 그 엄청난 시대착오가 희극적인 것이 아니라면, 이 세상의 무엇이 희극적인 것이겠는가? ……
북한 정권이 왜 '불멸의 력사' 연작이라는 이름의 건국신화를 만들
어야만 했는가? 아니, 왜 애초에 김일성을 신화적인 존재로 만들어
야만 했는가를 이해하는 데도 도움을 줄지 모른다. 김현의 『르네 지
라르 혹은 폭력의 구조』에서 보듯이 새로운 질서를 창건하려는 자
는 누구나 기원적 폭력을 행사하지 않을 수 없다고 하지만 김일성의
경우에는 그 기원적 폭력이 유례가 드물 정도로 광범하고 잔혹하게
행사된 것이 아니었던가? 그렇기 때문에 신화를 조작해 내야 할 필
요성도 그만큼 유례가 드물게 절실했던 것이 아닌가 하는 느낌이 드
는 것이다."(이동하, 1992, 「북한 문학에 관한 두 편의 글」, 『신의 침묵에 대한 질문』, 세
계사, 353~354쪽)

허동찬은 만주 시절 민생단 폭력의 특색을 설명하면서 김일성의 정
치 스타일이야말로 바로 민생단의 의심 공포 살육 정치를 그대로 배워
실행한 정치로 북한 정치를 평한 바 있다.(임택삼, 1985, '김일성전기의 허상' 시
리즈, 『공산권연구』, 1985년 9월호)

남한의 젊은 북한학자들

그런데 이렇게 숙청사와 폐쇄사와 조작사의 일치를 주장해서 북한 멸망의 길을 역사 조작에서 찾는 이명영 등의 북한학자가 있는가 하면, 젊은 북한학자인 박명림의 경우 북한의 역사 조작을 전혀 언급하지 않으면서도(조작대로 믿어서인지 안 믿어서인지는 모르겠다.) 숙청사와 북한 멸망사만은 경제통계치로 이명영과 똑같은 결론으로 분석해 내는 젊은 북한학자도 있다.

다음은 박명림의 「근대화, 민주주의 문제와 현대 북한체제」를 요약한 것이다.(박명림, 2002, 「근대화, 민주주의 문제와 현대 북한체제: 기원, 전개, 전망」, 『아세아연구』 제45권 3호 통권 109호)

박명림은 현대 남한과 북한의 정치 경제적 궤적을 역사 사회과학도에겐 하나의 블랙홀이라고 본다. 전쟁 직후인 1953년부터 1960년대까지의 빠른 산업화와 대남 우위와 비교할 때, 북한의 오늘이 보여주는 독재와 경제파탄은 20세기 세계사의 가장 앞선 역진(逆進)으로서 남한과 극적으로 대비된다는 것이다. 두 독일이나 두 중국이나 두 베트남 중 어느 분단국가도 이렇듯 격변적 역전과 대조를 보여준 곳은 없다는 것이다. 무엇이 남과 북에 이런 차이를 가져 온 것일까가 이들의 분석 대상이다. 20세기 세계사에서 북한만이 예외적 존재라는 것이다.

박명림은 남한에서 북한의 빠른 산업화와 사회개혁에 밀려 밑으로부터의 민중혁명에 응해서 할 수 없이 이루어 낸 남한의 민주화와 산업화를 '수동혁명'이라 부른다. 다른 한편 전후 복구에 힘을 모아 온 국민을 일사불란하게 몰아붙여 토지개혁에 이은 전쟁복구건설에 매진했던 북한의 효율적이되 반민주적인 개혁을 '급진혁명'이라 부른다. 남한은 수동혁명 북한은 급진혁명을 해서 처음에는 북한이 먼저 발전했으나 급진혁명 특유의 반민주성 반인간성 반창조성 때문에 북한은 이후 계속 민주주의와는 정반대되는 방향으로 나갔고, 남한은 4·19나 5·18과 6·10 항쟁과 같은 밑으로부터의 요구에 밀려 민주주의와 산업화를 동시에 일구어 나갈 수밖에 없었던 수동적혁명을 이루어 냈다는 것이다. 여기서 민주주의란 최소정의로서 대의제 정부와 주기적 선거 및 복수정당을 말하는데, 북한은 투표조차 흑백투표일 정도로 민주주의의 외양조차 갖추지 못한 채 국민의 창발성과 의지를 막아 버렸다는 것이다. 그러나 북한은 그런 폐쇄주의적 주체사상 때문에 소련이 망하고 동구가 따라 민주화될 때도 비교적 끄떡없이 붕괴도 개방도 피해갈 수 있었다는 점도 덧붙이고 있다.

박명림에 의하면 분단주의의 대안은 통일주의가 아니라 보편주의라는 것이다. 남북한이 이념 문제 때문에 보편적 지평으로 나가지 못했고 전후 남북한 세계관이 갖는 보편성의 상실은 사고와 언어의 반신불수를 가져왔다는 것이다. 이를 남한은 그래도 민중의 깨우침과 그나마 형식으로만 있던 선거제도였지만 그래도 선거제도 덕에 이만큼의 민주주의라도 달성할 수 있었지만, 북한은 김일성의 유일사상과 혈통주의 독재 정권 때문에 이런 모든 길들이 처음부터 막혀 있었다는 것이다. 극히 짧았던 근대국가 등장의 시기는 북한에서 빠른 급진성의 증대와 민주성의 빠른 축소를 동시에 가져왔다. 1946년 3월 무상몰수 무상분배 방식의 토지개혁은 세계의 모든 탈식민 사회혁명 중에서도 가장 짧은 시기에 비유혈적으로 가장 단기에 급진적으로 체계적으로 단행된 것으로도 유명하다.

그러나 그 혁명은 다른 나라처럼 밑으로부터의 농민혁명과도 달랐다. 소련점령군의 점령 하에 저항이 거세된 가운데 외생적 요소와 내생적 요소가 결합된 반(半)정복이자 반(半)혁명(semi-conquest, semi-revolution)이었다. 1946년 11월 3일 북한의 인민위원회 선거를 '조선민족의 역사에 있어서 처음인 민주선거'라고 자랑(조선중앙연감 1949:84)했지만 비밀선거가 전혀 지켜지지 않은 흑백함 투표였다. 전원 투표=전원 찬성, 추천=당선이라는 지지확인의 의식절차에 불과했다. 북한이 이렇게 급진적 혁명을 이루어 낼 수 있었던 것은 인구의 10%인 100만 명의 인구를 남한으로 퇴출시켰기 때문이다. 당시 몰수대상이던 5정보 이상 인구는 3만호가 못 되었으므로 월남자의 90% 이상은 지주 아닌 일반 인민들이었다.

북한은 2000년 정상회담 이후에도 1953년 7월 27일의 휴전성립일을 여전히 조국해방전쟁 승리의 날, 즉 전승절로 기념한다. 흔히 전쟁에 패하였을 경우 국민으로부터 불신당해 지배세력은 해체되어 민주화로 급격히 나가는 것이 전쟁사의 통례인데, 북한은 반대로 더욱 더 군사주의로 나가는 계기로 삼았다. 오히려 전쟁을 계기로 소련의 북한 포기선언에서처럼 소련으로부터 독자성을 확보했고 따라서 냉전 해체 이후까지 동구와 다르게 사회주의를 유지할 수 있었다. 국가는 이번에는 강권력으로 군림하여 충성과 공포를 동시에 얻어냈다. 전시 북한에서는 남한과 마찬가지로 대규모 민간인 학살이 있었고 각기의 반체제 세력을 제거할 수 있었다. 북한은 더구나 제국주의 반동세력과의 전쟁을 수행한다는 국가안보의 명분으로 최소한의 인간안보와 인권개념을 소멸시켰고 국가테러가 극단적으로 나타났다. 계급적 대립이 사라진 북한 사회는 부(負)의 통합(negative integration)으로 균질화되고 단순화되었다. 남북 양측은 모두 전쟁으로는 통일이 불가능하다는 완전 타도의 절멸주의를 버렸다.

전쟁 직후 일사불란한 사회공학을 통해 사회재건에 먼저 성공한 측은 북한이었다. 1950년대 후반 평양시내의 사진들은 1970년대 서울이 아닌가 착각할 정도로 잘 정비된 모습이었지만 그 모습은 또한 40~50년이 지난 오늘의 평양의 모습이기도 하다. 그만큼 북한은 다른 사회주의국가들의 경우처럼 장기독재와 통제경제로 말미암아 초기 동력을 지속시키지 못하고 주저앉고 말았다. 60년대 후반 특히 70년대 주석체제로 넘어가면서 북한체제는 발전을 멈추었고 이전의 성과들을 잃어가기 시작하였다. 1956년 8월 사태(종파사건)가 있기 전까지만 해도 북

_ 거짓의 두 왕국, 북한은 남한에게 무엇인가?

한체제는 아직 정책선택의 이견이 존재하는 경쟁적 다이나믹스가 약간 존재하고 있었다.

그러나 이러한 제한적인 다이나믹스조차 이견과 대안을 뜻하기도 하는 종파의 소멸로 1950년대 말에는 모두 사라졌다. 이견세력의 철저한 숙청 및 배제와 함께 더 이상 집단적 대안은 존재하지 않았다. 이 시기 북한은 하나의 자기 완결적인 독재체제인 수령제의 등장과 공고화로 민주주의의 가능성은 완전히 폐색되었다. 북한의 경제성장은 1946년을 100으로 할 때 종전인 1953년에 70으로 하락했다가 1956년 153, 1959년 305, 1960년 328로 성장했다. 아무리 과장통계라고는 하지만 1961년 조선민주주의인민공화국 국가계획위원회 중앙통계국에 의하면 공업총생산도 1946년 기준으로 볼 때 1953년 2배, 1956년 6배, 1959년 19배, 1960년 21배로 급성장하였다. 연평균 성장률이 1954년에서 1960년까지 39%에 달했다. 이는 소련보다도 3~4배의 집약도를 가지고 수행된, 농민으로부터 노동자로의 엄청나게 빠른 변화였다. 토지개혁이나 중요 산업국유화도 소련의 1/10에서 1/20밖에 걸리지 않은, 세계에 유례없는 빠른 혁명이었다.

그러나 북한은 경제성장의 효과를 정치적 다원화로 이어가지 못하고 오히려 더욱 독재적인 절대체제로 빠져드는 오류를 범했다. 빠른 산업화가 사회적 계층분화라든가 다원성의 증대가 아니라 오히려 김일성 유일지도성의 증대와 독재의 강화로 연결된 것이다. 전지전능한 유일 수령으로의 부상을 통한 김일성 절대권력의 구축은 북한의 사회주의를 루마니아와 함께 세계역사상 유이(唯二)한 일가족사회주의로 변화시켰다. 이 결과 김일성 유일체제의 구축 시점과 남북한의 힘이 역전된 시점이 1970년대 초로 일치한다는 것 또한 많은 시사를 준다. 이후 1980년대와 1990년대를 거치면서 북한의 민주주의 폐색은 전혀 나아지지 않았으며 1997년과 1998년의 인구 15%의 아사를 거쳐 2010 년 현재도 북한은 국제지원 없이는 국민을 먹여 살릴 수 없는 최빈국 가로 남게 되었다. 북한은 세계 속에서 고립된 정치적 섬(島)이다.

북한은 개혁개방 못한다

　　그런데 북한이 이제라도 중국이나 베트남 식의 사회주의적 개혁개방도 못하는 이유에 대한 진단은 이명영과 박명림이 다르다. 이명영의 경우 북한이 개혁개방을 못하는 이유는 북한 당국이 해온 거짓말들, 즉 역사 조작과 세계 속에서의 북한의 위치가 드러날 것이 두려워 북한은 절대로 개방할 수 없다는 진단이고, 박명림의 경우는 중국이 개혁개방을 시작한 1978년의 상태를 북한은 이미 1950년대에 거쳤고 북한은 이제는 남한의 1960년대나 중국의 1980년대가 가졌던 농업인구나 개발여지를 갖고 있지 않기 때문에, 중국이나 베트남 같은 개혁개방을 하려야 할 수가 없다는 것이다. 다시 말해 북한은 이미 1950년대 말에 산업화를 했기 때문에 이제 해야 하는 산업화는 재산업화일 수밖에 없다는 것이다.

　　이명영의 경우 북한은 거짓말 위에 쌓아 올린 모래성이었다. 김일성의 조상에 대한 거짓말, 김일성 자신의 신분 유래에 대한 거짓말, 남한이 깡통거지만 사는 곳이라는 거짓말, 북한이 세계에서 가장 잘 사는 지상낙원이라는 거짓말 등등이 북한이 문을 여는 순간 와르르 무너져 내린다는 진단이다. 그러나 박명림의 진단은 다르다. 북한은 중국과 같은 일당정치가 아니라 당조차 없어진 일인(人) 통치의 사인(私人) 지배이며 가산(家産)국가이다. 북한체제는 개인 지도자가 헌법과 제도 위에 군림하는 통치모델로서 시저리즘(caesarism 황제)체제라는 것이다.

중국은 경제체제의 본격적 근대화에 앞서 모택동체제에서 등소평체제로의 혁명적 리더십 개변이 있었다. 민주화는 아니지만 치열한 권력투쟁과 노선 간의 투쟁이었다. 중국 개혁개방 노선이 승리한 결과로 정치체제의 개혁과 농촌생산관계의 개혁의 시기가 일치하였다. 그러나 북한은 시저리즘적 수령제라는 일인독재체제의 해체 이완 없이 경제회복과 민주주의로 갈 수는 없다는 것이다. 중국의 농촌인구는 개혁개방을 시작한 1978년 현재 82.1%였고 1차 산업인구도 73.8%나 되었다. 그러나 북한의 산업 및 인구구성은 60~70년대 남한이나 80~90년대 중국이 보여준 변화를 이미 50년대에 달성했던 것이다. 그때를 정점으로 이후 점점 더 북한 경제는 퇴락해 가고 있다.

게다가 북한은 군사국가이다. 군사비 지출로 따지면 세계에서 가장 군사화한 국가이다. 북한은 군대로 체제를 유지하고 있고 또한 군대 때문에 경제파탄에 이르고 있다. 헌법적으로도 군사적 지위를 의미하는 국방위원장이 최고지도자로 국가를 통치하고 있다. 김정일이 공식적으로 집권한 1998년 이후 GNP 대비 군사비지출은 1997년 이후 해마다 50% 이상에 달한다. 북한이 중국과 같은 개혁개방을 할 수 없는 이유 중의 하나도 이 군사비 때문이기도 하다. 개혁개방을 위해서는 군사 부문에 대한 과도한 자원집중과 왜곡을 가져오는 이 수령 일인지배체제의 해체가 불가피하기 때문이다. 남한과의 생사투쟁적 체제대결, 세계체제와의 절연, 미국에 의한 세계최장기 경제봉쇄, 군사능력을 통한 체제생존전략은 군사력에 대한 과도한 집중을 한시도 늦출 수 없었다.

　민주주의의 부재는 오늘의 북한 위기의 근원이다. 몇 번의 기회 때마다 북한은 민주적 발전과는 반대의 길을 선택했고 그것이 오늘의 북한의 민중 고통과 민주주의 부재의 결과를 초래했다. 민주주의와 통일 문제는 분리되기 어렵다. 다시 말하거니와 분단주의의 반대말은 통일주의가 아니고 보편주의이다. 독일 통일은 흡수 통일 이전에 동독의 민주적인, 동유럽에서 가장 평화로운 민주적 이행의 결과였다. 북한에서 민주주의의 발전은 대내적 체제소생과 경제발전, 대외적 평화공존을 위해서도 필수적인 요소이다. 현재의 북한에서 인민의 자발성을 동원하기 위한 민주주의의 발양 없이 경제를 발전시킨다는 것은 불가능하다. 민주주의체제 간에는 거의 전쟁을 치르지 않는다. 북한에 민주주의를 발전시킬 동력인 시민사회가 존재하지 않는 상황에서 남한 사회의 긍정적 역할은 단초를 제공할 수 있을 것이다.(이상 박명림, 2002, 「근대화, 민주주의 문제와 현대 북한체제: 기원, 전개, 전망」, 『아세아연구』 제45권 3호 통권 109호에서 요약)

　박명림은 이후 지도자로서의 김일성의 정치적 성격의 특징을 '독재와 무능과 교만'으로 대변한다. 특히 박정희와 대비시켜 분석할 때 그런 표찰을 붙인다.

"동구와 북한의 경우를 보면 밑으로부터의 저항과 도전이 끼치는 산업화 및 경제발전에의 긍정적 효과는 너무나도 분명하다. 북한의 실패와 패배, 특히 경제의 파탄은 김일성의 독재와 무능, 교만을 바로잡고 충고하고 도전하지 못한 비판세력의 부재가 한 결정적 요인이었다. 오늘에도 동일하다. 남한도 갈등 경쟁은 타협 및 공존과 함께 민주주의의 가치이다. 박정희시대의 도전과 갈등 역시 박정희가 말한 것처럼 국력소진과 사회불안의 요소가 아니라, 건강한 경쟁을 통한 사회변화와 발전, 자기 교정의 요소였다."(박명림, 2006, 「한국 현대사와 박정희, 박정희시대: 통치철학과 사상, 국가전략, 그리고 민주주의 문제」, 『박정희시대와 한국 현대사』, 선인, 66~67쪽)

이명영과 이종석의 사이에서

앞에서 말한 것처럼 일본의 만주 공비토벌대는 김일성의 신원을 확보하는 데 전력을 기울일수록 항일연군 속의 조선인 피체포자는 일경에 잡힐 때마다 김일성에 대한 오정보를 주는 것을 마지막 임무로 알았고, 이 두 개가 겹쳐서 진짜 김일성이든 가짜 김일성이든 김일성에 대한 오정보나 역정보는 난무할 수밖에 없었다. 바로 이 점이 김일성 연구자들로 하여금 가짜니 진짜니 하는 논란을 불러오게 한 요인이었고, 위에서 말한 일경의 「사상휘보 20호」의 정보혼합이 이 두 가지의 진짜파와 가짜파 모두에게 자신들에게 유리한 쪽으로 해석할 여지를 준 것이었다.

앞에서 말했듯이 이명영은 김일성이 어떻게 두 선배 김일성의 전공들을 모두 자신 하나만의 전공으로 만들기 위해 두 선배를 역사 기록에서 없애고 그 전공들을 모두 도용하여 세 사람을 자신 한 사람으로 만들었으며, 그러나 그 사람들의 학벌이나 부인들은 졸업생 명단이나 자식 낳은 기록상 자신의 것으로 만들 수는 없어서, 사진을 도용할 때도 가장 흐린 사진 한 장을 행운으로 골라 삼중 위조를 통해 북김 자신의 만주 빨치산 시절 사진이라며 박물관에 내걸었는가도, 모두 설명된 대로이다.

그리고 이명영은 이런 김일성의 사진 위조나 역사물 왜곡 등을 모두 책으로 출판한 이외에도 개인적으로도 편지를 써서 김일성 연구의 해외 석학들인 하와이대학의 서대숙 교수나 일본 동경대학의 와다 하루키 교수에게 보냈으나, 이들 모두가 바로 위의 「사상휘보 20호」를 들어 이명영 교수의 실수를 지적하는 데 그쳤던 것이다. 그만큼 「사상휘보 20호」의 혼동은 양측 모두에게 아전인수격의 혼란자료가 될 수 있었던 것이다.

그런데 한국에서는 1980년대부터 김일성에 대한 남한 젊은이들의 연구가 시작되었고 그중에서도 이종석이나 박명림이나 서동만이나 란코프 등이 가장 과학적이고 객관적인 연구를 시도했다고 볼 수 있다. 이 중에서도 서대숙과 하루키 등과 함께 내국인으로서는 학술적으로 이명영을 가장 집중적으로 반박한 사람은 이종석으로 볼 수 있다.

"지금까지 살펴본 것처럼 역사로서의 김일성의 항일무장투쟁은 허구가 아니며 '가짜 김일성론'이 오히려 허구이다. 그렇다고 해서 그의 무장투쟁은 절대무비의 업적도 아니다. 물론 그가 민족의 시련기인 1930년대에 일제에 대항해서 무장투쟁을 전개하고, 1940년이라는 암울한 시기에 중대 규모의 일제토벌대를 전멸시킨 활동궤적을 과소평가할 수는 없을 것이다. '가짜 김일성론'은 어쩌면 '화해할 수 없는' 적과의 대결에서 승리해야 하는 냉전시대에 우리가 의제적으로 바랐던 희망을 표시한 것이라고 볼 수 있다. 그러나 그것은 역사적 허구이며, 냉전이 해체되면서 그 허구도 자연스럽게 벗겨지게 되었다. 그렇지만 김일성은 북한에서 주장하는 것처럼 만주의 전체 '항일무장투쟁'을 지휘한 유일한 지도자는 아니었다. 그러나 북한 이론가들은 지금까지 항일무장투쟁의 역사를 그의 유일적 지도 아래 이루어진 역사로 분석하고 그의 투쟁 활동을 사실의 범위를 넘어서서 과장과 왜곡을 거쳐서 신화화하였다. 그리고 이 신화화는 김일성 카리스마의 중요한 기초가 되었다. 다른 곳에서는 그의 항일무장투쟁에 대한 그의 신화적 이미지도 붕괴되었지만 북한에서는 현재도 여전히 신화화된 그의 항일무장투쟁이 이 사회를 움직이는 힘으로 작용하고 있다. 그러나 신화에 기초한 이 국가는 이제 위기에 직면해 있다. 그리고 바깥세계에서 불어오는 반신화(反神話)의 바람이 지금 굳게 닫힌 유격대국가의 대문을 두드리고 있다. 과연 신화가 붕괴되면 이 유격대국가는 어떻게 될 것인가? 신화가 체제 유지의 동력으로 작용해왔기 때문에 이 사회에서 김일성무장투쟁의 신화의 붕괴는 체제동요와 직결되는 중대사가 될지도 모를 일이다."(이종석, 2000, 『새로 쓴 현대 북한의 이해』, 역사비평사, 461~462쪽)

그러면서 이종석은 북한체제를 유지시키고 있는 김일성 신화화의 예를 다음과 같이 들고 있다.

1) 김정일 백두산 출생의 조작과 밀영 귀틀집 성역화

2) 1926년 김일성 14세 때 타도제국주의동맹(ㅌㄷ)을 결성해서 ˙
   1926년 10월을 조선 현대사의 기점으로 삼고 있는 점

3) 1931년 9월, 즉 19세 때 만주사변 발발을 계기로 전개된 공산
   주의자들의 '항일유격투쟁'을 김일성이 유일적으로 지도한 것
   으로 서술한 점

4) 1934년 3월, 즉 22세 때 중국공산당 만주성 위원회의 지시로
   동만(지금의 연변)에서 건립된 동북인민혁명군 제2군 독립사가
   마치 김일성의 '조치'로 이루어진 것으로 서술하고 있는 점

5) 만주 '항일유격투쟁'의 김일성보다 훨씬 고참 지도자들을 분
   별없이 김일성의 수하(手下)로 서술한 점. 예를 들어 뛰어난 혁
   명군 참모장에다가 김일성보다 6년 선배였던 이홍광을 마치
   김일성의 수하로 묘사한 점

6) 일제의 패망과 광복에 대해서도 마치 김일성이 '조선인민혁명
   군'에게 조국진격을 명령하여 조국을 해방시킨 것으로 기술한
   점 등이 신화화 또는 왜곡 조작 과장의 예로 들어지고 있다.(이
   상 이종석, 2000, 『새로 쓴 현대 북한의 이해』, 역사비평사, 458~459쪽)

그러면서 이종석은 그의 책 어디에서도 김일성의 증조부 김응우가
1866년 대동강 만경대 앞에 올라왔던 미국 상선 셔먼호를 화선공법으
로 물리친 사실은 어느 신화에서도 언급하지 않고 있다. 물론 가랑잎
으로 압록강을 건넌 김일성 신화도 언급하지 않는다. 그러고 보면 어
떤 조작은 신화여서 북한체제 발생과 유지 및 붕괴의 원인이 되고 있

고, 어떤 신화는 전혀 말도 되지 않으므로 언급하면 김일성이나 북한에 누가 되는지에 대한 구분은 전혀 않고 있다. 김정일을 후계자로 만들기 위해서는 김일성의 그 촌스런 혈통주의가 나와야 되고 그 혈통주의를 조작하자니 증조할아버지뿐 아니라 아버지 김형직의 전향서(민족주의자여서 공산도배에게 암살당했는데도 아버지를 조선공산주의 시조로 만들었다)가 필요했다는 것도 언급하지 않았다.

그러니까 이종석은 그나마도 신화화로 끼워 넣고 싶은 조작만 신화화란 이름으로 면죄부를 주려 했고, 그 나머지 더 큰 신화화의 사례들은 김일성의 인격과 북한체제의 건강성을 보호하기 위해 숨겨 버린 셈이다. 그러다 보니 이종석이 구해 주려던 신화조작과 이종석이 포기하고 버려 버렸던 조작들이 굳건히 구별되는데 이렇게 보면 김일성의 역사 조작은 이종석의 기준에 따라 세 가지 수준으로 단계별로 나뉜다.

1) 이종석이 철저히 김일성 본인의 것으로 끌어다 붙이는 김일성의 조작(예를 들어 3명의 김일성을 모두 모아 북김 한 사람으로 뭉쳐 놓은 점)

2) 이종석이 북한 건설과 유지에 필연적으로 필요하다고 생각해서 신화화란 이름으로 김일성과 함께 북한 건국에 써 먹었던 조작

3) 이종석조차 도저히 김일성 신화화작업에조차 써 줄 수가 없어서 이종석이 버렸으되 그 버렸다는 변명이나 귀여운 거짓말로 호도하거나 하는 언급도 없이 그냥 무턱대고 언급을 피해 버린 조작들, 즉 김응우 화선 공격술이나 김형직의 조선 공산주의 시조설

이종석은 1번 수준 조작은 적극 견강부회해서 김일성의 진짜설을 옹호하는 데 썼고, 2번 수준 조작은 이종석 나름으로 용서하고 이해해서 북한 건국신화 등에 꼭 필요했었음을 변명했고, 그리고 3번 수준의 조작들은 아무리 남북한 사람들이라도 도저히 믿어 줄 수가 없을 것이고 오히려 웃음거리만 될 것이므로 아예 없던 것으로 이종석 머릿속에서 지워 버려서 북한과 김일성에게서도 지워 주어서 김일성과 북한이라는 나라를 정상적인 국가로 만들어 준 수준의, 세 가지 조작 해석 단계로 나누어 처리한 셈이 된다.

허동찬과 이명영 등은 북한의 역사 조작의 심각성을 1%의 진실을 기초로 99%를 조작해 넣은 위조 역사로 말한 적이 있다. 여기서 이종석을 대입해 보면 다음과 같이 된다.

그러고 보면 이종석과 이명영의 차이는 마치 김일성 가짜설과 진짜설의 차이인 것으로 보이기 쉽고 이종석 본인 또한 그런 방향으로 글을 몰고 가지만, 사실은 이종석 자신의 '신화화설'을 기초로 보면 이종석 역시 이명영과 다른 점은 위의 세 가지 수준 중에서 1번 수준, 즉 김일성은 이명영이 말하는 1대 · 2대 · 3대의 김일성 중 3대에 국한되어 있던 후배인데, 선배들의 신원과 전공들을 모두 훔쳐 자신 한 명만의 김일성으로 녹여냈다는 이명영의 가짜설을 뒤집어, 이종석은 이 세 명의 김일성은 없었으며 오로지 북한 주석 김일성 하나만이 존재했던 것으로 고증해 낸 차이, 한 개뿐이라고 할 수 있다. 그러니까 위의 이종석의 김일성 위조사 세 수준 중 1번 수준 하나만 이명영과 이종석의 해석이 다르고 2번 수준과 3번 수준은 두 이 씨 모두 조작으로 여기기는 똑같다는 뜻이다. 김일성이 세 명이냐 한 명이냐와 그 한 명의 김일성이 만주항일투쟁을 혼자 모두 지도해서 조선광복을 이뤘냐는 큰 차이이긴 하다.

그러나 모든 백분율(%)이라는 것이 어느 부분만 중요한 게 아니라 전체가 얼마나 컸던 것에서 그 부분이 그 비율을 차지했냐가 중요하다는 것은 삼척동자도 모두 알고 있다. 다시 말해 이명영과 이종석의 차이, 즉 세 명 김일성이냐 한 명 김일성이냐의 차이는 북한 역사서가 조작한 전체 조작의 양이 얼마 중에서 그 3김 또는 1김의 차이이냐에 따라 조작을 인정하는 백분율이 결정되는 게 확실하다. 그렇다면 이종석 조차 여기 3김 아닌 1김이라는 1번 수준 차이 하나만 인정하지, 2번 수준의 신화화 수준이라든가, 그리고 3번 수준의, 이종석이 전혀 숨기고 있는 선조(金膺禹) 조작들을 어떤 비중으로 보아 주어야 할지에 따라서, 이명영 허동찬 등의 1% 진실에 99% 조작설을, 이종석의 경우 몇 % 진실에 몇 % 조작으로 보아 주어야 할지가 결정된다 하겠다.

그러면 이종석이 분리해 냈던 세 가지 수준의 조작수준 중 1번 수준 한 개를 독자들이 아무리 양보해 인정해 준다 한들, 이종석이 신화 즉 조작으로 인정하고 있는 2번 수준의 조작들과, 특히 이종석조차 숨기고 싶어 하는 3번 수준 조작까지를 모두 백분율의 분모로 쓸 경우, 이종석 식의 계산으로도 김일성의 진실률은 20%를 넘지 못할 것이고, 조작 허구율이 80%를 넘나든다 말하는데 누구도 동의 안할 수는 없을 것이다. 분모가 워낙 크다 보니까 분자를 아무리 키워봐야 진실률은 거의 움직이지 않는다.

그렇다면 이종석은 바로 이 1%(이명영)와 20%(이종석)의 차이를 놓고 그동안 수십 년을 두고 북한이라는 체제해석과 멸망융성의 싸움을 해

온 셈이 된다. 아니 남한의 모든 지식인들이나 민중이나 시민들 학생들을 모두 이 작은 차이의 차별성 때문에 크게 분열시켜 놓고 뒤흔든 꼴이 되는 게 아닌가 싶다. 우리 남한 민중들은 지식인들까지 포함하여 그동안 북한 문제에 목을 잡혀 휘둘려 왔다. 20%의 진실을 믿는 학자들은 그걸로 해서 북한을 국가로 인정하고 사회로 인정하고 세계사회의 일원으로 인정해 온 반면, 1%의 진실만 인정해 온 학자들은 북한이라는 국가를 국가로 인정하지 않고, 해괴한 집단으로 인정해 왔으며, 그리고 현재 북한의 미래는 해괴한 사회로 망해가고 있다고 생각하는 셈이다. 망해가는 마당에 맘껏 짓밟아 한풀이 해보자는 게 아니라, 그동안 남한 시민들이 이런 작은 차이의 해석 차이 때문에 그간 얼마나 많이 시달려 왔는가를 생각하면 아주 불쌍하다는 비감이 든다.

그리고 이종석은 김응우에 대해서도 언급이 전무하지만 북한 수용소에 대해서도 전혀 언급한 적이 없는 것으로 과문한 필자(정자환)는 알고 있다. 조상도 조작하고 온 국민을 김일성교의 신앙인을 만들어 학습하고 암기하게 하고, 그걸 외우지 못하면 사상개조를 위해 정치범수용소에 보내 노동사(勞動死)시키는 그런 국가에, 이제는 이종석조차 희망을 갖고 있지는 않는 것 같다.

그러니까 여기서 북한의 붕괴를 놓고 이명영과 이종석이 각기 어떤 원인에다 갖다 붙이느냐의 문제가 되는 것이다. 이종석 역시 북한은 희망이 없고 오로지 어떻게 연착륙시키느냐, 또는 개혁개방이 진정 불가능할 것이냐에 초점을 맞추고 있는 것은 이명영과 똑같다. 말하자면 이명영이 일찌감치 1970년대에 북한을 포기한 것을 이종석은 그래도 아직 북한에 희망을 갖고 남한 시민들로 하여금 아직도 북한에 희망을 갖도록 촉구해 오다가, 드디어 이제야 이종석 자신도 북한의 말로를 걱정하지 않을 수 없게 되었다면 누구의 진단이 더 옳았던 것이었을까? 그동안 누가 더 남북한 민중들을 오도해 온 것이었을까? 여기에는 물론 이종석 한 명만이 아닌 남한의 젊은 북한학자들 대부분의 책임도 함께 있다고 봐야 할 것이다.

다시 말해서 1%의 진실과 20%의 진실은 큰 차이가 있는 것처럼 보일지 모르나 99% 조작과 80%의 조작은 별 차이가 없을 것이기 때문이다. 이는 또다시 말해서 80% 조작이 확실한 사람의 말을 어찌 20%라고 해서 귀담아 들을 필요가 있겠느냐와도 연결된다. 집에서 새던 바가지가 밖에 나가서 새지 않을 수 있겠느냐도 되지만, 80% 이상이 조작이고 보면 1%와 20% 진실의 차이는 50보 100보의 차이일 뿐이고, 지금 현재 북한의 돼가는 꼴이 이를 가장 잘 증명하고 있다는 뜻이기도 하다. 결국 이명영과 이종석 사이의 차이는 더 가짜설과 덜 가짜설의 차이일 뿐 가짜설과 진짜설의 차이는 애초부터 없었던 것으로 된다.

한홍구는 한 술 더 떠서 '일제순사가 돼지처럼 꿀꿀'이란 '보천보 노래'도 인용하고, 그리운 보천보 흙 한 움큼씩 주워 담아 조선병사들 배낭에 집어넣는 센티멘탈리즘도 밝히더니, 여운형의 1937년 6월 4일 직후 보천보 여행과, 1998년 동아일보 김병관 사장이 1937년 6월 4일 보천보사건 옛 호외를 황금으로 만들어 방북하면서 김정일에게 선물로 준 사실까지 밝혔지만, 그러나 그 보천보 김일성이 1대 김일성이면 왜 안 되고 반드시 3대 김일성이어야만 맞는다는 고증은 하지 않고 있다.(한홍구, 2003, 『대한민국사 02 – 한홍구의 역사 이야기』, 한겨레신문사, 148~155쪽)

북한체제의 굴절 시기

　　남한의 모든 북한학자들은 북한이 이렇게 좋은 출발로 전 세계의 축복을 받으며 희망찬 공산혁명을 시작했다가 언제 어느 날 무슨 계기로 해서 내리막길을 시작했는가에 아쉬움과 절망을 느끼고 있다. 아니 북한이 이렇게 되지 않을 수도 있었다면 그 잘못돼 갔던 시기는 언제 어느 날로 잡아야 의문이 풀릴지에 대한 연구이다. 대부분의 북한학자들이 가장 아쉬워하는 것은 1956년 8월의 소위 종파사건이다.

　　서동만의 이 종파사건 묘사는 없었던 역사를 있었던 것으로 만드는 노고만큼이나 안타깝고 슬픈 '가정(假定)'의 역사가 된다. 될 듯 될 듯 하다가 다른 모습으로 변모하고 마는 북한의 다른 대안들이 이 안에 처음이자 마지막으로 존재했었기 때문이다. 아니 이명영식으로 하면 전혀 될 듯 말 듯도 아니고 전혀 기정사실대로 김일성의 위조와 독재

대로(大路)로 제대로 마땅히 정도를 걸어 간 것으로 묘사되고 있지만, 북한의 붕괴를 아쉬워하고 슬퍼하는 젊은 북한학자들에게는 이때야말로 북한이 유일하게 집단체제나, 적어도 동구 정도의 자기 수정능력이나, 중국 베트남 정도의 개혁개방 가능성이라도 가질 수 있는 '열려 있는 사회주의' 건설에의 마지막 기회였다는 것이다. 그 기회란 다음과 같다.

서동만은 그의 책 『북조선사회주의체제 성립사 1945~1961』의 「개인숭배 비판과 '8월 종파사건'」에서 1953년 스탈린 사후 흐루시초프의 스탈린 개인숭배 비판으로 전 세계 사회주의권에 몰아쳤던 개인숭배 비판의 회오리를 북한의 김일성이 어떻게 뻔뻔한 거짓말과 말 바꾸기로, 이미 죽은 박헌영의 개인숭배 비판으로 바꿔치기하고, 당대회를 축하할 겸 김일성 축출시도도 할 겸 손님으로 왔던 소련 외상 미코얀과 중국의 팽덕회(한국전쟁 때 조중연합사령관)를 속여 돌려보낸 후, 금방 태도를 바꿔 김일성이 자신의 축출위기를 모면했는가를 안타깝게 그리고 있다.

아니 이는 서동만 뿐만이 아니라 북한학을 연구하는 모든 국내외를 막론한 학자들의 안타까움이기도 했다. 개인숭배 비판은 소련에서도 진행중이었지만 북조선에서도 연안계를 중심으로 제기되고 있었다. 김일성도 소련의 압력에 의해 5월 30일 「노동신문」에 '스탈린 숭배는 역사적 진실의 왜곡을 초래했다.'는 논문을 게재할 수밖에 없었다. 김일성의 스탈린 비판이 실린 다음 날에야 소련은 북조선 정부대표단을 초청한다고 발표했고, 김일성은 다음 날인 6월 1일 10명의 대표단을 이끌고 9개국 방문길에 올랐다. 전쟁복구비 원조 모금길이었다. 첫 기착지인 모스크바에서 흐루시초프와 미코얀과 브레즈네프가 참석한 소련 측은 김일성에게 ① 북한 인민생활이 안정되어 있지 않다는 점 ② 김일성에 대한 개인숭배가 지속되고 있다는 점 ③ 당역사를 김일성의 개인역사로 만들고 있다는 점 등이 지적되었고, 김일성은 '이를 동지적 입장에서 접수한다.' 라고 모두 수긍할 수밖에 없었다.

이 소식은 국내에 알려져 김일성 반대운동이 최창익과 윤공흠, 리필규 서휘 등에 의해 주소대사 리상조의 도움으로 진행되었다. 그러나 최용건과 김두봉 등 거물급이 소극적이었으며 더구나 란코프에 의하면 최용건은 김일성에게 이 모든 정보를 알려 대책마련에 손을 썼다고 한다. 8월 30~31일 당중앙위원회 전원회의가 열렸을 때 김일성의 귀국보고와 박금철의 보건사업보고에 이어 윤공흠이 발언권을 얻어 김일성의 개인숭배 문제를 제기하자 최용건 허성택 등 주류파가 제지하여 큰 소동이 일어났다. 윤공흠 서휘 리필규 김강 등 연안파가 신변위험을 느껴 압록강을 거쳐 중국으로 망명했고, 망명자들을 통해 평양의 사태가 중국에 알려졌으며, 주소련대사 리상조도 흐루시초프에게 개입을 요청했고, 개입을 적극 주장한 것은 모택동이었다고 한다.

모택동은 희의차 중국에 와 있던 미코얀에게 공동대표단을 평양에 파견하자고 제안했고 미코얀은 모스크바에 문의하여 이때 이미 흐루시초프도 김일성을 축출한다는 생각을 가지고 있었다고 한다.

미코얀과 팽덕회가 파견되었으나 최용건 등이 '개인숭배는 박헌영밖에 없었다.'며 이미 전년인 1955년 12월에 처형된 미제간첩 사형수에게 전가(숭배받은 박헌영이 사형당했을 리는 없는데도)하고, 김일성을 옹호하는 바람에, 외국 손님들은 그냥 물러가는 수밖에 없었다. 거짓말인

줄 뻔히 알면서도 주인들이 똘똘 뭉쳐 억지 주장을 하는데야 손님의 입장에서 더 뭐라 말할 수가 없었던 것이다. 다만 당적이 박탈되었던 최창익·윤공흠·리필규·박창옥 등이 복적되었을 뿐이다. 게다가 때마침 그 해 10월 23일 헝가리 동란이 터지자 소련은 무력진압을 하게 되었고 다시 강경책으로 돌아서자 김일성은 이때다 하고 개인숭배를 다시 펼치기 시작했다. 김일성은 소련대사 리상조를 소환했으나 리상조는 소련에 망명해 버렸고 북한을 영원히 등졌다.(이상 서동만, 2005, 『북조선사회주의체제 성립사 1945~1961』, 선인, 529~540쪽)

박명림은 『창작과 비평』(1995년, 가을호)에 북한 연구서적들에 관한 서평을 실은 적이 있는데 이 글에서 이종석의 『현대 북한의 이해』란 책의 이종석이 말한 '굴절이동'에 관해 '사상보다 체제가 선행하고 체제가 사상을 자신에게 복무하도록 굴절시켰다.'라고 북한 유일체제에 대해 분석한 데 대해 전적으로 동의했다. 주체사상의 담론으로서 유일체제가 아니라 유일체제의 담론으로서 주체사상이 선행한 전도(轉倒)현상이라는 것이다. 이종석은 특히 1967년을 북한의 역사, 정치, 사회에서 가장 뚜렷한 전환점으로 본다. 1967년은 김일성의 마지막 숙청인 갑산파 박금철 이효순 등의 숙청의 해여서 이후 김일성의 숙청은 군인 숙청만 남았고 정치인 숙청은 모두 마무리되어 북한 권력체제에서 집단지도체제가 물건너 간 시기이기도 하다.

이종석은 이를 '굴절이동'이란 이름으로 설명하는데 북한을 연구하는 학자들은 모두 북한이 건국 초기와 전쟁 후 산업화 초기에 초기 효과와 외국원조를 얻어 승승장구하다가 별안간 어느 시점에서부터 내리막길을 걷기 시작했느냐의 전환점, 즉 이종석이 말하는 굴절이동을 했느냐를 찾기 마련인데 대부분이 1960년대 초중반에서들 이 계기를 발견한다. 이종석의 경우도 1967년경의 굴절이동으로 김일성 개인숭배의 전면화와 유일사상체계의 확립, 이를 위한 당내 숙청 등으로 생긴 북한 사회의 전면적 변화를 지칭하는 것이다.(박명림, 1995, 「냉전의 해체와 북한 연구: 시각, 이론, 해석의 문제」, 『창작과 비평』 1995년 가을호, 332쪽)

이종석에게는 북한은 주체들이 하기에 따라서는 역사 방향이 얼마든지 달라질 수도 있었던 열려진 '가능의 예술'이었는데, 1956년 종파숙청과 1967년 갑산파 숙청(박금철 이효순 등)을 거치면서 그리고 마지막으로는 1970년대 초 김정일로의 후계체제가 굳어지면서, 그 가능성이 영원히 닫혀 버렸다는 것이다. 말하자면 이종석은 가능성과 한계를 동시에 본 것이기도 하며 또한 구조와 행위, 그리고 조건과 선택의 결합으로 정치를 이해한 것이다. 서동만도 북한의 1964년 이후 공간물들은 "같은 거짓말들의 반복뿐이어서 자료로서의 가치가 적다."라는 점을 지적했고(서동만, 1996, 「북한 사회주의에서 근대와 전통」, 『한국의 근대와 근대성 비판』, 역사문제연구소 역사비평, 349~373쪽) "남조선노동당 즉 남로당파 숙청하고 남로당사를 말소한 이후 급기야 역사가 정치에 완전히 종속되는 역전(逆轉) 현상이 일어났다."라고 평했다.(서동만, 위의 글, 366~368쪽)

빨치산혁명전통이 혁명적 군중노선과 결합해 생활화하면서 내용적으로는 비속화 통속화가 이루어졌고, 그리하여 북한의 모든 글들은 1960년대 중반 실제로는 1964년부터 북한 사회 설명력을 잃은 슬로건 차원으로 퇴락했다며, 이를 서동만은 불모화라고 불렀다. 이 변화는 주체사상의 체계화와 동시에 진행되었고 지루한 김일성교시의 나열과 이데올로기 연구로 일관되었으며 이를 읽는 데는 많은 인내심이 필요하다고 서동만은 짜증을 내기도 했다. 이를 1960년대 중반 이후, 즉 1964년 이후 북한의 지적 불모화라고 이름 붙이면서 그는 유일사상체계의 확립이 이데올로기의 폭을 극도로 축소시키고 실생활과 가치간의 괴리를 불러왔고 가치나 도덕의 공허화를 불러왔다고 평가했다.

최용건은 김일성과
반대파의 이중첩자

란코프(Andrei N. Lankov)는 1995년 『소련의 자료로 본 북한 현대 정치사』에서 약간 독특한 주장들을 한다. 란코프는 소련 사람으로서 레닌그라드대학교 동방학부에서 중국·한국 역사과를 나왔으며, 1984~1985년 2년간은 평양에서 유학했고, 1992~1995년간은 한국의 중앙대학교 오산캠퍼스의 초빙강사를 지낸 남북 체험자이기도 하다. 1991년에는 『평양의 지붕 밑』이란 북한 체험기를 서울의 연합통신사에서 냈으며, 2007년에는 『북한 워크아웃』이란 책을 시대정신에서 냈는데, 그는 1995년에 나온 『소련의 자료로 본 북한 현대 정치사』에서 여러 가지 독특한 논점들을 관계 소련인 인터뷰와 새로 공개된 소련 자료들을 인용해 증언을 기초로 주장하고 있어 흥미롭다.(란코프, 1995, 『소련의 자료로 본 북한 현대 정치사』, 오름)

그가 주장하는 새로운 주장들은, 첫째 김일성이 자신의 의사에 반

(反)해서 북한 권부의 정상을 우연히 차지하게 되었다는 것이며, 둘째 1956년 8월 김일성을 제거하려는 계획이 중국 측에 의하여 실제로 신중히 논의되고 있었다는 것이며, 셋째 김일성은 1940년대 말까지 단지 명목상의 국가수반이었다는 점이며, 넷째 북한의 수립 초기 단계에서부터 한국전쟁의 발발 시까지 북한 정부는 소련의 완전한 꼭두각시에 불과했으며, 소련 고문관과 외교관들이 항상 북한 당국자들은 따라다니며 지시를 하곤 했다는 주장들이다. 란코프는 또한 1956년의 8월 종파사건을 다룬 '제6장 8월 사건과 북한의 행로'에서 김일성체제가 탄생한 것은 1945년이 아니라 1956년이었다고 주장한다.(란코프, 1995, 『소련의 자료로 본 북한 현대 정치사』, 오름, 187~251쪽)

그 이유로 란코프는 첫째, 북한 지도부 내에 김일성을 축출하기 위한 모의가 명백히 존재했고, 이를 실행단계에 이르렀으며, 이를 소련대사관에 사전에 알렸고, 따라서 소련대사관 역시 이를 충분히 인지하고 있었다는 것이다. 둘째, 소련 측은 반김일성운동에 대해, 비록 적극적으로 김일성을 보호하기 위해 행동을 취한 것은 없지만, '신중한 반대' 입장이었다는 것이다. 셋째, 란코프는 지금까지 논쟁적이었던 최용건의 역할에 대해 최용건이 이중적 역할을 했다고 주장한다. 최용건이 김일성의 하수인, 즉 겉으로는 반대파들과 공모자인 듯 행동하면서 김일성에 대해 불만을 품고 있던 자들의 공격준비를 지지했던 것으로 보였지만, 다른 뒤편으로는 김일성이 필요로 하던 정보를 수집하는 첩자역할을 수행했으리라는 것이다.

항일투쟁 경력일수록
숨겨야 하는 북한

연변 소설가 김학철(1916~2001)은 북한 원산항 출신으로 서울 보성학교를 나와 16세 때 윤봉길 의사의 의거에 충격을 받고 상해임정을 찾아 상해로 망명했던 조선족 작가이다. 20세 때 조선민족혁명당에 입당하여 김원봉의 부하가 되었고, 22세에 중국 중앙육군학교를 졸업하고 중국 무한에서 조선의용대를 창립했는데 이 창립대회에는 주은래와 곽말약 등이 참석했다. 24세에 중국공산당에 가입하여 25세 여름 화북 팔로군 지역으로 들어가 조선의용군 화북지대 제2대 분대장으로 중일전쟁에 참전했다.

태항산 시절 '조선의용군 추도가' 등 가사 극본 등을 창작했고 25세인 1941년 12월 12일 하북성 원씨현 호가장 전투에서 일본군과 교전 중 부상당한 채 포로가 되어 일본국민으로서 10년 수감판결을 받았고 북경~부산을 거쳐 일본 나가사키형무소에 수감되어 전향서를 쓰지 않는다는 이유로 치료(치료래야 썩어 가는 다리를 잘라 달라는 치료)를 받지 못하다가, 환자(김학철)로부터 히포크라테스 선서까지 들먹이며 항의하는 통에, 어쩔 수 없었던 일본의사로부터 총상당한 지 3년 6개월 만에 왼쪽 다리를 절단받았다. 29세인 1945년 8월 15일 일본이 투항하자 10월 9일 맥아더 사령부의 정치범 석방 명령으로 석방되어 11월 1일 서울에 와서 이태준 김남천 등과 함께 창작생활을 하다가 1946년 남한 당국의 좌익탄압으로 부득이 월북했고 북한에서 노동신문 기자, 인민군신문 주필 노릇을 하다가 김일성에 실망하고 1950년 전쟁이 나자 10월에 압록강을 건너 중국 북경 중앙문학연구소에서 연구원 노릇을 하며 창작하다가 1962년 10월 주덕해 등의 초청으로 연변에 정착했다.

1954년부터 『해란강아 말하라』 등 작품 활동을 하다가 반동분자로 숙청당해 24년 동안 강제노동에 종사했다. 1966년 중국의 문화대혁명이 시작되어, 7월 홍위병의 가택수색으로 모택동과 김일성의 개인숭배 대약진운동 등을 비판한 장편소설 『20세기의 신화』가 아직 출판도 안 된 채로 서랍 속에서 발각되어 몰수당하면서, 연길유치소의 미결수로 10년 징역을 살게 되었다. 1977년에야 비로소 만기 출소되어 3년간 반혁명 전과자로 작품 활동이 금지되어 실업자 노릇을 했고, 1980년 12월에 64세의 나이로 25년 만에 복권되어 창작 활동을 재개했다.

가장 순수했던 공산주의자로서 1988년 남한의 금서들이 해금된 다음에야 풀빛사에서 『격정시대』와 『해란강아 말하라』가 나온 이듬해 73세의 나이로 1946년 월북 후 첫 서울 나들이에 나서서 마천사에서 『고봉기 유언』과 풀빛사에서 『무명소졸』, 『태항산록』 등을 냈다. 1991년에는 김일성의 56년 8월 종파사건을 일으켜 야반도주로 압록강을 나룻배로 건넜던 옛 전우 서휘 강진세 등을 그의 망명처(중국 땅)로 방문하여 만나봤으며, 1994년에는 남한 KBS 해외동포상을 수상했고, 1995년에 자서전 『최후의 분대장』을 냈다. 1998년 우리민족서로돕기 운동본부 초청으로 몇 번 더 남한을 방문했고 '자랑스러운 보성인'을 수상하기도 했는데 2001년 연길시에서 타계했다. 유언에 의해 유체는 화장하여 두만강에 뿌려졌고 일부는 우편함에 담아 동해바다로 보냈다. 우편함에는 '원산 앞바다 행 김학철'이라 쓰였다.

다음은 김학철이 『20세기의 신화』에서 한 등장인물의 입을 빌려 작가의 김일성관을 밝힌 부분이다.(김호웅 · 김해양, 2007, 『김학철평전』, 실천문학사, 268~270쪽)

"김일성이 투쟁을 끝까지 안한 것을 욕하는 게 아니라 끝까지 한 사람들의 공적을 모두 자기 치부책에다 올린 점이 비난받아야 한다. 개인숭배 만경대를 마호메트의 메카로 만들고, 눈에 거슬리는 공산주의자들은 고용간첩으로 학살하고, 맘에 들지 않는 공산주의자들은 종파분자 현대 수정주의자로 몰아 강제노동에서 죽게 하고, 가족까지 제물로 몰아 죽였다. 조선노동당은 일신교에다가 헌병대와 안전부를 결합시킨 것으로 보면 된다."

이렇게 그는 김일성 독재와 전횡에 대한 격분을 표시하고, 동지의 손에 전군복멸당한 조선의용군 전우들을 대신하여 그 억울함을 호소한다. 마치 알바니아에서도 독재자 호자가 자기의 직계 아닌 노투사들을 모두 소멸시켰듯이 북한은 이보다도 더 냉혈적이고 비겁한 숙청이었다는 것이다.

만약 1956년 8월 연안파들이 김일성 정권을 대치했다면 어땠을까? 적어도 다른 동구 공산국가들이나 중국 베트남처럼은 되었을 것이다. 8월 종파사건 당시 김일성은 소련과 중국으로부터 많은 비난을 받았고 실제 그로미코와 팽덕회가 김일성을 만류하고 제재하러 왔지만 김일성은 그들 앞에서는 그들의 견해를 인정하면서 충고를 받아들일 것처럼 거짓 행세를 해 놓고 이들이 떠나자마자 첫 의도대로 모두 숙청하는 비열성도 보였다.

김학철은 광복 후 귀국하여 단 하나밖에 없는 여동생을 자신의 연안 시절 동료 왕련과 결혼시켜, 자신이 외다리로 모시지 못하던 홀어머니를 여동생과 그 남편 왕련 공군사령관으로 하여금 모시게 했었으나, 왕련 역시 '김일성이 탄 비행기를 쏘려 했다'는 공군 부사령관 오진우의 밀고로 숙청되었고, 모녀는 정치범 수용소에 가서 소식이 끊겼다. 김학철의 『20세기의 신화』에는 그러나 김일성이 했다는 보천보전투에 대해서는 "하찮은 보천보 전장터를 조선공산주의자들의 예루살렘으로 만들어 놓은 겁니다."(『김학철평전』, 289쪽)라고만 했지 보천보전투 자체가 북김이 아닌 다른 김일성이 했다는 사실은 모르고 있었던 것 같다.

05

기괴한 남한,
위대한 남한

북한이 이렇게 21세기 지상천국에서 거짓말의 지옥망국으로 급승급락을 하다 보니 그 북한과 샴쌍둥이로 등이 붙어 있는 남한의 예술도, 사상도, 친북좌파에서 염북우파의 좌우로 진동을 할 수밖에 없다. 사회주의 예찬, 즉 북한 예찬으로 일약 수백만 부의 베스트셀러로 떼돈을 버는가 하면, 또 그 베스트셀러가 순전히 사기였다고 고발하는 책이 한 권도 안 팔리는 헛수고가 되기도 하고, 문학평론가들이야말로 모두 한 패가 되어 한 가지 장단에 춤을 추다가 다시 반대쪽 장단에 어리둥절해야 하는 사태가 남한의 상습 풍토가 되게 되어 있다.

조정래의 『태백산맥』 사건과 김종오의 그 허위의 폭로가 바로 그것이다. 그러나 한때 사회주의 예찬 소설 그것도 이론 예찬이 아니라 남북한 근대사 사실(史實)을 들어 역사를 다시 해석했다는 베스트셀러가 사실 아닌 바로 김일성의 거대한 허위 왜곡 날조와 똑같은 거대한 허위 왜곡 날조였다는 것을 뒤늦게 발견한들 이미 대중들에게 베스트셀러 교과서로 막중하게 영향을 준 그 책의 물꼬를 가로 막기에는 이미 역부족이었다. 아니 이는 평론가의 문제만은 아니라 남한 독자의 문제이기도 하다. 독자들이 열광할 준비가 되어 있는데 평론가들이 이를 옥석을 가려 막아주지 못한 죄일 뿐이다. 그래서 남한의 문학과 예술은 기괴해질 수밖에 없다. 문학과 예술이 기괴하다는 것은 사상과 사회도 기괴하다는 뜻이 아닐까?

조정래의 『태백산맥』
김종오의 『태백산맥』

박명림은 조정래의 대하소설 『태백산맥』이 완간(1989)된 직후에 「태백산맥과 '80년대' 그리고 문학과 역사」라는 글에서 작가 조정래를 브레히트의 희곡 『갈릴레이의 생애』의 갈릴레이에 비유했고, 칼 마르크스의 과학에 비유했고, 평생을 금서처분 수배 망명 투옥 사형선고로 점철했던 볼테르에 비유했다.(고은 외 지음, 1991, 『문학과 역사와 인간: 태백산맥의 소설적 성과와 통일문학의 전망』, 한길사, 46~102쪽)

1980년대를 전년대들과 갈라낸 코페르니쿠스적 지동설이며 분단문학의 종장이며 통일문학의 개시라며 전폭적인 동의를 보냈다. 작가 조정래는 이 작품 1부에서 4부에 이르기까지 항상 "이 작품이 단순한 허구가 아니라 그 시기 역사적 진실을 가장 정확하게 객관적으로 재현시킨 사실(史實)탐구의 결정물"임을 기회 있을 때마다 강조했기 때문이다. 박명림 자신은 그 후 자신 역시 6 · 25의 발발과 원인을 공부하기 위해 태백산맥과 지리산 등 현장을 많이 답사했는데 가는 곳마다에서 이미 조정래가 다녀갔거나 함께 만난 적이 있음을 토로하며 조정래의 성실한 발품을 증거로 들기까지 했다. 그리고는 톨스토이의 『전쟁과 평화』나 숄로호프의 『고요한 돈강』 수준을 요구하기도 했다.

이동하(李東夏)는 같은 책(고은 외, 위의 책 160~174쪽)에 실린 「비극적 정조(情調)에서 서정적 황홀까지」라는 글에서 『태백산맥』 전10권의 마지막 문장인 "그림자들은 무덤가를 벗어나기 시작했다. 그리고 광막한 어둠속으로 사라져가고 있었다."를 '사라져 갔다'가 아니라 '사라져가고 있었다'로 한 것은 민중의 싸움이 역사의 썰물에도 불구하고 미래의 새로운 도약을 기약한다고 해설했다. 염상진의 무덤에 몰래 참배온 하대치 일당의 사라짐이다.

이동하는 이 책 제1부가 나왔을 때 「한국 분단소설의 새로운 전진」 (『현대문학』, 1986년 10월호)을 썼고, 제2부가 나왔을 때 「대화의 원리와 리얼리즘의 정신」(『세계의 문학』, 1988년 봄호)을 썼으니 이번에 세번째의 『태백산맥』 찬양이었다. 『태백산맥』은 1999년까지 출판사 주장만으로도 한국 출판사상 앞으로도 없을 750만 부가 팔렸고, 최상급의 찬사를 보낸 인용된 평론가들의 면면을 다 합치면 현존 비평가들의 인명사전에 육박한다고 한다. 저자는 기회 있을 때마다 권마다 호마다 '역사적 진실'에 한 치의 오차도 없음을 엄숙히 선언했고, 독자와 평론가들은 그 선언이 보증하고 있는 『태백산맥』의 역사적 진실성에 대해 전적인 신뢰를 바치는 가운데 읽고 감동했고 뜨거운 눈물을 흘렸다. 몇 번씩이나 저도 모르게 주먹을 불끈 쥐고는 이 책을 읽기 전과는 180도 달라진 시각으로 광복 후 우리 역사를 보게 되었다. 그들에게 『태백산

__ 거짓의 두 왕국, 북한은 남한에게 무엇인가?

맥』은 역사적 진실을 올바로 가르치는 교과서의 한 모범이었다.

그리고는 김종오가 나타났다.(김종오, 1992, 「소설 '태백산맥' 그 현장을 찾아서」, 종소리) 아니 사라졌다. 김종오 역시 처음에는 『태백산맥』을 무한한 감동과 흥미진진함으로 독파했다. 그러나 그는 전남 강진 태생으로 어려서 우연히 14연대 반란(여순)사건을 몸소 겪고 들으면서 자란 세대였다.

다음은 이동하의 『한국 문학과 인간 해방의 정신』에서 요약한 것이다.(이동하, 2003, 「무엇이 역사의 진실인가」, 『한국 문학과 인간 해방의 정신』, 푸른사상, 323쪽)

'체험'을 가진 사람으로서 『태백산맥』의 작가가 주장하는 '역사적 진실의 가장 정확하고 객관적인 재현'이라는 『태백산맥』의 내용이 자신의 생생한 체험과 거의 180도 다르다는 사실에 충격을 받은 나머지 '도대체 이것이 어떻게 된 영문인가.'라는 의혹을 품고 소설 『태백산맥』의 무대가 된 자기 고향을 새삼스레 다시 찾아가 샅샅이 훑고 다녔다. 그 열성적인 현지답사를 통해 『태백산맥』이 '역사적 진실' 그 자체이기는커녕 얼마나 집요한 의도적 사실왜곡과 변조의 집적체인가를 밝혀내었다. 그는 처음부터 『태백산맥』이 변조의 집적체임을 확신하고 떠난 길이 아니었다. 자신의 어려서의 체험은 전혀 『태백산맥』과 다르니 현장답사 결과가 『태백산맥』을 지지하는 쪽으로 나오면 자신 속의 14연대 반란사건(여순반란사건)을 정정하면 되고 그 반대쪽으로 나오면 『태백산맥』을 안 믿으면 된다는 열린 마음으로 답사를 떠났다.

그런데 더 많은 장소 더 많은 사람을 만나 역사적 사건의 실체를 천착할수록 작가 조정래가 의도적으로 여순사건을 뒤집어 기록하고 있다는 확신을 갖게 되었다. 그래서 쓴 것이 『소설 '태백산맥' 그 현장을 찾아서』(1992, 종소리)라는 책이었다. 그런데 이 책을 아무도 안 읽었다. 『태백산맥』이 750만 부가 팔렸는 데 비해서 이 책은 1천 부도 안 팔렸을 정도로 세상은 안 읽어줬고, 마침내 이 책은 나중에 평론가 이동하의 분노의 글을 읽고 독자들이 책을 구하기 위해 책방들을 찾아 나섰으나 아무도 구할 수 없을 정도로 대한민국의 서점가에서는 자취를 감춘 것을 알게 되었다.

김종오는 이 책에서 사람들이 자신을 맹목적인 반공주의자로 오해할까 봐 무척 애를 쓰면서 조정래의 반반공(反反共)주의를 드러냈다. 문학평론가 이동하(李東夏)조차도 김종오의 이 책을 읽은 것은 책이 나온 지 7년이 지난 1999년이었다. 그래서 자신의 『한국 문학과 인간 해방의 정신』(2003, 푸른사상)이란 평론집의 323~329쪽에서 "무엇이 역사의 진실인가? 김종오의 『소설 '태백산맥' 그 현장을 찾아서』라는 글을 썼으나 그 글 또한 아무도 안 읽었으리란 분노에서 다시 같은 책 330~422쪽에 2003년에야 조정래의 『태백산맥』이 역사를 왜곡했다는 주장"이라는 긴 글을 실었다.

그런데 이동하 역시 단순히 조정래의 주장과 김종오의 주장을 병렬시켜 이동하 자신의 저울추를 보여주기에는 자신이 없어서, 1989년에서 2003년에 이르는 14년 사이 남한 사회가 연구해 쌓은 광복 전후사, 즉 45~53년 역사에 이르는 남한 사회 14년에 집적된 사회과학쪽의 자료들을 들추어 판결을 하기에 이르렀는데, 그 판결의 기준이 묘하게도 바로 완간 직후 소설 『태백산맥』을 가장 찬양했던 정치학자 박명림의 사회과학 대작들인 『한국전쟁의 발발과 기원』(1996, 나남출판) 1 · 2권이어서 1989년에서 2003년까지 14년에 이르는 한국 사회과학 연구업적에 고마워하고 있다.

이동하는 이 글에서 1989년 직후 박명림뿐만 아니라 나(李東夏)를 포함하여 한국의 모든 평론가들이 떨쳐 일어나 『태백산맥』 찬양에 열을 올린 것은 작가 조정래 자신의 '역사적 진실'에 충실 어쩌구의 전제 때문이었는데, 그 역사적 진실이 김종오에 의해 전혀 180도 의도적인 왜곡이었던 것이 드러난 만큼, 1989년 이후 아직까지도 계속되고 있는 『태백산맥』 열기는 분명 남한 사회의 비정상성에 불과하다는 뜻의 글을 92페이지에 달하는 열네 가지의 항목에 걸쳐 고증해 내고 있다.

다시 말해 이동하는 조정래의 거짓말, 즉 자신의 책은 허구(fiction)가 아니라 역사적 사실(史實)에 충실한 기록 소설(faction)일 뿐이라는 거짓말에 속아, 모든 남한 평론가들과 함께 『태백산맥』을 열정적으로 찬양했다가, 김종오(1992)의 답사기를 읽고 나서 나름대로 한국 현대사 공부를 다시 해서는 나름대로 『태백산맥』을 다시 평가하는 작업을 할 수밖에 없었는데, 그 근대사 공부의 내용이 바로 박명림의 위의 두 책과 그 후의 세 번째 책 『한국 1950: 전쟁과 평화』(2002, 나남출판)일 수밖에 없었고, 그러다 보니 박명림 역시 자신은 인정하지 않을지 모르겠지만 1989년 조정래 찬양 시점과는 정반대되는 현대사 자료들을 집성해 분석함으로써 자신도 모르는 사이에 자신이 찬양했던 조정래 소설의 많은 부분들을 부정, 반증하고 있다는 점을 이동하가 발견한 것이다.

이동하가 발견했다기보다는 김종오 자신도 답사기 뒷부분에 박명림의 『태백산맥』 찬양론을 자세히 비판했고, 이동하는 박명림의 정치학적 연구결과들을 자신의 현대사 공부 주재료로 사용했던 만큼 1989년의 박명림이 1996년과 2002년의 연구성과에서 크게 변했다는 것을 발견했을 뿐이다. 아무리 다시 설명해도 독자들이 못 알아들을 것 같아서 나(정자환)는 여기에 이동하 자신의 박명림 대리전향서(?)쯤 되는 이 문장을 이동하의 글 그대로 옮겨 놓는다.

"마지막으로 한 가지 흥미로운 이야기를 덧붙여 두기로 하자. 김종오의 이 책 맨 끝부분을 보면 정치학자인 박명림이 쓴 「『태백산맥』과 '80년대' 그리고 문학과 역사」라는 글이 비판적으로 검토되고 있다. 박명림은 『태백산맥』이 완간(1989)된 직후에 쓴 이 글에서 『태백산맥』의 관점에 대해 전폭적으로 동의하는 태도를 보여주고 있으며, 그랬기 때문에 김종오는 박명림의 이 글을 비판적으로 검토하고 있는 것이다. 그런데 세월이 한참 흐른 후인 1996년에 바로 그 박명림이 두 권으로 된 역저를 낸다. 『한국전쟁의 발발과 기원』 (1996, 나남출판)이 바로 그 책이다. 1945년의 광복에서 6 · 25 발발까지를 다룬 이 방대한 노작에서 박명림은 『태백산맥』에 대하여 직접 언급하지는 않고 있다. 그리고 1996년의 시점에서 박명림이 『태백산맥』에 대하여 과연 어떤 생각을 갖고 있는지는 알아내기도 어렵다. 하지만 『한국전쟁의 발발과 기원』 속에서 그가 토지개혁이라든가 6 · 25의 원인이라든가 하는 주제들에 대하여 전개하고 있는 모든 논의는, 그가 『태백산맥』이라는 작품 자체에 대하여 가지고 있는 주관적인 견해의 여하와는 관계없이, 바로 그 주제에 대한 『태백산맥』의 주장들이 진실로부터 얼마나 동떨어진 것인가를 증명해 주는데 모자람이 없는 것으로 보인다. 1989년 이후 7년의 세월 동안 역

_ 거짓의 두 왕국, 북한은 남한에게 무엇인가?

사적 진실의 정확하고도 객관적인 파악이라는 측면에서 한 사람의 정치학자가 이룩한 성과의 진수가 여기에 나타나 있는 것이다."(이동하, 2003, 『한국 문학과 인간 해방의 정신』, 푸른사상, 328~329쪽)

자, 그럼 여기서 김종오의 발품으로 밝혀냈고 이동하의 글품으로 고증해 낸, 조정래의 의도적이고 상업적인 거짓말들 중 박명림의 연구업적과 관련된 몇 가지만 독자들의 심판을 위해 열거하겠다. 김종오는 물론 여기서 박명림뿐만 아니라 북한 출신 소설가 강용준이나 국군포로 탈출자 이기봉 등 기타 많은 자료들도 고증에 활용한다. 그러나 이 글의 한계상 박명림 관계 부분만 언급하겠다.

다음은 이동하의 『한국 문학과 인간 해방의 정신』에 나오는 「조정래의 『태백산맥』이 역사를 왜곡했다는 주장」이라는 90쪽에 달하는 긴 글에서 박명림 부분만 빼낸 것이다.(이동하, 2003, 「조정래의 『태백산맥』이 역사를 왜곡했다는 주장」, 『한국 문학과 인간 해방의 정신』, 푸른사상, 330쪽~422쪽)

1. 토지개혁 방법에 대한 남한 농민들의 격분

『태백산맥』에는 국회에서 오랜 논의 끝에 드디어 확정 공표된 남한의 토지개혁 방법이 '무상몰수 무상분배'가 아니라 '유상몰수 유상분배'의 원칙이 되자 농민들은 엄청난 격분을 터뜨린 것으로 묘사되어 있다.

"에리기 순 개자석들아, 고런 드런 눔의 법 맹그니라고 사년씩이나 그리 삐대고 개지랄쳤냐? 지미 붙어묵을 놈덜.""싹 다 호로개아덜눔덜이다. 요것이 지주놈덜 땅장사 시켜 주자는 것이제 농지개혁은 무신 빌어묵을 농지개혁이냔 말여. 씨부랄눔덜이 사람을 워칫게 보고 혀는 잡지랄덜이여, 시방.""워칫게 보기넌 멀 워칫게 바. 소작이나 부쳐묵고 사는 것덜이야 보나마나 썩은 홍어좆이고 똥통에 구더기제. 눈꼽쨍이만치라도 사람으로 여겼음사 요런 가당찮은 짓거리 혔겄어?""참말로 요거 속에서 천불이 솟아 더는 못참을 일이시. 요런 미꼬미 읎는 눔에 시상을 인자 워째야 쓰까?""싹 때레뿌식어뿔고 엎어뿌러야제 워째. 옛날 옛적 임금이 다시리든 때에도 백성 읎는 나라가 읎다고 혔는디, 민주주의다 머시다 험스로 선거헐적에는 우리 위해 간이라도 빼줄띠끼 허던 눔들이 국회의원 되고 나서는 우리럴 똥친 작대기로 취급헌 것잉께. 그눔덜부텀 다 때래쥑여야 써."(『태백산맥』 제5권, 202쪽)

김종오가 현장에 가서 당시 토지를 분배받았던 농민들에게 들어본 사정도 이와 달랐고, 박명림이 오랜 세월 동안 심혈을 기울인 연구 끝에 1996년 두 권의 분량으로 내놓은 노작 『한국전쟁의 발발과 기원』도 이와는 정반대였다. 박명림에 의하면 당시 이승만은 조봉암을 농림부장관으로 내세워 단호하게 친농민적인 토지개혁을 추진하였고 농민을 친정부화하는 성과를 일구어 냈다.

"지주의 반대에 직면하여 이승만 정부는, 전형적인 이승만식 정치라고 할 수 있는 대중 동원 방식에 호소, 도청 소재지를 비롯한 전국 각지에서 청문회를 개최하여 농민의 의견을 들으며 지주들을 고립시키고 농민을 체제 내 지지세력으로 포섭하였다. 이를 계기로 농민들의 의식화와 체제내화는 가속화하였다. 의식화는 반지주의식이었고 체제내화는 친정부화였다. 의식화와 체제내화의 조합 사이에 반공과 공산주의 침투의 저지라는 근본의도가 달성되어 가고 있었다."(박명림, 『한국전쟁의 발발과 기원』 제2권, 492쪽)

박명림에 의하면 토지개혁에 관한 한 남한 국가는 지주의 국가가 아니라 농민의 국가이고자 노력했다는 것이다. 『태백산맥』의 말마따나 남한의 토지개혁이 유상몰수 유상분배였던 것은 맞으나 그 유상의 기준이 다수의 농민들이 납득할 수 있는 범위였다는 것이다. 박명림은 그의 다른 책 『한국 1950: 전쟁과 평화』에서 말한다.

"비록 유상분배였지만 북한의 통계에 따르더라도 전쟁 이전에 농민들이 상당한 수준으로 분배를 받았고 분배대금의 지불 역시 예상보다 훨씬 높은 것을 알 수 있다."(박명림, 2002, 『한국 1950: 전쟁과 평화』, 나남, 280쪽)

여기서 더 중요한 것은 북한이 남침한 6·25 초기 남한 영토의 대부분을 장악한 상태에서 북한 점령 당국이 모처럼 대단한 생색을 내면서, 어마어마한 구호를 총동원하면서 시행한 그들 식의 새로운 토지개혁이라는 것은, 실제에 있어서 별다른 의미가 없었다. 북한의 통계에 따르더라도 이미 지주는 이승만 정부 하에서 사실상 붕괴되었으므로 새삼 무상몰수 무상분배를 하겠다고 나섰을 때 실제로는 지주가 아니라 대부분의 경우 자작농이 토지를 몰수당하는 사태가 벌어졌다. 이는 다시 말해서 남한이 애초부터 남한의 방식이든 북한의 방식이든 어느 것을 택했더라도 농민들에게 돌아간 농지의 양의 차이는 크지 않은 것으로 나타난다. 박명림은 이에 대해 다음과 같은 심각한 질문을 던진다.

> "북한 지도부는 토지혁명을 통해 기껏 남한 농민에게 자신들이 반동괴뢰 정권이라고 공격한 이승만 체제와 비슷한 양의 토지를 주기 위해 이 엄청난 전쟁을 불사한 것일까?"(박명림, 위의 책, 281쪽)

북한의 김일성 집단이 '농민을 중심으로 한 남한 무산대중의 해방'이라는 것을 명분으로 내걸고 일으킨 6·25 전쟁으로 인하여 몇백만 명이 죽었고, 몇백만 명이 부상당했으며 얼마나 많은 사람이 고아가 되었고 자식을 잃었던가를 생각해 보라고 하면서, 박명림은 6·25 초기에 승승장구하여 남한의 거의 전 영토를 점령하였던 북한 당국이 실제로 행한 '농민 해방사업'의 결과에 대한 실증적 검토를 근거로 하여, 비통한 어조로 묻고 있는 것이다. "북한 지도부는 토지혁명을 통해 기껏 남한 농민에게 자신들이 반동괴뢰 정권이라고 공격한 이승만체제와 비슷한 양의 토지를 주기 위해 이 엄청난 전쟁을 불사한 것일까?" 라고.

2. 북한 자체의 토지개혁은 어땠었나?

이동하에 의하면 조정래는 『태백산맥』에서 공산 빨치산이라든가 북한이라든가 소련과 같은 '좌' 계열의 모든 존재들을 긍정적으로 보고 찬양하며, 거기에 대립되는 '우' 계열의 모든 존재들을 부정적으로 보고 매도하는 자신의 논리를 소설적으로 설득력 있게 부각시키기 위하여 참으로 다채로운 전략들을 구사한다고 한다. 얼른 보기에 전혀 '좌' 계열에 속한다고 의심받을 소지가 없을 것 같은 인물을 설정해 놓고 그 인물이 참으로 훌륭한 인격자이며 신뢰받을 존재라는 사실을 누누이 강조해 놓은 다음, 그 인물로 하여금 '좌' 계열에 대한 찬양과 '우' 계열에 대한 매도의 발언을 하게 하는 고단수의 전략이라는 것이다.

서민영이란 등장인물은 기독교도이고 많은 토지를 가진 사람이면서 양식있는 모든 사람에게 존경받는 사람으로 되어 있다. 조정래는 이 서민영이란 인물로 하여금 다음과 같은 발언을 하게 한다.

"이북을 소련군이, 이남을 미국이 점령하고 양쪽에 자기들 식의 정권을 세우려고 한 것이야 더 말할 필요가 없네. 그런데 미소가 서로 자기네 식 정권을 세우는 데 있어서 큰 차이점을 보였네. 체제의 차이가 아니라 그 체제를 꾸미는 과정에서의 차이란 말이네. 한쪽은 절대다수의 민중들이 권력기반을 이룩했는데, 다른 한쪽은 극소수의 반민중들이 또다시 다수 민중들을 노예화한 것이네. 다시 말해 그것은 물이 높은 데서 낮은 데로 흐르는 순리와, 그 물을 낮은 데서 높은 데로 거꾸로 흐르게 하려는 역리와의 차이다 그 말이지. 그 차이에 따라 당연하게 나타난 현상이 이북의 전면적인 토지개혁 단행과 이남은 법조차 아직까지 만들지 못하고 있는 처사 아니겠나?"(『태백산맥』 제3권, 169쪽)

그런데 박명림의 북한 토지개혁에 대한 평가는 전혀 다르다.

"소련에서 무상몰수 무상분배를 실시한 이후 곧바로 농업현물세를 실시한 것처럼 북한에서도 토지개혁이 완료되고 당해 연도의 소출에 대해서 농업현물세를 실시하였다. (……) 내부 자료를 통해 볼 때 북한의 농민들이 낸 각종의 잡세는 토지개혁 이전과 다를 게 없었다. 애국미, 성출미 등 잡세로 인하여 추론컨대 실제로는 거의 40% 정도를 납부하여야 했다. (……) 결국 북한의 토지개혁은 사인지주제에서 국가 지주제로 변화한 것뿐이라고 할 수 있다.

(……) 농업현물세에 대한 결정서에는 '일체 공출제도를 폐지한다.' (제1조), '농민은 징세서에 지정한 수량의 곡물을 완납한 후 남은 곡물은 자유로 판매할 수 있다.' (제3조), '각 인민위원회는 곡물 수확의 25% 이외의 곡물은 의무적으로 공출시키지 못한다.' (제4조), '농민들은 수확고의 75%의 완전한 주인이 되었다.' (개정된 결정 前文)라고 되어 있었다. 그러나 앞서 보았듯이 이 중 실제로 지켜진 것은 거의 없었다. 막대한 양의 쌀의 차출은 다른 이름의 공출이었다. 곡물의 75%는 농민의 것이라면서도 쌀의 운반과 처분에 있어 자유는 보장되지 않았다. (……) 혁명의 원칙과 실제는 같지 않았던 것이다.(박명림 위의 책, 215~217쪽)

3. 미국에 관한 견해

남한 시민들이 좌우파 논쟁에서 가장 날카롭게 대립하는 이슈는 북한에 대한 입장과 미국에 대한 견해에서이다. 이동하는 『태백산맥』에서 가장 중요한 주인공 두 명을 들라고 하면 거의 모두 염상진과 김범우를 들 것이라고 김범우의 역할을 중요시한다. 『태백산맥』의 주목적이 공산주의자들의 순결하고 도덕적인 혁명의식을 그리는 데 있다면 염상진의 중요성이야 말할 것도 없지만, 김범우는 『태백산맥』에서 처음에는 좌에도 우에도 기울지 않는 민족주의자의 면모를 유지하다가 후반부에 가서는 염상진 못지않게 공산주의 투사로 변신한다. 제1권 79쪽에서 김범우는 염상진에게 짜증을 부린다.

"미국놈들은 우리나라를 망치려고 온 놈들이야."

염상진은 마치 구호를 외치듯이 버럭 소리를 질렀다.

"그럼, 우리나라를 흥하게 하려고 온 사람들이 따로 있단 말이요?"

(……)

"사회주의 건설만이 그 길이야." (……)

"좋아요. 어떤 주의를 따르건 그건 개인의 자유지요. 그러나 그것이 곧 민족 전체를 위하는 유일한 길이라는 성급한 판단은 금물입니다. 미국이다, 소련이다, 공산주의다, 사회주의다, 우리에게 지금 필요한 건 그런 정치적 택일이 아닙니다. 그건 한 민족이 국가를 세운 다음에나 필요한 생활의 방편입니다. 지금 우리에게 필요한 건

민족의 단합입니다."(『태백산맥』제1권, 79쪽)

그러나 마지막 권인 제10권 164쪽에서는 우여곡절 끝에 인민군 포로의 신분으로 거제도 포로수용소에 수용된 김범우가 "반공포로에 끼어 수용소를 벗어난 후 남한 사회 내에 장기적으로 공산주의 조직의 거점을 만들어 나가라."라는 상부의 지령을 따르기로 결심한다.

"선생님이 반공포로에 끼어 수용소를 하루빨리 벗어나는 일입니다."
정하섭의 말은 너무나 뜻밖이었다.
"아니 그게 무슨 소리인가?"
김범우는 순간적으로 모독감과 불쾌감을 한꺼번에 느꼈다. 저게 나를 봐주겠다고 저러는 모양인데, 사람 취급 더럽게 하는군. 김범우는 정하섭이 자신을 불신하는 데서 나오는 처사라고 느꼈던 것이다.
"자네 참 대단하군, 날 그렇게 불신하는 모독을 하고서도 오히려 왜 기분 나빠하느냐고 묻다니."
"선생님, 제 말을 있는 그대로 들어 주십시오. 이건 제 개인의 생각이나 의견이 아닙니다."(……)
"선생님, 그건 말입니다. 선생님 보고 그냥 나가서 반민족세력에 합류해 반동노릇이나 하면서 살라는 것이 아닙니다. 선생님한테는 엄연한 과업이 주어져 있습니다. 결론부터 말하자면 말입니다. 휴전에 따른 투쟁의 장기화에 대비해 조직을 인민들 속에 확보하자는

— 거짓의 두 왕국, 북한은 남한에게 무엇인가?

것입니다. 선생님은 그 정기적 투쟁의 기반을 확보하기 위한 임무를 가지고 반공포로로 나가시는 겁니다. 이 일은 여기서 통역으로 나가서 돌출되는 것보다 훨씬 중대한 임뭅니다. 어떻게 생각하십니까?"

김범우를 쳐다보는 정하섭의 눈에 야릇한 빛이 서려 있었다.

"음, 그건 뜻밖의 말이군. 그건 아주 현명하고 중대한 결정 같은데, 여기서 결정된 사항인가?"(……)

"이제 알겠네."

김범우는 고개를 끄덕거렸다.

"어떻게 하시겠습니까?"

"어떡하긴, 따라야지."(……)

거제도 수용소는 이번 전쟁에서 미국의 역할이 무엇이며, 그들이 누구를 적으로 삼고 있는지 여실하게 보여주고 있었다. 김범우는 그 생각을 할 때마다 피가 솟구치는 증오를 느꼈다.(『태백산맥』제10권, 164쪽)

북한은 항상 미국이 개입하지 않았더라면 6·25는 북한이 이긴 전쟁이고 한반도는 통일되었을 거라고 말한다. 조정래도 『태백산맥』 창작보고서에서 똑같이 다음과 같이 말한다.

"외세가 개입되지 않고 해방이 되었을 때 한반도 땅은 어떻게 되었을 것인가. 그건 더 볼 것도 없이 혁명적 민족국가의 수립이었다. 이것은 역사적 가정이 아니다. 건준의 건국강령과, 임정의 건국강령과, 남로당의 건국강령의 일치가 그것을 명백히 입증하고 있다. 그런데 미군정은 남쪽에서 친일파와 민족반역자들을 중심으로 해서 반민족 정권을 억지로 만들어 냈다. (……) 따라서 혁명적 민족국가를 세우기 위해서는 반민족 정권을 척결해야 하는 역사적 필연성으로서 '내전'은 벌어지게 되어 있었다. 나는 이 엄연한 역사적 사실을 쓰고자 했던 것이다."(조정래, 『『태백산맥』 창작보고서』, 104~105쪽)

박명림은 『한국 1950: 전쟁과 평화』에서 미국의 개입에 대해서 다음과 같이 썼다.

"사태의 크기와 중요성에 비추어 미국의 개입이 없었으면 한국전쟁은 민중의 큰 피해 없이도 성공할 수 있었을 것이라는 반사실적 가정은 아직도 매우 강력하다. 미국의 개입을 비판하기 위한, 또 반미 민족주의적 관점에서 북한의 전쟁 시작 결정이 갖는 정당성과 합리성을 주장하기 위한 이 가정은 전시 초기에는 사회주의국가들과 북한의 리더십에 의해, 그 이후에는 급진좌파의 해석에 의해 계속 제기되어 왔다. 즉 오직 남한과의 전쟁이었다면 미국의 불개입을 예상한 북한의 전쟁 결정은 합리적 판단이지 않았느냐는 주장이다. 그러나 이 위험한 가정이 성립되기 위해서는 논리적으로 다음 전제가 먼저 성립되어야 한다. 그리고 여기에서 이 가정은 사실적으로 무너진다. 소련 및 중국과의 긴밀한 논의와 막대한 지원 없이 북한 단독으로 민족통일의 관점에서 전쟁을 결정하고 시작하였다면 위의 주장은 성립가능한 측면도 없지 않았다. 단일 국가 건설을 위한 상이한 전망과 노선간의 내전, 혁명전쟁이 아니었냐는 것이다. 그러나 스탈린의 동의를 얻기 위한 김일성의 장기간에 걸친 각고의 고려와 노력은, 그리고 그의 궁극적 동의와 후원 이후에 비로소 전쟁을 시작할 수 있었다는 사실은 미국의 개입을 비난한 자신들의, 그리고 이후의 주장들의 정당성을 스스로 침식한다. 우리 연구의 제1부가 밝혀 주었듯, 스탈린의 동의와 지원이 없었다면 이 전쟁은 불가능했다. 논리적으로 말한다면 '원인행위'에 이미 소련과 중국이라는 외부 요인을 깊숙이 끌어들였으면서도 그에 대한 '대응행위'에 외부 요인이 개입된 것을 비난하는 것은 성립불능의 논리모순이다."(박명림, 2002, 『한국 1950: 전쟁과 평화』, 나남, 752~753쪽)

4. 거제도 포로수용소의 실상

조정래가 본 거제도 포로수용소의 실상은 앞에서 본 정하섭과 김범우의 대화에 잘 나타나 있다. 조정래에 의하면 거제도 수용소는 미국의 폭력성과 공산주의 전사들의 정의로움이 또 한 번 극명한 대조를 이루면서 부각된 현장이었다.

"미국놈들 참 악랄한 놈들입니다. 제네바협정을 지킬 생각은 안 하고 외부와 차단된 이 섬에 포로들을 가둬놓고 마음대로 공갈, 협박, 테러, 살인을 감행해가면서 반공포로를 억지로 만들어 내느라고 혈안이 되어 있으니 어디 그게 인간입니까?"

"허나 조심하게. 이 막사 저 막사에서 끌려나갔다가 돌아오지 않는 사람들이 늘어나고 있네. 명단이 미군 손아귀에 장악되어 있는

상황에서 우리들 목숨은 개목숨이나 다를 게 없네."(『태백산맥』 제10권, 167쪽)

여기에 김종오는 북한 출신의 공산군으로 6 · 25에 동원되었다가 포로가 되어 거제도 포로수용소를 체험한 바 있고 후일 남한에서 중요한 작가의 한 사람이 된 강용준의 증언을 인용한다.

"기독교 신자, 민족주의자로서 소위 혁명투쟁 대열에 나서기를 기피하는 자, 또는 소위 기회주의 인텔리, 반동적인 과거의 경력이 드러난 자, 애매하게 밀고된 자, 이런 저런 처지의 포로들이 차례로 인민재판이라는 형식을 통해 죽어 갔다.

시체는 매장하거나 시간이 없으면 사지를 찢어서 허니바께쓰(드럼통을 반으로 잘라 만든 용변통)에 넣어 오물 처리차 매일 나가는 바로 코앞의 바다에 나갈 때 던져 버렸다. 피는 물감 대신 사용하였다. 매일 다시 나붙는 〈민족의 태양 김일성 장군 만세〉

1951년 9월 17일부터 19일까지 3일간에는 아예 내놓고 대대적인 살인을 하였다. 애매한 포로들이 3백 명이나 죽었다.

사태진압차 수용소 안에 들어갔던 미군이며 국군도 5명이나 죽었다. 그 시체는 일주일 후에야 찾아냈다.

미군처럼 어수룩한 친구들도 드물지 싶다. 자기들이 수용관리하는 수용소에 포로들의 허가 없이는 들어가지조차 못했다."(강용준, 1982, 『전환기의 내막』, 조선일보사, 630쪽)

— 거짓의 두 왕국, 북한은 남한에게 무엇인가?

그럼 국군포로를 관리하는 북한 수용소는 어땠을까? 김종오는 이기봉의 증언을 실었다.

"내가 머물던 포로연대 즉 해방전사 제15연대가 머물게 된 화풍광산은 아연을 채취했던 곳이었으며 텅 비어 있는 수십 채의 광부숙사에 수용했다. 영하 25도의 기후에서 발진티푸스의 대거 엄습, 지옥이었다. 이 광산에는 50년 12월 국군포로만이 아니라 미군 터키군 포로도 똑같은 대우로 수용되어 있었다. 뼈와 가죽과 털만이 앙상한, 허위대 큰 그들의 몰골은 더욱 처참해 보였다. 어느 정권 집단에서 적군 포로에게 자군에의 입대원서를 강요하고 정치학습을 시키든가? 정치학 교재는 김일성의 51년 신년사였다. (……) 51년 3월 나는 결사적으로 순안비행장 노역장을 단독 탈주했다."(이기봉, 1982, 『전환기의 내막』, 조선일보사, 542쪽) (김종오, 『소설 '태백산맥' 그 현장을 찾아서』, 217~219쪽)

조정래는 공산의용군의 강제 동원은 일부뿐이었다고 주장한다. 일부니까 괜찮다는 뜻이다. 여기에 이동하는 또 박명림의 저서 가운데 두 개의 대목을 첨가하여 실상을 증거한다.

"6월 25일의 전쟁 시작, 26일의 군사위원회 조직, 그리고 27일의 전시상태 선포로 재빠르게 전시상태를 갖춘 북한은 7월 1일 직접 전체 인민에 대한 동원을 선포하였다. 여기서 말하는 조선인민공화국은 남한과 북한의 모든 지역을 의미했다. 18세에서 36세에 이르는 전체 주민이었다. 달리 말하면 전쟁의 시작과 함께 남한에서 가

장 먼저 시작한 점령정책은 인민의 동원이었던 것이다."(박명림, 2002,

『한국 1950: 전쟁과 평화』, 나남, 206~207쪽)

"7월 8일에 시흥군 동면의 경우 의용군이 총 66명을 기록할 정도
였다. 시흥이 점령된 지 일주일도 못 되어서였다. 8월 4일 시흥군
내무서장은 각 면 분주소장에게 '의용군 모집사업에 대한 긴급지
시'를 내려보냈다. 하부기관에 온 이 긴급지시를 볼 때 의용군은 자
원한 것이 아니라 미리 배당되어 하부단위로 내려간 것이 분명했다.
인원은 총 3,050명이었다. 당시 시흥군은 8월 8일 현재 총 2,420 가
구에 12,989명의 인구를 갖고 있었고 그중 남자는 전부 6,591명이
었다. 그렇다면 시흥군의 의용군 숫자는 전체 남자의 약 50%를 의
용군으로 동원하라는 것이었다. 이것은 해당연령인 18~37세 인구
만 따지면 전원이었다."(위의 책, 211쪽)

__ 거짓의 두 왕국, 북한은 남한에게 무엇인가?

박헌영의 아름다운 선택

5. 조정래의 〈선택적 결정〉이라는 창조어

독자들이 조정래의 『태백산맥』 중 가장 분노한 부분은 이른바 박헌영의 죽음에 〈선택적 결정〉이라는 말도 안 되는 신파 단어를 창조하여, 억울한 숙청의 실상을 거짓의 아름다운 보자기로 덮어 버렸다는 점이다. 우선 조정래가 김일성의 남로당계 숙청을 어떻게 받아들이고 있는지를 이해룡과 김범준 사이의 다음 대화를 통해 알아보자.

"저는 그때 남선 단체들이 모든 걸 잘못했다고 했을 때 솔직히 분하고 억울했고, 너무 절망을 느꼈습니다. 그럼 북선 단체들은 아무 잘못이 없다는 것인데 당이 어째 그리 편파적인 결정을 내릴 수가 있습니까? 남로당과 북로당은 벌써 오래전에 합당을 했습니다. 조선민주주의 인민공화국에는 오로지 조선로동당이 있을 뿐입니다. 그런데 당이 한 일은 무엇입니까? 남선 단체들에게 책임을 씌우더니 결국은 남로당계를 다 숙청하고 말았습니다. 우리들은 이제 버림을 받았으니 손을 들고 내려가야 하겠습니까?"

"맞소. 두 동지(박헌영 이승엽)는 그 대목에 대해선 아무런 이의도 제기하지 않았소. 왜 그랬는지 알겠소?"

이야기가 풀릴 실마리를 잡은 김범준은 이해룡을 지그시 쳐다보았다.

"당은 그때 벌써 선택적 결정을 했던 것이고 또 동지는 당의 그 뜻을 파악하고 이의 없이 접수했던 것이오."

"선택적 결정, 그게 무엇입니까?"

"이 동지, 잘 들어보시오. 민족해방전쟁이 남조선을 해방시키지 못하고 휴전협상에 임하게 되었고 상황이 그렇게 되었을 때 당은 인민 앞에서 어떻게 해야 되겠소. 당에는 인민들 앞에 책임질 의무가 있소. 그 의무가 무엇이겠소? 당은 인민들에게 민족과 인민의 해방을 약속했고 따라서 인민들의 피의 헌신을 요구했소. 그런데 결과는 무위로 돌아갔소. 그때 당은 인민들의 피의 헌신에 상응하는 책임을 져야 하는 것이오. 이 선택적 결정은 인민의 단결을 위한 것인 동시에 당의 장래를 위한 것이며 또한 원대한 사회주의 건설을 위한 준엄한 〈역사 선택〉인 것이오. 그 역사 선택의 결과가 이번 일이오."

"아니, 그럼 박헌영 동지께서 스스로 역사 선택을 했단 말입니까?"

"진정한 공산주의자들은 죽음도 나눈다는 것을 알 필요가 있소.

그걸 이해하는 데 있어 조금도 북잡하게 생각할 게 없소. 바로 이동지 자신을 보면 되는 거요. 이동지는 지금 역사 투쟁을 위해 자신의 하나밖에 없는 목숨을 내놓고 죽을 각오로 투쟁하고 있소. 바로 그 정신이 역사 선택을 하는 게 아니겠소? 젊은 이 동지가 하는 일을 박헌영 동지가 안해서 되겠소?"

이해룡은 비로소 눈앞이 새로 열리는 것을 느꼈다.(『태백산맥』 제10권, 314쪽)

김범준이 이해룡을 계몽시키는 장면이다. 김범준에 따르면 6·25 전쟁 자체가 끝난 시점에서 6·25 전쟁 전체에 대한 책임의 귀속을 놓고 넘어가지 않을 수 없는 단계가 되자 박헌영이 책임의 선택적 결정이라는 논리에 입각하여 일체의 실패에 대한 모든 책임을 뒤집어쓰고 희생되기로 하였다는 것이다. 아니 중요한 차이가 있다. 지난 번 공산 파르티잔 지도부는 노동당 중앙위원회 정치위원회가 먼저 〈94호〉 결정을 내리고 난 후에 그 것을 〈추인〉하는 것으로 그쳤던 반면, 이번에 박헌영은 아예 자신이 〈책임의 선택적 결정〉에 입각하여 희생되기로 자진해서 나섰다는 차이점이 그것이다. 김범준과 이해룡의 대화는 계속된다.

"예, 이제 알겠습니다. 그런데 방금 떠오른 것인데, 한 가지 의문이 있습니다. 왜 하필 박헌영 동지가 역사 선택을 해야 하는 겁니까?"

김범준은 이렇게 묻는 이해룡을 쓰다듬듯 하는 눈길로 바라보며 부드럽게 웃었다.

"이 동지, 지금 우리 앞에 적이 몰려오고 있소. 당적 사명을 전달하기 위해 누구든 하나는 살아나야 하고, 그렇게 되면 한 사람은 적을 막아가며 죽어 가야 하오. 이때 누가 적을 막고 나서야겠소. 그건 당연히 나요. 그건 나이 한 살이라도 더 많은 자가 지켜야 하는 도리요. 당은 현재고 미래며 변증법적 발전을 멈추지 않는 생명체라야 하는 거요."

"그렇군요. 그렇군요."(『태백산맥』 제10권, 317쪽)

한국 영화계의 첫 블록버스터 인기를 시작해 줬던 것은 〈실미도〉와 영화 〈친구〉의 '죽음의 예술'이다. 김신조의 청와대 습격(1968년)으로 시작되었던 실미도 비밀훈련소는 1972년 7·4 성명으로 소용없어졌는데 그 훈련병들을 세상에 내어 놓을 수가 없어 죽이기로 정했다는 것을 소장 안성기는 훈련병 설경구에게 흘린다. 훈련병들은 버스를 탈취해서 서울 대방동 유한양행 앞까지 진입한다.

영화 〈친구〉는 조폭 찬양론이다. 한국 사회는 조폭윤리를 사랑한다. 조폭에게 윤리란 말이 마땅하지 않으면 조폭의리라 해도 좋다. 부조리한 복종의 미, 죽음의 미학, 폭력을 사랑하는 줄도 모르면서 박정희 시절을 그리워한다. 한반도는 김일성의 조폭윤리를 사랑한다. 박헌영의 조폭희생 스토리까지 창조해 내면서. 조정래의 〈선택적 결정〉이란 결국 조폭의리의 다른 이름에 불과하다. 그것도 아주 센티멘탈한 조폭의리일 뿐이다.

박갑동에 의하면 아니 박갑동을 소개하는 이동하에 의하면 박헌영은 1953년 임화 · 이승엽 · 이강국 · 조일명 · 박승원 · 배철 · 윤순달 · 이원조 · 백형복 · 조용복 · 맹종호 · 설정식 등이 사형될 때 사형이 유보되어 대낮에 고함을 외치고 사람을 죽여도 모를 첩첩 산골짜기의 외딴집 감금소에 유폐당한 채 고문을 받아오다 1955년 12월 15일 사형된다.(이동하, 2003, 「조정래의 『태백산맥』이 역사를 왜곡했다는 주장」, 『한국 문학과 인간 해방의 정신』, 푸른사상, 407~409쪽)

북경에 남아 있는 박헌영 재판기록에는 재판장과 검사의 질문에 대하여 박헌영 선생은 하나도 인정하지 않고 전부 '그럴 테지.' 하고 냉소로 답했다고 한다. 도대체 박헌영은 어떤 죄목으로 처형되었는가를 서대숙의 『김일성』을 통해 알아보자.

"박헌영을 기소한 죄목은 그의 지지자들에게 씌여진 것보다 훨씬 더 우스꽝스러운 것이었다. 그는 일찍이 1919년부터 미국의 종복으로 일해 왔고, 1925년 11월에 일제에 의해 체포되었을 때 자기의 석방을 보장받기 위해 동료 공산주의자들에 관한 정보를 제공했다고 기소되었다. 그리고 1939년에 대전감옥에서 일본인들에게 굴복했다고 비난되었고, 해방 이후에 언더우드의 도움으로 조선공산당의 총비서에 선출되어 미국 점령군 사령관인 하지 중장에게 충성을 맹세했다는 것이다. 그는 북한 정부를 조종할 목적으로 하지 장군의 지시로 월북한 것으로 기소되었다."(서대숙 지음 · 서주석 옮김, 1989, 『김일성』, 청계연구소출판국, 119쪽)

이미 1950년 가을 인천상륙으로 북한군이 다급하게 쫓기던 그 시점에서 김일성과 박헌영 사이에 격렬한 언쟁이 최소한 두 번 이상 벌어졌었음을 목격한 사람들은 수두룩하다. 쟁점은 패전의 책임론이었다. 두 사람이 모두 상대방의 책임이라 떠넘기고 있었다. 박명림의 『한국 1950: 전쟁과 평화』에도 이것이 길게 취급되지 않을 수 없었다.

"10월의 싸움 한 달 후에 둘은 다시 싸웠다. 이때는 훨씬 더 격렬했다. 전 북한 외무성 부상이었던 박길룡에 따르면 1950년 11월 7일 소련의 10월 혁명기념일에 북한 지도부가 피신하여 있던 만포진의 소련대사관에서 연회가 있었다. 당시에 북한의 정부와 군은, 주요기관은 전부 한만국경 부근, 또는 아예 만주로 피신하여 있었다. 10월 혁명기념일 집회는 주요 간부들이 전부 모이는 집회였는데 박길룡은 이때 김책과 함께 그의 차를 타고 갔다고 한다. 이때 김일성은 술이 들어가 박헌영에게 '여보, 박헌영이. 당신이 말한 그 빨치산이 다 어디 갔는가? 백성들이 다 일어난다고 그랬는데 다 어디로 갔는가?' 하고 힐난하며 '당신이 스탈린한테 어떻게 보고 했는가? 우리가 넘어가면 막 일어난다고 당신 그런 얘기 왜 했는가?' 하고 책임을 추궁하였다. 그러자 박헌영이 불쑥하여 '아니 김일성 동지, 어찌해서 낙동강으로 군대를 다 보냈는가? 서울이나 후방에 병력을 하나도 못 두었는가? 후방은 어떻게 하고 군대를 다 보냈는가? 그러니까 후퇴할 때 독안에 든 쥐가 되지 않았는가?' 반문하면서 '그러니 다 내 책임은 아니다.' 하고 반박하였다. 그러나 김일성은 더욱 심하게 면박을 주었다. '야, 이 자식아 이 자식아, 무슨 말인가? 만약에 전쟁이 잘못되면 나쁜만이 아니라 너도 책임이 있다. 너 무슨 정세판단을 그렇게 했는가? 난 남조선 정세는 모른다. 남로당이 거기 있고 거기에서 공작하고 보내는 것에 대해 어째서 보고를 그렇게 했는가?' 그러면서 김일성은 대리석으로 된 잉크병을 벽에 던져 병을 박살냈다. 박길룡은 둘의 관계는 '이때 이미 영 틀어졌다.'라고 진술한다."(박명림, 2002, 『한국 1950: 전쟁과 평화』, 나남, 454~458쪽)

박헌영의 사형에 관한 기록으로서는 박헌영뿐만 아니라 그보다 2년 앞서서 바로 그 박헌영 밑의 남로당계란 이름으로 사형받은 임화의 문학을 재점검한 서울대 김용직 교수 등 남한의 많은 책들에서도 이들 남로당 계 들이 모두 미국 간첩이란 죄목과 정부전복음모로 사형당했다는 데 대해서는 일고의 가치도 없는 조작된 죄목이라는 것을 밝히고 있다.(김용직, 1999, 『임화문학연구』, 새미)

있던 것도 없애고
없던 것도 만들고

6. '해방구 율어'와 '자맥이 마을사건'

위에서 말했지만 『태백산맥』의 거짓말을 이런 식으로 현장 발품을 팔아 폭로하여 독자들을 달콤한 잠에서 깨워 일으킨 것은 이동하도 박명림도 아니요, 김종오라는 열혈지사 사학자였다. 그는 이 밖에도 수십 수백 가지의 『태백산맥』의 거짓말을 현지 주민들의 증언을 들며 증거하고 있는데 '해방구 율어면'의 허구도 그중 하나다.

『태백산맥』을 보면 정의롭고 순결한 파르티잔 부대가 염상진의 지휘 아래 율어면을 2년 이상이나 점령하고 있었으며, 그 기간 동안 율어면은 이상적인 사회의 모델로서 전혀 손색이 없을 만큼 아름다운 세상의 면모를 보여 주었다는 내용이 자못 감동적인 필치로 전개된다. 김종오 역시 그런 율어면 현지를 찾아가며 기대감에 자못 가슴이 설레었다고 한다. 그러나 거기서도 김종오는 조정래의 의도적인 변조를 확인하고 말았다. 우선 현지 주민들이 말해 주는 율어면의 빨치산 점령기간은 어떤 사람은 하루 이틀, 다른 사람은 사나흘이라고 말하며 가장 길게 기억하는 사람도 보름이 못 되는 것이다. 이것을 조정래는 2년 이상으로 변조했다.

"『태백산맥』에 그려진 해방구 율어와 실제와의 차이는 단순히 좌익의 장악 기간에만 있는 것이 아니다. 너무 당연한 얘기지만 기간이 실제에 있어서는 아무리 길게 잡아도 보름이 안 되다 보니 작품에 나타난 내용 중 상당 부분이 허구적인 내용이 될 수밖에 없었다. 특히 빨치산대원들이 같이 농사일을 돕는다든지, 율어 사람들에게 쌀을 분배했다든지, 활빈투쟁의 일환으로 빨치산부대가 벌교까지 치고 들어가 지주들의 집을 털어 횡개다리에 쌀가마를 쌓아놓고 '벌교 인민들이 가져가라.' 라고 했다든지 등등의 사건들은 상상력의 산물일 뿐인 것이다."(김종오, 123쪽)

이렇게 있지도 않았던 긴 지상천국을 만들다 보니 없었던 사건들을 만들어 넣는 일도 다양했지만 정말 있었던 사건들도 지상천국에 맞지 않으면, 또는 좌익찬양에 맞지 않으면 잘 알면서도 굳이 아깝게도 없애버리고 언급 없이 뭉개버릴 수밖에 없었다. '자맥이 마을사건'이 그것이다. 율어3구에 살고 있는 송남석(당시 14세)에 의하면 사건은 다음과 같았다.

"율어면과 겸백면 사이에 자맥이 부락이 있다. 이날 율어초등학교 운동장에서 무슨 궐기대회가 있어서 주민들은 여기 동원되었고 마을에는 노약자만 남아 있을 때, 빨치산 몇 명이 마을 외딴 주막에 모여 밥을 지어 먹고 있는 것을 부락민이 지서에 신고했다. 경찰이 출동해서 몇 명은 사살하고 몇 명은 산으로 달아났다. 다음 날 젊은 사람들은 전신주 지키는 일에 동원되어(빨치산들이 통신을 차단하기 위해 전신주를 절단할까 봐) 노약자만 남아 있을 때, 산사람들이 보복차 내려온 걸 모르고 주민들은 마을 중심 가장 큰 집 안동현 씨 집 마당에 모이라는 방송을 듣고 또 무슨 모임인가 하면서 잠자다 말고 나갔다. 주민들은 경찰이 소집하는 줄로 착각하고 나가봤더니 '내가 겸백 사는 김상남이다.' 하고 나서는 게 전 보성군 당위원장이었다. 긴장해서 서 있는데 아니나 다를까 경찰로 오인했던 소집자들은 보복차 내려온 빨치산들이었고 빨치산들은 주민을, 노인은 노인대로, 부녀자들은 부녀자들대로, 아이들은 아이들대로 다섯 명씩 세 줄로 세웠다. 한 줄씩 앞 사람을 끌어안도록 하고 맨 앞 사람의 가슴에 총구를 들이대고 방아쇠를 당겼다. 총알을 아끼기 위한 것이었다. 쓰러진 사람들을 죽창으로 찔러 죽었는지를 확인할 때 홍규라는 사람은 아픔을 참지 못해 꿈틀거리다 발견되어 재사격 당했다. 다행히 맨 뒤에 섰던 송남석은 어린 마음에도 죽은 척하고 움직이지를 않고 있다가 살아났다. 1949년 음력 7월 27일의 일이다. 여순반란인가 14연대 반란사건이 난 지 9개월 만이다. 『태백산맥』의 내용으로 치면 염상진이 율어를 해방구로 장악한 때이다. 그러나 조정래는 이 사건에 대해서 전혀 언급이 없다. 지금도 자맥이 부락에서는 여러

집이 같은 날 제사를 지낸다."(김종오, 133~135쪽)

조정래는 벌교 율어를 35회나 방문했다니까 이 사건을 몰랐을 리는 없다. 신성하고 아름다운 해방구에 좌익빨치산의 주민 학살사건이란 어울리지가 않았을 뿐이다. 그런가 하면 조정래는 작품 전체의 구도상 빼도 좋을 반민특위법, 국민방위군사건, 거창양민학살사건 등 우익의 잘못은 빠뜨리지 않고 묘사하고 있다. 이 이외에도 이동하는 김종오의 책에서 약 열여섯 가지의 변조들을 예시 전달하고 있다.(이동하, 2003, 「한국 문학과 인간 해방의 정신」, 푸른사상, 330~422쪽)

조정래는 율어 해방구의 수명을 3일천하 아닌 2년 이상으로 변조하고 지상에 없었던 순결한 해방구로 만들다 보니 없었던 아름다운 사건들을 만들어 넣는 것도 힘들었겠지만, 있었던 추악한 사건들을 눈 딱 감고 없애 버리는 마음 또한 비양심적이기는 마찬가지였으리라. 마치 조갑제가 제3공화국사 『내 무덤에 침을 뱉어라』를 쓰면서 청와대 변기통에 벽돌 넣어 절수(節水)하는 장면이나, 대통령의 수십 년 입던 바지 혁대 구멍 더 뚫는 장면을 쓴 것도 중요하지만, 그래도 제3공화국사(史)라면서 그 제3공화국 시절을 통해 가장 처절한 희생을 당한 최종길이나 전태일 등의 이름조차 언급한 적이 없는 것 또한 큰 변조이듯이, 없어야 할 것 넣은 것도 변조이지만, 있어야 할 것 빼버린 행위 또한 변조일 수밖에 없는 것이다.

그럼 조정래는 왜 소설을 이런 식으로 쓰게 되었을까? 김종오는 두 가지 요인을 든다. 하나는 장백일이 기록한 조정래의 가족사의 한(恨)

이요, 두 번째는 1980년대의 사회주의 유행이었다.

남진우 · 이용범 · 이창동 · 하재봉 등이 함께 한 『태백산맥』 좌담회에 함께 했던 작가 조정래는 이용범이 소설속의 인물 중 작가는 누구와 가장 동일시 하느냐고 묻자, 주저 없이 '염상진'이라 대답한다. 그뿐 아니라 위의 김범우에 대해서도 남진우가 "그럼 작가께서는 오늘 남한의 지식인들도 김범우와 같은 전향을 해야 한다고 생각하십니까?" 하고 묻자 서슴없이 "그렇습니다."라고 대답한다.

장백일이 밝혀 낸 조정래의 가족사는 다음과 같다.

"그날 아침 갑자기 들이닥친 양키들이 화장실에서 나오시던 내 어머니 머리채를 잡고 뭐라고 씨부렁거렸어요. 영어를 모르는 아버지가 다급하니까 자꾸만 '노 노' 했습니다. 그런 아버지를 양키들이 발로 걷어차 버리더군요. 그 사이 다행히도 어머니와 누나가 뒷문으로 날듯이 달아났어요. 양키에 대한 증오심도 움텄습니다.

『태백산맥』은 선암사 부주지였던 승 철운(조운)의 아들 조정래의 가족사적 이야기라고 한다.

서북청년단의 악랄한 고문으로 빗장뼈가 부러지면서 1년 동안 억울한 옥살이를 한 승 철운은 결국 무죄가 되었지만 옥살이 뒷바라지에 가족들은 고생했고 논산으로 도망쳤던 유랑의 길은 작가에게 한을 심어주고 남았다.

조정래의 부친 조종현 씨는 광복 당시 전남 승주군의 선암사 주지이며 시조시인이다. 부친은 실천불교에 뜻을 두고 사회개혁의 의지를 굳혔고, 소작인들에게 무상분배하는 등 보기 드문 진보적 사상을 실천했다. 여순병란 때 우익에 테러를 당해 빗장뼈가 부러지는 수난 후 무죄로 풀려나자 논산으로 쫓겨가듯 이사했다. 6·25가 정리되면서 벌교에 정착했고 부친이 벌교상고 국어교사로 재직하면서 집안은 안정을 되찾았다."(장백일, 2001, 『한국 현대문학 특수소재 연구—빨치산 문학 특강』, 탐구당, 296~299쪽)

또 하나의 요인은 1980년대 사회주의 유행과 이에 편승한 조정래의 상업주의였다고 김종오는 의심한다.

"또 한 가지 의구심을 떨치기 어려운 것은 『태백산맥』은 어딘가 모르게 이데올로기를 매개삼은 일석이조의 상업주의의 냄새가 난다는 것이다. 이 작품이 쓰여진 80년대는 우리사회에 사회주의운동이 맹위를 떨치며 자리잡던 시기이다. 특히 80년대 후반부는 민주화 바람과 맞물리며 사회주의 혁명운동이 무서운 기세로 확산되었다. 그 이전 시기에는 금기시되던 사회주의 혁명론이 거침없이 논의되었고, 민주화로 각색되어 공공연히 계급투쟁이 선전선동 되었을 뿐 아니라 수정주의란 이름으로 사회주의 혁명 시각에 기준한 역사물이 쏟아져 나왔다. 『태백산맥』은 이러한 사회적 배경, 그리고 그에 따른 독자들, 특히 대학생을 비롯한 젊은 층의 기호에 초점을 맞춘 것이 아닌가 하는 느낌이다."(김종오, 『소설 '태백산맥' 그 현장을 찾아서』, 331쪽)

조정래는 이 외에도 17년이 지난 2006년에 『인간연습』이라는 장편을 발표했는데 이 역시 남파 간첩 장기전향수에 관한 이야기로서 아름다운 공산주의자와 이에 호응한 역시 아름다운 사회주의 여성 고아원 장을 그린 작품이다.

통일부터 해 놓고 체제는 나중에 바꿔도 된다

북한 문제와 아울러 우리는 소설가 황석영을 언급하지 않을 수 없다. 황석영은 1971년의 『객지』와 『삼포 가는 길』 『돼지꿈』 등에서 북한에 다녀오기 전까지는 한국 소설계의 절정을 달려 왔다고 해도 과언이 아닐 만큼 평론계의 존경을 받고 있었다. 그러나 북한을 다녀온 후 황석영이 쓴 『사람이 살고 있었네』(또는 후에는 『가자 북으로, 오라 남으로』로 책 이름을 바꿈) 이후 황석영은 '인간이 도달할 수 있는 어리석음의 극치'라고 그를 따르던 평론가들로부터 외면당하고 있다.(이동하, 1997, 「황석영의 북한 방문기와 지드의 소련 방문기」, 『한 문학평론가의 역사 읽기』, 220쪽)

북한은 우리에게 블랙홀이다. 무엇이든 빨아들여 무화(無化)시킨다. 평생 동안 가장 날카로운 역사적 안목과 수준 높은 형상화로 모든 소설가들과 평론가들의 신망을 받던 작가를 하루아침에 '인간이 도달할 수 있는 어리석음의 극치'로 만들어 버리는 것이다. 그것도 누구에게 사주를 받았거나 포섭되었다거나 하는 고전적 분단주의 때문이 아니라 오로지 북한이 모든 것을 감추고 겉 다르고 속 다른 면만을 보여주는 그 속을 꿰뚫어보지 못했다는 바로 그 점 때문에만 어리석음의 극치가 되고 마는 것이다. 속이고자 애쓰는 사람에게 속았다는 것이 작가에게는 치명적이었다는 것이다. 아니 속이는 사회인 줄을 뻔히 알면서도 즐거이 속아준 데 대한 배신감이라 할까. 북한은 우리에게 이렇게 해서 블랙홀인 것이다.

사회주의 국가에 다녀와서 자신의 작가적 신망을 망친 대가들은 외국에도 많이 있다. 이를테면 영국의 극작가 버나드 쇼는 기차편으로 소련을 방문했을 때 폴란드의 국경에서 준비해 갔던 양식을 모두 폴란드 땅에 놓고 간다. 착취하는 자가 절멸해서 없는 소련 땅에 식량부족이란 있을 수 없다면서. 열차에 타니 식당차에 안내원이 와서 유창한 영어로 버나드 쇼의 작품을 극찬했다. 그들이 공작된 성분임을 알지 못했던 그는 러시아의 웨이트리스는 영국의 웨이트리스보다 교양이 높다고 극찬했다. 그리고 소비에트의 형무소는 죄수들이 출소를 싫어할 만큼 환경이 좋다고도 했다. 솔제니친의 『수용소 열도』는 버나드 쇼가 죽은 다음에 나왔다. 그 후 버나드 쇼는 러시아 성직자들의 학살 소식을 듣자 러시아 여행 때 선물로 받은 도자기를 들어 땅에 내동댕이쳤다.(이규태 코너 「조선일보」 1989년 7월 28일자)

형가리에서 태어난 러시아 문제학자 폴 홀랜더는 공산국에 대한 신유토피아 병 환자들에게 '환상증후군'이란 이름을 붙여 주었다. 루이제 린저는 여러 번 북한을 방문해서 오염되지 않은 원산항 명사십리 해당화를 보며 김일성과 밀담을 나누었고, 성혜랑의 김정일 일가와의 생활기인 『등나무집』에는 김정일이 첫 부인인 성혜림에게 이 두 노인의 밀담을 가리켜 "두 노인들 연애하는 거 아냐?"라고 농담하는 장면이 나올 정도이다.

루이제 린저는 북한의 사회주의를 가장 찬양한 작가로 알려져 있다. 프랑스 작가들 역시 소련여행기에서 사회주의 소련을 극찬한 중에서도 앙드레 지드만은 홀로 소련의 억압체제를 끝까지 비난해서 다른 작가들, 특히 가장 친했던 로망 롤랑으로부터 인간적으로 고립을 당한 바도 있었다. 그러나 지드가 옳았음은 나중에야 밝혀졌다. 이동하는 황석영의 『사람이 살고 있었네』뿐만 아니라 그 이후 발간된 황석영의 다른 작품들까지도 의심쩍은 눈으로 보는 것 같다. 인간이 도달할 수 있는 어리석음의 극치라면서.

황석영은 북한을 나와 독일과 미국 등지에 머물면서 『사회평론』지와 『노둣돌』 등 잡지사와 문답식 인터뷰를 했는데 이 글들은 『가자 북으로 오라 남으로』(2000, 이룸. 다음의 쪽수는 모두 이 책의 쪽수이다.)에 실려 있다.

"통일은 어차피 가야 할 길, 일단 하나가 된 뒤에 우리의 삶에 마땅치 않으면 바꾸어 버리면 된다.(193쪽) / 북한의 장점은 항일무장투쟁시기부터 실천해 온 '사람에 의거한다'는 주체사상(205쪽) / 북한의 자주 자립 주체란 참으로 눈물겨운 것, 북의 민중들과 사귀다 보면 '이 험한 세상에서 저렇게 순진한 사람들이 어떻게 살아갈꼬.' 하는 걱정이 든다.(212쪽) / 북의 도시와 농촌은 그들 표현대로 '호화

롭지는 못해도' 소박하고 깨끗하게 잘 짜여져 있습니다. 북의 어려움은 '자력갱생의 한계'에서 오는 어려움이지 식구들을 골고루 잘 보살피고 있습니다. 까놓고 말해서 아무리 '공산압제'가 심하다고 한들 설마 제대로 살게 해 주지 않는다면 북의 인민이 루마니아나 불가리아 인민들보다 못해서 40여 년이 넘도록 전쟁도 치르고 복구도 하고 건설도 해 오면서 다른 사회주의 국가들은 물론 그 종주국 소련까지 못해 먹겠다고 나자빠지는 판에 '우리식대로 살아가자'고 버티고 있겠습니까?(234쪽) / 그(김일성)가 혁명 활동을 시작한 것은 1926년 14세 때이며 '타도 제국주의동맹' ㅌㄷ을 만들어 시작했습니다. 그는 두 번이나 세계최강의 외세와 맞서 싸웠습니다. 그는 모택동보다도 훌륭한 점이 있으며 호지명에도 뒤지지 않는 제3세계 혁명가라고 생각합니다.(275쪽) / 그는 연안파나 구소련파 같은 종파주의자들과의 투쟁에서 성공했고 을지문덕 · 이순신 · 세종대왕 · 이율곡 · 정약용 · 전봉준 · 김구 등처럼 위인의 한 사람이라고 생각하지요."(288쪽)

황석영이 귀국 이후 남한에 돌아와 써 낸 작품들은 성장소설 말고는 거의 다 북한과 상관있는 소재들이었다. 가장 대표적인 것은 『손님』과 『바리데기』이다.

『손님』은 신천학살을 다룬 회고체 역사소설이다. 신천군은 북한 황해남도 사리원 근처에 있는 안악 재령 등의 구월산 주위 지방이다. '안악 군수보다 팔남봉이 낫다'는 그 산골 안악이다. 6 · 25 남침 이후 유엔군의 인천상륙(9월 15일)이 알려지자 북한 전역에서는 미군 또는 국군이 언제 38선을 넘어 북진할 것인가에 대한 성급한 계산들을 하고 있었다. 5년간 계급혁명으로 토지와 주택까지 모두 빼앗기고 월남조차 못한 전 지주나 기독교인들은 그 5년간에 소위 인민위원회에게서 받은 핍박들을 되갚아 줄 기회를 엿보며 각기 구월산 속에 숨어들었던 것이다. 인민군의 패주 중에 구월산 부대들은 미군과 국군이 들어오는 10월 18일보다도 5일이나 앞선 13일을 D데이로 잡고 내무서와 보위부 보안대 등 북한 행정청들을 공격하고 그 인원들을 도망가기 전에 잡다 보복하고 보니 자연스레 좌우 이념투쟁이 되었고 상대방을 한 발짝이라도 먼저 죽이는 자만 살아남는 살상 경쟁대회가 되고 만다. 계급혁명을 이룬 자들이 '머슴의 세상은 영원하리라!' 믿었던 만큼이나 구월산의 공비 아닌 치안대들 역시 한번 미군이 들어오면 '이제 다시는 1·4 후퇴 같은 되밀림은 없으리라!' 철석같이 믿었으므로 양측은 모두 자신들의 보복행위가 마지막 살육전이 되리라 의심치 않아 마구잡이로 죽였다. 그런데 세상은 공평하게도 서로 두 번씩이나 뒤집혀졌다. 스페인 화가 피카소가 발가벗은 임부들과 아기들에게 총칼을 겨눈 「한국에서의 학살」(1951년 작)이란 명화를 남긴 것도 바로 이 신천학살에 대한 기사를 읽고 나서였다.

그런데 황석영과 박명림은 이 신천학살에 대한 해석이 달랐다. 물론 김일성은 전쟁이 끝난 지 5년 후인 1958년에 신천박물관을 지었다. 휘발유를 뿌려서 불태운 여자들과 아기들의 신발짝들과 유골들을 주워 모아 진열하고 미군들이 여성들을 능욕하는 그림들을 그려 북한 전 국민과 외국인 관광객뿐만 아니라 남한의 북한 방문객들에게 강제로 구경시켰다.

좌·우 대립 아닌
외세·토착 대립

'좌우란 없고 오로지 외세 대 자주가 있을 뿐이라'는 신념을 갖고 있던 황석영의 『손님』에서는 평남 황해도 등의 서해 곡창지대에서 기독교도들이 거의 지주 또는 지식인 계급과 일치한다는 우연 아닌 우연의 일치에 착안하여 지주 대 머슴들의 싸움이자 좌우 이념대결이 되고 말았던 이 학살극을 기독교도 대 본토민, 즉 외래교 대 원주민 신앙의 대결로 단순화했다. 하나님의 뜻에 따라 학살한다는 요한과 요섭의 간증에 순남아저씨와 이찌로 머슴은 "야, 조선의 하나님을 믿으라!"라고 죽으며 충고한다. 조선의 하나님 즉 김일성님을 따르라고.

신천학살의 주체는 바로 그 내무서 앞 방공호 속의 수백 명 구금자들에게 휘발유를 뿌리고 수류탄을 까 넣은 자가 누구냐로 압축된다. 김일성의 박물관 안내자는 미군이 직접 휘발유를 뿌리고 수류탄을 까

넣었다고 관광해설하고 있고, 황석영의 『손님』에서는 바로 요한과 요섭 같은 전 지주 출신의 기독교도들이 바로 이 짓을 했던 것으로 묘사되어 있다. 그런데 박명림의 책(박명림, 2002, 『한국 1950: 전쟁과 평화』, 나남, 623~629쪽)에는 양측이 모두 똑같은 짓을 했다는 걸로 나와 있다. 황석영의 책에도 박명림의 책에도 미군이 직접 나타난 흔적은 전혀 없으므로 북한이 미군에게 씌우고 있는 죄목은 그냥 미군(유엔군) 참전만 아니었다면 남한 광복은 석 달 안에 끝났을 거라는 호가호위론에 불과하다.

자기 자신이 스탈린의 허락을 얻어 모택동의 팔로군을 끌어들이지 않았더라면 강계 별오리에서 평양으로 되돌아 올 수조차 없으리라는 자신의 호가호위는 싹 빼 버린 채, 항상 모든 악질 짓은 같은 민족인 남한 군인이나 북한 자신의 반공 반동자들이 했을 리 없고(북한이 선정을 베풀었으므로 반동도 없었다는 주장) 이 모든 악행은 결국 미국이 한 것이나 마찬가지 아니냐는 막연한 끌어대기이다.

황석영의 『손님』에서는 해리슨 중령인지 지역 사령관이 지나갔다는 언급만이 있을 뿐 미군의 그림자는 전혀 비치지도 않고, 다만 황석영의 경우 항상 좌우대립보다는 외세와 토착의 대립을 내세우다 보니 이런 만행은 반드시 외세인 기독교도라는 외래종교가 무속이라는 토착종교도들을 무참히 태워 죽이고 튀겨 죽인 것으로 나온다. 박명림의 경우는 당시 이 학살극의 주동자이기도 했다가 월남해서 『항공의 불꽃』이라는 거대한 기록물을 출판했던 조동환의 책(조동환·황해 10·13 의거 동지회, 1957, 『항공의 불꽃』, 보문각, 191~192쪽) 속에 피살자들의 명단까지 자세히 나와 있는 것을 들어 북한 탈환을 전후한 민간인 좌우학살극으로 믿고 있다. 이 책에 의하면 10월 13일 봉기 결행 이후 16일까지 피살된 좌익은 600여 명, 우익은 400여 명 희생자들의 인적 사항들(주소 나이 이름 성별 등)이 열거되어 있다.

『바리데기』의 북한 참상

황석영은 이 『손님』(2001)에서나 또는 이에 앞선 『오래된 정원』(2000)에서도 북한 주민들의 생활을 극히 정상적인 생활인으로 등장시킨다. 『오래된 정원』에서는 북한에서 동독으로 유학왔던 유학생이 서베를린에서 남한 사람들과 친해져서 망명까지 생각했다가 다시 마음을 바꿔 동독과 조국 북한으로 돌아가는 길을 택하는 장면을 아주 자유로운 백화점 선물공세로 그리고 있고, 『손님』에서도 요섭이 방북해서 형 요한의 유복자 단열의 집에 들르는데 협동농장 지도자 노릇을 하며 사는 단열은 제법 여유 있게 사는 것으로 묘사되고 있다.

그런데 훨씬 후인 2007년에 나온 『바리데기』에서는 주인공 바리가 북한 출신인데 그 가족상황이나 탈북 밀항 과정에서 그려내는 북한의 풍경이 모두 중국 체류 탈북자들의 증언에 맞먹는 참혹한 상태 또는 전통사회의 참혹성대로 묘사되고 있다. 딸 많은 집의 여섯 째 딸로 태어난 바리는 엄마의 손으로 풀숲에 내다 버린 것을 강아지가 물어다 개 집에서 품어 주는 바람에 죽음을 면했는데, 외삼촌이 탈북해서 남한으로 가는 바람에 아버지가 정치범 수용소에 들어가고 집을 모두 빼앗겨, 어머니와 큰 딸들은 부령으로 유배가고, 할머니와 바로 위 언니 하나만 따로 두만강 가에 바리와 살다가, 매일같이 떠내려 오는 굶어 죽은 시체들을 보고 강을 건너게 되며, 중국 땅에서 움막에 살다가 할머니는 기운 없어 죽고, 언니 하나도 죽고, 바리는 주인집에 맡겨 두었던 강아지 칠성이를 훔쳐 가지고 고향 땅 북한 부령으로 가 보지만, 모두 굶어 죽은 북한 주민들의 '화전 일구기'로 사면에 산불이 나서 부모는커녕 강아지마저 잃고, 바리 혼자서 다시 중국으로 나와 영국으로 밀항해서 아랍인 파키스탄 남자 런던 지하철 테러가족과 결혼해 사는 이야기이다.

북한 이야기는 물론 바리의 출생에 불과하지만, 그래도 앞의 두 작품들에서 북한 묘사가 거의 보통사회인 묘사와 다를 게 없는 데 비해서는, 2007년의 북한 묘사(『바리데기』)는 아주 진실에 가까운 묘사를 하고 있는 것이 특징이다. 작가의 북한관이 변했는지 별안간 눈을 떴는지는 알 수 없으나 거의 실 상황에 가까운 북한 묘사는 여기가 처음이라 할 수 있다.

고은의 젊은 김일성

고은의 장편 서사시 『백두산』이 완간되었을 때 시인이자 평론가인 이동순(李東洵, 영남대 국문과) 교수는 1994년 겨울호 『창작과 비평』에다 「서사시 『백두산』 완간의 의미와 그 역사성」이라는 글을 썼다. 분단시대 한국문단에서 가장 크고 두드러진 문학사적 사건으로 치는 이 완간본에 대해서 이동순은 "분단 이후의 남한 문학에서 김일성의 항일유격대 활동이 남한의 작가에 의해 작품속에 직접 반영된 것은 이 작품이 처음이다."라고 밝히고 있다.(이동순, 1994, 「서사시 『백두산』 완간의 의미와 그 역사성」, 『창작과 비평』, 1994년 겨울호, 234쪽)

서사시의 내용은 1900년대에서 1940년대에 이르는 의병전쟁에서부터 독립전쟁 시기를 다루고 있고, 지배계급의 딸 조화연과 그 집 머슴 추만길의 사랑의 도피행각으로 시작해서 바우와 옥단을 낳아 백두산에서 살다가 만주로 이주해 온 가족이 독립군에 매진하는 이야기 중

김일성 부분은 마지막 7권의 '보천보'에서 잠깐 나온다.(고은, 1994, 「서사시 백두산 7」, 『창작과 비평사』, 177~180쪽)

봉오동 청산리 어랑촌 승리에 이어 / 장백현 험준한 곳 / 사령관 양정우와 동지들이 투지를 불살랐다 …… 항일련군 2군 6사가 무송을 거쳐 들어왔고 / 이어서 1군 2사가 들어왔는데 / 젊은 김일성은 6사를 이끌고 오며 몇 번의 전투를 겪었으니 …… 백두산 밀영, 대탁 밀영, 홍두산 밀영, 피고령 밀령, 횡산 밀영을 세웠다. 제4사 1단장 최현들의 활약과 함께 왕덕태 장군의 전사를 막지 못한 책임을 물었고 …… 조국광복회 조직을 확대하여 국내진격의 발판이 이루어졌고 …… 37년 6월의 보천보전투에 이어진다.

이 작품은 조선인 항일열사들의 구체적 이름들과 장소만이 아니라 중국인 장령들의 이름과 전투장소도 구체적 실명으로 나온다. 이동순은 이 작품에 대해 홍명희의 『임꺽정』이나 이기영의 『두만강』을 읽고 난 뒤의 가슴 떨리던 감격과 감동만은 못하지만 위대한 서사시는 한 번에 써지는 것이 아니어서 두고두고 고쳐 나갈 것으로 기대하고 있다.

— 거짓의 두 왕국, 북한은 남한에게 무엇인가?

양심 가는 대로, 논리 가는 대로, 밝은 눈 뜨는 대로

황석영처럼 북한에 다녀와서 '인간이 도달할 수 있는 어리석음의 극치'라고 폄하된 작가가 있는가 하면, 그 반대로 북한에 가서 김일성을 만나보고 와서야 눈이 번쩍 뜨이는 깨달음을 얻은 젊은 이도 있다. 김영환이라는 386세대 남한 주사파의 대부이며 1980년대 학생운동의 진앙지를 만들었던 NL파의 창설자가 그다. 그는 어떻게 해서 그리워하던 북한에 갔고 존경해 마지않는 김일성과 독대하게 되었으며 얼마나 머물다가 북한을 떠나 남한에 돌아와서 아무리 곰곰이 생각해도 김일성은 거대한 사기꾼이고 북한은 죽음의 눈초리들의 집단이며 꼭꼭 막힌 폐쇄의 잔해임을 부정할 수가 없었을까?

그는 물론 북의 잠수정을 타고 갔다. 아니 김일성의 초청을 받고 북한 대남선전부장의 호위를 받으며 거물 혁명가가 되어 머구리 잠수복을 입고 방북했다. 김일성을 위시한 북한 간부들은 모두 그를 천재 혁명가로 칙사대접했고 그럴수록 김영환은 조급했던 주체사상에 대해서 궁금증을 풀고 싶은 주인공들로부터 가르치심을 받고자 했던 열망이 일거에 뭉개졌다. 아무리 김일성에게 물어도 김일성이 주체사상을 한 가지도 모르더라는 것이며, 특히 그 주체사상을 만들었다는 당 간부들과 토론을 하자고 해도 모두 입을 꼭 봉하고 앵무새 노릇들만 하더라는 것이다. 답답하고 실망해서 17일간의 일정을 모두 채우고 다시 머구리 복을 입고 제주 앞바다에서 잠수정을 내려 남한에 돌아왔지만 이때부터 김영환의 고민은 시작되었다.

북에 간 17일간의 알리바이를 만들어 두기 위해 어머니에게는 고시텔(서울법대 82학번)에 들어간다고 말하고 돈을 얻어 한 고시방에 묵다가 떠나기 전날 다시 다른 고시방으로 옮기자마자 방을 비웠으므로 마지막 고시방에서조차 알 수는 없었다. 영락없는 간첩행위이고 거짓말쟁이 가출아들이다.

김일성은 주체사상의 무식자

이에 앞서 그는 북한 방문(1991년) 훨씬 이전인 1986년 (23세 대학생) 학생운동의 진앙지를 제대로 포착한 안기부에 검거되어 47일 동안 심한 고문을 받았다. 처음 20일간은 밤낮을 가리지 않고 매일 고문을 받았으며 그 후 7일 동안은 며칠에 한 번씩 고문당했고 마지막 20일 동안은 주먹으로 얻어맞거나 기합을 받았다. 안기부에 들어갈 때 키 175㎝에 몸무게 55kg의 말라깽이였는데, 몽둥이로 사정없이 때리고 부어오른 데를 또 때리고, 열흘정도 지나자 팔다리가 퉁퉁 부어올라 뚱보가 되었다. 손가락으로 누르면 1cm 정도 푹 들어가는데 손가락을 떼어도 10분 정도 지나야 원래대로 된다.

그냥 의자에 앉아 있으면 고문의 공포 때문에 극심한 스트레스를 받기 때문에 차라리 원산폭격 같은 약한 고문을 받을 때가 훨씬 마음이 편했다. 의지가 약한 사람은 모두 미쳐버렸을 거다. 안기부는 그가 자생 사회주의 혁명가임을 절대 믿을 수가 없었던 것이다. 그가 북한과 연계되어 있다고 보았고 주사파(당시는 NL파라 불렸음)의 기세가 엄청나게 빠른 속도로 확산되고 있었으니 노동운동과 학생운동을 망라하는 대규모 조직이 있다고 본 것이다. 그리고 그들이 '직선제 개헌'이니 '민주정부 수립'이니 '민주대 연합'이니 하는 것들을 주장하는 것을 보고 김대중과 구체적 협력체계를 구축해 놓았을 것으로 보았다.

그 거대한 조직들을 일거에 날려 보리라는 게 그를 고문한 목적이었다. 따라서 주로 질문한 것이 "북한과의 연계를 대라."든가 "배후를 대라."든가 "조직을 대라."든가 "김대중 씨 비서관과의 관계를 대라."라는 내용이었다. 그런데 "아무것도 할 말이 없는데 무슨 말을 하겠습니까? 그냥 당하고 가만히 있을 수밖에 없었지요."(이상 『월간조선』, 1999년 6월호 김미영 쓴 「주체사상이론가─북한혁명가」, 김영환(강철)인터뷰 「김정일 정권 타도를 위한 좌우 대합작을 제안한다. 좌파일수록 김정일 타도에 앞장서야」)

이 민족을 떠나 제가 어디 가서
삶의 보람을 찾겠습니까?

김영환이 1987년 10월에 쓴 항소이유서에는 머리말
(책머리에)을 그 어머니가 썼다.

"너 몸이 어떠냐?"

"괜찮습니다."

"후회하지 않니?"

"아니요, 후회를 하다니요. 반성할 부분이야 있지요."

"그래, 나는 너를 믿는다."

"엄마한테 부탁할 거 없니?"

"어머니, 저 잘 있으니 제 걱정 하지 마시라는 게 제 부탁입니다."

영환이가 안기부에 검거된 후 30일 만인 12월 23일 퍼시픽호텔에서 처음 만난 영환이는 야위고 지친 모습으로 그러나 미소를 지으면서 나를 맞았었다. 그 이튿날인 24일 배달된 구속통지서에는 바로 23일 구속했다고 되어 있었다.

30일간의 불법구금, 고문 아 아……

10여일 후에 다시 면회를 했다.

"너 정말 후회하지 않니?"

"절대로 후회하지 않습니다."

"영환아 널 내보내 줄 테니 데리고 이민가라고 한다면 난 어디든지 갈 수 있을 것 같다. 너는 내보내 주면 가겠어?"

"이민을요? 제가 이 민족을 떠나서 어디에 가서 삶의 보람을 찾겠습니까?"

47일간의 불법장기구금과 그 지독한 고문도 네 굳은 의지, 확고한 신념을 어쩌지 못하는구나. 이 부끄러운 에미는 네 정의로운 투쟁의 승리를 빈다.

87년 10월 김영환 母 조성자

김영환이 처음 검거된 것이 1986년이고 항소이유서를 쓴 것이 1987년 10월인 것을 보면 안기부는 1987년 6월항쟁의 진앙지를 제대로 잡은 것이고, 이를 방지하기 위해 일찍부터 갖은 노력을 했으나 실패한 것이라 볼 수 있다. 이때까지는 재야와 학생간의 연계는 없었고 김영환의 이 당시 목적은 NL파 사회주의혁명인 데 비해서 재야들의 목표

— 거짓의 두 왕국, 북한은 남한에게 무엇인가?

는 서구식 민주주의였으므로 두 그룹의 이루려는 바가 일치하지는 않지만, 어쨌든 1987년 당시로는 일시적으로 중간목표가 일치하는 동상이몽의 일시적 합치단계였던 것이다. 중정은 『강철서신』의 필자가 40대 지식인일 거라고만 짐작했지 22세의 애송이 대학생이라고는 상상도 할 수 없었으므로 고문으로 뒷조직을 캐고자 했던 것이다.

김영환은 어머니가 이민가자고 제의했을 때, 아니 안기부가 어머니에게 영환이를 내주면 데리고 이민가겠다면 내주겠노라고 회유했을 때, 영환은 이 민족을 떠날 수 없다고 대답한 걸 보면 김영환은 당시에는 철저한 민족주의자였다. 그런데 방북 후 친북이 반북으로 변했고, 북한은 주체사상과 아무런 관련도 없을 뿐만 아니라, 오히려 주체사상의 적이라고, 북한과 자신의 주체철학을 분리한 다음부터는 현재까지 민족주의를 강하게 비판하고 있다.

그의 변명은 이렇다. 민족주의는 나의 고등학교 시절에는 내 사상의 핵심이었지만 지금은 기본 줄기는 아니니, 일관성이 있냐고 물으면 일관성이 없다고 대답할 수밖에 없긴 하다. 그러나 지식인이라면 과거에 어떤 주장을 했었느냐에 구애받지 않고 잘못된 것이 있으면 과감하게 수정할 수 있어야 한다는 것이다. 권위가 타격받을까 봐 또는 일관성이 없어 보일까 봐 잘못을 고치지 않는 것은 올바르지 않다는 것이다.(『월간조선』, 1999년 6월호)

22세짜리 '레드 바이러스'의 원흉

홍동근 목사가 1988년 방북 후에 썼고(홍동근, 1988, 『미완의 귀향일기』, 한울) 김영환이 그의 NL파 주체사상 서적인 『강철서신』(김영환, 1989, 『강철서신』, 도서출판 눈)의 앞머리에 인용했던 1980년대 말 당시의 북한 상황에 대한 보고는 다음과 같다.

인간의 주체의식과 국가사회에 대한 그 민족주의적 자부심과 헌신적 열의에 감동했다. / 오늘 서방세력에서 자신과 합리주의밖에 배우지 못한 젊은이들에 비해 건강하고 성실해 보였다. / 그들의 국가주석에게 바치는 최고의 찬사와 존경엔 새삼 놀랐고 오늘 어느 나라 백성들이 자기 나라 지도자에게 이 같은 사랑과 충성을 바칠까 의심하면서 / 도덕적 우월성을 추구하고 악과 계급 없는 낙원을 건설하도록 택함을 받은 선민 …… 그저 인민에게 봉사하는 공동체

__ 거짓의 두 왕국, 북한은 남한에게 무엇인가?

정신만이 넘쳐 있었다.

『월간조선』의 자유기고가 김미영이 서면질의에서 "강철서신 앞부분에서 인용한 홍동근 씨의 북한 체험기처럼 실제로 북한에 대해 이상적 사회라고 생각하셨나요?"라고 물었을 때, 김영환은 내가 강철이라는 필명으로 여러 글들을 썼던 것은 86년의 일이었고, 『강철서신』이라는 책은 89년에 나왔다. 홍동근 씨의 책은 86년에는 한국에는 없었다.

나는 그 글을 89년에 내 책이 나온 뒤에야 읽을 수 있었다. 나는 그때 북한 전문가까지는 아니라도 북한에 관해 오랫동안 나름대로 연구해왔기 때문에 홍동근 씨의 북한 방문기나 루이제 린저의 북한 방문기 등이 친북성향이 대부분 과장되었다는 생각은 하고 있었다. 그러나 그 당시에는 북한 정부의 핵심인 김일성 김정일이 주체사상의 동지라고 철석같이 믿고 있었으므로 북한에 대한 좋은 인상을 주려고 노력했다. 객관적으로 본다면 지식인으로서 엄청난 책임방기이지만, 당시 나는 북한이 주체사상을 지도사상으로 삼고 있다고 생각했으므로 주체사상만 꾸준하게 이어간다면 이상사회로 접근해 갈 것으로 오판했다고 답변했다.

그러면서 그는 당시 자신들의 민혁당이나 타도제국주의동맹 등이 가장 큰 잘못을 한 것은 친북성향의 분위기를 남한에 퍼뜨림으로써 친북 젊은이들을 유도해 냈고, 더구나 김현희의 KAL기 폭파사건 등도 남한 안기부의 조작사건이라는 등의 주장을 폈고, 그런 주장들이 친북만이 아니라 반남의식에 기여하게 한 것을 가장 큰 잘못으로 뉘우치고 있음도 털어 놓았다. 이 서면 인터뷰는 김영환이 중국에 체류하고 있을 때인 1999년 5월에 이루어졌는데, 그는 남북한 건국의 정통성에 대해서는 "대한민국의 정통성을 부인하지는 않지만 조선민주주의인민공화국 건국의 정통성도 적극적으로 인정하는 편이라."라고 말했다.

그런데 여기서 한 가지 말해 둘 것은 1980년대 방북기가 홍동근 말고도 여러 종류가 있었는데 김영환이 몰랐거나 읽었더라도 믿고 싶은 대로 선별적으로 믿었다는 점이다. 가장 잘 썼다고 할까 가장 진실에 가깝게 썼다고 할까 아무튼 종교적 방문이 아닌 진지한 사회탐색 목적의 방문기로서는 대표적 4권을 들 수가 있겠는데 물론 모두 이산당했던 친척 방문을 겸한 사회탐색기였다. 위의 홍동근의 『미완의 귀향일기』를 제외한다면 다음 3권이 된다.

① 양은식, 1984, 『분단을 뛰어넘어』, 고려연구소.
② 김원조, 1984, 『동토의 공화국』, 한국방송사업단.
③ 이우홍, 1990, 『어둠의 공화국』(북한4년체험적보고), 통일일보사.

양은식 등의 『분단을 뛰어넘어』는 1988년에 다시 한국의 중원문화에서 출간되기도 했는데(고려연구소는 양은식 교수가 미국에 갖고 있던 연구소) 당시 1984년에는 나오자마자 금서로 지정되어 책을 구할 수 없었으므로 몇 권 안 되는 낱개 책들이 비밀리에 학생들과 지식인들의 손에서 손으로 전달되어 몰래 읽혀졌던 책이다.

양은식 등 미국과 캐나다에 살고 있던 북한 출신 교수 목사 신문기자 등 10여 명이 해외 한반도 세미나에 참여하며 몇 년째 북한 방문 가능성을 탐색하다가 드디어 1983년에 성사되어 평양을 방문하고 각기

__ 거짓의 두 왕국, 북한은 남한에게 무엇인가?

자신들의 시골 친척들도 방문했었던 특혜라면 특혜라 할 수 있는 이산가족 상봉기이기도 하다. 일반독자들이야 친척 만나는 일보다는 이들이 친척을 만나는 동안 북한 생활실상이 잘 드러날 것을 기대하고 읽게 되었던 책인데, 이들 10여 명은 미국 또는 캐나다의 자기 집으로 귀국해서 여러 매체에 글도 쓰고 돌아가는 길에 동경에 들러 좌담회도 가졌으므로 이들의 신원사항은 널리 잘 알려져 있던 필자들이었다.

당시 이들이 전하게 된 북한 실상은 전혀 호의적이거나 비판적이라는 뚜렷한 선입관을 배제하고 떠난 여행이었지만, 손님으로 가서 더구나 38년 동안이나 그리워하던 친인척을 만나도록 안내해 준 주인들(안내하는 지도자 당 간부들)에게 그저 고맙고 친절한 느낌 외에는 불편도 숨막힘도 느끼지 못하는 평범한 보고서였다. 1980년대 중반에 이 책을 남한에서 읽은 사람들은 북한이 남한의 1960년대 경제수준에 머물러 있다는 것 이외에는 별 거부감도 친근감도 느낄 수 없었으며 다만 '뿔은 달리지 않았음'을 확인했다고 볼 수 있다. 그렇지만 그 후에 나온 다른 방북기들에 비해서는 북한에 대해서 호의적인 느낌을 갖고 왔다는 결론은 얻을 수 있을 정도는 되었고, 설사 비판적인 생각이 있었다 하더라도 이왕 북한을 한 번 갔다 오고 보면 남한에 다시 올 권리를 포기하던 시대이므로, 북한에 대해서 비판적으로 쓰기는 힘들었을 상황이었다.

그러나 한국 최초의 북한 사회 보고서여서 남한 지식인들에게는 유일한 북한 창구였으며, 김영환 역시 이 책을 안 읽었을 리는 없다고 생각된다. 이 필진들 중 전충림과 양은식 등은 1983년 이전인 1975년경부터 북한을 방문했었고 특히 전충림의 경우 10여 차례나 북한을 왕래하면서 다른 많은 사람들의 친척에 대한 소식도 전해 주었고 사례집도 따로 냈지만 그가 죽은 후인 1996년에야 한겨레신문사에서 출판되었다.

문제는 김원조와 이우홍의 책들이다. 김원조는 1982년에 북한 방문을 40일간 하고 1983년 3월부터 8월까지 100회에 걸쳐 그 일기를 통일일보에 연재한 후 그것을 4분의 3으로 줄여 이 책을 냈다.

그의 방문은 1960년대 초에 북송된 형님과 누님 등의 새 가족들을 20년 만에 찾아보기 위해서였다. 그가 가장 보고 싶어 이 여행을 떠나게 된 동기였던 큰 형님은 북한에서 폐결핵을 앓다 병원치료도 못 받고 저자가 떠나기 1년 전에 사망했는데도, 동생은 그것도 모르고 형님께 드릴 선물을 잔뜩 사가지고 갔지만 형수와 누님의 식구들은 그간 몇 번이나 형님 돌아가신 편지뿐 아니라, 형님 돌아가시기 전 일본에서 좋은 약을 구해 보내 달라고 부탁편지를 여러 번 했는데도 일본의 동생은 전혀 받지를 못한 것이었다.

북한은 모든 편지 특히 해외로 발송되는 편지는 그 내용을 당이 검열하며 당의 허가를 받아야만 발송이 되는데, 당 검열 후 불합격이면 되돌려 보내 주거나 불합격 사실이라도 발신자에게 통보를 해 줘야 편지가 가지 못했다는 사실이라도 알아야만 다시 다른 통보의 길이라도 모색할 텐데 당은 검열 결과조차 전혀 전해 주지 않으므로, 발신자인 북한 친척 측에서는 수신자가 그 소식을 알고 있겠거니 하는 것이고, 수신했어야 하는 측에서는 아무 편지도 받은 바 없으므로 무소식이 희소식까지는 아니더라도 아직 별 큰 변화는 없으려니 하는 수밖에는 없다. 당이나 국가 즉 북한 우체국은 편지를 보낼 수도 있다는 기관일 뿐 모든 보내지고 싶어 하는 서신의 행방조차 전혀 발신자에게도 수신자에게도 알릴 의무도 예의도 없는 무지막지한 폐쇄적 소통체제이다.

따라서 동생은 도착하자마자 큰 형님의 소식부터 모든 만나는 친척들에게 물어보는데 모든 친척들은 그 놀라운 사망소식을 자신의 입으로 전하기 무서워 묵묵부답으로 있다가 형수의 손에 이끌려 형님의 산소에 가서야 형님이 가난 때문에, 즉 의료시설 부족과 약품 부족 때문에, 병원 콘크리트 바닥에 누운 채 의사 손길조차 못 받고, 돈 없어 죽는다는 푸념을 하면서 사망했다는 소식을, 산소에 가서야 듣게 된다. 뿐만 아니라 저자는 친척 방문의 각 단계마다 평양의 중앙 안내자와 시골의 군당 안내자 리당 안내자라는 지도자들이 하룻밤도 식구들끼리 말할 틈도 주지 않고, 어떤 골목길 한 개도 혼자서 걸어보거나, 어떤 농민 한 명이라도 절대로 만날 수 없도록, 24시간 밀착감시하여 진짜 북한 시골 상황을 보지 못하도록 철저히 방패하고 있음도 너무 잘 표현했으므로, 김영환이 만약 이 책이 나온 1984년에는 아니더라도 홍동근의 책이 나온 1988년까지만이라도 이 책을 먼저 읽었거나 동시에 읽었더라도 절대로 김영환은 주체사상 연구는 할 수 있을지 몰라도 친북 선동이나 김일성 흠모의 정은 생겨나지 않았을 것이 확실한 그런 책이 바로 김원조의 『동토의 공화국』이란 책이다.

그뿐 아니라 김원조는 일본에서 떠날 때 시장에서 스카프 1000장, 양말 수백 켤레, 세이코 손목시계 50개 등 전혀 친척들의 소용품이나 소모용으로가 아니라 모두 팔아 쌀이나 옥수수 죽이라도 연명키 위한 물물교환용으로 사 가지고 가서 북한 친척들 몇 년 먹을 양식을 대신하고 온다는 사실속에 이미 1980년대부터도 북한은 배급체계가 무너지고 공장이 모두 멈춰버렸고, 주민들이 굶어 죽기 시작했다는 사실도 충분히 알 수 있도록 김원조는 과장 없이 솔직하게, 그러나 아픈 가슴을 부여안고 안타까워하면서 그 보고서를 썼다는 것을 누구보다도 독해력 빠른 김영환이야말로 글 사이사이에서 읽어낼 수 있었던 그런 명작이 이미 1984년도에 번역되어 남한에 들어와 있었고 국립중앙도서관에 들어 와 있었다.

물론 어리석은 남한의 중정이나 안기부가 이를 금서로 해 놓았을 수도 있지만 금서를 못 구해 못 읽을 김영환이 아니므로 김영환이 이런 책이 있는 줄을 모르고 홍동근의 책에만 관심을 가졌는지도 모르겠다.

더구나 김영환은 1991년에 북한에 가서 김일성을 보고 실망을 하고 왔다 하더라도 정말 김영환이 북한에 관해서 확신을 가지고 증오하게 된 것은 강철환·안혁 등의 1993년 탈북기나 이순옥·이한영 등의 1996년 탈북기들을 읽고서야 확신을 갖게 되었노라고 토로한 적이 있다. 김영환 역시 탈북자들의 숨김없는 폭로와 호소에 힘입은 바 크고, 더구나 다른 많은 남한의 독자들이 강철환의 책을 남한 안기부가 대필해 준 것으로 오해하고 읽지 않았다는 반론에 대해서도, 김영환은 "글을 읽으면 진실의 글인지 대필의 글인지가 글속에 드러나며, 더구나 아무리 연출시켜 기자회견을 한다고 한들, TV 속의 회견자 얼굴, 즉 탈북자의 표정을 보면 연출인지 진짜인지 알 수 있다."면서 거짓과 위장의 세상에서 나 홀로 '안속기 기술'을 과시한 바까지 있은 즉, 만약 이 시절 김영환이 홍동근의 책 대신에 김원조의 이 책을 읽었던들, 간첩선(船) 타고 김일성 독대하러까지 가지 않았더라도, 이미 이때 이 책이 김영환의 북한관을 충분히 바꿔 놓았을 수도 있는 그런 정직하고 솔직담백한 일기체 보고서가 바로 이 책인 것이다.

김영환이 강철환의 책(『수용소의 노래』 또는 『대왕의 제전』)에서 처음으로 자신의 북한 참혹상을 확인했고 자신의 김일성 오판론을 확인할 수 있었다 함은, 강철환이야말로 남북통일의 물꼬를 튼 사람에 다름 아닌 셈인데, 김원조도 강철환보다 10년이나 먼저 이런 정확한 북한상을 일본 사회와 남한 사회에 전해 줌으로써 이때 이미 남북통일의 물꼬를 텄던 것이나 마찬가지라고 필자(정자환)는 생각한다.

필자 역시 김원조의 책을 2004년에야 알고 구해서 읽었으니 필자는 김영환을 탓할 자격은 없다. 그러나 김영환이 만약 이때 이 책을 읽었던들 자신의 북한관은 이미 이때 결말이 났을 수 있는 가능성은 있다고 하겠다. 김영환이 설사 이 책을 알았다고 하더라도 읽지 않았거나 믿지 않았을 수도 있다. 김원조는 조총련 사람이었고 통일일보는 조총련 기관지였고 남한에는 물론 금서였으며 번역이 되었다 하더라도 널리 소개되지도 사랑받지도 못했던 것은 맞기 때문이다.

그러나 김영환은 자신의 북한 공부와 주체사상 공부를 서울대학교 도서관에 있는 통일부 발간 『북한총람』과 김정일 등 북한 출판의 『주체사상에 대하여』와 평양방송에 의지했다고 하니 김영환이 만약 의지만 있었다면 이런 김원조나 이우홍의 책이 있다는 사실을 못 들었을 리는 없다. 그리고 김원조와 김영환은 북한관에서 아주 미묘한 일치를 보이는 점이 있는데 그것은 둘 다 북한 주민들의 눈초리를 '죽음의 눈초리'로 표현하면서 자세한 설명들을 여러 군데에서 늘어놓고 있다는 점이다. 죽음의 눈초리, 북한 사람들의 눈초리가 모두 얼어 있고, 공포에 절어 있고, 창의력(북한 사람이 말하는 창발력)이나 주체의식은커녕 죽은 시체의 눈빛이더라는 뜻에 있어서도 두 필자는 똑같은 표현을 쓰고 있다.

김원조는 1982년에 그리고 김영환은 1991년에 다녀왔으므로 10년 사이 변한 것은 하나도 없고 상태가 더 나빠졌다는 점만이 다를 뿐이다. "주체의 나라여, 안녕!" 이것이 김원조의 책 마지막 문장이다. "영원히 안녕!"이라면서. 북한은 두 사람(김원조와 김영환) 모두에게 주체의 나라가 아닌 시체의 나라였던 것이다.

이우홍은 『어둠의 공화국』과 『가난의 공화국』이란 책을 냈는데 그는 원산농업대학에 초빙교수로 가서 3년간 북한 생활을 해보고 나서 농업기술자로서 과학자로서 보고 느낀 바를 솔직하게 쓴 책들이다. 이우홍의 책에는 김원조가 발문까지 쓰기도 했지만 대체로 김원조가 본 북한과 거의 다르지 않은 우스꽝스런 생지옥인데 저자는 웃음 없이 우스꽝스럽게 정직하게 잘 그려내고 있다. 그걸 개선해 보고 싶은 갖은 노력과 그 실패담과 함께이다. '어둠'이란 정치적 자유가 없음이나 국민의 우매함을 뜻하는 게 전혀 아니요, 오로지 전기가 없는 나라라는 뜻이다. 지구 밖에서 밤에 위성사진을 찍으면 남한만 환하고 북한쪽이 유일하게 캄캄한 어둠만이 찍히듯, 어둠의 공화국이란 뜻일 뿐이다. 전기가 없는 나라, 못(釘) 없는 나라, 쌀 없는 나라라는 뜻이다. 오로지 김일성 김정일의 정책 잘못으로 그런 기괴한 나라를 만들 수 있었다는 것이다.

책 한 권의 힘이 그렇게 커서 김영환은 강철환 등의 탈북기를 읽고 자신이 의심했던 북한 상황에 대한 확신을 갖게 되었듯이 김원조의 책

— 거짓의 두 왕국, 북한은 남한에게 무엇인가?

도 일찍 1984년도에 남한에 나왔듯이 일찍 남한 사람들에 의해 읽혔더라면 통일은 그만큼 앞당겨질 수도 있었을 그런 책이라고 필자(정자환)는 생각한다.

조총련에 충성하고 김일성에 매료되고 북한을 방문했다가 김일성의 원수가 된 사람은 김원조 말고도 허동찬도 있다. 허동찬은 동경대학 중어중문과를 나와 조총련의 조선대학교 교수를 하다가 포상으로 북한을 방문하고 북한의 진실을 눈치 채고 와서 마음을 바꿨고, 그 마음 바꾼 것을 눈치 챈 조총련과 북한 당국 측이 조선대학 교수직을 박탈하자 실의에 빠졌었고, 남한의 고려대학교에 전직하여 북한학을 가르쳤다. 모두가 김일성 수령님의 진노하심을 받은 피해자들이다. 그 가장 큰 피해자들은 북송된 10만 재일교포들과 그 후예들이 가장 중요한 사례들이기도 하다.

북한 주민들의
죽음의 눈초리를 보고

북한에 다녀온 김영환은 아무리 고민을 한들 남한 정보부에는 중죄인이요 북한 김일성에게까지도 배신자가 되어 항상 생명의 위협(북한의 보복)까지 느꼈다. 김영환은 그러나 자신의 양심에 충실하려 애썼다. 안팎곱사등이라고 할까 양측으로부터도 목숨이 위험해진 그는 그러나 자기 하나만의 간첩 문제가 아니라 자기가 조직해 냈던 민혁당과 1980년대 전체를 이끌어 왔던 사회주의 운동조직에 같은 덤터기 간첩죄를 전염시킬 수는 없어서 방북사실에 대해서는 입을 다문 채 동료들에게 자신의 마음이 변한 것은 알리지 않을 수는 없었다.

동료들은 의심했다. 김영환은 방북은 감추고 단순히 자신이 혼자 만주 중조(中朝) 국경에 가서 북한을 바라보고 느낀 것이라고만 변명했다. 그의 방북이 1980년대도 다 끝낸 1991년 5월 16일이었고, 노동당에 입당했고 돌아와 아무 날 아무 시 아무 산 아무 나무 밑에 묻혀 있던

40만 달러와 난수표와 해독표를 꺼내 썼음은 물론이다. 40만 달러는 민혁당 조직원 월급으로 썼다.

그가 17일 동안 북한에서 얻은 결론은 세 가지이다.

① 관료주의가 심하다.
② 주체사상에서 가장 중요한 창의성이 전혀 없다.
③ 주민들의 눈초리가 얼어 있고 사회 전체가 죽은 사회이다.

북한이 남한보다 가난하고 못 산다는 것은 이미 알고 있었다. 하지만 북한은 한국보다 인간미가 있고 환경보호도 잘 돼 있으리라고 생각했다. 1982년 입학 때 남북의 1인당 GNP가 2,000달러 수준으로 비슷할 것으로 혼자 생각하며 남한 정부 발표를 믿지 않았다. 『강철서신』에 이어 민혁당 위원장으로서 그가 만들어 배포하는 문건들은 '김일성 수령' 또는 '위대한 수령 김일성 동지'에서 차츰 '김일성은……'으로 변해 갔다. 「마르크스주의 비판」 「북한 사회 비판」 등을 집필해 내부 교육용 교재로 썼다.

1993년 1월에는 결혼도 했다. 결혼 약속을 한 며느리감과 함께 어머니를 찾아왔을 때 시어머니는 며느리감에게, "내 아들은 현재도 돈을 벌지 못하고 앞으로도 돈을 잘 벌지 못할 것 같은데 그래도 괜찮겠나?" 하고 묻자 며느리감은 "돈은 둘 중에 한 사람만 벌면 됩니다."라고 답했다. 1995년 월간 『말』지와 처음으로 공개적 인터뷰에 응했다. 여기서 이전의 철저했던 반미에 대해 반성을 시작했다.

"미국과 우리를 상호적대적인 관계, 단절의 관계로 발전시키는 것은 양국을 위해 불행한 일입니다. 엄밀하게 말해 우리나라도 미국의 식민지는 아닙니다. 경제적으로 부등가 교환을 한다든지 무역의존도가 심하다든지, 자본의 직간접 투자가 많다든지 하는 것들은 현대적인 국제관계 발전 양식의 하나로 봐야 할 것입니다."

김일성도 김영환에게 이야기했지만 '남한이 미국의 식민지'라는 생각이 주체사상에 의한 남한 혁명의 출발점이었다. '한국이 미국의 식민지가 아니다.'라는 말은 주사파의 대부 강철, 김영환의 입에서는 나올 수 없는 내용이었다. 혁명이론에 정통한 사람이라면 이 대목만 읽고도 김영환이 사상전향을 했다는 사실을 눈치 챌 수 있었다.

박정희 전 대통령에 대한 생각도 바꿨다. 1995년 말 그가 만든 '푸른사람들'이란 조직의 『푸른사람들』이란 월간지 1996년 1월호에 "나는 과거 학생운동 때 마르크스와 박정희 사이에 매우 중요한 유사점이 한 가지 있다는 것을 느꼈는데 그것은 '생산력의 발전을 사회발전의 가장 중요한 변수로 보았다.'는 점이다. 마르크스나 박정희는 모두 전 인구의 80%가 절대빈곤상태에 있을 때 살았던 사람들이다. 그리고 이 둘의 이런 판단이 성공했다고 생각한다. 헐벗고 굶주리는 사람들에게 그 경제적 상태를 개선해 주지 못한다면 다른 어떤 것들이 이들에게 행복을 가져다 줄 수 있겠는가? 그리고 이들은 일차적으로 성공했다."

김영환은 『말』지 1998년 5월호에 「북한의 수령론은 완전한 허구이자 거대한 사기극」이라는 제목의 글을 썼다. 그는 17일간 북한에 머물면서 평양의 한 시민에게 인사하는 등 대화를 시도해 봤으나 안내하는 지도자로부터 제지를 당했다. 그는 김일성과의 독대나 간부들과의 토론에서 막연한 답답함과 배신감의 심증만 가졌을 뿐 확신을 얻지 못하다가 1990년대 초부터 탈북자들의 수기가 남한에서 나오자 이를 읽고 자신의 판단이 옳았다는 확신을 갖기 시작했다.

초기 탈북자들의 탈북기들은 모두가 명작이었고 이를 읽은 많은 남한 지성인들은 처음으로 북한을 제대로 알기 시작한 것이다. 사실은 통일작업은 이들이 시작했다고 후세에도 말하게 될 것이다. 김영환도 마찬가지였다. 탈북기들을 꼼꼼히 읽고 믿기 시작하면서 자신이 가졌던 북한에 대한 막연한 깨달음이 옳았음을 처음으로 확신하게 되었다.

김영환은 간첩인가 탐구자인가

김영환이 북한과의 연락을 끊어 버리자 북한은 진운방이라는 거물간첩을 보내 김영환의 의도를 타진하려 했다. 결국 김영환은 만나지 못하고 그의 가장 절친한 친구이자 민혁당 제2인자였던 하영옥만 만나고 1998년 12월 17일 남해안 충무 부근에서 잠수정을 타고 북한으로 출발했다가 우리 해군의 공격을 받고 침몰해 죽었다. 인양된 잠수정에서 각종 자료가 나왔고 민혁당 옛 멤버들의 전화번호들이 나왔다. 김영환의 경우는 본인의 전화번호는 없고 아내의 전화번호만 있었다.

김영환의 아내는 중국 광저우에서 식료품 무역업을 하고 있었고, 김영환 역시 1998년 상반기부터 나름대로 중국에서 북한민주화운동을 벌이기 시작했다. 탈북자들을 조직하여 본인들 의사에 따라 한국에 보내거나 원하면 북한으로 보내기도 했다. 이 작업을 하자면 반북 성향을 뚜렷이 드러내지 않아야 했다.

어쨌든 어느 쪽으로든 사상적으로 찍히는 것은 운동하기에 부자유스러웠다. 고국의 '시대정신' 동료들도 김영환과의 관련 때문에 계속 국정원으로부터 미행을 당하고 있다는 소식이었다. 결국 김영환은 민혁당 문제를 깨끗이 정리하기로 결심하고 1999년 9월 29일 귀국한다. 귀국 며칠 후 국정원에서 연락이 와서 중부경찰서 대공상담실에 출두했다. 수사단장 등 수사관 5~6명과 인사하고 다음 날부터 '라마다 르네상스호텔'에서 조사를 받았다. 그는 자신이 대한민국을 사랑했고 대한민국 정보기관이 민혁당을 제대로 알아야 한다고 생각해서 사실대로 모두 말했다.

그러나 국정원은 자술서를 쓰라고 했다. 그는 국정원의 압력을 『말』지에 폭로했고 민혁당 관계자들에게 튀라는 경고를 준 셈이다. 이틀 뒤 김영환은 아내가 있는 광저우로 출국하려다 공항에서 국정원 직원에게 제지당했다. 국정원 직원은 구속영장을 가져왔다. 밀입북, 민혁당 활동 등에 따른 국가보안법 위반혐의였다.

이때부터 김영환은 다른 피의자와 똑같이 대접받았다. 옷도 죄수복으로 갈아입었고, 엎드려 뻗히기를 계속한다든지, 손들고 계속 있게 한다든지 하는 벌도 받았다. 방북 때 함께 데려갔던 조유식 피의자와 대질도 시켰다. 조유식은 진실의 힘보다 더 큰 것은 없다고 설득했다. 9월 3일에는 황장엽도 만났다. 황 씨는 김영환에게 "나는 주체사상을 만들어 김정일 권력 강화에 이바지했다. 1997년 한국에 온 뒤 김정일을 비판하고 있다. 당신도 간첩 활동을 했더라도 다시 태어나는 마음으로 김정일을 비판하라."며 전향을 권유했다. 국정원은 김영환이 검찰에 소환되는 9월 9일 국정원이 발표한 내용이 모두 사실임을 털어놓으라고 압박했다.

다음은 이 무렵 김영환과 어머니와의 관계를 우태영이 쓴 김영환 방북사실 및 1980년대 학생운동 대부로서의 경력을 소상히 쓴 책(우태영, 2005, 『82들의 혁명놀음』, 선출판사, 230~231쪽)에서 옮긴 것이다.

"어머니는 당시까지도 거의 매일 민가협 어머니 회원들과 함께 국정원 앞에서 죄 없는 아들을 석방하라고 시위를 벌였다. 그리고 매일 면회할 때마다 '국정원의 조사내용이 다 거짓말이지?' 하며 아들에게 물었다. 그러면 김영환은 '그렇습니다.'라고 대답했다. 그런데 어느 날 김영환의 변호인이 '어머니 그러지 마세요. 실제로 북한에 갔다 왔답니다.'라고 말했다. 어머니가 이를 믿지 못해 아들에게 면회가서 직접 확인했다. 그러자 아들도 '갔다 왔다'며 조사내용은 모두 사실이라고 답했다.

아들이 간첩이라니. 서울대 법대에 들어간 지 16년만이었다. 어머니로서는 꿈에도 상상조차 할 수 없는 일이었다. 어머니는 너무 놀랐다. 어머니는 항상 아들이 민주화운동을 하고 가난한 노동자들을 위해 운동을 한다고 믿었다. 아들이 북한과 연계되었다고는 상상도 못했다. 어머니에게 북한 공산당은 뿔 달린 사람은 아니지만 우리나라를 침략한 사람들이었다. 어머니는 6·25를 직접 체험했다.

어머니는 이날 이후 단 한 차례도 아들을 면회가지 않았다. 주위 사람들을 만나기도 싫었다. 얼굴이 시커매졌다. 집에서 밖으로 나가지조차 않았다. 그런데 한 운동권 학생의 어머니가 위로한다며 찾아와 '영환이가 북한에 갔던 것은 정말 잘한 일'이라고 말했다. 어머니가 무슨 말이냐고 다그치자 '이제는 북한에 대한 미망에서 벗어날 것 아니냐?'라고 말했다. 사실 어머니로서 아들에게 원망은 없었다. 모자지간이란 그런 것이다. 에미이기 때문에 이념이나 운동에 목숨 걸 일은 아니지 않는가. 어머니는 아들이 10월 7일 공소보류로 나왔을 때는 꾸짖지도 못했다. 다행이라는 생각이 먼저 들었다. 이제는 아들이 옛날처럼 마음 졸이며 도망다닐 일도, 어머니와 아내에게 숨기며 비밀리에 활동할 일도 없다. 아들만이 아니라 여러 사람이 북한에 다녀오면 달라질 것 같다는 생각이 들었다."

친북에서 반북, 반미에서 용미, 반박에서 친박으로

2000년 1월 김영환은 절친했던 제2인자 하영옥의 재판에 증인으로 출두했다. 김영환이 증언하려 하자 하영옥이 발언신청을 하고 김영환에게 물었다.

"옛날에 목숨을 걸겠다고 얘기했는데 지금 생각이 바뀐 이유가 무엇이냐?"

김영환이 답했다.

"내가 민혁당을 만든 이유는 민족민주운동을 하기 위한 것이었다. 그래서 당 이름도 민족민주혁명당으로 했다. 그런데 지금은 김정일 정권이 민족반역자이고 민주주의의 적이다. 지금도 나는 북한 민주화운동을 하며, 민족민주를 위해 목숨까지 바치겠다는 결의에는 변함이 없다."

운동권 인사들로 가득찬 방청석에서는 야유가 일었지만 김영환은 예상했기 때문에 별로 개의치 않았다.

김영환은 현재 두 가지 기구를 통해 북한민주화운동을 하고 있다. 하나는 북한민주화네트워크이고 다른 하나는 '시대정신'이다. 김영환의 어머니는 지금 북한민주화네트워크를 지원한다. 적은 돈이지만 아들이 하는 것이니 옳고 이타적인 것이니까 한 달에 얼마씩 지원한다.

하여간에 현재 김영환은 북한 혁명 이외에는 관심이 없다고 말하고 있으며 김정일 정권 타도만이 북한 주민을 구하고 통일을 앞당기는 지름길이라 생각하고 있다.

김영환은 북한관이 급변한 것 이외에도 미국을 보는 눈이 반미에서 미국을 포용하는 용미(容美)로 바뀌었으며, 박정희 전두환을 군부독재로만 표현하고 타도대상으로만 보던 것이 경제발전을 일으킨 엘리트 지도자로서 보게 되었다고 하는데, 그 경과는 그의 절친한 동료였던 현재 변호사 정대화가 김영환을 변호한 글에서 잘 드러나 있다.(월간 『말』, 1999년 9월호, 80쪽 「그는 소영웅주의자가 아닌 고독한 혁명가」)

김영환이 이렇게 갑자기(본인에게는 갑자기가 아니라 2~3년간의 고민 기간을 가졌지만 그걸 외부에 발표할 때는 관련 동료들은 갑자기 따라서 변신할 수도 없고 또는 역공을 할 수도 없었을 것이다.) 친북에서 반북으로, 반미에서 용미로, 그리고 반박에서 친박으로 바뀌자, 물론 동료들로부터 배신자라는 원망과 함께 변절자 또는 비양심가로 증오 또는 무시당하기도 했다. 모두들 감옥생활을 몇 년씩 치르고 난 뒤이기도 했다.

공안당국이 1986년에 발표한 구학련(구국학생연맹) 조직도와 '김영환

논쟁' 당사자들이라는 '친북반미공산혁명 음모사건 계보도'에 의하면 김영환(서울대 공법학과 4년 제적)이 혁명의 총책이고, 정대화(서울대 공법학과 4년 제적)는 구학련 담당이었으며, 하영옥(서울대 공법학과 3년 제적)은 병사혁명 운동조였고, 심진구(전 삼립식품 공원)는 수도권지역 노동자동맹 담당이었다.

심진구는 1999년 7월호 『말』지에 「중증 소영웅주의자에게는 육체노동이 처방약」이라는 글을 써서 김영환이 학출 출신임이 변절의 원인이라면서 김영환에게 주체사상을 가르친 것은 심진구 자신이었노라는 비약을 했다. 하영옥은 같은 『말』지 같은 호에 「네 멋대로 사는 건 좋지만 더 이상 운동을 팔지 말라」라는 글을 써서 김영환을 '돌출, 파격, 변신, 공명심뿐인 소영웅주의자'로 매도했다.

이에 대해 정대화는 같은 『말』지 1999년 9월호에 「그는 소영웅주의자가 아닌 고독한 혁명가」라는 글을 써서 김영환을 옹호하면서 미국과 북한에 대한 김영환의 최근 생각들에 정대화 자신 또한 대체로 동의한다고 발표했다. 그러면서 1980년대의 그 치열했던 구국운동이 하영옥이 말하는 것처럼 '영환이의 사기극'에 동조했던 좌경모험적 소동에 지나지 않은 것은 아니라고 못 박았다. 정대화에 의하면 김영환은 평소에도 김일성의 1982년 신년사를 읽고 민족의 자주와 대단결을 강조한 데 감명을 받았다거나 주체사상도 심진구의 주장과는 달리 남한 정부 공식간행물로 나온 북한 총람 등을 보면서 자신만의 북한관을 구축해 간 중정 용어로 말하면 소위 '자생 사회주의자'여서 김영환이 1986년에 잡혀갔을 때도 47일간의 고문 끝에도 중정은 김영환이 북한과의 연계나 재야와의 연결을 부정했으므로 전혀 믿지 않았다는 것이다.

뿐만 아니라 그동안의 『강철서신』이란 책의 내용으로 보아도 강철이란 인물을 중정은 40대 중반의 남한 인텔리로 보았지 23세의 대학생일 거라고는 상상조차 할 수 없었다고 한다. 조숙한 이론가의 필화사건이라고나 할까. 따라서 중정은 김영환을 잡아 40대 핵심들과의 연계성을 잡아내려 그렇게도 모진 고문을 해댔던 것이다. 하영옥은 자신의 5년 5개월의 감옥살이의 허탈함을 김영환의 공명심과 그와의 악연에서 원인을 찾아냈고 정대화는 이에 대해 다음과 같이 답했다.

"그래 이제 우리 고리타분한 옛날 얘기는 집어치우고 미래지향적이고 건설적인 이야기를 해 보세. 요즘 영환이의 변신은 장안의 화제일세. 자네 역시 영환이를 제대로 이해하지 못한 것이며 가까웠던 친구라고 자처할 수도 없다고 보네. 나는 전혀 놀라지 않았네. 85년 당시에도 우리가 추구했던 것은 한국 사회의 미래를 이끌어 나갈 참된 지도사상 그 자체였지. 그 어떤 맹목적 노선이 아니었네. 영환이는 그 옛날 박해받던 선각자의 자세로 한국 현대사에서 그 누구도 뛰어넘지 못하던 금기의 벽, 북한과 미국의 벽을 과감하게 뛰어넘지 않았던가. 그 과정에서 영환이는 많은 편향들에 대해 경계하고 반대하였네. 당시 구학련 성원들 중에 많은 이들이 생경한 북한식 용어를 그대로 쓰는 것을 반대하는 글을 써서 돌리기도 했고, 반미투쟁 일변도에서 직선제개헌쟁취 및 민주정부수립투쟁으로 전환할 것을 일찍부터 제안하기도 하였네."(월간 『말』, 1999년 9월호, 82쪽)

"솔직히 말하자면 나(정대화)는 2,3년 전까지 북한 정권에 대하여 미련을 가졌었다. 북한 주민들이 겪는 그 참혹한 고통을 '혁명의 우여곡절'이라고 호도하기도 했고, '고난의 행군'을 통하여 '강성대국'을 이루기를 바라는 헛된 기대를 품기도 했다. 그러나 탈북자들의 수기를 읽으면서 이것이 결코 소설이 아니라 피로 쓴 생생한 증언임을 믿게 되었다."(월간 『말』, 1999년 9월호, 85쪽, 「그는 소영웅주의자가 아닌 고독한 혁명가」)

맞다. 정대화의 이 글은 1999년에 씌여졌고 강철환·안혁·이순옥·이한영 등의 탈북기들은 1993년과 1996년에 씌여졌다. 김영환만이 아니라 정대화도 그리고 필자(정자환)도 바로 이 탈북기들을 믿게 되면서 북한 바로 알기가 고정되었다. 필자의 생각으로는 강철환이 1993년에 이 책을 내기 전에도 이미 1984년에 나왔던 김원조나 1990년의 이우홍의 책들만으로도 독자들에게 북한 실상을 정확하게 알려 주려는 메시지는 충분했지만, 아무리 귀한 글을 써낸들 아무도 안 읽는 데야 그건 글도 책도 아닌 것이다.

강철환의 글도 백악관의 부시가 읽기 전에는 별로 알려지지 않았었다. 김영환이나 정대화 등의 대북관이 이렇게 진실한 책 몇 권으로 180도 바뀔 수 있듯이 남한 사람들의 대북관이 이런 식으로 개인적인 깨달음이나 독서에 의해 한 사람씩 한 사람씩 마음을 바꿔갈 때 그게 바로 남남갈등의 해결이면서 남북통일이듯이 통일은 남한 국민 한 사람 한 사람들의 마음속에서부터 만들어지는 수밖에는 없을 것 같다.

장군님이 만강부락에서
머슴살이를 하실 때

남한의 1980년대는 전두환의 10년이면서 또한 김영환의 10년이기도 했다. 김영환이 매주 써내는 『강철서신』과 주체사상 교육용 교재는 전국에서 해마다 입학하는 모든 80년대 학번들을 주사파로 이끌기 십상이었고, 특히 모든 대학의 학생회장에 바로 김영환이 창설한 NL파 후보가 당선될 수밖에 없었다. 그만큼 김영환의 숨은 글은 힘이 있었고 전두환의 철갑정치는 젊은이들의 반발을 불러왔다.

김영환은 정말로 북한의 주체사상에 매료되었었고 남한 역시 주체사상으로 같은 혁명을 해야 한다는 신념을 갖고 있었다. 그가 북한에 가서 자기 눈으로 북한의 얼어붙은 공포정치와 죽은 눈초리들에 절망을 하고 돌아오기 이전까지는 그랬다. 당시 소설로서 김일성을 장군으로 부르며 북한의 김일성 전기들을 그대로 믿고 인용하며 대학생들의 동아리 기율을 훈련했던 소설 중에 정도상의 『그대여 다시 만날 때까지」가 있다.

시대는 1980년대 말, 남쪽의 한 대학에서의 장면. 당시의 많은 대학이 그러하였듯이 이 대학의 총학생회는 친북주사파가 장악하고 있었고, 또 그리고 당시 모든 대학이 그러하였듯이 이 대학의 경우에도 학생조직의 진짜 실체는 공개적으로 노출되어 있는 총학생회가 아니라 그 배후의 비합법조직이다. 이 비합법조직의 중앙위원회에서 징계를 위한 회의가 소집된다. 징계에 회부된 사람은 투쟁국장의 직책을 맡고 있는 인규라는 학생이다. 그의 죄목은 그동안 자신과 같은 주사파의 투사인 현숙이라는 여학생을 사귀어 오다가 현숙보다 더 마음이 끌리는 다른 여학생을 만나게 되면서 현숙을 멀리하기에 이르렀다는 것이다. 다음은 징계회의의 장면.

"처음엔 송현숙 동지를 사랑한 것은 사실입니다. …… 그러나 애정이 식었습니다."

"왜 식었습니까?"

"……."

"다른 여학생이 생겼습니다. 지금은 그 여학생을 더 사랑하고 있습니다. 죄송합니다."

"동지의 직책이 뭡니까?"

"투쟁국장입니다."

"투쟁국장이면 학우들이 동지를 알고 있겠네요."

"예."

"대중사업을 하는 동지의 품성은 어때야 합니까?"

"머슴적 품성을 가져야 합니다."

"머슴적 품성이라?"

"어디 머슴의 품성에 대하여 동지가 아는 대로 말해보시오."

"머슴적 품성이란 만강부락에서 장군이 조직사업을 하실 때 머슴살이를 하시며 온갖 궂은일을 다했던 모범을 따라 배우자고 나온 말로써……."

"됐습니다. 그래 머슴적 품성을 말로만 잘 알고 있는 동지가 어떤 머슴살이를 했습니까?"

기숙은 한 치의 틈도 없이 인규를 몰아세웠다. 인규는 불을 뒤집어 쓴 듯 벌겋게 달아 오른 얼굴로 막다른 골목으로 몰리고 있었다.(정도상, 1991, 『그대여 다시 만날 때까지』, 풀빛, 111~113쪽)

이 작품 속에 나오는 주사파의 여러 인물들이 아무런 망설임 없이 김일성을 '장군'이라 부르고 김일성전기에서 말하는 만강부락에서 머슴살이를 했다는 품성을 '우러르고 따라야 할 모범'으로 떠받드는 모습이다. 작품은 1991년에 나왔지만 소설속의 연대는 1980년대 캠퍼스이며 남한의 80년대는 『그대여 다시 만날 때까지』와 같은 작품이 나올 수 있는 시대였다.

이 소설이 김영환과 직접적인 관계가 있는 것은 아니로되 그러나 박홍 신부가 "레드 바이러스"라 칭했던 그 바이러스의 병원균은 분명히 김영환 발 병원균이었음은 부정할 수 없다. 친북사회주의 혁명이라는 주사파 또는 NL파 병균이다. 김영환이 허가해 준 이 면허증이 없었던들 이런 소설들은 나올 수 없었을 것이다. 설사 그 병원균 발생원인 김영환 자신은 그 우러르고 따라야 했던 더 큰 병원균(김수령)의 얼굴과 그 백성들을 보자마자 기겁해서 그 병원균을 떨어버리긴 했지만 말이다.

위대한 남한의 1987년, 그 불안했던 동상이몽들

그런데 그 80년대 속에 1987년이 들어 있다.

6 · 10 항쟁이 계속되는 1987년 1년 동안 계속 민주화헌법쟁취국민 운동본부(국본) 상임간사 노릇을 했던 소설가 유시춘(유시춘, 2004, 『6월민주 항쟁』, 민주화운동기념사업회, 도서출판 오름)은 민주화운동기념사업회가 2004년 에 발간한 『6월민주항쟁』이란 책을 쓰면서 곳곳에서 이 해의 민주운동 의 기본 기동력과 대중 추동력은 대학이 있는 전국의 대소도시들, 즉 대학생들로부터 나왔음을 책의 여러 군데서 강조했다.

학생조직들이 당시의 국본과 공식적으로 어떤 관계에 있었는지는 몰라도 그 학생조직들이란 것이 당시 분명히 김영환이 열심히 『강철서 신』을 써대고 있던 NL파, 즉 주사파에게 학생회장직을 장악당하고 있 었던 것만큼은 분명하고 그리고 당시의 김영환이란 이론가가 아직 김일성과 북한을 흠모하던 '전향' 이전의 김영환이어서 국본이 지향하는 서구식 형식적 민주주의(직선쟁취)와 학생조직들이 목표했던 북한식 사회주의 혁명은 분명 동상이몽에 불과했었음도 놓쳐서는 안 된다. 다만 그 동상이몽의 두 그룹이 그 당시 1987년까지는 목표가 동일하게 우선은 '민주헌법쟁취'나 '직선제쟁취'나 '호헌철폐'였지만 일단 그 목표가 달성되고 났다면 서로 갈라져야 할 운명이었던 것도 맞다.

국본의 임무는 끝났고 학생조직들의 갈 길은 아직 멀고 멀었을 텐데 그 학생조직의 이론적 샘물이었던 김영환 자신이 친북 주사파를 집어 치우고 반북 김정일 정권 타도로 방향을 바꿈으로써 1987년의 6·10 항쟁은 더 위대해진 것이 아닐까? 어쨌든 1987년은 아직 김영환이 NL파 논리로 전국 학생회에 이론적 뒷받침을 제공하던 절정의 시절이고, 국본의 핵을 이루었던 김영삼 김대중 등 반공 재야세력들은 어쨌든 형식적 민주화라도 이루어 내고 보자는 서구식 민주화 목표에 매진하고 있을 때였던 것은 분명하다.

행운의 동상이몽이었다고 할까 위대한 '적과의 동침'이었다고 할까. 그런데 그 힘센 적이 때마침 1991년 방북을 계기로 방향전환을 했다고 할까, 얼마나 풍전등화 같은 위대함이었는지 모를 일이다. 목표는 다르되 그 가는 도정(道程)이 같았는데 이제 그 목표마저 같아졌다고 할까? 아무튼 현재 김영환의 생애목표는 김정일 정권 종료와 북한 주민 구출에 있다.

어느 잡지사가 여야당의 '젊은 피 수혈' 1호 대상자로 되어 있는 김영환에게 정치참여의 뜻은 없는가고 물었더니, 김영환은 "국회나 지방자치단체장들의 영향력도 중요한 걸 알지만 나는 그쪽에는 능력도 없고 취미도 없고 적성에도 맞지 않는다."라고 잘라 말했다고 한다. 그는 바쁜 일, 즉 김정일 정권 타도와 통일이 이루어진 다음에는 조용히 이론작업으로 돌아갈 것이라고 결심하고 있다. 그 이론이 북한과 상관없다는 주체이론이 될지 아니면 전혀 다른 이름을 걸친 다른 이론이 될지는 자신도 단언할 수 없되 어쨌든 북한은 김영환이 주장했던 주체사상의 나라이기는커녕 그 적이라는 것이다.

6월 항쟁 직후에 있었던 노동자 7~8월 대투쟁 때 제도언론과 중산층들이 노동자 집단에게 등을 돌렸던 사실 역시 동상이몽이었기는 마찬가지이듯이, 모든 혁명이란 갖가지 동상이몽들이 그 시점에 한해서 행운의 동상동몽을 일시적으로 이루어 낸 결과일까? 아무튼 남한은 1987년에 세계가 부러워하는 유일무이의 민주혁명을 이루어 냈고 그날 이후 대한민국은 다시는 군부독재나 권위주의 정치체제로는 돌아갈 수 없는 루비콘 강을 건넜다.

1987년 6월은 위대했다

아무튼 1987년의 남한의 시민들은 위대했다. 국민들은 위대했다. 학생들은 위대했다.

1987년 6 · 10 항쟁의 과정은 이랬다.

서울대 언어학과 학생회장 박종철이 남영동 치안본부 대공분실에서 물고문 경찰의 실수로 질식사했다.(1월 14일)

치안본부장 강민창은 조사경찰이 책상을 '탁' 치니 박종철이 '억' 하고 쓰러져 죽었다고 발표했다. 국민들이 안 믿자 경찰은 고문사를 시인하고 조한경과 강진경을 고문치사혐의로 구속했다.(1월 19일)

각 사회단체와 정당, 종교인들이 민주화운동청년연합(민청련) 김근태 의장을 고문한 김전무(후일 고문기술자 이근안으로 밝혀짐)와 그 일당 8명에 대한 재정신청서를 서울고등법원에 제출하고 고문공청회를 개최

_ 거짓의 두 왕국, 북한은 남한에게 무엇인가?

하여 그동안 고문받았던 이들의 증언을 국민 앞에 공개했다.(1월 27일)

민주화운동세력들이 힘을 모아 2월 7일과 박종철 군 49재 날인 3월 3일 대규모추도대회를 열었지만 경찰의 대규모 최루탄발사로 막았다.(3월 3일)

영등포교도소에서 옆방에 수감되어 있던 동아투위 이부영이 옆방 두 순경의 고민을 눈치 채고 고문경관이 이 두 명이 아님을 두루마리 휴지에 적어 전병용−김정남을 통해 김승훈 신부에게 전달.(3월 말)

김구 암살범 안두희를 평생 따라다니며 위장친구 노릇을 했던 권중희가 마포 버스정거장 앞에서 안두희를 각목으로 폭행했다.(3월 27일)

안두희 폭행기사를 읽은 고문순경의 부인이 의정부교도소로 남편을 면회갔다가 '역사의 죄인'이 되지 말자며 고문진실은폐를 폭로하자고 남편을 설득했다.(3월 29일)

전두환은 '민주주의를 떠드는 자들이 공산화를 민주화로 착각한다.'며 체육관선거를 계속(개헌논의 금지)하겠다는 '호헌선언'을 발표했다.(4월 13일)

민주통일민중운동연합(민통련)의 함석헌 · 문익환 · 박형규 등이 호헌저지와 개헌관철을 위한 무기한 장기농성에 들어가자 농민, 교사, 문화예술인, 여성단체들의 '호헌철폐'를 외치는 시위들이 들불처럼 번져갔다.(4월 19일)

명동성당 5 · 16 민중항쟁추모미사 직후 천주교정의구현사제단 대표 김승훈 신부가 단상에 올라가 '박종철 군 고문치사사건의 진상은 조작되었다.'는 성명서를 발표했다.(5월 18일)

이틀 후 검찰은 사제단의 주장이 사실임을 인정하고 황정웅 · 반금

곤·이정호 세 고문경관들을 추가로 구속하고 검찰고위직이 처음부터 고문조작사실을 알고 있었음이 드러나자 사건 담당을 서울지검에서 대검중앙수사부로 바꾸고 박처원 치안감등 세 명이 구속되고 장세동 안기부장과 노신영 국무총리가 경질됐다.(5월 20일)

성공회성당, 기독교회관, 명동성당, 기독교사회문제연구원, 선교교육원 등 예상되는 장소들의 전경 200명씩을 따돌리고 비밀쪽지로 전달된 향린교회에서 '호헌철폐민주헌법쟁취국민운동본부(국본)' 발기인대회와 결성대회를 겸한 즉석회의에서 맨 앞줄에 앉아 있던 김승훈 신부가 '민주헌법 쟁취하여 민주정부 수립하자!'는 결성선언문을 낭독.(5월 27일)

종로5가 기독교회관 310호에 입주한 국본 상임집행위원 30명은 매일 마라톤회의로 국민의 참여를 유도하기 위해 철저히 평화적인 대중집회를 갖기로 하고, 날짜는 전두환이 노태우에게 권력을 승계시키는 민정당 대통령후보 지명대회(잠실체육관)인 6월 10일을 첫 대중집회 날짜로 잡음.(5월 30일)

국민행동지침은 다음과 같다.
1. 집회시간을 직장인들이 참여할 수 있도록 퇴근시간인 오후 6시로
2. 그 시각 차량 안에 있을 사람도 참여할 수 있도록 6시 일제히 경적을 울린다.
3. 노래는 운동가요 대신 애국가를 부른다.
4. 각 가정에서의 참여방법으로는 땡전뉴스 시각인 9시 일제히

소등함으로써 평화적 저항의지를 표현한다.

5. 힘 있는 언론들이 호응하지 않으므로 국본 자체가 이 지침들을 알리는 전단지를 대량 제작해 길에 뿌린다.

6. 연일 전국 각 지역의 지부조직과 노동자위원회, 학생위원회 등 22개 시도지부가 결성되고 국본통장으로 엄청난 민주성금이 모였다.

이 모든 소통과 기동력의 불씨가 되어 주었던 것은 대학생운동가들이었다. 학생운동은 1986년 5월 3일의 5·3 인천투쟁과 10월의 건국대 농성항쟁을 거치면서 1,500명 구속의 좌경용공 매도에 속절없이 당하면서 국민의 성원 없이는 군사정권 퇴진도 민주정부 수립도 불가능함을 뼈저리게 깨달았다. 한 사람이 열 걸음 앞서가는 것보다 열 사람이 한 걸음씩 앞서가는 것이 세상을 바꿀 수 있는 힘이라는 것을 알았다.

1986년까지만 해도 주요대학들이 학생운동을 선도했지만 1987년부터는 학생운동의 전국화가 일어나고 있었다. 전대협(전국대학생대표자협의회)이 결성된 1987년 치안본부 통계연감에 의하면 4·19 혁명기념 주간인 4월 17일, 18일 양일간에 전국 47개 대학 2만 7천 명이, 19일에는 38개 대학 1만 5천 명이 가담하는 대규모 시위가 일어났다. 6월 10일을 나흘 앞두고 각 학교별로 '총궐기 결의대회'를 갖고 이틀 전부터 거리에는 6·10 국민대회를 알리는 전단이 신문사의 호외처럼 뿌려졌다.(6월 6~8일)

드디어 6월 10일 정오. 잠실체육관에서는 민정당 대의원 1만여 명이 모여 인기가수들과 치어리더들의 노래와 춤에 이어 7분 만에 투표를 만장일치로 끝낸 노태우 대표가 민정당 대통령 후보로 선출되었고, 같은 시각 시청 앞 성공회 대성당에서는 쩌렁쩌렁한 확성기로 "국민 여러분! 민정당 대통령 후보 지명대회가 무효임을 선언합니다. 민정당 은 반역사적인 사기극을 즉각 중단할 것을 국민의 이름으로 엄중히 경고하는 바입니다."라고 외쳤고, 가택연금과 미행을 기상천외한 방법으로 따돌리고 대성당에 모인 국본 집행부의 목소리는 광화문 일대에 퍼졌다. 경찰의 원천봉쇄로 대회장에 못 들어간 국본 집행부 역시 본부 사무실인 기독교회관 마이크를 통해 종로통에서 3·1 독립선언문의 비장한 어조로 '독재 타도 호헌철폐 민주수립 등의 선언문'을 낭독했다. 택시와 버스회사 업주들은 경찰의 요구로 경음기를 떼어냈지만 자가용들의 경음기들이 시간 맞춰 일제히 경적을 울렸고, 전국지역본부에 전달된 국민행동강령은 오후 6시 국기하강식 때 애국가 제창, 1분간 차량경적 울리기, 교회 사찰 성당의 일제 타종, 밤 9시 땡전뉴스 시청 거부와 10분간 소등하기, 여성들은 평화와 화해의 상징인 보라색 수건 흔들기 등을 지시했다.

드디어 오후 6시, 모든 관공서는 시민참여를 막기 위해 매일 하던 국기하강식을 생략했고, 서울 도심을 통과하는 지하철은 시청 광화문 종로 일대의 역을 정차하지 않고 달렸고, 88올림픽 연습을 위해 그해 일찍 섬머타임제로 오후 6시라도 해는 중천에 떠 있었다. 도심의 사무실에서 퇴근한 젊은 사무직 노동자들은 지하철도 없고, 해는 중천이고, 거리에는 학생 노동자들이 꽉 차 있으니 자연스레 시위에 참가하는 수밖에 없었다. 그래서 1987년 6·10 항쟁은 넥타이부대의 항쟁, 즉 중산층 혁명이 되었다. 정각 6시 서울 도심은 온통 애국가 소리에

파묻혔고 사방에서 자동차 경적이 울렸고 서울역과 남대문 쪽에 집결해 있던 여성들이 보라색 스카프를 흔들며 차도로 뛰어들어 차량들의 경적을 재촉했다.

맨먼저 '호헌철폐 독재 타도'를 외치며 차도로 나온 것은 학생들이었다. 그러나 인근 사무실에서 최루탄에 대비하라고 손수건을 던져주던 사무직들이 자연스레 학생들과 합류하자 인파는 걷잡을 수 없이 불어났다. 가게문을 닫았던 상인들은 쫓기는 학생들을 위해서 셔터를 올려 감춰주고 물을 제공했다. 퇴계로와 충무로파출소 등이 시위대에 점거되면서 벽에 걸린 전두환의 초상화가 바닥에 박살났고, 회현고가도로 아래서는 남대문시장 상인들이 무장해제 당한 전경과 함께 '민주주의 만세'를 합창했다.

전국 22개 도시에서 같은 상황이 벌어졌는데 경찰은 시위참여자 24만 명 가운데 3,831명을 연행했다고 축소 발표했다. 서울역 건너편 힐튼호텔에서 차기 대통령 축하연을 베풀던 민정당 사람들은 달콤한 샴페인 맛과 함께 매콤한 최루탄 가스도 맛보아야 했다. 이날의 대 행사가 이후 29일까지 진행될 현대사의 분수령의 시작임을 국본 자체도 예상치 못했다.(6월 10일)

서울역, 남대문시장, 퇴계로, 충무로, 을지로 입구 롯데쇼핑 등지에서 최루탄에 쫓겨 옷은 찢어지고 신발을 잃고 모두 저녁을 못 먹어 지친 상태로 자발적으로 약속도 없이 명동성당으로 쫓겨 들어온 사람이 1천 명에 육박했다. 처음부터 국본의 수칙에도 없었고 제안자나 지도부도 없었다. 명동성당 구내에서 오래전부터 천막농성을 해오던 상계동 철거민들이 허기와 피로에 지친 이들에게 라면을 끓여 대접했다.

그 사이 농성대는 임시집행부를 구성하여 학생들은 동·서·남·북부 4개 지역으로 나누어 대표 4인을 뽑았고, 일반인은 노동자·도시빈민·일반시민 대표 3인을 선출했다. 농성을 계속할 것인가 해체할 것인가에 대한 토론이 벌어졌다. 학생들은 학교로 돌아가 국민과 함께 투쟁을 계속해야 한다고 주장했고 그나마 학교라는 상시 투쟁공간이 없는 시민들은 여기서 농성을 계속해야 한다고 주장했다.

다음 날 오전 10시 반 임시집행부는 식량도 옷도 침구도 전무한 처지에서 1천여 명이 농성을 계속할 수는 없으므로 해산을 기정사실화하고 있는데, 경찰이 바리케이드를 부수며 최루탄을 쏘았다. 부상자가 속출했으나 의약품은커녕 붕대도 없었다. 급히 여성들로 응급처치 자원대가 구성되었고 광목 완장에 빨간 테이프 십자가 완장을 차고 전경들 앞으로 나가 적군도 부상자에게는 공격하지 않는 법이라며 의약품을 들여보내 줄 것을 요구했다.(6월 11일)

경찰의 무차별 공격으로 해산 주장은 없어졌고 명동성당 주임신부가 경찰 책임자에게 강력히 항의해서 경찰은 성당입구에서 물러났다. 오후 8시경 농성장을 빠져나가는 시민들을 위해 경찰이 잠시 길을 터주는 사이 나간 시민들보다 더 많은 수의 학생들이 그 통에 들어왔다. 성당은 이날 밤부터 문화관을 개방해 농성자들의 숙소로 내줘서 이틀 만에 한뎃잠을 면했다. 12일 새벽 백만 원군이 당도했다. 서울교구청 40여 명의 신부가 사제의 양심을 걸고 농성대를 보호하기로 결의했으며 서울지역 사제와 수녀들이 대규모 구국미사를 개최키로 한 것이다.(6월 12일)

농성대는 장기전으로 들어갔다. 주차장 옆 건물에서 여사원 몇 명이

— 거짓의 두 왕국, 북한은 남한에게 무엇인가?

순찰번을 서고 있는 농성대에게 손을 흔들더니 뭔가가 아래로 툭 떨어졌다. 꽁꽁 묶은 손수건 뭉치 안에서 돈과 쪽지가 나왔다.

"여러분의 투쟁을 지지합니다. 우리들이 모은 작은 성금입니다. 힘내세요."

그게 시작이었다. 허기지고 그을린 농성대가 정문으로 진출하자 시민들이 기다렸다는 듯이 만세와 환호로 상자를 담 넘어로 밀어 넣었다. 의약품을 비롯해 먹을 것과 의류들이었다. 쏟아진 편지의 사연들이 눈물겨웠다. 날마다 최루가스에 시달리던 성당 구내 계성여고 학생들은 학급의 도시락을 모두 걷었다. 농성대는 오랜만에 꿀맛 같은 밥을 먹었다.(6월 13일)

14일은 일요일이기 때문에 신도들의 출입을 위해 바리케이드를 치웠더니 신도와 함께 일반 시민들이 들어와 성금을 놓고 갔다. 농성대는 자유토론회를 열었고 누가 누구인지 모르는 상태에서 경찰의 프락치들이 잡히기도 했고, 토론회를 정탐하던 내무부차관이 얼굴을 아는 기자에게 발각되어 위험해지자 오히려 학생들이 그를 보호해서 돌려보냈다.(6월 14일)

함세웅 신부가 농성대를 설득했고 농성대는 해산여부를 투표에 부쳐 3차투표 끝에 6월 15일 10시 농성대는 대형태극기를 선두로 '독재타도 호헌철폐'를 외치며 문화관을 나섰다.(6월 15일)

명동의 모든 사무실의 창이란 창이 모두 열리고 박수와 환호가 천둥번개처럼 터져 나왔다. 희망이 머물던 곳 명동성당의 농성은 그렇게 끝났으나 사람들은 그것이 6·18 대폭발의 징검다리에 불과했다는 걸 그때는 몰랐다.

최루탄이 유일한 정권보호의 만능무기였던 이 해 6월 9일 연세대의 6·10 대회 출정식 시위에서 연세대생 이한열이 최루탄 파편을 맞고 쓰러지자 옆에 있던 학생 이종창이 그를 부축해 일으키는 사진 한 장이 외신을 타고 전 세계에 나갔다. 머리에 피를 흘리며 고개를 떨어뜨린 이한열의 모습은 한국 사태의 긴박성을 웅변했다. 연세대생들은 낮에는 호헌철폐 독재 타도를 외치고 밤에는 이한열을 빼앗기지 않으려고 경비조를 편성해서 중환자실 입원실을 지켰다.

최루탄 추방의 날인 18일은 10일보다 더 대규모 시위였다. 민가협 어머니들과 여성단체는 장미꽃을 전경들의 가슴 투구 최루탄 발사기의 총구에 달아 주며 "쏘지 마! 쏘지 마!"를 연발했다. 부산 서면에는 30만 명이 모였다. 대청동, 충무동, 남포동이 시위대로 장악되었고 부산 가톨릭센터가 문을 활짝 열어 경찰에 쫓기는 학생들을 숨겨 주었다. 수녀들은 도시락 500개를 싸서 센터 안에 반입했고 학생들은 밤새 유인물을 만들어 건물 옥상에 올라가 시민들을 향해 뿌렸다. 부산과 광주 전역에 계엄설이 떠돌기 시작했다.(6월 18일)

국본은 꼰벤뚜알 수녀원에 모여 마라톤회의를 열고 20일 아침 4·13 호헌선언철회, 양심수 전원석방, 언론 집회 시위의 자유 보장, 최루탄 사용중지를 요구하고 정부가 22일까지 답이 없으면 전국평화행진대회를 결행하겠다고 발표했다.(6월 20일)

이후 끊임없는 계엄설에도 불구하고 광주를 중심으로 한 호남 대도시에서는 거대한 시위의 함성과 해일이 일었다. 중·고등학생들이 선두를 이루면서 30만 시민이 거리로 쏟아져 나와 6·26 평화대행진의 견인차가 되었다.(6월 21일)

___ 거짓의 두 왕국, 북한은 남한에게 무엇인가?

국본은 국민의 민주화열망을 제지할 수가 없어 23일 「국민에게 드리는 글」을 발표한다.

　"침묵하고 있던 다수가 독재의 편이 아니라 민주국민임을 확인했습니다. 지금 시기는 독재권력에게는 위기이지만 국민에게는 민주화의 희망이자 기회입니다."

　6월 26일 오후 6시, 전국 국민평화대행진을 선언하고 대회 장소는 파고다공원이지만 서울의 경우 구별로 집결지를 시청 · 광화문 · 동대문 · 안국동 · 신세계 등으로 정해 주었다. 경찰은 이들 집결지에 170개 중대 2만 5천 명을 배치하고 전국적으로는 10만 명을 투입했으나 중과부적이었다. 부산에서는 신부와 수녀들이 '민주화와 인권회복을 위한 특별미사'를 마치고 '애국시민 단결하여 살인 정권 끝장내자'는 플래카드를 앞세우자 시민들이 합류하더니 서면 가야파출소가 격분한 시민들에 의해 불태워졌다. 마산에서도 북마산 광장에 운집한 시민들이 김영식 신부의 선두로 '오월의 노래'를 부르며 오동동파출소가 부서졌다. '새 나라의 대통령은 일찍 물러납니다'라는 개사곡이 합창되고 전국에 대학이 있는 모든 34개 도시 270여 곳에서 백만 명이 훨씬 넘는 국민이 평화대행진에 참여하여 세계를 놀라게 했다.(6월 26일)

　6 · 26 평화대행진 이후 특히 호남 일대에서 시위는 계속되는 중에 노태우 민정당 대표가 돌연 TV 화면에 나와 사태해결을 위한 6개항을 제안하고 이를 전두환 대통령이 받아들이지 않을 경우 민정당 대표직을 사퇴하겠다는 자작극을 발표했다. 직선제 즉각 수용, 김대중의 사면복권, 모든 양심수 석방, 언론자유 보장 등을 요구하고 노태우는 비장한 모습으로 서울을 떠났고 전두환은 이튿날 이를 수용한다.(6월 29일)

7월 9일, 이한열의 장례식은 우리 현대 역사상 가장 많은 인파가 운집한 집회로 기록된다. 애도행렬은 연세대 앞길 철도 위에까지 채워졌고 기차는 멈추었으며 연세대 교정 광장으로부터 시청 앞 광장까지 거대한 강물을 형성했다. 1월 14일 박종철이 치안본부 대공분실에서 고문살해 당한 후 불붙기 시작한 6월 항쟁은 이한열의 장례식으로 대단원의 막을 내렸다. 1백만 명 장례행렬을 뒤로 하고 이한열은 그가 태어나 자란 광주의 품으로 돌아갔다. 시민들은 마지막으로 한 번 더 '독재타도 호헌철폐'의 구호를 외치고 흩어졌다. (7월 9일)

모처럼 형성된 자유로운 여건을 틈타 노동자들은 두 달에 걸쳐 1천여 개의 노조를 설립했고 3,500여 개 사업장에서 노동쟁의가 일어나 소위 7~8월 노동자 대투쟁을 이루었다. (7월 및 8월)

노동자들의 단결을 보자 언론과 중산층들이 등을 돌려 두어 달 전에 함께 길에 나섰던 시민층에 분열이 생겼고 김영삼과 김대중 역시 대통령 후보 단일화에 실패하여 민주화진영 내부 깊숙한 곳까지 분열을 초래했으며, 광주학살의 원흉에서 '6·29 선언의 영웅'으로 변신한 노태우는 대통령에 당선되었고 군사독재는 5년 더 연장되었다.

그러나 6월 항쟁은 민주주의 도정에서의 '루비콘 강'이었다. 다시는 독재체제로는 돌아갈 수 없는 루비콘 강을 건넜다. 6월 항쟁을 분수령으로 우리 사회는 헌법이 보장한 국민의 자유와 권리가 꾸준히 신장되었고 민주주의 이행기로 접어들었다. 6월 항쟁은 4·19와 다름없이 사회정의와 공동을 꿈꾸는 청년들의 이상과 헌신이 빚어낸 역사이다.

__ 거짓의 두 왕국, 북한은 남한에게 무엇인가?

우리는 그동안 각자가 알게 모르게 얕은 편향주의에 젖어 있었다. 분단도 내가 만들지 않았으니까 통일도 내 손으로 만들 수는 없다는 무책임한 무관심의 편향주의. 평론가 이동하는 평론가 김병익에게 「반체제적인 것이라고 다 '빛' 은 아니다」라는 글을 쓴 적이 있다. 김병익이 『문예중앙』 1997년 봄호의 「10년, 10년, 그리고 다시 올 10년」이란 글에서 80년대를 회고하면서, "그것이 민중론이든 민족론이든, 마르크시즘이든 진보주의든, 혹은 문학이든 종교든 학문이든, 또는 대학이든 공장이든 교회든, 그것이 오늘의 우리 사회를 지배하는 것에 대항하는 것이라면 족한 것이라."라는 멋내기 글(김병익, 1997, 「10년, 10년, 그리고 다시 올 10년」, 『문예중앙』 1997년 봄호)에 대해서 "모든 저항이라고 다 '빛'은 아니다."라는 의미의 반대의사를 밝힌 것이다.(이동하, 2006, 『한국 문학 속의 사회주의와 자본주의』, 202~206쪽)

그동안 남한의 지식인이나 작가들이나 교수들은 20세기의 분단비극을 홀로 떠맡은 한국에서 멋내기(낭만적) 사회주의나 맹목의 진보주의를 소재로 하지 않고는 쓸 소재도 가르칠 재료도 평할 기준도 찾을 수가 없었다. 그렇다고 멋스러운 '좌' 편향을 버리고 '우' 편향으로 가기에는 무미하고 촌스럽고 진부하다는 딱지를 받기 십상이었다. 우선 먹기 좋은 건 맛스런 떡이라고 길고 긴 장고나 먼 장래를 진지하게 생각해 볼 여유가 없이, 당장 말을 살리고 언어를 살리고 문화를 채워 넣자는 게 단견의 목적이었다. 시대적인 책임의식의 무책임한 방기였다.

이제 우리는 좌편향이든 우편향이든 편향주의를 버리고 균형주의로 가야 한다. 진실에 기초한 균형 잡힌 시각이어야 하므로 균형주의라기보다는 진실주의라 해야 옳다. 우리에게는 당장 북한이라는 실체가 있다. 굶어 죽고 있는 형제들이 있다. 눈은 떴으되 움직이는 시체의 눈초리이다. 그 죽음의 눈초리로 지난 60년간을 살았고 공포에 절어 발육도 제대로 못했고 비인간성의 극치에 달한 사회가 바로 북한이다. 누가 이런 일감을 들어 행복한 짐이라 했던가? 부도덕한 표현이다.

북한 주민을 구출할 일은 남북한 민중의 각성에 달려 있다. 남북한 민중의 각성은 우선은 숨쉴 수 있고 밥 먹을 수 있는 남한 시민의 손에 달려 있다. 멋내기 편향도 진부한 아집도 버리고 진실에 기초한 균형을 잡자. 남한의 민주화조차 아직도 1987년 체제에 머물러 있다. 6·15체제는 손잡은 다른 한쪽이 아직도 허위와 폐색(閉塞)과 역사 역진(逆進)을 계속하고 있으므로 썩은 동아줄이었다. 북한 민주화야말로 남한 민주화를, 그래서 한반도 민주화를, 아니 21세기 인류의 새로운 민주 체제를 창조해낼 계기로 만들어야 할 임무가 남한의 민주시민 손에 달려 있음이야말로 행복한 짐이 아닐 수 없겠다.

우리 민족의 지난 70여 년간의 혹독한 고통을 헛되이 하지 말자. 모든 고통은 무화될 수는 없다. 없었던 것처럼 그 이전 과거로 되돌아 갈 수는 없다. 전태일은 도봉동에서 청계천까지 오는 버스비를 아껴 풀빵 몇 개를 더 사서 점심 굶는 시다들을 먹였지만, 때때로 만원 버스를 탈 때마다 커다란 고무통에 모시조개 등 해산물을 잔뜩 싣고 타는 남대문 시장 아줌마들을 볼 때마다 혐오감이 울컥 올라옴을 느낀다. 그러나 그 순간 그게 바로 자기 어머님임을 안다. '내가 내 과거의 일부를 무시한다면 남이야 내 과거를 얼마나 더 무시하겠는가.' 느끼며 마음을 바꾼다.

그렇다. 우리들의 모든 과거는 무화될 수 없다. 과거의 고통이 또는

— 거짓의 두 왕국, 북한은 남한에게 무엇인가?

현재의 고통이 고통스럽다고 해서 그 고통을 얼른 무화시키는 일만이 능사는 아니다. 전태일이 제 몸의 일부인 제 과거를 배반하지 않았듯이 우리도 우리의 힘들었던 과거를 없었던 것으로 만들지 말자. 진실에 기초하고 현실에 기초해서 남북 문제를 풀자. 편향주의를 벗어 버리고 균형을 찾자. 진실을 찾자. 우리의 북한의 진실은 바로 이런 것이다. 북한은 그 정권은 우리가 현재 손잡고 합심해서 합쳐야 할 정권은 이미 아니며, 그 주민들만이 우리가 구출해야 할 북한의 실체이다. 빨리 구출해야 한다. 그러나 보복은 말자. 용서와 관용과 화해만이 살 길이되 북한의 현 정권은 썩은 동아줄이다. 우리가 손잡을 수도 없이 툭 끊어질 썩은 동아줄, 안락사 시켜줘야 할 썩은 동아줄이다.

현실에 눈 뜨자, 북한에 눈 뜨자. 편향주의의 팽팽한 고무줄을 놓아 버리고 올바른 자세로 각기 홀로씩 꼿꼿이 똑바로 서서 또 한 번의 새로운 6·10 항쟁을 만들어 내자. 남북을 아우르는 6·10 항쟁을. 1987년이 아니라 2017년도 좋고 2037년도 좋다. 군부독재를 영원히 이 땅에서 몰아내고 민주정부를 시작했듯이, 다시 한번 북한 민주화를 도와서 이번에는 남북한의 6·10항쟁을 만들어 내야겠다.

06

2011년 현대 북한,
미래 북한

2007년 11월부터 북한 내부인들이 만드는 남한의 격월간 잡지 『림진강』이 나오고 있다. 2009년 3월 5호부터는 『임진강』으로 제호를 바꿨는데 탈북시인 최진이가 편집하고 일본의 아시아 프레스 인터내셔널 오사카 사무소가 후원하여 탈북자 중 북한 기자가 되고 싶다는 사람들을 데려다 저널리즘 훈련을 시켜 북한 내부 취재를 시킨다. 기자들은 북한 주민 생활과 북한에서의 자신들의 직업 지위 등을 계속하면서 글을 써 보내는데 현대 북한의 사건과 정황들을 거의 실시간으로 알 수 있다. 다음은 『임진강』 2009년 3월 5호에 동지 손혜민 기자가 보도한 기사(「박기원 그 순천 사람」, 45~73쪽)의 요약이다.

신흥기업가의 공개처형

박기원이라는 순천 남자가 있었다. 순천은 평남 대동강 상류에 있는 인구 20~30만의 공업도시이다. 박기원이 국가물자 절취범으로 개천교화소 10년 생활을 마치고 고향에 돌아와 보니 북한은 89년 말 사회주의 국제시장이 무너지고 계획경제가 주저앉아 딴 세상이 되어 있었다. 집집마다 한 끼니를 위하여 가산을 한 점 한 점 내다 팔다 보니, 시장은 이를 상품으로 받아들이고, 보이지 않는 손이 가격을 매겨 주었고, 주민들은 점차 이윤이라는 흥분에 젖어 있었다.

사회주의 혁명 이후 처음으로 가내 제품들이 시장에 대대적으로 재등장하게 되었다. 교화출소자에 출당 오점까지 가진 박기원은 10년 옥중생활을 혁명대학 삼아 다시는 정치 쪽이나 국가기관이 아니라 개인 장사를 해야 한다고 결심했다. 당시 순천시 당책임비서인 김동수는 박기원의 감옥행과도 관련이 있었으나 박기원이 혼자서 대신 막아준 점도 있으며 김동수는 순천시 최고 권력자에다 김정일과 대학 동창으로서 끗발이 좋았다.

박기원은 자신의 단층집터와 전 가산을 털어 검정닭 216마리를 키워 김동수와 함께 김정일 탄생일(2월 16일)에 충성의 선물로 올렸다. 박기원의 이름으로 김정일의 감사를 따 내었다. 수령에 대한 충실성 하나만으로 인간 가치를 계량하는 북한의 맹점을 이용한 정치상품의 성공작이었다.

배급살이에서 장사살이로

　　　　　　순천시에서는 이때 고무신발창의 가내조립이 유행하고 있었다. 국영공장에서만 만들던 신발창이 모든 가정의 구멍탄 아궁이 안에서 조립 가공되었다. 각 개인업자들이 만들어 온 천 가피와 고무 바닥창은 개인 신발업자가 중간재로 구매해 들인다. 다음엔 도매업자에게 구매되어 가고, 국가와 공무원은 세금도 서비스도 상관하지 않으니 경제 밖에 서 있는 거대한 장애인이 되어 구제를 받는 입장이 되었다.

　순천시에서는 또한 항생제 약재 만들기가 한창이었다. 철저한 무균상태로 봉입된 제약 공장 배양탱크 안에서 생산 공급되는 항생제 중간 원료인 배양액은 수공업적 가내생산이 공급한 알코올과 개인 제약업자 울타리속의 회전교반조 안에서 농축분말로 변한다. 배양액을 생산하는 국영기업도 이제 개인 제약업자들의 하청기업인 셈이다.

이런 식으로 간부들에게나 공급되던 여과담배도 개인업자들이 수공업적으로 생산하여 시장수요를 만족시켰다. 이러한 시장발전의 초강세 속에 박기원은 돌공예품 가내반을 순천 땅에 묶었다. 국가의 관심도 없고 이렇다 할 허가도 필요치 않은 누구나가 다 하는 수공업적 일 터였다. 중국으로 판로를 뚫어 국가명칭마저 따내 '순천수출돌공예품 공장'이 되었고 종업원들은 안정된 삶을 얻어 박기원은 돌두령으로 순천과 평안남도의 선망의 대상이 되었다.

박기원의 종합봉사소

중국을 자주 드나들던 박기원은 문화오락사업에 착안했고 소규모적인 개인영업으로서가 아니라 아예 국가허가를 받은 '종합봉사소'를 차렸다. 대동강변에 2003년에 착공한 거대한 건물이 강력한 군대노력을 동원하여 1년반 만에 지어졌다. 봉사소 안에는 목욕탕·찜질방·이발소·안마소 등이 있으며, 성(性)봉사의 어여쁜 아가씨들에게는 서로 돈을 더 주겠다면서 경쟁이 붙는다. 연간 명절전야가 되어야 한 번씩 오곤 하는 전기공급으로는 문화생활을 꿈꿀 수 없는 북한에서, 박기원은 순천화력발전소와 북창화력발전소의 전기 리미트(limit)를 직접 받는 덕에 사시장철 환한 거리로 주위의 주택값까지 두 배로 올렸다.

순천은 대규모 석탄수출 원천인 직동탄광과 300만 톤 시멘트 공장 구두 공장 담배 공장 등을 가졌고, 단순한 중국 상품의 중계지에 불과

한 신의주, 남포, 청진과는 달리 순천은 국내 개인업자들의 상품도매지이다. 권력자들은 시장판매 상품의 범위와 양을 제한했지만 봉사소의 고객은 모두 이 권력자들이었다.

순천시는 고난의 행군인 90년대 말 이전과 이후로 생활수준이 달라졌다. 이전의 너덜너덜 꿰진 종이장판이 100% 비싼 레저장판으로 바뀌었고, 전에는 간부들을 포함한 40% 주민들만 흑백 TV를 보유하던 것이, 지금은 모든 주민 가정에 천연색 TV가 있고, 50% 이상의 주민 가정에 VCD 플레이어가 있다. 불과 수명의 간부댁에만 있던 전화기가 2007년에는 50세대에 한세대 비율로 설치되었다. 시읍과 노동지구의 모든 가정들은 전기밥솥과 대소 솥을 갖고 있다. 이 기적이 다 시장화의 덕택이다.

박기원은 건축업에도 손을 댔다. 훌륭한 금천강무역회사 봉사소도 직접 지었거니와 부자들을 대상으로 2007년에는 제 돈으로 산 부지에다가 2층 4세대짜리 고급아파트 3동을 지어 팔았다. 주민들은 뇌물까지 고여 가면서 박기원의 회사에 들어가려고 애썼고 종업원은 수천 명에 이르렀다. 지방 간부들로부터 박기원과 김동수에 대한 중앙신소가 누차 올라갔지만 김동수의 아들이 중앙의 신소처리과장이어서 오히려 신소했던 자들이 해임 고립되었다. 박기원 자신도 큰아들은 국가보위부, 둘째아들은 인민군 군관 단기 제대로 사업보좌에 앉히고, 막내아들은 평양영화대학에서 배우로 있으며 외동딸은 산하 부재 공장 지배인으로 사장 가정소대를 이루었다.

2005년에는 선군(先軍)정부가 순천비날론 설비를 해체하여 각 부분에 재배정하라는 지시를 내렸다. 고철로 처리하라는 얘기나 마찬가지였다. 지난날에도 황해제철소와 룡성기계 공장 같은 북한의 유명 대기업에 내렸던 지시인데, 한쪽은 벼락돈, 다른 한쪽엔 총살이 따르는 칼 물고 뜀뛰기식 투기판이었다. 잘 나가던 박기원도 큰돈을 넣고 순천비날론에서 가장 큰 대형변압기를 자기 부재 공장에 설치한다는 명목으로 인수했다.

이미 절도꾼들의 기습으로 파손되어 고금속의 가치밖에 없는 것은 알았지만 그 안에 든 파동(破銅) 20톤은 기업자금에 보탰다. 순천비날론연합기업소는 1989년에 조업 시작한 '위대한 수령 김일성 동지의 영도 업적을 빛내는 혁명사적물'로 지정되었다.

나라의 생명선으로 중점 건설되었으나 조업 이래 단 한 번의 정상생산도 해보지 못한 사회주의 건설의 대실패작이었지만 구호(口號)나무나 마찬가지로 만대에 길이 보존해야 할 사적물이다. 20여 년을 두고 외화자금을 들여 온 심장부는 좀도적들의 안팎 절도로 전동기가 다 뜯겨 나간 폐품이었다.

박두령 재수 없어 처형당했다

○　　　2007년의 북한은 완전 혼돈이다. 사회주의는 위장막일 뿐 시장주의가 강자이다. 이런 때에 나라의 경제를 자본주의화시켰다는 죄로 내각총리 박봉주가 순천비날론 연합기업소에 새 지배인으로 강등되어 왔다. 1990년대의 김달현이 강등되어 왔듯이. 덕천 자동차 공장에 갔던 이종옥 전 총리도 혁명화를 받았고 김정일의 매제인 장성택도 어느 공장인가에 지배인으로 유배 갔던 것이 성혜랑의 김정남 가정교사 시절 김정일─성혜림 부부의 가족생활을 했던 기록 『등나무집』에 나오는 것을 보면 북한에서는 김정일 빼 놓고는 누구나 시골 추방이 책벌의 방법인 것 같다.

그때 장성택의 경우는 김평일의 파티에 참석했다는 괘씸죄 때문이었다. 중앙의 높은 간부나 총리급이 강등되어 오면 누구나 사적물부터 챙기게 된다. 박봉주 전 총리 역시 순천비날론연합소에 와서 첫 작업이 사적설비 점검이었고 폐시설비 명단을 검토하던 중 대형변압기가 박기원의 부재 공장에 갔으나 거기서 쓰이지 않고 고철로 분해되었다는 것을 알게 되었다. 전 총리 박봉주는 박기원에게 "위대한 수령님의 영도업적이 깃든 숭고한 사적설비의 용처를 대라."라고 명령하였다. 박기원은 "사용 가치를 잃은 변압기를 고금속으로 전환하여 그 자금을 기업운영에 돌렸는데 뭐가 잘못이냐?"며 반발했다.

총리 중에서는 개혁성향이라 자본주의화라는 죄목으로 강등되어 온 박봉주와 개방적 기업가 박기원과의 총력전에서, 전 총리는 박 사장에게 '非社(비사회주의)청산'에다가 '영도업적 훼손'이라는 명목까지 덧씌웠다. 때마침 만경대 일가에서는 후계자 추대 문제가 시작되어 함북 연사군에서도 '구호나무'를 찍어 팔아먹은 반역자가 공개 총살되었다. 이런 저런 사건으로 연때가 맞아 박기원은 불과 한 달 만에 '수령의 혁명업적을 훼손시킨 계급적 원수'로 '3대 멸족시키라'는 김정일의 수표까지 받게 되었다.

박기원 공개처형을 강제참관키 위해 순천시민들이 경기장에 모여들었다. 모든 사람들의 존경을 한몸에 받았던 박기원은 한 달 남짓 사이에 산송장으로 변해서 무대 위에 섰다. 사형집행자가 목청을 높여 말했다.

"피고 박기원은 적대계급인 지주의 손자로서 자신의 이력을 기만하고 사회제도에 대한 원한을 품고 목적의식적인 파괴 활동을 벌였다. 계급적 본성은 변할 수 없으므로 인민의 이름으로 처단한다."

순간 박기원의 눈에 광기가 뻗쳤지만 입이 틀어 막혀 있으므로 얼굴에서만 증오가 뿜어져 나올 뿐이었다. 세 명의 총잡이로부터 90발의 총성이 박기원의 육체를 갈가리 찢어 놓았다. 때마침 쏟아지는 폭우로 저마다 먼저 집으로 돌아가려던 수만 명의 강제 동원된 관중들 중에는 압사자가 생겼고 세 살짜리 박기원의 손자가 후송도중 숨이 막혀 죽는 이중살인의 이야기는 온 순천을 뜬 눈으로 지새우게 만들었다.

사돈을 맺었다는 죄로 맹산의 심심산골로 추방되는 계급투쟁의 제도는 되돌아 왔다. 시대의 경제발전의 키를 잡았던 민족의 인재 박기원, 흐르는 강물을 억지로 가로막으면 방대한 물바다가 되어 보뚝을 무너뜨린다. 남한의 민주주의라는 나무가 지난 반세기 동안 피를 먹고 자랐듯이 지금의 북한에서는 자본주의라는 나무가 피를 먹고 싹트고 있다.

경제는 살아 있는 생명체여서 생명체를 다룰 능력자가 없어지자 박기원의 기업소들은 국가소유로 자동적으로 넘어갔다. 소속되어 있던 모든 사람들은 일자리를 잃었다. 국가가 운영하게 된 봉사소도 고객이 끊겨 생기 없는 콘크리트로 변했다.(이상은 『임진강』 2호와 5호 2009년 3월에 게재된 손혜민 기자의 기사를 발췌 요약한 것이다.)

2002년 7 · 1 조치

여기서 북한의 2002년 7월 1일 조치에 대해 알아보자.

1990년대에 들어와 북한 경제가 마이너스 성장을 계속하자 총체적인 물자부족 현상이 날로 심각해졌으며 식량과 소비용품 배급이 끊겼다. 1995~1997년 사이의 이례적인 홍수와 가뭄을 계기로 200만 명이니 300만 명이니 하는 아사자가 생기는 사이 북한 도처에는 장마당이 생겨났다. 그런데 장마당의 가격은 같은 물건의 배급가격의 몇십 배 또는 몇백 배나 될 수밖에 없었다.

여기에서 북한 정부는 2002년 7월 1일을 기해 그동안 50년간 고정시켜 오던 배급 가격과 수매 가격을 장마당 가격에 맞게 현실화(상승)시키는 조치를 발표했다. 동시에 근로자의 봉급도 20배로 올렸고 장기간 고정 환율 1달러=2.16원이던 공식 환율을 암시장 장마당 환율에 맞추어 1달러=150원으로 하루아침에 공식 환율을 70배 이상 올렸다. 남한이 97~98년 IMF때 공식 환율이 1,100원선에서 2,000원이 넘어가느라 2배가 뛰었다고, 즉 한국 돈이 절반으로 평가절하당했다고 난리가 났었는데 그 환율을 북한은 하루아침에 2배가 아닌 70배로 올린 것이었다. 그 격차는 바로 공식 환율과 장마당 환율 사이의 격차였는데 공식 환율을 암시장환율로 공식화 양성화한 것이었다.

가장 중요한 기준이 되는 쌀배급의 경우 북한은 1946년부터 2002년까지 수매가격은 1kg당 80전에 배급가격은 8전이었으므로 정부는 10배 밑지는 이중곡가제를 실시해 온 셈이다. 80전에 사서 8전에 나누어 주는 재정적자가 56년간 누적되어 온 편이다. 7·1 조치로 쌀의 배급가격은 500배로 올랐고 수매가격은 200배로 올랐으며 근로자들의 봉급도 20배가량 높였으며 공식 환율도 70배가량 올렸다. 그렇다고 생산력이 높아진 것이 아니라 집단농장은 그대로 두고 배급가격만 장마당 가격에 맞추어 현실화했기 때문에 물자부족은 그대로 두고 통화량만 늘린 꼴이 되어 악성 인플레를 불러왔다.

7·1조치에 이어 정부가 했어야 했던 일은 농민들을 중국개혁 때처럼 자기 농사를 짓게 해 주고 생산수단들의 사적 소유를 인정해서 개인기업소와 개인 상점들을 허용했어야 물자부족이 해결될 텐데, 이들 조처를 수반하지 않아서 공급은 없이 통화만 남발하여 악성 인플레를 유발했던 것이다.

중국과 구소련도 오랫동안 배급가격을 고정시켰고 북한도 이들을 모방했겠지만 북한은 역사적 단계와 토지사정이 이들과 다르다. 중국도 1950년대부터 집단농장들에서 쌀을 싼값에 수매하고 도시근로자들에게 그 수매가의 43%밖에 안 되는 더 싼 값에 배급했다. 이 배급가는

— 거짓의 두 왕국, 북한은 남한에게 무엇인가?

1960년~1985년 동안 변함이 없었다. 구 소련정부도 식빵 배급에 있어 1950년의 소비자 가격을 1990년대까지 40년 동안 고정시켜 왔다. 1962년~1990년까지의 육류가격도 마찬가지였다. 고기의 질이 문제지 양은 넉넉했다고 한다.

그런데 러시아는 인구에 비해 농경지 면적이 넓은 나라여서 장기간 배급가를 고정시키더라도 암시장 가격은 생겨나지 않았다. 중국도 집단농업 동안 ha당 생산량이 낮은 채로 정체되어 있었지만 총인구 중 도시인구 비율이 15~20%여서 집단농장들이 생산한 곡류의 20~25%만 수매해도 도시소비자에 배급할 양곡을 확보할 수 있었다. 그래서 중국도 계획경제가 실시된 1950년~1980년 시기까지 배급양곡이 부족하거나 암시장이 성행하지는 않았다.

그러나 북한은 달랐다. 총인구 중 비농업인구, 즉 도시인구 비율이 60~70%로 높아 집단농장에서 생산한 쌀과 옥수수를 농가식량과 종자만 남기고 전량 수매해도 도시소비자에게 배급할 양곡을 확보할 수 없었다. 게다가 북한은 주체농법이라 해서 산이 90%인 국토를 파헤쳐 8부능선까지 뙈기밭을 만듦으로써 홍수와 가뭄에 취약했고, 강 하상이 높아졌으며, 게다가 서해갑문을 막아 전국토를 자갈밭을 만들었고, 모든 산은 민둥산이 되어 1997년~1998년간 고난의 행군 시절에는 굶어 죽는 사람들이 나물 뜯으러 먼 산까지 가도 구할 수가 없었고, 소나무 속껍질이나 느릅나무 껍질들을 먹느라 나무들이 죽어 갔고 백성들은 설사와 변비로 서서히 죽어갔다.

시장 환율은 공식 환율의 157배

북한의 7·1 조치는 주식인 쌀값을 별안간 수백 배 올린 셈이 되는데 이런 예는 세계에도 없다. 게다가 공식 쌀값인 배급쌀값을 장마당 쌀값과 같게 한다고 500배나 올렸는데도 그 장마당 쌀값은 다시 1년 몇 개월 만에 거기서 또 64배가 되었으므로 공식 쌀값 역시 함께 또 올리지 않으면 안 되게 되었다. 환율 역시 2000년 공식 환율이 1달러에 2.16원인데 비해 암시장 환율은 1달러당 340원이어서 157배나 높았다. 공식 환율과 암시장 환율의 이러한 격차 역시 세계에 유례가 없기는 마찬가지이다. 말하자면 그만큼 민중 고통은 커진다는 뜻인데 겉으로 보여주는 공식경제와 실제 서민들의 실물경제의 격차를 그대로 반영하기 때문이다.

북한은 1990년대 이래 해마다 마이너스 성장을 해 왔다. 50년 동안 1달러가 2.16원이었던 것을 2002년 7·1 조치로 70배 오른 150원으로 올렸지만 이 환율은 이듬해 3월 900원이었다가 2년이 못된 2004년 5월 1,200원이 되었으므로 또다시 2년도 안 되어 8배로 오른 편이다. 다시 말해 북한 원화가치는 2년 사이에 1/8로 가치하락한 것이다.

중국의 등소평은 1980년대 초에 중국의 집단농업을 폐지하고 농민들이 자기 농사를 지을 수 있게 해줌으로써 중국농업의 생산량이 획기적으로 증산되었으며 6억이 넘는 농민들로부터 정치적인 지지를 받았다. 김일성부자는 계획경제와 집단농업을 너무 오래 고수하다 보니 북한 인구의 70%나 되는 비농업인구에게 배급할 식량을 확보할 수 없게 되자, 북한 전역에서 장마당이 발달했고 배급제는 이제 장마당에 밀려나고 있다.

이제는 장마당들을 없애버리고 배급제로 돌아갈 수도 없게 되었다. 배급제로 돌아가면 또다시 대량의 아사자가 발생할 것이기 때문이다. 배급제도가 유명무실해지면 집단농업의 필요성도 없어진다. 그렇게 되면 계획경제의 본질도 상실된다. 북한에는 모두 3,600개소의 공공배급소들이 있는데 국정 수매가격이 너무 낮기 때문에 국영기업소도 공공배급소에 납품하기를 기피하고 값이 훨씬 비싼 장마당으로 빼돌린다. 이따금씩 물건이 국영상점에 들어오면 간부들이 먼저 사기 때문에 공공배급소를 '간부상점'이라 부르기도 한다.

장마당들이 10년 가까이 지속되다 보니 주민들의 일상생활도 배급제보다는 장마당이라는 시장제도에 익숙해졌고 따라서 배급제도라는 북한의 계획경제는 장마당이라는 시장경제에게 밀려나고 있다. 이런 시장경제의 확장은 북한의 경제력이 중앙집중에서 벗어나 지방분권화로 바뀌지고 국유화에서 사유화로 바뀌지는 중간지점에 있다 하겠다.

에필로그

북한 주민들의 식단에서 김치가 사라졌다. 배추는 염장해서 1년 내내 국을 끓여 먹거나 죽을 끓여 먹으면 다행이고 고추와 마늘은 당 간부나 군관들만 먹을 수 있는 진귀 향신료가 된 지 오래이기 때문이다. 콩된장도 상류계층만 먹을 수 있는 조미료다. 일반 인민은 기껏해야 도토리 된장으로 만족해야 한다. 가을이면 모든 주민들이 도토리 주우러 떠난다. 국가에 바쳐야 할 도토리와 자기들 된장 담가 먹고 주식으로 써야 할 도토리 수확하러 간다. 사과도 설탕도 이젠 식품이 아니라 약품이다. 병났을 때만 의사의 처방을 받아 구해 먹는 약품이고 보통 때는 구경조차 할 수 없으니 그게 약품이지 식품일 수는 없다. 사과래야 남한의 옛날 능금 같은 작고 보잘것없는 열매이지 오늘의 남한과 선진국들에서 먹는 크고 단 그 사과가 아니다.

2000년대 들어 남한이 북한에 해마다 보내 주던 쌀 40만 톤은 북한이 매년 필요로 하는 최소식량의 25%여서 북한의 고난의 행군을 끝내줬다. 수백만 명씩의 무더기 아사자 시대는 이제 끝났다. 이 쌀을 김정일은 자신이 만들고 있는 핵무기에 대한 조공(朝貢)이라 선전했고 북한 주민들 역시 '북한은 미제를 물리치고 남조선을 해방하기 위해 핵무기를 가져야 하니까 쌀은 그 대신 남조선에서 공출해야 한다.'라고 생각하며 당연하게 받아먹었다. 북한에서는 이 쌀이 최초에 보내졌던 '호남쌀'에서 이름을 따서 지금까지도 이 쌀을 '호남벌 쌀'로 부른다. 중국 쌀과 북한 국내산 쌀과의 구분칭이다. 이명박 정부 들어 쌀 보내기를 중단하자 김정일은 역도(逆徒)라는 말을 썼고 아닌 게 아니라 호남 등 남한에서는 '남아도는 쌀'을 정부가 더 많이 수매해서 북한에 보내지 않는다고 쌀가마를 태우는 시위를 하기도 했다.

남한에서는 국민들이 마음대로 대통령을 뽑는다. 자유선거이고 비밀이 보장되는 비밀투표이다. 5년마다 갈아치울 수 있다. 이명박에게 표를 던진 사람들은 그 이전 10년을 잃어버린 10년이라 칭하고 그 반대인 사람들은 그 10년을 되찾아야 할 10년이라 칭한다. 남한 국민은 항상 대통령에 대권을 주고 나서는 그가 나무에 오르면 흔들어 댄다. 말하자면 노무현과 이명박은 남한 사람들의 대북(對北)관의 상·하한선이 아닌 좌·우한선인데 투표자들은 자신들도 해답을 갖지 못한 이 북한 문제에 제가 미덥지 못한 사람을 뽑아 놓고는 아무도 해결할 수 없는 문제를 맡기고 즐긴다. 나무에 올려 보낸 다음 흔드는 것이다. 자신들이 흔드는 것이 아니라 자신의 반대표들이 흔드는 것을 즐기는 것이다. 그만큼 남한 사람들의 대북 문제 해법은 이천만 갈래 삼천만 갈래인 것이다. 남북통일 이전에 남남통일이 더 큰 문제인 것이다.

그러나 어쨌든 남한 국민은 심부름꾼을 5년마다 갈아치울 수 있으며 그리고 그 직선쟁취마저 1~2년의 피흘림으로 된 게 아니요 자그마치 60년~87년까지 30여 년을 피흘려 싸워 얻은 것이다. 남한 국민들은 앞으로도 계속 좌·우한선을 오가는 대통령을 갈아 뽑을 것이며, 이들 대통령들의 대북정책은 쌀 40만 톤 지원에서 옥수수 1만 톤 사이를 오갈 것이다.

2010년 1월부터 추진해 오던 옥수수 1만 톤조차도 북한이 금강산 지구 남측 부동산을 몰수하고 '천안함사건'이 터지면서 중단된 상태다. 유엔의 WFP(세계식량계획)도 북한의 기근을 우려해 해마다 식량을 지원해 왔는데, 2010년에는 세계 각국의 기부금이 줄어들면서 6월까지 북한 어린이와 임산부 140만 명에게 줄 식량만 제외하고는 7월부터는 전체적으로 지원이 중단될 수도 있다고 WFP 평양 사무소장이 밝힌 바 있다. 사실 북한에 수십 년째 식량을 지원해 주었지만 개선될 기미가 없고 아이티처럼 지진피해를 당한 나라들부터 도와줘야 하는데 멀쩡한 북한을 계속 지원하기가 어렵다는 것이다. 북한 주민들은 중국이 식량을 지원하지 않으면 또다시 떼죽음을 당한다고 아우성이다.

김정일은 2010년 5월 3일부터 7일까지 나흘 동안 중국을 비공식 방문했다. 소문으로는 '중국이 대규모 식량 지원키로 약속했다.'든가 '머지않아 북한도 중국처럼 개혁개방할 것이라.'는 기대가 한때 북한에 확산되었다고 한다. 북한 당국이 당장의 체제 위기를 모면하기 위해 의도적으로 퍼뜨린 헛소문이다. 그만큼 북한은 현재 식량문제가 절박하고 주변국이 돕지 않으면 체제 위협까지도 갈 수 있는 상황이다. 물론 중국도 이번에 김정일을 빈손으로 보내지는 않았을 것이다. 하지만 중국이 개혁개방을 받아들이지 않는 북한에 넉넉하게 주지는 않았을 것이다. 김정일이 이번 방중 기간 동안에 현대적 공업도시이자 항구도시인 대련시와 천진시 심양시 등을 방문하긴 했지만, 자신의 경제관심을 표명한 위장일 뿐이지 중국처럼 개혁개방을 위한 걸음은 아니었다.

김정일은 이번 방중 기간 중에도 원자바오(溫家寶) 총리가 권하는 개혁개방 권유를 받아들이지 않았다. 중국 신화통신에는 원자바오 총리가 김정일에게 "중국의 개혁개방 경험을 소개해 주고 싶다."라고 말한 것으로 보도됐지만, 북한 조선통신은 이 개혁개방이라는 단어를 아예 빼버리고 "온가보 총리가 중국의 경제발전 정형에 대해 소개했다."라는 표현으로 바꾸어 보도했다. 결국 김정일이 중국에 앵벌이식으로 쌀과 경제지원은 받아도 개혁개방만은 죽어도 싫다는 뜻이다.

똑같은 에피소드는 노무현의 2007년 10월 김정일 평양회담 때도 일어났는데 노무현은 판문점에 돌아오자마자 "앞으로는 역지사지하여 북한에게 개혁개방이란 말을 쓰지 말아야 하겠다."라고 김정일의 호소를 전한 적이 있다. 그만큼 김정일이 가장 껄끄러워 하고 꺼리는 말이 바로 '개혁개방'이다.

김정일에게는 개혁개방이 왜 그렇게 무서울까? 김정일의 모기장 이론이 있다. 주민들이 아사를 면하기 위해 장사를 하는 것도 좋고 불법 여행을 하는 것도 있을 수 있는 일이지만, 그걸 하다가 자본주의나 자유주의 같은 모기만은 들어오지 못하게 모기장을 철저히 쳐야 한다는 것이다. 김 씨 3대를 배반하기 위해서가 아니라 굶어 죽지 않기 위해서 장마당에도 나서고 개인기업까지 가는 건 알지만 그걸로 체제 위협, 다시 말해 수령제 독재체제까지 위험에 빠뜨려서는 안 된다는 것이다.

장사를 하고 여행을 하고 국경을 넘되 눈을 감고 귀를 막고 세상을 알려고 하지 말라. 그게 모두 모기라는 것이다. 세상을 알려는 상식, 밥을 벌기 위해 움직이다가 바깥세상을 알게 되는 그것이 무서운 것이다. 입 막고 귀 막고 영원히 무식한 개나 돼지로만 살아다오. 이게 그가 국민에게 강요하는 미래인 것이다. 세계에서 유일하게 순수 사회주의를 고고하게 지켜 나가는 수령제 독재체제를 위하여 눈 감고 귀 막고 참아 달라는 것이다. 머지않은 장래에 핵무기로 쌀 벌어 편하게 먹여 줄 터이므로.

그러니까 모기장 이론은 다시 말해 살찐 돼지 이론이기도 한데 그 돼지조차 살찌게 해 주지 못하는 게 바로 역사 진보의 강제성이고 인류의 미래이기도 한 것이다. 핵무기로 쌀 벌어 줄게 인류 유일의 사회주의 체제 김수령네 3대 세습만 눈감아 달라. 그러기 위해서는 국민들을 계속 무지 속에 가둬 둬야 하는데 식량만이 문제인 것이다. 그런데 그 핵무기란 것이 자기보다 더 센 핵무기가 있는 한 핵이 아니며, 그리고 그 가장 센 핵조차도 절대로 써볼 수는 없는 게 바로 인류가 갖고 있는 핵의 비밀이며, 바로 또 김 부자의 핵 삼각형의 비밀이기도 하다. 핵으로 쌀을 벌고 체제를 영구 유지하겠다는 핵 삼각형의 논리는 첫 시작부터 잘못 출발된 것이고 반인간적이며 반역사적이었다. 인류를 절멸시킬 수 있는 무기라면 그것은 이미 무기가 아닌 것이다. 방어용으로만 쓴다는 그 방어야말로 바로 비열한 협박용이요, 앵벌이용이요, 위협용인 것이다.

이명영에 의하면 북한은 거짓 역사 위에 쌓아 올린 모래성이다. 박명림에 의하면 분단의 반대말은 통일이 아니고, 보편주의이고 민주주의이다. 독일통일도 흡수통일이 아니라 동독의 민주적 이행이었을 뿐이라는 것이다. 통일을 하되 양측이 다 민주주의 체제가 확고해진 다음에야 평화적으로 합칠 수 있고 민주주의국가 끼리만이 평화통일이 가능하다는 것이다. 인민의 자발성을 동원하기 위한 민주주의의 발양 없이 경제를 발전시키는 것은 불가능하다. 민주적 제도와 과정이야말로 경제체제의 활성화와 사회경제적 발전에 기여한다.

김정일이 무서워하는 것은 바로 이 이명영이 밝혀 놓은 거짓과 진실들이며, 그리고 또 박명림이 못 박아 놓은 바로 그 민주주의인 것이다. 김정일이 가장 무서워하는 모기는 자본주의나 자유주의가 아니고 바로 그 거짓 역사와 민주화인 것이다. 김정일이 가장 무서워하는 모기는 바로 그 민주주의와 진실이라는 모기이다. 장님의 눈을 뜨게 하고 벙어리의 귀를 듣게 하고 세계체제를 알게 하는 바로 그 모기가 김정일은 가장 무서운 것이다.

사람이 오관의 기능을 제대로 갖고 있으면 곤란하다는 그 모기장 이론, 사람의 상식을 가장 두려워하는 그 모기장 이론, 세상 돌아가는 이치와 역사의 방향을 알고 싶어 하는 상식의 인류가 되는 것이 김정일은 가장 두려운 것이다. 국경을 꼭꼭 닫고 항상 배고픈 상태를 유지시키며 절대로 눈으로 보거나 귀로 듣고자 하지 말라. 세상이 무엇인지 인간이 무엇인지 역사가 무엇인지 알고자 하지 말라. 그게 바로 노예정책이다. 그런데 그 모기들이 모기장 안으로 들어가기 전에 그 모기장 안에 있던 인간들이 바로 그 모기 아닌 밝은 햇빛을 맞으려, 세상을 배우려, 인간을 알려고, 상식을 찾아 모기장 밖으로 나오고 있다.

앞에서 우리는 북한 순천의 개인기업가 박기원이 어떻게 검은 닭 오골계 216마리를 김정일에게 진상해 바치고 그의 표창을 받았는지, 그리고 순천비날론연합기업소 해체 시 변압기를 불하 받아 구리(銅)를 챙기고 김일성 역사 사적물을 훼손했다 하여 김정일의 수표로 공개처형을 받았는가를 보았다. 김정일은 앞으로도 계속 자신의 표창과 처형 명령이 자기 모순된다는 것을 모르면서 다른 모든 자생 기업가들에게도 표창과 처형을 반복할 것이다.

아사를 모면하기 위해 자생적으로 확대된 장마당과 종합시장들을 통해 자신의 밥먹이를 찾고 다른 주민 종업원들의 밥을 먹게 해 주는 기업가들이야말로 북한에 자본주의라는 나무를 피 흘리며 가꾸어 내는 혁명 일꾼들이다. 주민들의 추앙을 받다가 김정일의 명령에 의해 공개처형 당할 때 주민들은 그를 동정하고 아쉬워하고 '단순히 재수가 없어서 비사(비사회주의)에 걸렸다.'라고 통탄한다.

당국에서 시키는 대로만 살면 북한 주민들은 모두 굶어 죽고 만다. 그나마 10일에 한 번씩 열리던 농민시장을 매일매일의 장마당으로 바꾸어 여기서 살 길을 찾다 보니 개인기업가들이 자연적으로 생겨나고 이들은 북한의 초기 자본가군을 이루다가 재수 없으면 정치적 사형을 당하기를 반복하는 것이다. 김정일은 이들을 계속 표창하고 사형하고 표창하고 사형하고를 반복할 것이다. 그러다가 이 자본주의라는 나무가 자라 유명무실해진 배급제를 없애고 개인영농으로 바꾸고 소토지 제도를 부활해 낼 때까지.

남한에 와 있는 탈북자들도 나름대로 개인적으로는 자신의 생애의 혁명을 이루고 목숨을 걸고 인간승리를 찾아 성공한 사람들이다. 한 명 한 명이 모두 자신의 살 길을 찾아 우주를 개척한 사람들이다. 북한이 뭐고 세계가 뭐고 자유가 뭐고 기업이 뭐고 정치가 뭔지를 스스로 죽음을 넘어 깨닫고 개척하면서.

안혁은 18세에 백두산에서 스키를 타다가 실수로 중국으로 건너간 후 중국 사람들이 김일성의 사적들을 하찮게 보고 가짜로 보는 것에 관해 어리고 순진한 마음으로 분개한다. 혜산의 고모 집으로 귀국하여 황해도 과일에 있는 자신의 부모들에게는 연락도 하지 않고 북한 당국을 순진하게 믿고 자신의 중국 월경 경험을 자수한다. 이날부터 안혁의 생애는 구겨진 것이다. 갖은 고문에 요덕 정치범 수용소로 끌려가 3년간 갖은 고생을 하던 끝에 방면되어 나와서 강철환 등과 친구가 되어 탈북한다. 수용소에서 나와 친구 강철환의 집에 묵고 있을 때 황해도에서 부모가 올라와 외아들을 만나보게 되는데 그때의 어머니의 모습을 다음과 같이 표현한다.

아버지와 철환이 삼촌이 인사를 나누고 우리들이 모두 방으로 들어가 자리에 앉기도 전, 함께 들어오신 엄마는 잊어버린 것이라도 있는 듯 급하게 밖으로 나가셨다. 나도 무슨 일인가 싶어 따라 나갔다. 엄마는 마루에 걸린 김일성의 초상화 앞에서 절을 하고 계셨다.

"수령님, 정말 고맙습네다. 철 모르고 죄를 지은 어린 것을 이렇게 살아 돌아오게 해 주셨으니 정말 고맙습네다."

나는 기가 막혔다. 내가 누구 때문에 지금 이 지경이 되었는데 나를 이렇게 만든 장본인에게 오히려 고맙다고 절을 하다니…….

3년 전이었다면 나 역시도 그러한 엄마의 행동이 당연하다고 여겼을 것이다. 그때만 해도 나는 김일성 수령님에 대한 진심어린 충성심이 확고했었으니까.

그러나 3년이 지난 지금, 나는 그것들이 얼마나 우스운 허상인지를 알게 된 것이다. 엄마는 내가 진짜 무슨 죄를 지은 줄 아시는 것 같다. 뒤를 돌아보니 나처럼 내 엄마의 모습을 지켜보고 있는 다른 사람들도 어처구니가 없다는 표정으로 서 있었다. 수용소를 거쳐 나온 북한인과 안 가 본 북한인은 그렇게 달랐다.(강철환·안혁 공저, 1993, 『대왕의 제전 3: 그리운 어머니』, 향실, 140쪽)

아들한테 그다지도 헌신하던 어머니가 친구 강철환네 집에 와서 아들 혁이를 만날 때, 어머니는 들어오자마자 북한의 모든 집에 있는 일본 가미사마 제단처럼 모셔 놓은 김일성 사진 밑에 꿇어 앉아 기도하는 것을, 아들은 증오의 눈초리로 보면서 북한을 탈출할 생각을 한다. 자신에게 그렇게도 희생적이고 오로지 자신 하나(외아들임)만을 위해서 살던 부모들을 믿을수록 그들의 무지와 그릇된 신앙(김일성교)이 너무 밉고 더러워서, 안혁은 기도하는 어머니에게 눈을 흘긴다. 다시는 부모를 받아들일 수 없고 북한을 받아들일 수 없고 김정일 부자를 받아들일 수 없음을 통감하면서 그 다음해 강철환과 함께 북한을 떠난다.

이미 이들 두 친구의 마음이 북한을 떠났으며 머지않아 실제로 물리적으로 북한을 떠날 것을 보위부원들도 눈치 챘으므로 언제 떠나도 떠날 사람들임을 서로가 눈치 챘고, 그 눈치 챘음을 또한 상대방인 이 두 친구도 눈치 챘으므로, 체포는 시간 문제이고 다시 정치범 수용소행임도, 그리고 이번엔 사형감이라는 것도 서로들 알았으므로.

__ 거짓의 두 왕국, 북한은 남한에게 무엇인가?

안혁은 자신의 부모의 전면적이고 희생적인 사랑을 모르지 않으면서, 부모에게 말도 못하고 북한을 떠나 대련을 통해 6개월 만에 밀항해서 남한에 도착한다. 무엇이 안혁의 눈을 뜨게 했을까? 4년간의 수용소 경험과 그 이전의 중국 방랑 경험이었다. 자신이 그토록 존경하고 사랑했던 김일성부자의 신화가 무너지자 그 부자를 경배하는 사랑하는 부모조차 측은지심과 증오로 대하게 되었고, 다시는 북한이라는 땅덩어리에 잠시도 몸뚱이를 두고 싶지 않았던 것이다. 생애를 바꾸는 개안(開眼)이었다. 그 혼자만의 깨달음은 인간승리였고 역사의 바른 방향이었다. 아무리 우민정책을 써도 결국 인간은 자기 주변을 이해하고 세상을 이해하는 천부적 능력을 가졌으며 아무도 인간본성을 막을 수도 뒤틀어 놓을 수도 없다는 인간승리의 비밀스런 깨달음이었다.

이영국도 마찬가지이다. 이영국은 김정일의 경호원이었다. 그 험한 훈련들도 눈꺼풀 사이에 성냥개비를 버텨가며 졸음을 참아 냈고, 드디어 호위병이 되어 10년을 집안 소식을 모른 채 호위병 노릇을 하고 있다가, 사촌 동생이 역시 김정일의 벤츠차 운전수가 되어 있는 것을 발견하고는, 솔선해서 제대(경호원 사이에 친척 불가)를 신청하여 김정일의 곁을 떠난다. 10년 만에 돌아와 본 그의 고향(무산)과 부모는 10년 전과는 또 다른 비참의 덩어리였다. 국가는 그에게 예비군 대대장을 시키고 정치대학 학습을 시키는 등 그를 붙들려고 갖은 애를 썼지만 이영국은 이미 북한의 실상과 김정일의 위치와 역사 방향을 깨닫고 난 다음이었다.

아무리 북한 당국이 이영국을 잡으려 해도 이영국의 양심과 옳은 판단을 꺾을 수는 없었다. 두 번이나 도강중에 붙잡혀 집에 들어 왔다가 워낙 기술이 좋았던 태권도 덕에 체포자들을 주먹으로 물리치고는 다시 도강을 해서 중국 땅에 또 갔지만, 이번에는 남한 대사관에 데려다 주겠다는 탈북브로커가 이영국의 눈을 막고(대사관 통과 때는 고개를 엎드려야 한다면서) 북한 대사관에 데려다 주는 바람에, 다시 북한으로 잡혀 왔다. 어떤 유혹과 꾐들도 이영국의 한 번 떠난 마음을 돌려놓지는 못했다. 자신 하나만의 안녕이 문제가 아니라 김정일 정권의 불의와 역사 방향에 역진하는 북한 역사와 정책을 참아줄 수가 없었다.

온몸은 갖은 고문으로 현재도 상처투성이다. 그러나 그는 지금 남한에서 한약재 해소기침약 제약을 하고 있다. 죽어도 양심의 소리에 반하는 삶도 살 수 없으려니와 우선 물리적으로 굶을 수밖에 없는 북한 정치와 주민들을 용납할 수 없어 멀리멀리 떠나왔던 것이다.

필자는 이영국에게 '남한 대사관인 줄 알고 택시 타고 간 것이 북한 대사관임을 알았을 순간의 감상?'을 물었다. 그의 대답이 더 충격적이다. 그를 속여 데려간 탈북브로커는 전혀 북한의 이념 보위부원도 아니고 안전원도 아니고 단순히 당시 북한 대사관 측이 남한 대사관 측보다 탈북자 한 명 잡아오는 데 대한 몸값을 더 쳐주기 때문에 자신을 북한 측 대사관에 팔아 넘겼을 뿐이라는 것이다. 전혀 정치적이거나 이념적인 문제가 아니고 수고비의 다과와 몸값의 고저 가격 때문에 자신을 북한 측에 팔았을 뿐, 남한 측에서 더 많은 돈을 주리라고 예상했더라면 그 브로커는 자신을 남한 측에 팔아 넘겼으리라는 것이다. 세상 참 요지경 속이다. 이념장사꾼은 이미 이념이 아니라 장사꾼일 뿐이다. 이 장사꾼은 이영국의 속마음을 확인하기 위해 그와 태권도 기술도 겨루어 보고 갖은 테스트를 다 해 본 후에야 자기의 장삿속을 챙겼던 것이

__ 거짓의 두 왕국, 북한은 남한에게 무엇인가?

다. 이영국과 태권도 기술을 겨루어 봄직한 중개인이면 그 또한 북한 내에서는 굉장한 정치적 경력을 거친 정치장사꾼인 셈이다.

안혁과 함께 탈북한 강철환은 북한으로 귀국한 재일교포의 3세이다. 아홉 살이던 1977년 여름 어느 날, 보위부원들이 와서 평양에서 흔치 않은 철환의 집의 어항을 엎질러 버리고 가산을 모두 압류하는 등 철환의 집 식구들에게 모두 짐을 싸게 했다. 일본에 살던 시절 총련의 직원이기도 했던 할아버지가 말없이 사라진 지 한 달 반이 지나서였다. 보위부원의 설명에 의하면 할아버지가 정치적 죄를 지어서 온 식구가 모두 요덕 정치범 수용소에 죄인으로 노동교화 간다는 것이었다. 아니 그런 설명도 있을 리가 없고 나중에 수용소에서 커서 안 사실일 뿐이다. 무조건 소련제 지르 트럭에 태우고 요덕으로 향하는 것이다.

그 당시 평양에서는 일본 멋쟁이로 불렸던 할머니도 아버지도 영문을 모른 채 요덕에 가 봤더니 삼촌은 하루 먼저 잡혀 와 있었다. 철환의 어머니는 이날로 북한 당국에 의해 아버지와 이혼하고 평양에 남아 있었다. 이혼하면 가족이 아니므로 함께 수용소에 가지 않아도 되므로, 보위부가 잘 봐줘서 이혼시켜 준 것이다. 모든 부부들이 북한에서는 다 그렇다. 함께 죄받고 싶지 않으면 법적 이혼장에 도장을 찍어야 한다. 그러나 어린 철환은 그 엄마를 용서할 수 없었다. 9살에서 19살까지 요덕 정치범 수용소에서 인민학교와 중학교 과정을 노동교육으로 노예교육으로 혹사당한 철환은 그런 경황 중에서도 김기운 선생이란 이색적인 북한 교육자를 만난다.

일 년간 철환의 담임이었던 김기운은 북한이 가졌던 마지막 양심이었다고 철환은 느끼는데, 그는 남한에 와서도 그 김기운 선생의 그 후 소식을 알고 싶어 하지만 알 도리가 없다. 그 선생은 철환이 아주 힘들어 할 때 북한에서는 아주 귀한 약품에 가까운 알사탕 몇 개를 몰래 준 적도 있고, 교장이나 윗사람이 김기운의 담임반 학생들을 벌주라고 명령해도, 그의 앞에서만 벌주는 척 할 뿐, 교장이 사라지고 나면 학생들을 위로하고 위해 주느라고 애쓰는 모습을 어린 철환까지도 느낄 수 있었는데, 물론 그런 양심적인 선생은 그 자리를 오래 유지하지 못하고 일 년 만에 쫓겨 가고 소식이 없다.

그러나 그 김기운 선생의 마음만은 철환의 가슴속에 남아 그에게 인간성에의 마지막 신뢰의 끈을 놓치지 않게 했고 그의 탈북을 도왔다. 그 악독하고 무지하고 야만적인 소용돌이 속에서도, 그 소용돌이를 이해하고 몰래나마 인간다운 마음을 길러주는 그 인간승리는 또 어디서 생겨나는 인간의 힘일까? 그리고 그것을 알아보는 힘은 또 어디서 생겨나는 것일까? 그것이 인간의 상한선 한계이자 저항의 정신인 것이다.

신동혁은 수용소 안에서 태어났다. 북한 당국은 무슨 은전이나 베풀듯이, 정치범(대부분 정치범 자신이 아닌 그 친족원이지만)들 중에서 맡은 노동 부과량을 초과달성했거나, 특별히 다른 죄수들의 비행을 잘 고자질했거나, 아무튼 수용소 경비와 운영에 큰 공이 있는 자들에게 수용소 안에서도 결혼할 수 있는 특전을 베푼다. 그러니까 수용소 안에 들어가면 일체의 가족면회나 결혼 같은 가족 행위 등은 꿈도 꿀 수 없는 감옥노동 뿐인데, 특별히 초과달성자나 모범수들을 본보기로 결혼시킨다. 그래서 태어난 아이가 신동혁이다.

동혁의 아버지는 본래 사회(북한 사회에서 감옥에 들어오기 전 보통사회를 사회라 부른다.)에서 자신이 죄를 지었다기보다 가족 중의 한 사람이 죄를 지어서 자신의 아들인 동혁의 큰형들과 함께 연좌제로 수용소에 들어 온 사람이다. 말 잘 듣고 작업량을 초과달성해서 수용소 내에서 결혼까지 하는 특전을 얻게 되었는데 그렇게 해서 태어난 아이가 동혁이다. 동혁은 태어나자마자 엄마와 함께 농장에서 자랐고 아버지는 가끔 만날 때도 있었다.

그런데 그 아버지가 수용소를 탈출하다 잡혀서 동혁의 식구 모두가 함께 고문을 당하고 탈출자의 간 곳을 대라는 단련(잡히기 전까지)을 받았다.(탈출자는 잡혀서 동혁은 제 눈앞에서 제 부모가 공개처형당하는 장면을 가장 앞줄에서 구경해야만 했다.) 동혁은 전혀 모르는 일이어서 무슨 말을 할 수가 없었지만 보위부는 동혁의 두 손 두 발을 한 데 묶어 한 줄로 천정에 매달아 놓고 웅크려진 잔등 밑에 지글지글 불타는 화롯불을 남겨놓고 그 방을 떠나버린다. 동혁의 잔등은 불에 익어 진물이 화로에 떨어지고 동혁은 의식을 잃는다. 몇 시간 뒤에 의식을 회복해 보니 자신은 자신의 감방에 돌아와 있었고 함께 있던 아저씨 죄수가 그의 등을 치료하기 시작한다.

약은 없지만 갖은 정성으로 치료하는 도중 동혁은 자기가 사는 곳이 보통 사회가 아닌 수용소라는 특별한 공간이며, 더구나 보통 국가가 아닌 북한이라는 곳에서 살고 있다는 것을 어렴풋이 느끼게 된다. 그 아저씨는 들어온 지 5년도 안 되는 아저씨인데 동혁에게 바깥세상 이야기를 처음으로 가르쳐 주고 함께 탈출할 계획을 짠다. 탈출하다 그 아저씨는 철조망 전기줄에 걸려 감전사 하고 동혁만 탈출에 성공하여 산으로 강으로 혼자서 걷고 도둑질로 먹으며 국경을 넘는다. 북한 사회가 있다는 것을 안 것만도 큰 발전인데 그 북한을 탈출하는 욕심까지 이룩하는 것이다. 2006년(24세)에 남한에 들어와 그는 현재 전 세계를 돌며 북한을 증거하고 있다.(이상 신동혁, 2007, 『세상 밖으로 나오다』, 북한인권정보센타)

이순옥은 정치범이 아니라 경제범이었다. 국영상점을 맡아 하다가 군 안전부장(남한의 군 경찰서장)이 김정일이 입었던 잠바와 똑같은 옷감을 달라는 청을 들어주지 못해 그와의 알력으로 경찰에 입건되었다. 갖은 고문과 짐승 같은(그의 탈북기 제명이 『꼬리 없는 짐승들의 눈빛』이다.) 단련 끝에 개천교화소에서 공장 노동자 겸 경리(계산공) 일을 보다가 형기를 마치고 나오는데, 그가 감옥에 들어가기 전 해에 북한에서 잘 살고 있을 때, 미국 교포의 북한 방문을 위해 자신의 집을 마치 그 교포의 북한 가족의 집인 양 빌려준 적이 있는데, 남한에 내려와서 그 이야기를 탈북기에 썼고, 또한 미국에 가서 미국 교포들을 모아 놓고 자신의 북한에서의 삶 이야기를 하면서 자신의 집을 빌려줬던 교포가족 이야기를 했다.

그 보고방송이 끝나자마자 바로 그 교포 본인인 최일성으로부터 장거리 전화가 와서 그를 만나 보는 이야기도 실렸다. 최일성은 자신의 어머니와 여동생의 집이라는 바로 그 이순옥 여사의 집에서 하룻밤을 자면서 그간의 가족들의 살아온 이야기와 자신의 월남 및 미국행 이야기를 하게 되었는데 이순옥의 후일담에 의하면, 역시 자신의 친구이기도 했던 최일성의 여동생은, 바로 이 오빠 최일성을 북한에서는 북한 인민군으로서 전사한 것으로 알고 전사자 가족의 특혜를 누리며 기본 계급으로 잘 살다가, 바로 그 큰오빠가 전사하지 않고 버젓이 살아서 포로로 월남했을 뿐만 아니라 그 원수의 제국주의 미국에서 달러를 가지고 돌아온다는 계급역전의 소식 때문에 온 가족이 모두 강등되고 추방되어 일가가 망했다는 이순옥의 뒷얘기를 듣고는 엉엉 울 수밖에 없었다.

자신의 그 많은 사랑과 희생과 투자가 그렇게 많은 역보복을 불러오고 자신의 기대와는 반대로 오히려 자신의 어머니를 비롯한 일가족을 망하게 했다는 소식에 엉엉 울지 않을 수 있는 사람이 누가 있겠는가?

"원쑤의 미제국주의 나라에 가 살면 구구로 가만히 조용하나 살 것이지 무슨 천적으로 고향 방문이며 어미 방문을 하냐 말이다."

친어머니의 한탄이다. 이순옥은 형기를 마치고 출옥하자마자 아들과 함께 탈북을 시도했고 성공했다. 현재 미국에서 북한을 증거하고 있다.

지해남 역시 개천교화소 출신이다. 워낙 노래와 춤에 소질이 있고 용모가 뛰어나 선전반에 있다가 남쪽의 노래 '홍도야 우지 마라'를 배워서 부르다가 몇몇 여자들에게 그 노래를 가르쳐 준 것이 간첩질로 만들어져 노동교화소에 들어갔다. 나와 보니 세상은 더 못쓰게 변화해 버렸고, 거리에는 굶어 죽은 시체들이 널려 있고, 제 고향 함흥 큰오빠네 집을 찾아 갔더니, 자신도 안면이 있는 오빠 친구가 손수레에 돼지고기 좀 먹어보라고 싣고 다니며 동네를 떠도는데, 오빠의 설명에 의하면, "저 친구가 배가 고파 정신이 돌아서 같이 굶던 아들을 죽여서 고기를 먹고 동네사람들에게 돼지고기를 먹어 보라며 다닌다."라는 설명이었다.

지해남은 오빠에게도, 이런 사회에 남아 더 살아서 뭘 하겠느냐며 함께 탈북하기를 권했지만 오빠는 다 늙은 내가 지금 조국을 떠나서 뭘 하겠느냐고 혼자 가라고 해서, 지해남은 혼자서 국경을 넘었다. 하나 밖에 없던 어린 아들도 이미 굶어 죽고 없어진 후였다.

위의 박기원 같은 북한의 처형된 기업가도 한둘이 아니고, 위의 탈북기들도 2만 명에 가까운 그 많은 탈북 입남(入南)자들의 탈북기(記)의 극히 적은 일부일 뿐이다. 박기원 등 북한의 개인기업가들이 북한 장마당화 자본주의화 민주화를 만들어 가는 사육신(死六臣)들이라면, 안혁 같은 탈북자들은 살아 돌아온 생육신(生六臣)들이다. 단종애사에서는 사육신은 충신들이요 생육신은 역신들이었지만, 여기서는 둘 다 북한을 살리고 한반도를 살리며 세계를 살리는 역사작업에, 살아서 기여했느냐 죽어서 기여했느냐만 다를 뿐이다. 북한 역사에, 그래서 남한 역사와 한반도 역사에, 아니 세계 역사에 기여했기는 마찬가지인 역사의 역군들이라 할 수 있다.

아니 사백신(死百臣)과 생백신(生百臣)들이라 해야 할까? 아니면 사천신(死千臣)과 생천신(生千臣)들이라고 해야 할까? 그러나 어쨌거나 죽은 사충신들이나 살아온 생충신들이나 모두가 북한 민주화와 시장화와 자본제화의 맹아들이라고 하지 않을 수 없다. 북한은 이런 맹아들로 해서 아사에서 벗어날 것이고 결국 민주화로 가지 않을 수 없을 것이다. 김정일은 표창과 처형을 번갈아 하면서 자신의 발밑 기초를 파 없앨 것이다.

박명림은 그간의 남한의 민주화 과정을 수동혁명이라 불렀다. 1876년 개항, 1894년 동학, 1919년 3·1, 1960년 4·19, 1980년 광주,

— 거짓의 두 왕국, 북한은 남한에게 무엇인가?

1987년 6월 항쟁 등이 모두 광기(狂氣)의 순간 또는 모든 것이 가능했던 가능의 순간들이었다면, 이들 밑으로부터의 개혁요구가 혁명의 주체 세력이 되지 못한 채 보수적 세력에 흡수되어 진행되는 위로부터의 변화와 개혁을 수동적 혁명이라 부른 것이다. 정립(thesis)이 반정립(antithesis)을 흡수하면서 진행되는 개혁이다. 사회요구의 위로부터의 수용 포섭에 의한 역사 진전이다.

결국 현대 한국 정치는 이러한 광기의 순간과 수동혁명의 반복이다. 반복되는 격변 속에서도 국가는 안정적이었으며 경제발전을 지속해 왔다. 수동혁명은 일종의 제한혁명인데 한국의 제한혁명의 첫 번째 요인은 미국의 범위(American Limits 또는 American Boundary)이다. 미국의 대한정책은 탈식민 개혁조치를 취하더라도 그것이 좌파의 요구에 접근하는 수준은 아니었으며, 현상 유지 정책을 실시하더라도 그것이 민중의 밑으로부터의 반란을 초래하여 체제 자체가 붕괴 위험에 처하거나 파시스트체제의 제도화 둘 다를 거부하는 정책을 견지하였다. 미국이 쳐 놓은 남한 정치개혁의 상하한선이다. 남한은 좌파 공산혁명도 될 수 없었지만 파시스트 독재국가도 될 수 없었다. 파시스트 독재국가는 민중이 막았고 좌파 공산혁명은 미국이 막았다. 남한 민중과 워싱턴 정책당국, 이 둘은 광복 후 지금까지도 남한 정부의 형태를 만들어 온 두 축이었다. 아니 미국은 남한 민중들의 눈치를 보아가며 세계 냉전 쇼윈도의 자본주의 전시실(남한)을 유지해 온 것이었다.

실질적 민주주의의 실현과 함께 한국에 남아 있는 마지막 근대적 의제는 통일 문제일 것이다. 박명림은 남북관계와 통일 문제에서도 곧 수동혁명적 방식이 적용되리라 본다. 오랜 동안의 우회를 거쳐 통일

문제 역시 수동혁명적 방법으로 해결되리라는 것이다. 혁명-고착(복고)-타협-역전의 긴 과정이 그동안의 반세기의 남북한의 관계였다. 민족분단의 과정과 분단질서 시기의 언술과 정책에서 분단을 저지하고 통일정부를 수립하려고 가장 강력하게 공세를 취한 세력은 좌파와 북한이었다.

1950년의 한국전쟁이 그 대표적인 실례이다. 그러나 오늘날 북한 주도의 통일은 더 이상 가능하지 않다. 문제는 시기이지 이제 그것이 남한 주도의 과거의 수동혁명, 보수적 근대화와 같은 방법을 통하여 이루어지리라는 것을 의심하는 사람은 없다. 그러나 아직 통일의 조건이 성숙했다고 볼 수는 없다. 좀 더 평화적인 공존을 거치며 조건의 성숙을 기다려야 할 것이다. 현재 상태에서 급격한 흡수통일의 시도는 상당한 대가를 치르게 할 것이다. 그것은 또 다른 단절이며 사회 엔지니어링이기 때문이다. 점진적 과정은 많은 인내를 요구하며 부분적 진보와 부분적 후퇴를 반복할지라도 적은 고통과 비용으로 통일에 도달하는 가능성을 찾아야 한다.(이상 박명림, 1995, 「수동혁명과 광기의 순간」, 『사회비평』 제13호, 222~268쪽 ; 박명림, 1996, 『한국전쟁의 발발과 기원 Ⅱ』, 나남출판, 36, 55, 510, 873, 892쪽)

김영환은 통일 문제에서 '전쟁불사론'자로 오해 받은 적이 있다. 그는 비공개 책자인 『공동체주의』에서 전쟁에 관해 언급한 적이 있는데 그 부분 내용은 다음과 같다.

"우리는 6 · 25 전쟁을 직간접적으로 경험했기 때문에 전쟁 콤플

__ 거짓의 두 왕국, 북한은 남한에게 무엇인가?

렉스 같은 것이 있다. 전쟁을 무조건적으로 미워하고 싫어하는 것이다. 그러나 이러한 태도는 가끔 합리적이고 이성적인 판단을 마비시키는 역할도 한다. 베트남의 예를 들어보자. 베트남에서 75년에 북베트남군이 남베트남을 침공하여 무력통일한 것은 베트남에서 현실적으로 가능한 모든 경우 중에서 가장 최선의 경우였다. 만약 그런 식으로 통일되지 않았다면 베트남은 계속 혼란과 전쟁의 소용돌이 속에 휘말려 있었을 것이고, 현재와 같은 안정이나 고속성장은 불가능했을 것이다. 만약 그 후의 다른 기회에 통일되었더라도 그보다 더 적은 대가를 치르는 것은 불가능했을 것이다. 우리도 그러하다. 우리나라를 독일과 비교하는 경우가 있는데 우리나라와 독일은 완전히 다르다. 설사 독일과 비슷하게 통일된다 하더라도 북한 내부의 혼란 과정에서 흘릴 피는 실로 엄청난 것이다. 그 이외의 다른 시나리오를 생각해 보아도 대부분의 시나리오에서 엄청난 희생을 요구하고 있는 것이다. 그것은 그만두더라도 당장에 계속되는 기아로 고통 받고 굶어 죽는 사람들도 부지기수다.

이러한 조건에서 우리는 전쟁에 대해서 신축적인 자세를 가져야 한다. 물론 남북한이 서로 비슷한 전력을 가지고 있는 조건에서는 전쟁을 피해야 한다. 전력이 비슷할 때 전쟁이 터지면 서로간의 피해가 너무 심하기 때문이다. 그러나 지금 북한에서 군사력의 중요한 기초인 공업은 거의 마비상태에 있고 따라서 남북한의 전력차이는 날이 갈수록 크게 벌어질 전망이다. 미국의 군사력까지 합친다면 더욱 그렇다. 만약 남북한의 전력차이(장병의 사기 문제를 포함)가 커진다면 우리는 이 기회를 놓치지 말고 군대를 동원하여 전쟁을 벌여서 속전속결로 순식간에 북한 전 지역을 장악하는 것이 북한 주민의 고통, 남한 주민의 고통, 전 민족의 고통과 희생을 줄일 수 있는 방법이 될 것이다.

그러나 이런 방법을 사용할 수 있기 위해서는 전제조건이 있는데 첫째는 뚜렷한 전력의 차이이고, 둘째는 미국의 동의이고, 셋째는 중국의 묵인이다. 이 둘째와 셋째는 모두 어려운 일이다. 미국의 현 정권이나 차기 정권이 이를 동의하지 않을 가능성이 매우 높다. 중국의 묵인을 사전에 어떤 형식으로든 얻질 받아야 하는데 이것은 더 힘든 문제이다."(월간 『말』, 1999년 9월호, 78쪽에서 재인용)

지식인이냐 일반 시민이냐를 막론하고 남한 사람들의 북한관은 두 가지 중의 하나로 모인다. 하나는 아무리 북한의 공산압제가 심하다 한들 이 밝은 21세기 세상에 국민들을 제대로 먹이고 입히지 않았다면 다른 모든 사회주의 국가들이 그 종주국까지 다 나자빠진 판에 '우리식 사회주의'를 고집하며 온 국민이 단결하여 외로운 싸움을 하겠느냐 하는 막연한 동포 인간에 대한 믿음이요, 다른 하나는 북한의 수령체제가 국민들의 먹거리 입거리 보살피는 데는 전혀 관심 없고, 오로지 자신의 몸뚱이 하나만의 안위와 체제 유지에만 급급하여 배급체제도 경제체제도 모든 행정체제도 무너져서 오로지 뇌물체제와 부패체제로서 행정체제를 대신하고 있다는 비관론이다.

어떤 인간집단이더라도 조금이라도 더 나아지려고 노력하지 역사의 방향을 거꾸로 돌릴 수는 없으므로 시간이 갈수록 나아지리라는 것이 전자의 북한관인가 하면, 북한 역사의 시계바늘은 분명 거꾸로 돌고 있으며 10년이 지날수록 20년이 지날수록 더 나아지기는커녕 점점 더 붕괴를 향해 한 발짝이라도 더 다가서고 있다는 게 후자의 북한 미래관이다. 제3의 부류는 나 살기 바빠 북한이 어떻게 되어 가는지에 대한 관심이 없고 전쟁이나 없도록 남한 정부가 남북 관계 관리나 잘 해 주었으면 좋겠다는 무관심론자들인데 이들은 전자, 즉 북한 낙관론에 포함시켜도 되므로 결국 대북관은 낙관론과 비관론 두 가지밖에 없다고 말할 수 있다.

남한 사람들이 북한관을 바꾸고 북한을 제대로 이해하는 데는 탈북자들의 체험기가 크나큰 작용들을 했는데 남한의 시민들도 정치가들도 이런 탈북기들이 중정을 거친 작품들이라는 데서 그 내용을 안 믿거나 또는 그 탈북자들의 체험이 이미 10년 전 20년 전의 생활기들인데 세상에 아무리 적게라도 좋은 쪽으로 한 발짝이라도 발전하지 않는 사회는 없다면서, 현재의 북한과는 상관없다고 그 현재성을 믿지 않는 것이다. 아, 그런데 1984년에 나온 김원조나 1990년의 이우홍의 보고서도, 1993년에 나온 강철환·안혁의 체험기도, 그리고 1996년에 나온 이순옥·이한영들의 보고서들도 한 개도 틀리지 않고 북한의 폐색(閉塞) 상황과 참혹 상황은 똑같으며 오히려 날이 갈수록 세상에 알려져 점점 더 숨기기가 힘들어진 차이 뿐인 것이다. 1984년에는 이런 고전작품들을 아무도 안 읽었고 1993년에는 읽었으되 믿지 못했으며, 과거의 기록이라며 경시했던 것이다.

이 책은 후자 즉 북한의 참혹상과 폐색(閉塞)상이 현재 북한의 진실의 참된 표현이기도 하려니와 미래 북한에까지도 점점 더 나빠지면 나빠졌지 좋아질 가능성은 전혀 없다는 결론을 내리는 데 주저하지 않는다. 그러나 북한의 실상을 이만큼이나마 정확히 알고 있는 남한 사람들은 별로 많지 않다. 아무리 참혹하다 참혹하다 해봐야 거기도 사람 사는 세상인데 국민들이 계속 참고만 살겠느냐는 인류 보편의 인간성을 믿기 때문이다.

그러나 그렇지 않다. 북한은 본래 건국 때부터 김일성의 거짓말로 세워졌고, 그 거짓말을 탄로 내지 않고 계속 유지하기 위해 혈통세습의 수령제도를 고집하는 수밖에 없었고, 그 아들은 그나마 아버지가 가졌던 건국신화나 당시의 사회주의권이 전 세계 반 이상을 차지했었던 해외원조를 받아 건국과 전쟁복구라도 유지했지만, 그 아들은 유격대 경험도 정치경험도 제대로 된 교육도 받은 적이 없을 뿐만 아니라, 자신의 아들딸들 역시 북조선 땅에서는 도저히 민간들과 섞여 유치원도 초등학교도 보낼 수가 없어 모두 일곱 살부터 스위스나 오지리의 외국학교로 보내 탈조선인을 만드는 등, 북한 땅 자체를 김정일 개인 집안의 식민지로 만들고 무시하고 소외시켜 버렸으므로, 김정일은 북한의 지도자이기보다는 외래 총독이라고 해야 옳다.

게다가 김일성은 자신과 체질이 똑같은 타인 한 명을 골라 모든 약을 일단 그에게 먹여 본 다음에 자신의 복용 여부를 실험결정하는 비인간적인 보신 보양행위를 해 왔고, 김정일 역시 한번 국내 시찰을 떠나기 위해서는 기차도 똑같은 차칸을 세 번쯤 미리 출발시켜 보내 놓고 나서야, 자신이 어떤 칸을 탔는지를 은폐시키고 나서야, 국내시찰도 할 수 있었으며, 그나마도 자신과 비슷하게 생긴 다른 김정일(외모용)을 실험용으로 보내 본 다음에야 자신이 나타나므로, 현지의 당 간부나 주민조차도 실험용 김정일을 진본용 김정일로 잘못 알고 무식한 질문이나 치사를 하는 등의, 세상에 웃지 못할 소외정치를 일삼았으나, 모두 숨겨 왔을 뿐임이 이영국의 김정일 호위병 경험책이나 김정연의 한방 약국관계자들의 폭로로 잘 드러나고 있다.

혹자는 북한이 백성들을 제대로 먹여주지 못했다면 저렇게 버텼겠느냐고 거기도 사람 사는 동네임을 강조하며 인간을 믿지만, 위의 사례 같은 글들을 읽을 때마다 우리는 정말 저렇게 사람 같지 않은 동네가 어떻게 50년 70년을 버텨 왔을까에 대해서 한민족으로서만 아니라 아시아족으로서도 그리고 인간이란 인류의 하나로서도 슬픔을 느낀다. 이 시대 이 땅만의 유일한 정치체제였다는 것만에도 기록적 보존가치는 있다는, 인류사의 귀중한 사례라 할 만하다.

김정일은 하늘에서 하강한 또는 백두산에서 내려온 신령님일 뿐 북한이라는 땅덩어리의 지상 백성들과는 무관하며 따라서 백성들의 배고픔도 굴욕감도 비인간화도 전혀 이해할 수 없는 인물이다. 따라서 지도자가 아니요 지배자일 뿐이다. 배좀 고프기로서니 인류를 선도할 사회주의 고수라는 성스러운 임무를 방기할 것이냐라는 백성들의 무식만 한탄하는 백치 영웅일 뿐이다.

박명림도 김영환도 모두 북한 민주화가 통일의 선행작업임을 강조하는 데는 차이가 없다. 그리고 북한 민주화는 남한 민주화의 결과로 인해서만 올 수 있다는 주장에도 차이가 없다. 다시 말해 북한 민주화는 남한 민주화의 심화나 도움 없이는 올 수 없다는 데에도 차이가 없다. 다만 너무 장기전으로 계획할 때는 그동안 북한 주민의 고통들을 어떻게 할 것이며, 그렇다고 마지막 순간적인 결전(coup de grace, 최후의 자비로운 일격)까지 배제할 필요는 없다고 보는 점은 김영환이 더 두

드러진다고 볼 수 있다.

어쨌든 남한 사람들 한 명 한 명이 모두 위의 두 가지 대북관 중 후자인 비관론, 즉 진실관으로 바뀐 뒤에라야 남남통일도 남북통일도 올지 말지라는 결론에는 남한 사람 모두가 동의하지 않을 수 없을 것이다. 인류가 두 가지 이념으로 갈라졌다가 다시 한 가지 이념으로 합친다면 그 전초기지 노릇을 했던 한국인들이야말로 한 명 한 명의 철학적 깨달음 없이는 인류의 분단이자 한반도의 분단이었던 38선은 허물어지지 않을 것이다. 이 세계 분단사를 마감하는 중차대한 임무가 남한 국민들에게 맡겨졌고 남한 사람 한 사람 한 사람마다 이를 감당할 철인이나 현자가 되기 전에는 이 분단사의 종결, 즉 한반도의 통일은 이루어지지 않을 것이다.

『녹색평론』 발행인 김종철은 2010년 12월 28일 「한겨레신문」 칼럼에서 "엄연히 유엔회원국의 하나인 북한의 붕괴를 상정한다는 것은 자칫 남북의 공멸로 발전할 수도 있다."라고 경고하면서 "북한 농업이 저렇게 피폐한 것은 전후복구 과정에서 소련식 석유 기계모델을 도입한 데 따랐던 것인데 석유공급이 조만간 중단될 때의 재앙은 남한이 더할 수도 있다."면서 "지금 우리에게는 유기농을 기반으로 한 지속가능한 생활을 남북이 공유하기 위한 평화협력체제가 가장 긴급하다."라고 인류가 결국 추구해야 할, 예의 그 녹색 소자영농 평등사회를 언급한다.(「한겨레신문」 2010년 12월 28일자 30면 세상읽기)

말하자면 평화통일 문제를 화석에너지 종말과 결부시키고 있는데, 그러나 현재 북한의 산업붕괴가 화석에너지 거부라는 앞서가는 선견지

— 거짓의 두 왕국, 북한은 남한에게 무엇인가?

명에서 온 것이 아닌 것만은 분명한 만큼, 당장은 지속불가능 화석에너지 한계 안에서나마의 통일된 미래를 상정하지 않을 수 없을 것이다.

그렇다면 북한은 과연 남한에게 무엇인가?

21세기 정치체제로서의 현재 북한의 정치체제는 분명 기형이다. 그러나 그 기형아는 남한이 치료해서 꼭 함께 살아야만 할, 남한과 등이 붙은 샴쌍둥이다. 둘은 하나이며 같이 죽거나 같이 삶을 헤쳐 나가야 할 공생공멸의 운명체이다. 치료해서 함께 살아야 할 기형아(畸形兒), 핵을 가진 앵벌이꾼, 시한폭탄이며, 핵탄 들고 돌아온 탕자(蕩子)요, 인질범이다.

그런데 정치범 수용소를 빼 놓고 북한을 논하면 안 된다. 북한은 사회통제도 경제도 모두 정치범 수용소가 떠맡고 있기 때문이다. 북한 자체가 수용소이다. 북한은 남한에게 수용소이다. 북한은 세계에게도 수용소로 남아야 한다. 소똥 속에 박힌 옥수수 알을 몰래 꺼내먹어야 하는 북한 수용소, 사람이 개에게 물려 먹히는 산속, 평생 머리를 깎지 않아 사자머리처럼 엉덩이까지 내려오는 짐승 우리, 어른 죄수가 보위부원 아기에게도 무릎 꿇고 엎드려 '아기 선생님'이라 불러야 하는 불륜사회, '영감태기새끼'라 부르는 노인학대사회, 월경 닦을 헝겊이 없어서 여자들이 그대로 피를 흘리고 다니는 짐승사회, 여자들이 남자 앞에서고 어디고 아무 데서나 똥오줌을 갈기는 짐승우리, 돼지죽에 거꾸로 엎드려 죽을 훔쳐먹는 돼지사육사, 인위적으로 만들어 낸 인간비하의 전시장, 원시도 야만도 아닌 산업사회 속의 원시야만인들.

모두가 김일성이 스탈린과 모택동의 모델을 본받아 만들었다지만 흐루시초프와 고르바초프와 등소평을 못 가진 북한만이 천재적으로 자손만대에 길이 보존하고 있는 북한 사회 유지의 유일체제, 매일 10%가 죽어나가고 새로 들어오는 정치범 수용소는 북한 사회만 유지시키는 게 아니라 남한 사회와 현대 세계를 유지시키는 통제기제이다. 북한 사회를 논하면서 정치범 수용소를 뺀다는 것은 김정일 김정은과 함께 할아비의 야수성 반인륜성을 은폐하자는 행위에 불과하다.

동구와 소련까지 다 망해 자빠진 판에 북한이 저렇게 사회주의를 잘 해 나가는 것은 김일성의 바로 그 천재적 주체사상 때문이라면서 말이다. 맞긴 맞는 말이다. 세습도 주체사상에서 나왔고, 짐승수용소의 10대 원칙도 바로 그 주체에서 나왔다. 모든 남한의 학자 문인들이 "북한이 주민을 제대로 먹여 살리지 못했다면 저렇게 혼자서 독야청청 유지되어 갈 리가 있겠느냐."라고 증거한다. 맞다. 북한은 인간이 얼마나 짐승 같은 정치통제를 견뎌내기보다는, 뒤집어엎지 못하고 따라갈 수 있냐의 극한성 실험장소이다. 저항부재 한계의 실험장소. 인간이 한때 한 곳에서 어떻게 정치 억압했고 당해 보았는가의 역사적 시금석이자 희귀 기록, 그것이 북한이 남한에게 무엇인가이고 현대 인류사에 무엇인가이다.

남북은 인류사에서 가장 더럽고 잔인한 냉전 대리전을 치러냈다. 인류사의 냉전 절정을 여봐란 듯이 기록했고, 둘은 기껏 머리끄덩이 뜯고 싸우다 얼굴을 보니 내 자식 내 부모였고, 죽여 놓고 보니 내 아들 딸들이었다. 아무리 내 가족이더라도 미리 죽여 놓지 않으면 나를 죽일, 그런 내 가족이었다. 그 기억은 양측의 미래속에 영원히 남아 있을 것이다. 허깨비 같은 이념대립(세계가 한민족의 어깨에 짊어졌던) 속에서 인간이 얼마나 어리석을 수 있는지의 극치로서 인류사에 남을 것이다.

〈비핵 개방 3000〉은 '북이 스스로 비핵 개방할 것 같지는 않다.'로 변했다. 그렇다. 북한은 개혁개방할 수 없는 조건들을 쌓아 왔다. 북한 주민들을 영원히 눈멀고 귀먹은 민족으로 보존할 수 있을 것으로 전제하고 속여 왔다. 그러나 1킬로미터 너비도 안 되는 강폭을 허기진 배를 움켜쥐고 건너가 세상소식을 알게 되었고, 남한 드라마 CD와 손전화로 우물 안 개구리를 면했다. 폐쇄 봉쇄 철벽정책은 1세기를 못가 허물어지고 있다. 배급이 끊기자 모두 장사꾼이 되었다. 농사는 내 울 안에 있는 농사만 지을 뿐 집단농장은 군인들의 도적질 훈련장이 되었다.

북한은 개혁개방 못한다. 그리고 개혁개방 없이는 민주화 못한다. 그래서 북한은 민주화 못한다. 그리고 민주화 없이는 통일 못한다. 남이 1987년 민주화를 민중의 손으로 이루어 냈듯이 북도 언젠가는 제 손으로 민주화를 이루어 내기 전까지는 통일은 올 수 없다. 그게 북한이 남한에게 무엇인가의 답이다. 북한은 남한이 통일해야 할 대상이지 흡수 통합해야 할 대상은 아니다. 그런데 그 북한도 스스로 민주화를 이루어 내지 못한다면 남한도 어쩔 수가 없는 그런 분리체이자 통합체이다. 햇빛도 강풍도 북한의 문을 열 수는 없다. 그 문은 오로지 북한 주민들 스스로의 손으로만 열릴 것이다. 햇볕정책이란 그 기간을 기다려 줄 남한의 유도체이자 속임수에 불과할 뿐이다. 기다리며 도와주자, 북한의 민주화를. 그 길만이 공멸 아닌 공생의 길이다.

북한 주민의 대부분들, 그리고 남한 주민의 일부들도 아직도 김일성에의 미련을 갖고 있다. 김일성은 혁명영웅이며 오로지 그를 승계한 김정일 김정은만이 아둔한 독재자인데, 왜 김일성까지 악평을 하냐면서 반발한다. 틀렸다. 김일성은 희대의 사기꾼에 불과했다. 그 당시 소련과 세계가 필요로 했던 역사적 악역의 사기꾼. 자신도 얼떨떨해서 왕좌에 올라앉은 무식꾼. 마침 스탈린이라는 선배 사기꾼 모델이 있어 합법적인 줄 알고 살인 숙청하고 정치범 수용소 만들고 역사를 위조했던 행운아.

그러나 1953년 선배모델이 죽자 1956년~1967년 사이 경쟁자 모두 죽여 버리고 주체사상이라는 사이비종교를 만든 신흥 교주. 이 비교(秘敎)를 유지하기 위해 북한의 문은 닫힐 수밖에 없었고 정권은 세습될 수밖에 없었을 뿐이다. 이제 통일을 하기 이전에 이 사이비종교 교주 김일성부터 남북 주민들의 머릿속에서 몰아내지 않으면 통일은 없다. 남북의, 특히 북한 주민의 탈김일성화가 가장 시급하다. 북한 주민으로서야 그것 하나를 위해 3~4대를 고초를 겪은 그 김일성혁명의 자존심마저 버리라면 허탈하겠지만 진실은 진실이고 거짓은 거짓인 것이요 변할 수가 없다.

남한 젊은이들도 애초에 탈피할 김일성 자체가 없었다고 발뺌하지만 남북은 지난 70년 동안 좋든 싫든 모두 김일성 그늘 아래서만 살아왔다. 이제 남북 주민들이 모두 김일성 그늘을 탈피할 때만이 통일을 논할 수 있다. 김정일 김정은은 오로지 김일성의 그림자를 자처할 뿐이다. 탈김일성화가 탈김정일이요, 탈김정은이다. 그게 통일이다. 남북 주민들의 마음이 통일이다. 마음속의 김일성과 어떻게 굿바이든 뱃바이든 하느냐가 곧 통일이다. 아무도 김일성을 사모하진 않았을 수도 있다. 그러나 모두가 그 평가나 존재탐색을 유보했을 수는 있다.

이제 그 유보를 끝내자. 그 유보가 바로 분단이었다. 이제 분단은 끝났다. 김일성은 없다. 완전한 평가가 내려졌다. 김일성은 갔다. 그 아들 손자와 함께. 그 철벽같은 북한의 폐쇄울타리와 함께. 김일성이여 영원히 안녕. 그 많은 목숨 잡아먹고 병신 만들고 눈 막고 귀 막았던 무식하고 교만했던 독재자여 영원히 이 땅에서 사라져 달라. 북한 주민들의 마지막 자존심은 그들의 탈김일성화에서 찾아야 한다.

그래서 북한은 남한에게 무엇인가? 북한은 남한에게 김일성일 뿐이다. 김일성의 끝머리가 핵위협이기도 하고 북한 주민이란 볼모이기도 하고 남한 주민이란 볼모이기도 하다. 김일성 청산이 곧 핵 청산이요 진실회복이다. 남북 주민이 모두 김일성을 청산하고 핵을 청산하고 진실을 회복하지 않는 한 통일은 올 수 없다. 통일은 진실이다. 진실은 언제고 온다. 김일성이 깔아 놓았던 그 모든 거짓 역사의 카펫 위를 밟고 진실은 온다. 통일은 온다. 거짓의 화신 김일성, 남북을 거짓의 왕국을 만들어 놓았던 김일성이여 영원히 한반도를 떠나라. 진실은 회복되어야 한다. 역사는 회복되어야 한다. 통일은 회복되어야 한다. 내 글은 김일성을 떠나보내는 씻김굿이다.

분단도 마음이요 통일도 마음이다. 남북 주민들의 마음속이 변하지 않는 한 통일은 올 수 없다. 남북 주민들의 마음속이 아직도 분단이다.

그런데 세계는 아직 한반도의 통일을 받아들일 여건이 되어 있지 않다. 남북은 아직껏 남북의 문제를 스스로 결정하거나 단안 내린 적이 없으며 오로지 국제관계의 역학 속에서 그 국제관계에만 의탁하고 무력감에만 시달려 왔다. 통일은 한반도만의 문제가 아니요 국제관계의 역학 속에서만 끝내 줄 수 있다면서 말이다.

그렇다. 맞다. 북한은 남한이 혼자 만들지 않았다. 세계가 함께 만들었다. 오히려 세계가 강요해서 남한이 만들었다. 그러니까 세계가 만들었다. 그렇다면 북한은 세계에게 무엇인가를 물어야 한다. 북한은 남한에게 무엇인가는 자연적으로 북한이 세계에게 무엇인가로 낙착된다.

50~51년간에 미국은 김일성의 남반부해방전을 세계인의 부도덕한 잔인성 비난을 받으면서까지 막아냈고, 중국 역시 한미의 압록강 진격으로 인해전술의 3분의 1을 죽이면서까지 막아냈다. 2011년 현재도 마찬가지 사정이다. 중국은 미군이 두만강 건너까지 주둔하는 걸 원치 않고 미국 역시 남한 시장이라는 전초기지를 양보할 의사가 전혀 없기는 마찬가지이다. 아니 이제 북한 주도로의 통일은 중국조차도 상상할 수도 원하지도 않지만 남한 주도의 통일 또한 중국은 꺼릴 수밖에 없다. 북한이라는 완충 범퍼를 포기하기 싫어서이다. 말도 안 되는 핵고집을 부리면서 앵벌이로 벌어먹으면서도 북한이라는 방패막이가 그대로 유지되기를 중국은 바랄뿐이다.

그러나 중국 역시 역사 방향을 지연시킬 수는 있어도 막을 수는 없으리란 것은 알고 있다. 김정일의 얼굴을 볼 적마다 중국 자신 같은 개혁개방을 권하고는 있지만 김정일이 절대로 개혁개방 못하리란 것도 잘 알고 부리는 술수에 불과하다. 위험천만의 현상타파가 아니라 명목 없는 현상 유지의 술수. 사회주의사회가 모두 사라진 지금에 중국의 무언의 지원은 북한에게 유일한 천군만마의 힘이다. 그 속에서 남한은 '흡수통일'에서 '한 국가 두 정부' 사이를 왔다 갔다 한다. 쌀 40만 톤과 5천 톤(1/80) 지원 사이를 왔다 갔다 하면서, 호남벌에서는 남아도는 쌀을 태우면서 말이다. 어쨌든 북한이 남한에게 무엇인가는 북한이 현 세계에게 무엇인가이다. 특히 중국과 러시아에게 무엇인가이다. 일본과 미국에게 무엇인가이기도 하지만.

그러나 그렇다고 해서 절대로 통일이 세계의 손이나 주변 4강국들의 손으로 만들어질 것 같지는 않다. 오로지 남북한 주민들의 손으로서만 통일은 시작될 수 있고 끝날 수 있을 뿐이다. 특히 남한의 도움으로 북한이 시작하고 끝내야 한다. 통일은 남북한 사람들의 마음속에 있기 때문이다. 그러나 그 마음을 정치로서 나타내는 방법은 투표밖에 없다. 북한엔 투표가 없지만 남한에는 투표가 있다. 1997년~2007년 간 10년을, 잃어버린 10년이라고도 하고 회복해야 할 10년이라고도 한다. 남한의 앞으로의 대선은 이 '잃어버린'과 '회복해야 할' 양극 사이를 왔다 갔다 할 것이다. 더 정확히 말하면 노무현과 이명박을 번갈아 뽑을 것이며 그때마다 대북정책은 춤을 출 것이다. 이렇게 표들이 춤을 춘다는 것은 남한 사람들 자체가 대북관에 있어 극에서 극으로 갈려 있음을 반영한다. 극과 극의 자유로운 투표성향들, 그것이 앞으로의 남북대결이냐 화해냐를 가늠할 것이며 통일정책을 유도해 낼 것이다.

이렇게 남한 주민들의 대북관이 극과 극으로 분열되어 있는 한 선거는 항상 6·25 전쟁의 재판이 될 수밖에 없다. 내년이면 우리는 또 한 번 대선전쟁을 치러야 한다. 마땅한 지도자가 보이지도 않는다. 그렇더라도 없는 지도자보다는 낫다. 이 책은 이 5년마다의 또 다른 6·25 전쟁을 정말 각자 진실된 마음과 양식에 입각해서 남한 정치사와 통일역사를 써 가도록 뒷받침할 자료집일 뿐이다. 그 점에서 통일은 남한 사람들의 마음속, 그리고 그 손끝에서부터 시작된다. 그 투표하는 손가락 말이다.

나는 앞의 책머리에서 어차피 남한 지도자의 대북정책은 외줄타기의 위험한 행보일 수밖에 없다고 말했다. 왼쪽으로 떨어지면 체제용공의 낭떠러지요, 오른쪽으로 떨어지면 전쟁불사론의 낭떠러지이다. 그러나 지도자는 이 외줄 위에서 내려서는 안 된다.

그리고 나는 이 책머리에서 또 햇볕정책은 기본적으로 속임수일 수밖에 없다는 느낌을 말했다. 당장 전쟁을 면하는 데는 유일한 달램의 수단이기는 하나 결국 길게 갈 수는 없는 막힌 방책이라는 뜻이다. 뾰족한 수가 없을 때의 한시적으로 달래는 수단일 뿐이다. 그리고 인도적으로도 맞는 방책이다. 인간은 수명(壽命)을 가진 동물이기 때문이다. 교류가 활발해지면 질수록 통일에 더 가까워지면 졌지, 멀어지는 않으리라는, 남는 장사라는 말은 맞다.

전쟁 방지라는 이익보다 더 남는 장사는 없다. 현재로서는 속고 속이는 양측의 체면까지 세워 주는 속임수여서 교활하기보다는 오히려 양심적인 속임수이기까지 하다. 어떻게 속임수가 양심적일 수 있냐는 의문이지만 외줄타기에서는 가능한 조합이라 볼 수밖에 없다. 그러니까 햇볕정책이 속임수라면, 입안자나 명명자가 의식했건 말았건, 아주 유용한 속임수요, 당장은 유일하게 대 재앙을 막을 수 있는 효능적인 속임수이기도 하다는 게 필자의 생각이다. 이 책은 그 외줄타기 요령의 자료집이며 지침서이다.

용서도 화해도 깨달음도 진실을 바탕한 위에서만 가능하다. 당사자들 모두의 진실 확인을 거치지 않은 화해란 가짜이고 거짓말이다.

이렇게 일천 몇백 매나 되는 장황한 쓰레기를 늘어놓고도 또 덧붙이는 이유는 두 가지 말을 덧붙이기 위해서이다. 하나는 김일성이 덜 가짜이냐 더 가짜이냐의 차이는 아무것도 없다는 것이고, 다른 하나는 북한 주민들의 마지막 자존심은 김일성에서 찾아야 하느냐이다.

앞에서 우리는 이명영과 이종석의 김일성 더 가짜설과 덜 가짜설 사이에서 남한 주민들이 얼마나 공허하게 시달려 왔는가를 보았다. 이빨로 물어뜯고 머리끄덩이 잡아 던지며 피흘려 싸운 것은 북한 주민들이 아니라 남한 주민들이었음을 보았다.

이종석이 김일성 진짜설을 설파하는 수준은 세 가지 단계가 있다. 하나는 동북항일연군속에 김일성이란 북김일성 한 명 뿐이며, 이명영이 말하듯이 1대·2대·3대 김일성들 중 북김은 3김 마지막 후배 김일성에 불과하다는 가짜설은 허구라는 것이다. 두 번째 수준은 북한은 건국신화의 필요상 소련 브야츠크 88여단 막사에서 태어난 김정일을 백두산 귀틀집 밀영에서 태어났다고 구호나무까지 깎아서 사적지를 만든 것이나, 14살에 조선 현대사 기점을 만든 ㅌㄷ를 조직했다거나, 역사에 존재하지도 않았던 조선인민혁명군을 이끌고 북조선을 해방시켰다는 건국신화들은, 이후 북한체제의 정체성을 강화하기 위한 합리적인 신화조작일 뿐 모두가 허구라는 수준단계이며, 마지막 세번째 수준으로는 이종석 자신은 전혀 감추고 비치지도 않았던 명백한 거짓말로서, 북김의 증조부(金膺禹)가 1866년 미국 상선 셔먼호 대동강 화선(火船) 공격기술의 선두지도자 박춘권의 윗사람 주역이었다는, 김일성 일당들의 슈퍼 거짓말이다.

이명영은 이종석의 이 세 가지 수준 모두를 거짓말로 증거하는 데 비해서 이종석은 이중 둘째 셋째 거짓말만 거짓말이지, 첫째 수준 거짓말 즉 북김인 3대 김일성이 선배 두 김일성인 1대와 2대 김일성들을 모두 역사에서 지우고 저 혼자 이들의 비적질이든 전승질이든 세 명의 공적을 모두 합쳐 자기 혼자의 전공기록에다 옮겨서야 북한의 건국시조가 될 수 있었다는 이명영의 거짓말이야말로 정말 거짓말이라는 것이다.

좋다. 이 책에서 지금까지 설파하려고 노력했던 이명영의 증거들 중에서 설사 백보를 양보해서 이종석의 첫째 수준, 즉 북김이 당시 동북항일연군안에서의 유일한 김일성이었고, 1대 2대란 없었다는 이종석의 목숨 같은 고증을 우리가 모두 받아들여준다고 한들, 이것은 김일성의 더 가짜냐 덜 가짜냐의 미미한 차이일 뿐 김일성 신화 전체의 허구성이 워낙 커 놓아서 진짜율에는 아무 영향도 주지 못한다는 게 본 필자(정자환)의 느낌이고 확신이다. 이종석이 그 작은 차이 한 개에 학자로서의 목숨을 건 것은, 아니 그뿐만이 아니라 남한의 모든 80년대 이후 젊은 북한학자들이 여기에 목숨을 건 것은 그 점 하나라도 건지지 않고는 북한의 건국신화는 송두리째 무너지기 때문일 뿐이요, 그들이 김일성의 나머지 거짓말들, 즉 이종석조차 인정하는 두 번째 수준과 세 번째 수준의 거짓말들을 모르거나 가볍게 보아서가 아님을 알게 된 것이 본 필자의 이 책을 쓴 결과의 유일한 수확이라 확언할 수 있다.

그들은 90%의 허구에다가 그 5%의 진실을 첨가하기 위해 그다지도 애썼고, 남한 국민들을 현혹시킨 죄과에 대해 사과해야 한다. 남한 민중들은 정말로 너무나도 시달렸다. 김일성에게 시달린 것이 아니라 그 김일성이 얼마나 사기꾼이었냐 아니었냐의 문제에 너무나도 시달려

_ 거짓의 두 왕국, 북한은 남한에게 무엇인가?

왔다. 이젠 좀 남한 사람들도 김일성우상화에서 벗어나야 한다. 이는 3김이든 1김이든 상관없는 전적인 사기였다. 이명영이 맞고 이종석이 틀려서 전적인 사기가 아니라, 이종석이 맞다 하더라도 김일성의 전적인 사기성에는 별 가감을 못한다는 말이다.

남한 사람들의 탈김일성화는 언제나 이루어질 것인가? 그동안 남쪽에서 김일성에 대한 짝사랑 때문에 또는 그 반대의 반김일성 짝사랑 때문에 생애를 망친 사람들이 얼마나 많았던가. 북한에서의 짝사랑과 배신은 빼 놓고도 말이다. 임화는 죽으면서 "저주하노라, 붉은 독재를!" 하면서 교수대에 올랐지만 그 기록은 북한의 캐비닛에는 없고 북경의 캐비닛에만 보관되어 있다. 남북한의 지난 60년은 이 김일성에 대한 짝사랑과 반짝사랑으로 얼룩진 인생들의 집합체라고 할 수 있다.

이 글을 쓰게 된 두 번째 동기는 역시 북한 주민들의 김일성 짝사랑 또는 남한에 내려 온 탈북자들의 김일성 짝사랑 신드롬에 대해서 언급하고 싶어서이다. 필자가 이 책의 초고를 써 가지고 탈북자들을 찾아가 일독과 평을 구했을 때 공통된 반응은 첫째, "김정일이 나쁜 사람이지 김일성은 위대했던 사람인데 왜 김일성을 나쁘게 썼어요?"이다. 두 번째 반응은 아무리 여기 쓰인 기아나 아사의 문제가 모두 사실이고 사실은 이보다도 더 비참했던 것이 사실이지만, 이렇게 북한 주민의 굶어 죽던 과정을 원시적으로 짐승처럼 처참하게 그려서는 북한 주민들의 자존심은 어디 가서 찾아야 하느냐는 호소였다. 탈북자들은 모두 1997년~1998년간의 고난의 행군 시기 북한 주민들이 굶어 죽던 과정은 이보다도 더 처참했음을 증언한다. 그러나 그렇다고 해서 이렇게까지 적나라하게 그 아사 과정을 그려낸다면 북한이라는 체제는 어떻게 창피해서 역사 속에 끼어 들 수가 있느냐는 것이다.

이중 첫째 번 탈북자 부류에게 "김일성이 왜 좋은 사람인데요?" 하고 물었을 때, 그 탈북 여성은 "내가 1997년 탈북했지만 1994년 김일성이 살아 있을 때까지는 함북 우리 집에 설탕가루 또는 사탕이 안 떨어졌어요."라고 답한다. 설탕배급이 있었다는 것은 즉 쌀이나 옥수수 배급과 옷감구입이 가능했다는 것이다. 그래서 김일성은 좋은 사람이라는 것이다. 다만 김정일이 나빠서 아들이 아버지 김일성을 총으로 쏘아 죽이고 백성들을 굶어 죽게 만들었다는 것이다. 그러면서 북한 사람들은 모두 김일성의 사인을 심장마비가 아니라 김정일의 총격으로 알고 있다고 그 탈북자는 믿는다.

두 번째 항목의 두 번째 관점, 즉 이 책은 북한 사람들의 마지막 자존심마저 건드리고 있는가? 필자의 전 동료 교수에게 이 초고를 읽혔더니 그는 한번 읽고 나서 자기가 아는 탈북 어린이 남한적응학교 모 교장선생님께 이 글을 읽혀보겠노라고 소감을 말했다. 필자는 가장 올바른 평가자를 만났구나 하며 매일같이 그 교장선생님의 독후감을 기대하다가 하도 소식이 없기에 동료 교수에게 문의하니까 "너무 죄송해서 이 글을 그에게 전하지를 못하겠더라."라는 늦은 답변이었다. 죄송하다는 것은 여기 쓰인 아사 장면이나 북한 수용소 장면들이 너무나 리얼해서 그 동료 교수 자신도 믿을 수 없고 다만 정 선생(정자환)이 워낙 뻥(과장)쟁이다 보니 이런 자료들만 골라서 이렇게 북한 주민들의 자존심을 건드릴 자료들만 골랐을 뿐 실제 북한이 이럴 리는 없다는 것이다.

필자는 북한을 한 번도 방문할 기회가 없었지만 그 동료 교수는 한 번 북한을 방문한 적은 있으나 시정의 장삼이사들과의 대화는 시도해 볼 수도 없었다고 고백한다. 이 책에 나와 있는 모든 증언들은 모두 원전 필자의 출처를 밝혔으므로 과장이 있었다면 그 쪽 필자의 과장이지 본 필자의 과장은 절대 아닐 것이로되, 본 필자의 확신으로는 그 쪽 필자들도 전혀 과장이 없이 귀로 들은 대로 눈으로 본 대로만 기록했을 뿐임을, 독자들이 그 원전을 찾아서 본다면 금방 믿음이 갈 것으로 나는 확신한다.

2005년 〈6·15 공동선언 실천을 위한 민족작가대회〉는 남북작가 150여 명이 모였는데, 7월 23일 새벽 백두산 천지에서 있었던 〈통일문학의 새벽〉이 5박 6일간의 행사의 절정이었던 것 같다. 남북 사회자 두 명의 공동사회로 열린 이 행사에서 남한 측의 문학인들이 들고 나온 텍스트는 김남주의 「조국은 하나다」라는 시였다. 소설가 정지아가 낭독한 이 시의 제1연은 "양키 점령군의 총구 앞에서 / 자본가 개들의 이빨 앞에서"로 시작되는데, 마지막 제4연은 시인의 '조국은 하나다' 라는 글귀를, "목을 베기에 안성맞춤인 ㄱ 자형의 낫 위에 쓰리라 / 등을 찍어내리기에 안성맞춤인 곡괭이 위에 쓰리라 / 배를 쑤시기에 안성맞춤인 죽창 위에 쓰리라 / 마빡을 까기에 안성맞춤인 도끼 위에 쓰리라 / 아메리카 카우보이와 자본가의 국경인 삼팔선 위에 쓰리라."(백낙청·염무웅·황석영 공편, 1988, 『김남주 시집 조국은 하나다』, 남풍, 103쪽)로 끝난다.

이 시가 남한 문학을 대표하는 작품으로 한반도뿐이 아니라 세계만방에 고해지기 위해, 백두산 천지의 새벽 남북문인들의 만세삼창과 함께 울려 퍼졌던 것이다. 이동하는 이 시를 '가진 자들에 대한 천박한 시기심'과 '단세포적인 증오심' '비이성적인 파괴욕구의 저급한 정신의 산물'로 비하하고 '폭력적 쇼비니즘, 자칭 민족주의의 원시적 부족의 유치하기 짝이 없는 이분법적 세계관, 거만한 마쵸를 드러낸' 시로 보면서 평소 이 시를 사랑한 사람들이 많은 것에 대해 그야말로 깊은 슬픔을 느꼈다고 실토한다.(이동하, 2006, 「백두산 천지에서 남한의 문학인이 김남주의 시를 읽다」, 『한국 문학 속의 사회주의와 자본주의』, 28~31쪽)

북한 방문은 북한 이해에 전혀 도움을 주지 않는다. 오히려 보여 주고 싶은 북한만 보고 오고, 속이고 싶은 부분만 보고 오게 되므로, 방문자가 정말 보고 싶었던 북한 부분들에 대한 기억을 완전히 잊고 돌아오게 한다. 방문할수록 진정한 이해에서는 멀어지고 잊어지게 되는게 북한의 관광객 안내정책이다.

북한의 실상은 곧 김일성의 실상이다. 지금은 죽어서 없어진 김일성이지만 현재의 북한도 전혀 김정일의 북한이거나 또는 미래의 북한도 전혀 김정은의 북한이 아니요, 100% 아직도 김일성의 북한일 뿐이다. 아니 북한 사회에서 김일성의 생명이 다 하는 날이 곧 북한의 붕괴일이다. 김정일과 김정은은 다만 김일성의 유업을 관리만 하는 관리인일뿐이요, 그 관리가 백성과 상관있는 점은 전혀 없다. 북한의 주민들은 남의 땅에 곁방살이 하는 피식민인들일 뿐 김정일은 이들을 책임질 의사도 의무도 전혀 없고 오로지 김가네 땅에 세들어 사는 북한 주민들이 김정일에게는 용서의 대상이요, 푸대접손님의 대상이요, 남의 집안에 와서 폐 끼치는 이방인들일 뿐이다.

김정은은 더욱 이방인이다. 김정일같이 평양 남산인민학교도 김일

_ 거짓의 두 왕국, 북한은 남한에게 무엇인가?

성대학도 나오지 않았으므로 북한 전역의 인문지리도 전혀 모르고 북한인 동창생도 한 명도 없다. 오로지 전국명승지에 지어 놓은 초대소들만이 김 씨 일가의 북한 속의 '섬'이며 인민들은커녕 북한 토종은 개미 새끼 한 마리도 그쪽으로는 얼씬하지 못한다. 그는 스위스의 국제학교 출신으로 북한에 부임한 총독에 불과하다. 그 총독의 계승권은 바로 할아버지의 핏줄로부터 나오며 그래서 부임하기 직전 만주 육문중학교 운동장에 가서 2년 중퇴한 할아버지 동상에 절하고 왔다. 김일성은 인류사의 흉물이며 김정일 김정은은 그 잔영에 불과하다.

그렇다. 김정일 김정은 등 2대 3대 김일성들은 단순히 1대 김일성의 그림자에 불과할 뿐이다. 오로지 김일성만이 독재자요 김정일과 김정은은 소독재자 소영웅, 조폭의 대부(代父)의 심부름꾼에 불과하다. 이들의 두목 김일성은 아직도 금수산기념궁전 안에 미라로 살아 있어 북한을 지배하고 있다. 북한 주민들의 마지막 남은 자존심이 김일성에 연원하는 한, 김일성은 주민들의 마음속에 살아 있는 것이고 남한 학자들의 짝사랑을 받는 한 김일성은 영원히 남북한 시민들 가슴 안에 살아 있는 것이다.

아, 남북한의 탈김일성화는 언제나 이루어질 것인가? 김일성의 카리스마는 얼마만큼 진실에 기초하고 있으며 얼마만큼 허구에 기초하고 있는가?

남한의 북한학자들은 북한이 폐색체제로 들어간 것이 1967년 또는 1964년이라고 못 박는다. 아니 1956년 8월이라고 못 박는다. 1967년은 박금철 등 갑산파마저 숙청당한 해이고, 1964년은 주체사상에 근거한 유일사상체계의 확립의 해이고, 1956년 8월은 종파 숙청사건으로 연안파와 구소련파 및 국내파의 모든 숙청을 단행한 해이다. 중국과 소련이 김일성을 제거하려다 실패한 해이기도 하다. 그러니까 이명영과 이종석의 차이는, 이명영의 경우는 북한이 건국태생 때부터 거짓 위에 세워진 모래성이어서 인간의 거짓이 정치적으로 얼마까지나 유지 지속될 것인가의 인류 실험이었다면, 이종석이나 서동만이나 박명림의 경우는 북한이 진실에 기초해서 잘 출발했으나, 어느 날 갑자기 김일성이 독재자로 변해서 내리막길을 시작했다는 것이다.

그 갑자기의 어느 날이 바로 1967년이냐 1964년이냐 1956년이냐는 별 차별성이 없다. 그렇지만 집에서 새던 바가지가 밖에 나가서라고 새지 않을 수 없듯이 잘 출발하고 인격적이었던 지도자가 갑자기 왜 무슨 일로 돌변해서 막무가내의 파쇼 무능 교만의 독재자로 변질될 것인가?

란코프(Andrei N. Lankov)의 해석은 한 발 더 진실에 다가서 있는지도 모른다. 1945년~1948년 거간에도 김일성은 전혀 북한의 지도자로 낙점 찍히지도 않았고 장래가 불투명한 후보탐색자에 불과했고, 한국전을 일으킨 것도 전혀 김일성의 자신감과 자발성에 의해 시작된 것도 아니요, 오로지 교만과 오판으로 스탈린 한 명만 설득시키면 남한 땅 전체가 저절로 제 손 안으로 굴러 들어올 줄로 알고 스탈린과 모택동을 꾀어 전쟁을 벌였으나, 소련과 중국의 좋은 제국주의와는 달리 미국의 나쁜 제국주의가 개입하는 바람에 다 된 밥상을 놓쳐 버렸다는 것이 김일성의 생각이었다는 것이다.

이런 김일성을 북한 주민들은 잊지 못한다. 아니 모든 북한 주민이 잊지 못하는 것이 아니라 북한 정치범 수용소엘 갔다 오지 않은 주민들만 김일성을 아직도 사모하는지도 모른다. 아니, 북한 주민이었던 사람으로서 우리가 남한에서 사귈 수 있는 북한 사람은 결국 탈북자밖에 없는데, 남한에 와 있는 탈북자들은 북한 정치범 수용소에 다녀 온 사람만이 이를 갈고 김일성을 증오하지, 수용소 구경을 못한 사람은 아직도 김일성에 대한 희미한 옛 사랑의 그림자를 갖고 있는 것 같다.

　김일성과 김정일을 분리시켜 시기적으로 보아서 기아 사태가 본격화되었던 1994년 이후를 김정일이 지배했으므로, 김일성시대는 선정을 베풀었고 김정일시대에 갑자기 악정을 베풀고 있다고 믿는 것 같다. 모든 악의 원흉, 즉 정치범 수용소를 만들고 거짓 신화를 만들어 사이비종교화하고 전쟁을 일으켜 분단을 고착시킨 것은 김일성이었고, 그 아들 손자들은 오로지 할아버지가 차려 둔 밥상에서 숟가락질만 하고 있다는 사실을 전혀 눈치 채지 못하고 있는 것 같다. 어느 한 탈북자는 남한에도 청송감호소가 있지 않느냐면서 어느 사회나 정치범은 수용할 수밖에 없다고 강변하고 있다.(김형덕, 2006, 「북한에 대한 거짓말」, 『21세기에는 바꿔야 할 거짓말』, 한겨레출판, 232쪽)

　그러나 남한 경북 영양군 청송면에 있는 청송감호소와 북한의 정치범 수용소는 다르다. 북한 경제는 정치범 수용소와 교화소와 완전통제구역의 살인목적의 노동착취결과로 유지되지만, 남한의 경제는 청송감호소 죄수들의 착취로 유지되는 게 아니다. 북한의 수용소 죄수들은 인간동력기들이다. 피댓줄을 어깨에 걸고 몇십 명이 한꺼번에 움직여 전기 없는 공장을 돌려 납품날짜를 맞춰야 한다. 바깥사회(북한에서는 수용소 아닌 일반 바깥사회를 '사회'라고 부른다.)의 공장들이 모두 절도행각으로 모터가 뜯겨져 나가고, 노동자들은 배가 고파 일할 수 없는 북한에서, 그나마 전기 없이 공장이 돌아갈 수 있는 곳은 오로지 손과 몸으로 기계를 돌려야 하는 수용소일 수밖에 없다.

워낙 몇 년 동안 목욕은커녕 세수도 할 수 없는 상황에서 일본으로 수출해야 하는 스웨터를 짜는 죄수들은 아무리 깨끗하게 작업하려 해도 희거나 옅은 색 스웨터에 검은 때가 묻기 마련이어서 그 스웨터 반에서만은 세숫대야와 비누를 비치해 놓고 그 스웨터 여공 아줌마들만 그 비누를 사용해서 손만 씻게 한다. 제품이 더러워져서 수출 때 클레임 당하는 사태를 막기 위해서이다. 북한에서 비누는 사치품이다.

그렇다. 남한에 와 있는 탈북자들도 북한에서 수용소 경험을 가졌던 탈북자와 그 경험을 못했던 탈북자와는 천지차이로 감각이 다르다. 그렇다면 북한이라고 해서 수용소 출신들만 있는 것도 아니요 보통사회 출신들도 많이 있는 만큼 보통사회인을 북한인으로 치면 마찬가지 아니냐고 항의하겠지만 그렇지 않다. 유리한 계급위치에 있는 사람들이 불리한 위치에 있는 사람들을 착취하여 그 나라 경제가 이루어지는 먹이사슬의 경우 바로 그 연쇄 사슬의 마지막 밑바닥 계층이야말로 그 사회를 버텨주는 지주(持柱)이기 때문에 정치범 수용소 없는 북한은 무경제 무정치의 북한이다.

북한체제는 정치범 수용소 없이는 성립이 안 된다. 경제적으로만 그렇다는 것이 아니라 통제의 마지막 기제로서도 그렇다. 다시 말해 북한 사회는 바로 이 정치범 수용소 죄수들의 무임 노동에 의해서 그나마 겨우 유지되는 착취국가이다. 윗사람들은 모두가 놀면서 이들 아랫사람들을 감시착취하는 중간 관리층으로서 밥을 벌어먹고 있는 것이다. 남한도 마찬가지 아니냐고? 1987년 6월까지는 그랬다. 지금은 아

__ 거짓의 두 왕국, 북한은 남한에게 무엇인가?

니다. 1987년까지는 남북한이 똑같은 비민주적인 인권부재의 사회였다. 그러나 4·19와 5·18을 거친 1987년의 이 6·10 항쟁을 통해 남한은 남북한을 구출할 이 절차적 민주주의나마 만들어 냈다.

한 장만 쓰자던 이 글이 또 몇 장을 넘었다. 김일성이 가짜냐 진짜냐 하는 논란은 김일성이 만들어 냈던 그 많은 역사적 거짓말들의 홍수 속에서 아무리 건져주려 해도 '새발의 피'일 뿐이다. 분자를 아무리 고쳐 봐야 분모가 워낙 크다 보니 전체 진실률 즉 가짜율은 요지부동이다. 이제는 김일성이 진짜면 북한이 영원히 건재할 것이고 김일성이 가짜면 북한이 망하리라는 망상에서 벗어나야 한다. 김일성 진짜설을 주장하던 사람들이 더 미안해서 북한이 곧 망할 것이란 예측을 내놓고 있는 것이 오늘의 현실이다. 그리고 현재의 북한의 참혹상에서 북한 주민들의 자존심을 건지려 하지 말자. 북한 주민들의 자존심과 김일성의 거짓말들과는 아무 상관이 없다. 북한 주민들은 그 거짓말쟁이 김일성에게 그만큼 휘둘려 온 것에 대해 오히려 이를 갈아야 한다. 그렇다면 북한 주민들의 인간적 존엄성은 어디에서 찾아져야 할까?

실존이고 존엄이고는 고사하고 우선 인간생물로서의 '생존'이 문제이다. 우선 몸뚱이가 살아남고 볼 일이다. 배급도 안 주고 장마당 장사도 못하게 하고 이웃 군(郡)에조차 여행도 못하게 하니 무얼 어떻게 먹고 살란 말이냐? 그러나 몰래몰래 가내 수공업도 하고 장마당 장사도 뇌물 주고 하고, 총 맞으며 두만강 압록강을 넘어 무역 장사하며 살아가고 있다. 뇌물질도 도둑질도 장사질도 하도 오래 하고 보면 이력이 붙고 요령이 생긴다.

군인들더러도 소대별로 중대별로 각기 현지보급 자력갱생하라고 하면 농장 도둑질을 조직적으로 하라는 지시나 마찬가지이다. 그걸 자력갱생이라 이름한다. 주체적이고 유일적인 자력보급전략이다. 군인이든 경비원이든 영실이(영양실조자)가 되면 귀가 제대시킨다. 도둑질을 제대로 못한 죄과이다. 그러나 도둑질을 해서든 뇌물질을 해서든 우선 살아 있기만 하면 앞으로의 역사적 시간은 피지배자들의 편이지 지배자의 편은 아니라고 하는 것은 아무리 지배자가 모기장을 열심히 쳐대고 대문을 꼭꼭 걸어 잠근들, 모기들은 모기장 안으로 활개치고 들어오게 되어 있다.

정보기술이 발달하고 소통기술이 발달해서 세계화를 아무리 막으려해도 이제는 인민들의 장사살이가 모기장 밖을 내다보게 한다. 지배자가 아무리 인민들의 귀를 막고 눈을 가리고 코를 틀어막은들 밥 찾아 쌀 찾아 김치 찾아 헤매는 인민들의 견문은 넓어질 수밖에 없고 세상은 하나가 되는 수밖에 없다. 그 길만이 북한 주민들의 자존심을 길러내고 김일성의 자장을 벗어날 수 있는 유일한 길일 것이다.

그렇다. 북한 주민들의 자존심은 김일성의 위대함에서 찾을 것이 아니라 광복 후 처음으로 북한 주민 스스로 탈김일성화를 시도하는 데서부터 찾아져야 한다. 북한 사람들의 머릿속의 90% 이상을 차지하고 있는 김일성의 귀신을, 속임수의 귀신을, 북한 주민들의 머릿속에서 빼내야 한다. 남한 사람들의 머릿속으로부터도 마찬가지이다. 이제 남북한은 김일성의 마력이든 속임수든 그 귀신에서 벗어나야 한다. 그것만이 둘이 함께 손잡고 앞으로 한 발짝이라도 나갈 수 있는 단초가 될

_ 거짓의 두 왕국, 북한은 남한에게 무엇인가?

것이다. '때려잡자 김일성'이 아니라 '벗어나자 김일성'을 시작하는 것만이 통일의 시작이 될 것이다. '주체의 나라여, 영원히 안녕'이 아니라 '김일성이여, 영원히 안녕'이다. 탈김일성화야말로 북한 주민들의 자존심을 찾아나서는 입구이자 출구이다.

북한이 통일되고 있다, 남한화되고 있다

북한 사람들의 요즘 영상 오락은 남한 드라마나 영화를 감상하는 일이다. 기아사태 이전에는 꿈도 꾸어 보지 못할 남한 문물 도입이었지만 기아사태 이후 장마당이 억지 활성화되고, 군(郡) 경계를 넘으려면 필요하던 공무 여행증을 뇌물로 대신하자, 밀수와 유통이라는 불법이 합법을 대신했고, 이 틈새를 타고 새어 들어온 것이 엉뚱하게도 남한 드라마와 영화의 CD나 DVD 또는 USB였던 것이다. 엉뚱하달 것도 없는 것이 북한 주민들이 알아들을 수 있고 즐길 수 있는 유일한 외국어인 남한말로 되어 있고, 60여 년을 헤어져 있었다고는 하나 3~4대가 지나간 것에 불과하고, 그 아버지에 그 손자에 면면히 이어진 정서 또한 아직은 조선 사람 대한 사람 마찬가지면서도 현재로서는 세계 선진 문화에서도 별로 뒤질 것이 없다는 남한 문화이고 보니, 북한 주민들로서는 그야말로 '꿩 먹고 알 먹고, 재미 보고 교양 쌓고, 세상 구경하는' 유일한 통로가 된 것이다. 그러면 그렇지 같은 언어가 어디 가겠는가? 북한이 개혁개방 개발하고 힘들여 민주화했더라면 남한이 되었을 것이요, 남한이 언로 막고 소통 막고 독재 폐쇄 억압 거짓말을 했더라면 북한이 되었을 것임에 다름 아니지 않겠는가?

한류가 동남아와 서유럽을 돌아 북한에 들어온 것이다. 북한에는 물론 'K-POP'이나 '동방신기(東方神技)' 같은 현지 실연은 없다. 갖고 있는 TV에다 녹화기와 수상기를 연결하고 밤에 창문에 담요를 치고 송전 제한을 피해 자동차 밧데리를 사다 연결하고 몰래 보는 남한 드라마들이다. 집집마다 납땜으로 정부 중앙방송 채널 한 개로만 고정시킨 TV는 있지만, 남한 프로그램을 보기 위해 또 하나의 다른 TV를 밤에만 몰래 쓰는 수상기로 쓰면서 친한 이웃이나 친척끼리 모여서 시청하는 것이다. 프로그램의 수준도 얍삽한 멜로드라마들이다. 영화로는 〈장군의 아들〉과 〈올가미〉 등 20여 종이며, 남한에서 방영되었던 드라마들도 〈가을동화〉와 〈천국의 계단〉 등 60여 종이고, 다큐멘터리로는 인간극장 〈옛날의 금잔디〉가 있고, 버라이어티 쇼로는 〈명랑소녀〉 등 3~4가지, 시트콤으로는 〈순풍산부인과〉가 소개되어 있다. 남한에서 가까운 강원도 고성이나 황해남도 지역은 남한 방송을 그대로 시청하기도 한다. 국경도시 혜산에서는 무역을 하면서 개방이 돼 녹화기나 남한 드라마 CD를 일반 상점에서도 쉽게 구입할 수 있다고 한다.

녹화기는 중국에서 밀수입한다. 중국에서 잘 팔리지 않는 녹화기 3만 원짜리를 4만 원에 사서 중국 대방(도매상)에게 맡겨 놓는다. 1만 원은 맡아주고 보내주는 수고비이다. 대방이 세관을 통해 50~60대의 녹화기를 보내주면 북한의 응답자는 세관에 나가 북한측 세관에게는 2,000원, 중국측 세관에게는 8,000원 정도를 주고 물건을 찾는다. 밀수입된 물건은 '뒷배경이 있는' 간부의 아내가 판매한다. CDR의 밀수입은 도(道) 보위부 간부의 아내가 시작한다. 그 여자는 남한에서 유행하는 인기 드라마나 영화, 남한 정세, 환율에 대해 상세히 알고 있어서 프로그램의 종류와 형태를 지시한다. 보내온 물건은 보위부 간부의 아내가 보내주는 차량으로 운반한다. 국경도시에는 만약 1,000세대가 살고 있다면 300세대는 장사를 하고 700세대는 모두 밀수로 생활하고 있는데 이들에게 물건을 대는 중국 대방은 수가 적으므로 같은 마을 주민이 서로 모르게 똑같은 중국인 대방에게서 물건을 들여오는 수도 많다.(강동완 박정란 공저, 2011, 「한류, 북한을 흔들다」, 늘품플러스, 44쪽)

이렇게 해서 남한 물류가 북한으로 몰래 들어가는 길은 또 한 가지가 있다. 남한의 탈북 주민들이 북의 가족에게 보내는 생필품들이다. 70년대 북한이, 북한을 지상낙원으로 알고 60년대 북송되었던 재일교포들의 일본 친척들이 보내준 생필품들로 생활을 이루었고 북한의 명품을 이루었듯이, 90년대 2000년대 들어 쏟아져 들어온 탈북자 2만여 명이 모두 북한에 가족을 갖고 있고 남한에서 열심히 벌어서 중국측 접경에 들어가 북한에서 몰래 강건너 온 가족들과 회포를 풀고 물건 전하고 하는 통로가 북한에 또 하나의 명품시장을 조성하고 있는 것이다.

남한의 탈북자는 한 번 국경 가족을 만날 때마다 빤스 100개, 런닝 100개, 치약 100개, 칫솔 100개, 겨울 잠바 50벌 이런 식으로 짐을 꾸려 국경도시 약속장소에 간다. 북한 가족은 몰래 도강해서 남한 가족을 만나고 물건을 인수한다. 요즘은 물건보다도 중국돈이나 달러로 준비했다가 전해 준다. 북한 땅에서는 남한 상품 한 개가 중국 상품 한 개보다 두 배 이상 비싸게 거래된다. 그러나 도강했다 중국 공안에게 잡혀서 북송된 탈북자의 죄질 중 남한에 가려고 했다거나 남한 안기부 직원과 만났다거나 또는 기독교 교회나 목사와 접촉했던 경험이야말로 가장 죄질이 나쁜 공개처형감이므로, 남한에서 가져간 물건들은 즉시 남한 상표들을 모두 가위로 자르고 어디 상품인지 모르게 만든다. 그럴수록 남한 상품임이 드러나긴 하지만 북한 보위부의 체포를 막는 데는 도움이 된다. 상표 없는 남한 상품, 그것이 현재 북한의 명품 노릇을 하고 있는 것이다.

남한 주소는 절대 비밀이어서 남한 탈북자들은 모두 중국 주소를 하나 이상씩 보유하고 있다. 실제로 탈북자의 75% 이상이 젊은 여성이고 이들은 중국에 머물면서 남한으로 오기까지 중국 조선족이나 한족과 결혼해서 아이들을 두었으므로 모두들 아직도 중국에도 가족을 갖고 있다. 삼국(북·중·남)에 걸친 가족만들기인 것이다. 남한의 많은 탈북자들은 자리잡은 후 북한에 남아 있는 가족을 도강시켜 남한으로 데려오고 있다. 길주(함북) 출신 한 여성(43세)은 북한에 남아 있는 어머니를 위해 중국으로 나올 수 있는 길과 여비를 모두 마련해서, 중국 국경지대에 까지 어머니가 나왔었지만, 안내하는 중국인 중개인에게 어머니가 한사코 출국을 거부하며 북한으로 다시 돌아가겠노라고 해서, 결국 이 여성은 예고한 대로 어머니와의 연락조차 끊고 물품도 보내지 않고 있다.

어쨌든 북한은 현재 중국 상품으로 둔갑한 남한 상품으로 소비생활을 하고 있으며, 이들 탈북 가족들의 숫자가 늘수록 북한 경제에 미치는 영향은 막강하다. 한때 도강자 가족은 민족 배신자 가족이라 해서 추방당했지만 이제는 이들 도강자 가족들의 경제지원으로 북한 주민들이 살아가고 있고, 이들을 잡아야 하는 보위부 간부들 역시 이들 불법 도강자들의 뇌물로 살아가야 하는 형편이어서, 이제는 이들 도강자 가족이 한때 재일교포들이 누리던 북한의 귀족층의 지위를 누리고 있다. 물품이 들어오는 데는 물건만이 아니라 정보나 세계소식이 함께 묻어 오는 경로여서, 이들 탈북자 가족들은 북한 안에서 물질생활만이 아닌 교양생활이나 정보생활에서 그렇지 못한 보통 북한 주민들과는 구별되는 특권층을 이룬다. 도강자 가족들은 기아상태의 북한에서 유난히 부유하고 유난히 교양 있고 세상을 알고 있을 뿐만 아니라, 결혼도 비슷한 자기들끼리만 하는 통혼권을 이룬다고 한다.

그런데 1960년대 재일교포 북송이 김일성과 조총련의 거짓말에 속아서 단체로 납치된 국제 사기 이민이었다면, 현재 중국이나 남한에 와 있는 탈북인들은 제 목숨 걸고 때로는 총 맞으며 물에 빠져 떠내려가다 살아 나온 도강자 출신들이므로, 재일교포처럼 일회성 이민에 그칠 성질이 아니라, 시간이 갈수록 점점 더 늘어나고 더 진실을 알게 되고 세상과 친해지는 긍정적 변화의 방향으로 가는 수밖에 없으므로, 이런 추세는 가히 북한의 붕괴를 급속화시킬 것이 확실하다. 재 남한 탈북자들은 아직 남한의 바닥층에 속해 있고, 제3국으로 이동하든가 언젠가는 북한으로라도 돌아가고 싶어 하지만, 돌아갈 조국이 공중분해 해 버린 후에야 어쩔 수가 없을 것이다. 어쨌든 북한은 현재 남한화되고 있으면서 남한 라벨을 숨긴 채 중국 상표를 달고 남한화되고 있

__ 거짓의 두 왕국, 북한은 남한에게 무엇인가?

는 것이다. 중국이 북한 난민을 인정하지 않고 모두 잡아 북송하므로 도강자들은 동남아로 몽골로 돌아 돌아도 종착지는 남한이다. 남한도 그들의 잊혀졌던 조국이었던 것이다. 모국어가 통하는 외국 조국.

남한도 통일되고 있다, 이명영화되고 있다

3·1운동이 없었으면 4·19가 있었을까? 4·19가 없었으면 5·18이 있었을까? 5·18이 없었다면 6·10항쟁이 있었을까? 누구는 해방이 도둑같이 왔다지만 목숨바쳐 싸워온 의병과 독립군과 광복군, 그리고 임시정부가 없었던들 2차대전이 끝났더라도 회복할 민족은 이미 사라졌을 수도 있었다. 민족의 정체성은 지켜지는 것이지 번식만 한다고 유지되는 것이 아니다. 그게 바로 민족의 정체성이자 국가의 정통성이다.

김일성은 공산혁명전통을 만들고 싶었다. 해방되던 날, 그는 33세의 소련군 대위로서 하바로프스크 근처 브야츠크와 오케얀스크 88여단에서 5년째 대일(對日)첩보전 훈련을 받고 있었다. 그보다 전 5년 동안은 중국 공산당 만주항일부대인 동북인민혁명군(후에 동북항일연군으로 개편)의 다른 두 김일성들 밑에서 항일전투 또는 보급전투에 참가하다가 일만(日滿)군경의 전면 토벌에 쫓겨 공비로 소련에 도망 왔다. 그보다 또 전 5년 동안은 때마침 1930년 세계공산주의운동사에서 절정을 이루는 극좌맹동 살상파괴주의 공산혁명에 휩쓸려, 이종락부대에서 가장 날렵하고 교활한 세금(한인 1/10조) 징수원으로서, 보수 반동 민족주의 한인들을 제거한다는 명목으로, 정신(교살), 고이허(추방), 고동뢰(9명 집단교살) 등을 살인하며 떼를 지어 다녔고, 검거나 보복 때마다 잘도 피해 달아나서 목숨을 보존했다. 그는 이 15년간의 생애를 공산혁명전통 즉 북한 건국 정통성의 뿌리로 바꿔 놓기 위해, 모든 것을 정반대로 뒤집어서, 자신을 인류사에 없는 공산혁명영웅으로 만들어 놓았다.

중국의 동북항일연군은 자신의 조선인민혁명군이 되어 만주에서 독립운동을 계속(소련에 간 적 없다며)하다가 마침내 조선을 해방시켰고, 민족주의 백산무사단원이었던 아버지(金亨稷)는 레닌 영향 한국 최초의 공산주의자로 만들어 놓았고, 증조부(金膺禹)는 1866년 대동강 셔먼호 격침 군인 박춘권(朴春權)의 대타(代打)로 만들어 놓았고, 가랑잎으로 압록강을 건넜느니 축지법을 썼느니 조선인민혁명군을 창설(1932년 4월 15일)해서 10만여 회의 백전백승 천재 장군으로 북한을 해방시켰느니, 한없이 끝없이 확대 · 번복 · 창조 · 날조 · 위조의 역사를 만들어 쓰게 했다.

그보다 더 큰 거짓말로는 상해 임시정부와 중국 연안에서의 모택동과 함께 한 한국인 공산주의운동 및 소련에서 데려다 북한 공산혁명에 써 먹은 소련2세 공산주의자들, 그리고 일제시대 갖은 핍박 받으며 국내 남북에서 공산당운동을 했던 국내파나 남로당파까지 모두 종파분자로 숙청해 버리고, 자기가 만주에서 조직했고 삼수갑산에서 실천한 바 있다는 만주파 즉 갑산파 하나만이 한국 유일의 정통 전통공산주의라며 북한이란 국가의 정통성을 창조 아닌 날조해 냈다. 한 마디로 북김은 만주공산주의운동에서도 크게 봐줘야 1/3 이하의 비중이고, 그리고 만주공산주의운동 자체가 연안파나 소련파나 국내파 및 남로당 파에 비하면 1/4의 주류도 못 되는 등 1/12 이하 비중의 자기 역할이 진실이었는데도, 11/12을 모두 무화(無化)시켜 자신의 1/12을 12/12 즉 공산혁명의 유일사상 혁명체계로 만들어 놓은 것이 바로 북한 근대사 위조의 내용인 것이다. 1/12은 커녕 이명영 본인과 그를 뒤따른 허동찬 등은 1/100을 100/100으로 부풀려 놓았다고 말한다.

그리고 이것들을 역사적 사실들이라면서 북한 주민들로 하여금 외우게 했고, 성지순례하게 했고, 세계 신문에 국비를 들여 광고하게 했고, 그리고 남한 학자들과 서방 학자들 역시 이 역사책들을 그대로 믿어 연구하고 박사가 되고 교수가 되었다.

그런데 단 한 사람, 학자들 중에서는 유일하게, 이 모든 것을 한 개도 믿지 않고 처음부터 1차 자료와 주변 인물 인터뷰로 다시 연구해 전혀 다른 김일성의 진실을 그려낸 남한의 학자가 있었다. 그가 전 성균관대 행정학 교수 이명영(李命英)이다. 이 한 사람과 나머지 99명 또는 999명은 서로 자료와 사진들을 들이대면서 양측(1:999)이 서로 자기측이 옳다고 싸웠지만 북한이 건재해 있는 동안은 중과부적으로 결판이 나지 않았다. 그런데 북한이 망했다.

북한이 아직 망하진 않았지만 망하기 직전에 이르자, 아무도 이명영을 기억하지 않은 채, 자신들이 믿어 왔던 역사적 사실들이 하나 둘씩 거짓말로 판명날 수밖에 없었던가 보았다. 이제는 이 모든 거짓역사를 믿는 남한 학자도 서방 학자도 한 명도 남아 있지 않다. 모두 사망했다거나 과오선언을 했다는 뜻이 아니라 그들이 과거에 써 놓았던 서적들은 그대로 팔리도록 읽히도록 놓아 둔 채, 그냥 학자들 자신의 머릿속에서만, 북한의 그 거짓말들이 참말이었더라면 북한이 저 지경으로 망하지는 않았을 것이라는, 어쩔 수 없는 깨달음 때문에 마음들이 자연히 변하게 된 것이었다. 가히 이명영의 천하통일이다. 물론 남한에도 아직도 종북(從北)주의가 있고 주사파의 망령도 살아 있고 그리고 종북정당(政黨)조차 남아 있다. 아직도 북한의 현실을 잘 모르는 늦둥이들이거나 아니면 북한과 다른 또 어떤 사회주의국가를 세우려는 환상가들일 수도 있다.

이렇게 해서 남한 학자들의 대북관은 모두 이명영의 대북관과 똑같이 통일되어 가고 있다. 쥐도 새도 모르게 물건너 간 슬그머니족(族)들이다. 학자만이 아니라 일반 대중들 사이에서도 두만강을 건너오는 탈북자의 숫자 늘어나는 만큼이나 이명영의 오래전 대북관은 퍼져 나가고 있다. 그는 예언자도 선동가도 아니었고 오로지 진실한 학자였을 뿐이다.

지상에 한 국가가 있었다

건국자는 자기 생애 과거사를 조작하여 국가사를 대신했다. 그리고는 온 나라 백성에게 그 거짓 생애기를 받아쓰게 하고 기억하게 하고 외우지 못하면 충성심이 없어서라면서 죽였다. 건국 날까지의 그의 과거는 2/3가 해외생활이었고, 어린 시절 10년만 국내 생활이었으므로 모든 백성에게 해외여행을 금지시켰고 국내 상호 소통도 금지시켰다. 남아 있는 언로라고는 오로지 자기와 백성 한 명 한 명 간의 수직적 충성확인 일방통로 한 개뿐이었다. 그러자니 국경 문을 꼭꼭 닫아 걸고 거짓말을 계속했다. 너희들은 이 세상에서 가장 부자 나라에 살고 있고, 가장 자유로운 나라에 살고 있고, 온 세계 지도자들이 건국자 내게로 조공 바치러 오느라 바쁘다고.

그렇게 해서 '잘 살다 죽었다더라' 했었으면 좋았으련만 그가 너무 오래 사는 바람에 그는 자기 백성이 굶어 죽는 것을 보고야 죽었다. 아들이 계속 '안 굶는다, 안 굶는다' 말리는 바람에 밖에 나가 보지도 못하고 강제 보호막 안에 갇혀서 인위적 심장마비로 죽었다. 아비의 거짓을 모르는, 아니면 잘 아는, 아들은, 매일 아침 백성들의 대문 앞에 굶어 죽은 시체들이 즐비해도, 쓰레기더미 위에 꽃제비들의 원망어린 죽은 눈망울들이 멀뚱멀뚱해도, 나랏님이 돌아가신 상 중에 백성 죽는 것이 대수냐면서, 자기도 삶은 감자 한 개로 점심을 때운다고 거짓말하면서 효도했다.

기아는 10년을 가지 못했다. 백성들이 일어났다. 아니 나섰다. 장롱을 팔아 콩을 사서 두부장사를 시작했고, 총 맞으며 두만강 압록강을 넘나들어 밀수로 장마당을 키웠다. 보위부들이 장마당을 막으려 했지만 핏발 선 눈초리와 낫자루 도끼자루에 쫓겨갔다. 이렇게 신명나는 삶의 방법이 있었는데 왜 진작 몰랐을고? 이제는 배급 준대도 안 받는다. 막혔던 국내여행증도 뇌물이면 만사통과.

그런데 그 상품에 묻어 들어오는 것이 정보이다. 상품의 소통은 사람의 소통이고 사람의 소통이란 곧 정보의 교환이다. 아들 김정일은 백성들에게 간청했다. 제발 장마당을 해도 좋고 밀수를 해도 좋지만 제발 정보만은 교환하지 말라. 장사를 하되 벙어리 귀머거리로 하라.

처음으로 뚫린 눈 뚫린 귀로 옥쌀을 벌어 배를 채우다 보니 이건 춤도 추고 싶고 노래도 부르고 싶지 않은가. 말조차 잘 통하는 남한 노래의 가사는 당국에서 금하니까 노래는 지워버리고 반주만 틀어 춤이라도 추자는 게, 웬걸 납땜한 고정채널 겉에 내놓고, 리모콘 켜는 몰래 TV를 담요 친 창문 안에서 전기 없는 시간에 자동차 밧데리로 연결해서 보기 시작한 것이 〈천국의 계단〉이나 〈장군의 아들〉, 〈겨울연가〉, 〈가을동화〉는 물론이고 김연자가 더 잘 부르는지 태진아가 더 잘 부르는지는 남한 사람들보다 북한 사람들이 더 잘 안다.

1980년대까지 북송교포들의 재일 친척들이 보내주는 일제 물품으로 북한의 경제를 채웠다면, 2000년대에는 중국과 남한에 와 있는 탈북자들이 보내주는 남한 물품 또는 중국 물품으로 북한은 버티고 있다. 도강자를 잡아야 하는 보위부 간부들도 탈북 가족들이 안겨주는 뇌물로 생활하고 남한이나 중국 또는 미국이나 서방에 연줄을 갖고 있는 탈북자 가족들은 저들 나름대로 정보도 갖추고 교양도 쌓아서 통혼권도 저들끼리만 통한다고 한다.

이렇게 거짓 모래성으로 쌓아 올린 북한은 이제는 막으려야 막을 길 없는 모기들, 즉 외국 문물 정보들의 유입으로 그 마각이 내부에서 드러나고 있다. 남한에는 미국 깡통 거지들뿐이며 세상에서 가장 잘 살고 있는 나라 북한의 어린이들은 세상에 부러움이 전혀 없다던 그 정반대의 거짓말이 내부적으로 탄로나고 만 것이다. 아무리 손바닥으로 해를 가리려 해도 햇빛은 모기장을 뚫고 들어온다. 북한은 내부로부터 그 기초가 붕괴하고 있다. 그만하면 김일성 50년 김정일 20년 해서 그 씨도 안 먹힐 거짓말을 70년이나 유지했다면 두 부자의 거짓말 솜씨야

__ 거짓의 두 왕국, 북한은 남한에게 무엇인가?

말로 인류사에 남을 만하다. 거짓으로 쌓아 올린 모래성이 이제 70년이 되어서야 무너지기 시작한다는 것이 인류의 한계이자 기록이기도 하다. 우리는 지금 그 유일무이의 붕괴 현장을 목도(目睹)하고 있는 것이다.

북한은 어느 쪽으로 쓰러질까를 결정 못해서 아직 서 있는 시체이다

북한 엘리트들도 바보가 아닌 이상 자신들의 체제의 한 명이 다 했다는 것은 느끼고 있다. 다만 자신들이 자연사나 할 수 있을 때까지만이라도 세월이 기다려 주기만을 기대하고 있을 뿐이다. 그 아들들 역시 엘리트 지배자들로 키워졌다. 그러나 동독이나 소련이나 동구의 전례로 보더라도 세상이 바뀐 후의 보복은 아주 상층의 한두 명을 제외하고는 거의 없었음을 북한 엘리트들도 잘 알고 있다. 전(前) 체제에서 지배자였던 사람들이 새 체제에서도 역시 자본가나 기업 엘리트들로 대물림 변신들을 하고 있음을 보았던 것이다.

북한도 마찬가지가 될 것이다. 누구는 통일이 산사태처럼 올 것이라 했고, 누구는 도둑처럼 올 것이라 말했다. 그러나 통일은 피도 보복도 없이 주민들의 자유선택으로 와야 한다. 세상은 점점 투명해졌고 인간은 점점 합리적으로 나아갈 수밖에는 없다. 인권과 평등이라는 보편가치는 세상 어느 구석에서도 지켜질 수밖에 없다. 세계화의 덕택이면서 만인이 만인을 지키는 인간 보편의 감시역할 때문이다. 이제는 어느 한 구석에 철의 장막이나 죽의 장막의 울타리를 쳐 놓고 그 안에서만은 그들만의 거짓말이 통하게 할 수는 없어졌다. 모두가 일본이나 미국 영국이 된다는 뜻이 아니다. 자본주의가 되었건 시장자유주의가 되었건 인류가 갈 길은 보편적 인간가치 한 길로 통일되어 갈 수밖에 없다는 뜻이다. 수정이 필요하다면 인류가 함께 수정해 가면서 말이다. 사회주의 실험은 끝났다. 이제는 실험을 하더라도 인류가 함께 실험해 나가야 한다. 그렇게 세상은 하나가 되었다.

북한이 어느 쪽으로 넘어질지 모르는 시체라고 하는 것은 장래가 심히 유동적이기 때문이다. 저 시체가 서쪽이나 북쪽으로 넘어지면 북한에 친중국정권이 들어선다는 뜻이요, 남쪽으로 넘어지면 흡수통일이 된다는 뜻에서이다. 그러나 어느 쪽으로 넘어지든 체제는 변하지 않을 수 없고 그 방향은 오로지 북한 주민들의 선택에 달렸다. 1백여 년 동안을 저항도 반발도 시위도 한 번 못해 보았던 북한 주민에게 무슨 선택이 있겠느냐 묻겠지만 세상이 가만 두질 않는다. 김정일 세대만 사라지면 북한 주민들도 인권을 가진 보통 인간으로 다시 태어날 수밖에 없다. 이제는 누가 독재를 하고 싶어도 세상이 용인해 주질 않는다.

문화의 정체성 중에 언어는 90% 이상을 차지한다. 그 집단의 언어가 곧 그 집단의 문화이다. 북한은 한국어를 쓰고 있다. 동북삼성의 중국 자치주에서도 조선말, 즉 한국어를 쓸 수 있다지만 교과서와 공무 용어들은 중국어로 되어 있어 조선족들은 모두 양국어자(bilingual)들이다. 북한 주민들이 어느 쪽 문화를 택할지는 두고 봐야 한다. 아무도 옆에서 원한다고 해서 그 쪽으로 갈 것도 아니요, 그 쪽에서 싫어한다고 해서 그 체제의 선택을 피할 수도 없다. 정치적 힘의 문제가 아니라 문화적 선택의 문제이기 때문이다.

우리는 노무현의 정권도 지내봤고 이명박의 정권도 지내봤다. 둘 모두 국민이 뽑아 준, 국민들의 선택이었다. 노무현은 북한에게 너무 퍼주었고 너무 좋게 좋게 따라만 가서 국민이 불안했었다. 김정일이 개혁개방 못하는 이유가 '거짓말 탄로'라는 천박하고 부끄러운 이유인 것도 모르고 '역지사지'니 '내재적 접근법'이니 하는 '종북'을 한 것은 대통령으로는 무식의 소치였다. 이명박은 북한을 너무 압박하고 북한 주민들의 원한까지 사고 있지 않나 해서 또 국민들이 불안해 했다. 두 대통령은 남한 사회의 좌우의 단진자였다. 앞으로도 남한 투표자들은 이 두 단진자 사이를 왔다 갔다 하면서 정치지평을 만들어 낼 것이다. 단진자의 주기는 5년일 수도 있고, 10년일 수도 있고, 15년일 수도 있고, 4년일 수도 있고, 8년, 16년일 수도 있다. 국민들의 선택이다. 북한의 장래가 북한 주민들의 선택이듯이 남한 정치도 남한 주민들의 선택이다. 통일도 남북 주민들의 선택이다. 어느 쪽으로의 통일인들 어떠랴? 어쨌든 북한 주민들이 지금보다 나은 삶을 살 수 있고 자유로운 의지를 펼 수 있다면 그게 통일이지 반드시 '우리 민족끼리'라든가 반공이니 친공이니 하는 촌스런 용어들은 이제 용도폐기 되어야 한다. 어디서든 자유롭게 잘 살기만 하면 그게 내 민족이고 내 살붙이이다. 잘 산다는 게 반드시 물질충족만을 뜻하지는 않는다. 물질은 기본이고 자유의지를 갖고 인간으로 태어났던 보람을 만들어 즐기고 사는 것을 뜻한다면 북한 주민들 역시 자유의지로 자신들의 미래를 선택할 일이다. 도덕적으로 더 옳은 사회로 이동할 것이다.

북한 붕괴와 남한 진보의 진로

그럼에도 불구하고 이 책의 필자(정자환)는 아직도 남한의 진보로 자처하고 싶다. 그럼에도 불구하고 라고? 어떰에도 불구하고 인데? 이 책에서 북한을 이 모양으로 시체를 만들었음에도 불구하고이다. 여기서 내가 북한을 곧 쓰러질 시체라고 비유한 것은 현재의 북한 정권을 말한 것이지 저렇게 장삿길로 장마당으로 밀수 도강 탈북으로 살금살금 김정일 체제를 좀 먹어가는 북한 주민들의 사회를 시체라 일컫는 것은 결코 아니다. 현 정권이 무너지는 날 북한은 남한과 통합될 수밖에 없다. 아무리 한국 민족이 겁쟁이 민족이라 한들 3대 세습까지 용인할 북한 주민들은 아니다. 그것도 바로 그 장삿길 정보로 해서 그 정권의 거짓이 모두 들통이 난 다음에랴……

남한의 보수와 진보를 가르는 두 가지 그룹의 서적들은 바로 『해방전후사의 인식』 책들과 『해방전후사의 재인식』 책들이다. 전자(인식)는 1979년부터 1989년 사이에 나왔고, 후자(재인식)는 2006년과 2007년 사이에 나왔다. 전자의 6권 책들은 모두 김일성이 세운 북한 정권에서 반제반봉건 건국의 정통성을 찾았고, 후자의 책들은 임정을 무시한 채 이승만의 반공정권 건국을 한반도의 정통성으로 삼았다. 전자는 오로지 민족만이 있다며 개인을 취급하지 않았고, 후자는 오로지 개인만이 있다며 민족이란 식민지 통과인들의 일시적인 신기루였다고 그 실체를 부인했다. 전자들은 그 후 2000년 햇빛정책에 환호했고, 후자들은 햇빛정책에 코웃음치다가 압박정책을 만들어 냈다. 오로지 북한을 무시해야만 남북이 잘 살 수 있다는 것이다. 『남과 북 뭉치면 죽는다』는

__ 거짓의 두 왕국, 북한은 남한에게 무엇인가?

책도 나왔다.(서울대 행정대학원 통일정책연구팀, 2005, 『남과 북 뭉치면 죽는다』, 랜덤하우스중앙) 통일하면 큰일 난다는 뜻이다. 민족 개념을 증발시키고 나면 안중근은 단순한 테러범이 될 것이요, 김구도 여운형도 단순히 신변관리에 실패한 정치가가 되고 만다. 진보가 평등의 이상을 믿는다면 보수는 그 실현의 불가능함을 믿는다.

나는 어떤가? 아니 이 책에서 이미 써 놓은 나, 즉 이 책의 내용은 어떤가? 이런 내용을 쓴 나 자신의 내장까지 훌렁 뒤집어서 내가 몰랐던 나 자신을 진단하는 수밖에 없다. 이 책은 바로 앞 페이지에서 3 · 1운동에서 6 · 10에 이르는 족보를 들춘 것만 보아도 필자는 이미 개인주의 세계주의 코스모폴리탄 탈민족주의자가 되기는 글렀고, 촌스러운 민족주의자 딱지를 면하기는 어렵게 되었다. 이등박문 암살의 성공을 확인한 순간의 안중근의 성취감을 한민족 최고의 카타르시스로 간직하고 있는 필자이기도 하다. 식민지 근대화론은커녕 수탈론을 넘어 고문(拷問)론, 허위론, 흡혈론의 정서를 갖고 있는 게 필자이기도 하다. 안두희를 린치한 권중희를 용서하고 싶던 촌부(村婦)가 나 이기도 하다.

그렇다고 '우리 민족끼리'라는 햇볕정책을 속임수로 의심하는 것을 보면 북한 현 정권(썩은 동아줄)에 관한 한 철저한 민족주의자도 못 된다. 김일성에 대한 비난만이 아니라 이승만에 대한 비난도 함께 곁들인 만큼 군이 건국의 정통성을 따진다면 임정으로까지 가는 수밖에 없다. 그렇다고 남북을 함께 아우를 통일의 주체를 1987년 이후의 남한으로 잡았으므로 민족통일을 가까운 필연으로 보는 민족주의자일 수밖에 없다. 1987년 이후의 남한을 구출해 놓았으므로 양비론은 아니다.

우리는 이 책에서 조정래의 『태백산맥』을 극구 찬양했던 박명림이 그후 써 놓은 자신의 한국전쟁 대작들에서 바로 그 조정래의 『태백산맥』 속의 주장들을 모두 반증하고 부정했음을 보았다. 아무리 역사 아닌 픽션이라지만 조정래 자신이 "역사적 사실에서 한 치도 틀림없는 사실들 뿐"이라는 거짓의 머리말을 써 놓은 소설이어서 평론가들 뿐만 아니라 역사가 정치학자들까지도 모두 들고 일어나 조정래의 역사관 신기원을 찬양해 마지 않은 지 꼭 15년 후의 일이었다. 이동하가 쓴 박명림의 대리전향서(?)도 소개(이 책 306쪽)했지만 그렇다고 우리는 박명림이 진보가 아니라고 말할 수는 없을 것이다. 오로지 조정래가 거짓 선언한 '역사적 사실에의 충실성'을 박명림이야말로 정직하게 따라가다 보니 의도하지 않았던 '스스로 발견케 하는 방법론'의 힘으로 진실에 닿은 거고, 조정래 평가 때의 자신과는 정반대의 논지가 되고 만 것이다. 오로지 진실만이 자유케 한다는 진리가 여기서도 힘을 발휘했을 뿐이다.

전 통일부장관 이종석은 9월 16일자 「한겨레신문」 칼럼에서 "중국이 지난 30년간 개혁개방 이후 현재 G2에 이르기까지 일당독재 사회주의 정치체제를 유지하면서 서방 자유민주주의와는 다른 고속 성장 모델[典範]의 대안으로 떠오르고 있음"을 강조했다. 중국은 이에 그치는 것이 아니라 "이제는 아프리카나 북한처럼 후진된 나라들을 지원함으로써 이들 국가에도 사회주의 체제를 유지한 채 경제 고속 성장을 할 수 있도록 지원하고 있음"도 강조했다. 이는 북한 등에게 인권개선과 고립 중 양자택일을 강요하는 서방국가들의 외교정책과는 달리 후진국의 내정간섭을 하지 않으면서, 즉 인권문제를 전혀 제기하지 않으면서, 이들 나라들에 경제특구 등을 설치해서 개혁개방을 유도하고 있는 중국식 외교모델이 인류의 민주주의에로의 진화과정에서 또 하나의 대안 모델로 자리잡아 갈 것임을 예측하는 글이다. 한 마디로 남한의 그동안의 인권문제 제기나 북한 압박정책은 북한을 중국에게 빼앗기게 되는 어리석은 정책이었다는 뜻이다.

필자(정자환)는 그렇게 생각하지 않는다. 필자도 물론 지난 4년간의 북한 압박정책에 대해서는 반대한다. 그러나 중국이 계속 일당독재 무선거 정책으로 계속 고속 성장을 할 것이며 그 체제 그대로 정치적 민주화 효과까지 이루어 낼 것이라는 이종석의 전망에는 동의하지 않으며, 또한 그런 중국의 정치체제가 북한 같은 다른 사회주의 일당독재를 경제지원해서 세계 유이(唯二)가 되었든 유수(唯數)가 되었든 인류보편의 개인 자유 신장이라는 보편가치를 서방과는 전혀 다른 길로도 신장해 갈 것이라는 그의 전망에 반대하고 있는 것이다.

중국은 이제 경제발전은 계속할지 모르나 정치적으로는 몇 번의 천안문사태 같은 사태를 거칠 수밖에 없으며 이 과정을 거치면서 중국 역시 북한의 개혁개방을 이끌 수도 지원할 수도 없어지리라는 것이 필자(정자환)의 전망이다. 민주주의가 가장 덜 나쁜(least bad) 제도라는 신념을 필자는 갖고 있으며 이로 향한 진로 진보 진화과정은 인류공통의 발자취를 그릴 수밖에 없다는 게 본 필자의 신념이기 때문이다.

이 책 처음부터 끝까지 한결같이 강조했지만 북한은 처음 건국 때부터만이 아니라 현재까지도 거짓말 위에 세워서 그 탄로가 무서워 세습밖에 할 수 없었으며 앞으로도 개혁개방은 절대 못한다. 개혁개방 하는 날이 북한이 붕괴하는 날이다. 그런 북한의 사정을 중국도 모르는 바는 아니다. 다만 이빨이 시릴까 봐 가짜 입술일망정 유지하는 껏 유지하고 싶은 게 중국의 사회주의 보호막 정책일뿐 중국 역시 언젠가는 인민에게 권력을 내어 주지 않으면 안 된다는 역사적 필연성은 알고 있다고 생각된다. 바로 그 쉬운 짓을 북한은 절대로 할 수 없는 것이 바로 거짓말의 장벽을 높이 두껍게 쌓아 국민들을 속였다가 이제 장삿 길을 터서 그 거짓말이 탄로나자 슬슬 그 장벽이 베를린 장벽처럼 뚫려 나가고 있을 뿐이다. 그러니까 북한이 민주화 되는 과정은 시장화라는 장삿길에 의한 민주화라는 인류역사상 아주 독특한 경로의 민주화의 길을 가는 중이며, 우리는 현재 그 현장을 목도(目睹)하고 있는 행운의 세대인 것이다. 바로 이런 이유로 중국의 현 사회주의 체제를 유지하면서 그리고 북한에게 전범이 되면서 북한을 계속 사회주의 고속성장국가로 인도해 나갈 수 없는 중국 사정이라는 것이 본 필자(정자환)의 생각이다.

친북이나 종북이라는 지난 10년간의 호시절을 그리워하며 아직도 김정일 또는 김정은에게 미련을 갖고 있는 남한 진보는 이종석만이 아니다. 북한 정권이 빨리 정해진 붕괴의 길을 가고 그 주민들이 스스로의 힘으로 시장화를 통한 민주화를 이루어 내는 것만이 남한 진보의 장애 없는 진로가 될 것이라 나는 믿는다.

책 제목에 부처: 〈거짓의 두 왕국, 북한은 남한에게 무엇인가?〉

북한은 처음부터 거짓으로 세워진 왕국이었고 지금도 그렇다. 김일성 부자는 자신들의 목숨을 유지하기 위한 사익(私益)인 정치권력을 유지하기 위해 온 국민을 자신들에게 충성할 자로부터 배신할 자까지의 서열로 세워 조선노동당 입당 딱지를 팔아 먹었다. 진실을 냄새 맡을 수 있는 감성이나 지성을 가진 자들을 미리 미리 죽여 없앴고, 남에서 올라간 사람들은 하다못해 국군포로로 잡아간 사람들까지도 송환하지 않고 '화선입당'이라는 탄탈루스적 거짓 미끼를 던져 평생 동안 광산 갱안에서 노동사 시켰다. 광부가 낳은 자식들까지도 보복이 두려워 갱 안에서 평생을 마치게 했고, 미끼였던 입당은 영영 던져 주지 않았다. 입당증은 시민증이다. 배신할 가능성이 있다는 사람들은 영원히 속여 과로사 시켰다. 인류 역사에 이런 거짓의 왕국이 또 있었을까? 앞으로 도 절대 더 있을 수 없을 것이다.

책 제목의 두 왕국은 물론 북한과 남한이다. 남한도 이런 거짓의 왕 국이었다고? 그랬다. 1987년까지는 그랬었다. 민중의 힘으로 직선을 쟁취할 때까지는 그랬다. '양민학살'을 조사하러 오겠다는 국회의원들 을 막기 위해, 국군에게 공비 옷을 입혀 총을 쏘되, 죽지 않을 만큼 위 협사격만 하게 해서 조사단을 되돌아가게 한다든지, '보도연맹'을 만들 어 전쟁난 것을 속이고 예비검속해 수장 또는 매장한다든지 하는 것은 모두 김일성의 거짓을 따라 하기 위한 또다른 거짓의 모방이 아니고 무 엇인가? 지독한 반공도 반반공도 모두 거짓 아니고 무엇이란 말인가?

이 책을 읽은 사람이면 알겠지만, 남한 역시 1987년 6월 10일까지 는 거짓의 왕국이었다. 6 · 10은 이에 앞선 4 · 19와 그리고 3 · 1운동 등의 면면히 이어진 결실이지만, 이때에야 남한은 거짓의 장막을 서서 히 걷어 내고 대통령을 내 손으로 직선할 수 있는 비밀투표권을 처음 으로 쟁취했다. 처음으로 거짓의 왕국을 면하고 민주국가의 시민이 되었다. 그래서 이 6·10항쟁은 남한만의 항쟁이 아니오 통일한반도를 위한 시작으로서의 민중항쟁인 셈이다. 그 남한이 지금 통일을 주도해 나가고 있으므로이다.

그런데 그 거짓의 왕국 북한이 아직도 남아서 진실 찾은 남한에 갖은 영향을 끼치고 있다. 이 책은 그 거짓의 북한이 어떻게 진실된 남한에 영향을 끼치고 있는지 그 극복의 방법은 무엇인지에 대한 탐색이다.

2011년 12월

__ 거짓의 두 왕국, 북한은 남한에게 무엇인가?

· 4 · 15 문학창작단, 1981, '대지는 푸르다' 총서 『불멸의 력사』 4권, 평양 문예출판사.

· 강용준, 1982, 「반공포로 석방」, 『전환기의 내막』, 조선일보사, 617~652쪽.

· 강철환 · 안혁 공저, 1993, 『대왕의 제전 1: 병풍산의 통곡소리』, 향실 / 『대왕의 제전 2: 지옥에서 부르는 노래』, 향실 / 『대왕의 제전 3: 그리운 어머니』, 향실.

· 강철환, 2003, 『수용소의 노래』(상 · 하), 시대정신.

· 고은 외, 1991, 『문학과 역사와 인간: 태백산맥의 소설적 성과와 통일문학의 전망』, 한길사.

· 고은, 1994, 『서사시 백두산 7』, 창작과비평사.

· 김근태, 1987, 『남영동』, 중원문화.

· 김병익, 1997, 「10년, 10년, 그리고 다시 올 10년」, 『문예중앙』, 1997년 봄호.

· 김병진, 1988, 『보안사』, 소나무.

· 김영환, 1989, 『강철서신』, 도서출판 눈.

· 김영환, 1999, 「김정일 정권 타도를 위한 좌우대합작을 제안한다. 좌파일수록 김정일 타도에 앞장서야」, 『월간조선』, 1999년 6월호. 김미영 쓴 「주체사상이론가─북한혁명가」 김영환(강철)인터뷰.

· 김용직, 1999, 『임화문학 연구』, 새미.

· 김원조, 1984, 『동토의 공화국』, 한국방송사업단.

483
참고문헌 __

· 김정, 1986, 「닻은 올랐다」, 『혁명의 력사』 1권, 평양 문예출판사.

· 김정연, 1995, 『평양여자: 비밀정보원 비로봉의 탈출증언』, 고려서적.

· 김종오, 1992, 『소설 '태백산맥' 그 현장을 찾아서』, 종소리.

· 김학철, 1996, 『20세기의 신화』, 창작과비평.

· 김학철, 김호웅 김해양 편저, 2007, 『김학철 평전』, 실천문학.

· 김형덕, 2006, 「북한에 대한 거짓말」, 『21세기에는 바꿔야 할 거짓말』, 한겨레출판.

· 란코프(Andrei N. Lankov), 1995, 『소련의 자료로 본 북한 현대 정치사』, 오름.

· 박갑동, 구윤서 옮김, 1990, 『한국전쟁과 김일성』, 바람과 물결.

· 박갑동, 1997, 『북조선 악마의 제국』, 서울출판사.

· 박명림, 1991, 『태백산맥과 '80년대' 그리고 문학과 역사』, 고은 외 지음, 한길사.

· 박명림, 1991, 『문학과 역사와 인간: 태백산맥의 소설적 성과와 통일문학의 전
　　　　　망』, 46~102쪽.

· 박명림, 1995, 「냉전의 해체와 북한연구: 시각, 이론, 해석의 문제」, 『창작과 비
　　　　　평』, 가을호.

· 박명림, 1995, 「수동혁명과 광기의 순간」, 『사회비평』 제13호, 222~268쪽.

· 박명림, 1996, 『한국전쟁의 발발과 기원 I: 결정과 발발』, 나남.

· 박명림, 1996, 『한국전쟁의 발발과 기원 II: 기원과 원인』, 나남.

· 박명림, 1998, 「한국의 민주주의 발전과 평화통일 문제」, 『아세아연구』 100호기
　　　　　념국제학술회의 발표논문. 고려대학교 아세아문제연구소.

· 박명림, 1999, 「민주주의 그리고 평화와 통일: 민주적 평화와 한국의 평화통일」,
　　　　　세종연구소.

· 박명림, 2002, 『한국 1950: 전쟁과 평화』, 나남.

· 박명림, 2002, 「근대화, 민주주의 문제와 현대 북한체제: 기원, 전개, 전망」, 『아
　　　　　세아연구』 제45권 3호 통권 109호.

· 박명림, 2006, 「한국 현대사와 박정희, 박정희시대: 통치철학과 사상, 국가전략,
　　　　　그리고 민주주의문제」, 『박정희시대와 한국 현대사』, 선인.

· 백낙청 · 염무웅 · 황석영 공편, 1988, 『김남주 시집-조국은 하나다』, 남풍.

· 백봉, 1968, 『민족의 태양 김일성 장군』, 평양.

· 브루스 커밍스 저, 남성욱 역, 2005, 『김정일코드』(*North Korea:Another
　　　　　Country*), 따뜻한 손.

· 서대숙 지음 · 서주석 역, 1989, 『김일성』, 청계연구소출판국.

· 서동만, 1996, 「북한 사회주의에서 근대와 전통」, 『한국의 근대와 근대성 비판』, 역사문제연구소 역사비평.

· 서동만, 2005, 『북조선사회주의체제 성립사 1945~1961』, 선인.

· 서승 지음, 김경자 옮김, 1999, 『서승의 옥중 19년』, 역사비평사.

· 서울대 행정대학원 통일정책연구팀, 2005, 『남과 북 뭉치면 죽는다』, 랜덤하우스중앙.

· 손혜민, 2009, 「박기원 그 순천사람」, 『임진강』 2009년 3월호 총권 5호 45~73쪽.

· 시노트 글, 김건옥 이우경 옮김, 2004, 『1976년 4월 9일』, 빛두레.

· 신동혁, 2007, 『세상밖으로 나오다』, 북한인권정보센타.

· 안명철, 1995, 『그들이 울고 있다』. 천지미디어.

· 안명철, 2007, 『완전통제구역』, 시대정신.

· 우태영, 2005, 『82들의 혁명놀음』, 선출판사.

· 유시춘, 2004, 『6월민주항쟁』, 민주화운동기념사업회 도서출판 오름.

· 이기봉, 1982, 「북괴포로수용소」, 『전환기의 내막』, 조선일보사, 521~548쪽.

· 이나영, 1958, 『조선민족해방투쟁사』, 조선노동당출판사.

· 이동순, 1994, 「서사시 『백두산』 완간의 의미와 그 역사성」, 『창작과 비평』 94년, 겨울호.

· 이동하, 1991, 「비극적 情調에서 서정적 황홀까지」, 고은 외 지음, 한길사, 『문학과 역사와 인간: 태백산맥의 소설적 성과와 통일문학의 전망』, 160~174쪽.

· 이동하, 2003, 『한국 문학과 인간 해방의 정신』, 푸른사상.

· 이동하, 2006, 『한국 문학 속의 사회주의와 자본주의』, 새미.

· 이명영, 1974, 『김일성열전』, 신문화사.

· 이명영, 1975, 『재만한인공산주의운동연구』, 성균관대학교출판부.

· 이명영, 1982, 『북한의 근대사 위조』, 민족통일중앙협의회.

· 이명영, 1983, 『권력의 역사: 조선노동당과 근대사』, 성균관대학교출판부.

· 이명영, 1989, 『통일의 조건: 발상의 전환을 위하여』, 종로서적.

· 이명영, 1993, 『조국통일의 두 방도』, 해성사회윤리문제연구소.

· 이순옥, 1996, 『꼬리 없는 짐승들의 눈빛: 최초로 개천교화소를 폭로한 감동적인 실화』, 천지미디어.

· 이우홍, 1990, 『어둠의 공화국』, 통일일보사.

· 이우홍, 1990, 『가난의 공화국』, 통일일보사.

· 이영국, 2004, 『나는 김정일의 경호원이었다』, 시대정신.

· 이종석, 1989, 「북한지도집단과 항일무장투쟁」, 김남식 외, 『해방전후사의 인식 5』, 한길사.

· 이종석, 1995, 『현대 북한의 이해』, 서울 역사비평사.

· 이한영, 1996, 『대동강 로열패밀리 서울 잠행 14년』, 월간조선사.

· 임은, 1989, 『김일성정전』, 옥촌문화사.

· 임택삼, 1985, '김일성전기의 허상' 시리즈 중 제24회 「테러리스트의 형성 과정」, 『공산권연구』 1985년 9월호.

· 장명수, 1992, 『배반당한 지상낙원』, 동아일보사.

· 장백일, 2001, 『한국 현대문학 특수소재 연구—빨치산 문학특강』, 탐구당.

· 정대화, 1999, 「그는 소영웅주의자가 아닌 고독한 혁명가」, 월간 『말』 1999년 9월호, 82쪽.

· 정도상, 1991, 『그대여 다시 만날 때까지』, 풀빛.

· 조동환, 1957, 「황해 10·13 의거동지회」, 『항공의 불꽃』, 보문각.

· 조영래, 1983, 『전태일 평전』, 돌베개.

· 조정래, 1989, 『태백산맥』 제1~10권, 한길사.

· 조지 오웰, 정희성 옮김, 1950, 『1984』, 민음사.

· 좋은벗들, 1999, 『사람답게 살고 싶소』, 정토출판사.

· 좋은벗들, 1999, 『두만강을 건너온 사람들』, 정토출판사.

· 중앙일보사, 1983, 『민족의 증언』.

· 지해남, 2004, 『홍도야 우지 마라』, 태일출판사.

· 천세봉, 1987, 『불멸의 력사 2권: 혁명의 려명』, 평양 문예출판사.

· 천세봉, 1987, 『혁명의 력사 3권: 은하수』, 평양 문예출판사.

· 천주교인권위원회, 2001, 『사법살인 1975년 4월의 학살』, 학민사.

· 최종선, 2001, 『산자여 말하라』, 공동선.

· 최창익 등, 1949, 『조선민족해방투쟁사』, 조선사편찬위원회.

· 한준명, 박계주 편저, 1955, 『자유공화국 최후의 날』, 65쪽.

· 한홍구, 2003, 『한홍구의 역사 이야기 02—대한민국사』, 한겨레신문사.

· 허동찬(임택삼), 1985, '김일성전기의 허상' 시리즈 중 제24회 「테러리스트의 형성과정」, 『공산권연구』 1985년 9월호.

· 허동찬, 1988, 『김일성평전(속)』, 북한연구소.

· 홍동근, 1988, 『미완의 귀향일기』, 한울.

· 황만유, 2002, 『반역자의 땅』, 삶과꿈.

· 황석영, 2000, 『가자 북으로 오라 남으로: 황석영의 북한 방문기』, 이룸.

· 황석영, 2001, 『손님』, 창작과비평사.

· 황석영, 2007, 『바리데기』, 창작과비평사.

· 황석영, 2010 : 『강남몽』, 창작과비평사.

· 후지모도 겐지, 2003, 『김정일의 요리사: 나는 김정일의 알몸을 보았다』, 동아일보사.

· 흑룡강성 사회과학원 지방당사 연구소 저, 임영수 허동찬 역, 1983, 『만주항일열사전』, 일본 성갑서방.

· Stephane Courtois et. al., 1999, "*The Blackbook of Communism: Crimes, Terror, Repression*", translated by Jonathan Murphy et. al, Havard Universiyt Press, Cambridge, Massachusetts, London, England.

__ 거짓의 두 왕국, 북한은 남한에게 무엇인가?

— 거짓의 두 왕국, 북한은 남한에게 무엇인가?

__ 거짓의 두 왕국, 북한은 남한에게 무엇인가?

【ㅇ】

거짓의 두 왕국,
북한은 남한에게 무엇인가?

지은이 · 정자환 **발행인** · 김윤태 **발행처** · 도서출판 선 **편집** · 김형조 **교열** · 김창현
등록번호 · 15-201 **등록날짜** · 1995. 3. 27 **초판 제1쇄 발행** · 2012. 1. 27
주소 · 서울시 종로구 낙원동 58-1 종로오피스텔 1409호
전화 · 02-762-3335 **전송** · 02-762-3371

값 · 20,000원

ISBN 978-89-6312-053-9 03810